蘇州文獻叢書第四輯

王衛平 主編

林屋民風

（外三種）

下

【清】王維德 等撰

侯 鵬 點校

上海古籍出版社

書隱叢說

隱　　序

　　説部之書，昉於宋臨川王《世説新語》，後虞世南《北堂書鈔》、徐堅《初學記》、白居易《六帖》繼之。而宋代《太平御覽》、《册府元龜》、《書林韻海》諸書，部序類居，尤稱一代大觀。然自北宋以後，香有譜，花有紀，侍女小名有錄，葉子格戲有書，皆瑣屑不足道。所謂不賢者識小，未必若是戔戔也。其後家自爲書，莫能臚舉，惟南宋《容齋隨筆》有關實用。至我朝顧寧人《日知録》，綜貫百家，上下千載，而一一斷之於心，稱爲明體達用，非《説鈴》、《巵言》可比。自後嗣音者或寥寥焉。吴江友人袁子漫恬，生平以讀書爲業，無他嗜好。坐鋤經樓中，風晨雨夕，凡所披覽，中有心得，偶開一疑，偶尋一問，輒反覆推詳，必窮源溯本，辨舛正譌，以歸於至當。其前人已言者，汰之。其始以爲是，而後以爲非者，改之。隨時劄記，筆之於牘，共二十卷，名《書隱叢説》，未敢謂與《日知録》一書並可以坐言起行，然以視夫徒慕著書之名，而或浮游而不根，剿説而鮮當者，其相懸不可以道里計矣。憶辛亥、壬子歲，予嘗預修《浙江通志》，時浙中名流咸集，所采取者多得之説部，如《桯史》、《金柁粹編》、《夢溪筆談》、《漁樵閒話》、《四朝聞見録》之類，每能背誦枚舉，以誇多聞。予時心艷之，然諸公熟于説部，而漫恬能以讀書所得自成叢書，以折中于一是，所謂大雅扶輪，足當通儒之目者，非漫恬其誰屬也耶？書隱，其齋名也。漫恬不遇于時，惟矻矻于故紙堆中，以儕于蠹書之脉望，讀其書者亦可以悲其志已。

　　乾隆戊辰冬十月望日，長洲沈德潛題於澄懷園中。

序

  吾鄉有柳南王東漵，工詩文，務記覽，淡於進取。居濱海，入城相見，必諮叩日來所觀書，新得幾何，辨論幾何，採摘幾何，東漵輒臚舉數十條，予僅能酬以一二，心愧之。然私喜彼勞而求，我逸而獲，故去即盼其來，冀有以餉我也。今年余客同川，去舍館百餘步，得袁君漫恬，其淡仕進，專務記覽，爲詩章，勤于採纂，宛如東漵，年齒較少，襟情開朗，興會蕭疏。出所著《書隱叢説》，亦《柳南隨筆》之流亞也。噫！余少不如人，況今已老，饑虛之腹，惟仰給於良朋。方悵與東漵會面稀，誰復肯相餉遺者，不意南阡北陌之近，適有人焉。多藏善賈，一見欣然，不惜倒廩傾囷，羅列而進也，其亦足以飫我老饕矣。歸而過詫東漵，余左挹浮邱袖，又右拍洪崖肩也，東漵以爲何如哉？乾隆己巳年立夏日，琴川陳祖范拜稿。

叙

僕羈寓松陵，初讀漫恬之詩，深服其工，而未識其人也。既而見訪于蕭寺中，解后接膝，博雅多聞，粹然讀書人也。一日過書隱樓，漫恬因出其所著《書隱叢説》一編相質，其徵材也富，其考核也精，其論斷也有識而允當，殆異乎《洞冥》、《搜神》之荒渺不經，以及劍俠狎邪之浮誕艷異者矣，於是而益信漫恬之爲真讀書人也。嗟乎！士子束髮受書，汩没于帖括中，經史子集庋之高閣。或有志讀書，而家尠藏本，購借綦難。或饑驅奔走，坐席不温。或策名仕籍，鞅掌風塵，以致没世而無聞者，多矣。漫恬家儲萬卷，著作等身，老而好學，如袁伯業藏之名山，立言不朽，可不謂厚幸者？耶僕譾陋無似，學殖荒落，訂交漫恬，快讀是編，既自愜，又重自媿也。爰識數語以歸之，漫恬其相視而一笑乎？歲在重光協洽祓禊之辰，淮南同學弟阮學濬書於華嚴僧舍。

叙

　　考前史《藝文志》，凡分類之劄記，概名曰"説部"。其稱名也小矣。惟其稱名小，故有事于此者，類出之游戲以爲無聊遣興之資。非鑿空駕虛，喜新好怪，即勦襲陳説，摭拾無稽。若稗販，若傳奇，而卒無一言之當于道。嗟乎！以有用之心思費無用之筆札，何其可已而不已也。善乎！袁子漫恬《書隱叢説》一編，有以掃自來作者之弊也。其自序深斥夫爲偏、爲詭、爲纖、爲腐之失，而獨以《容齋五筆》，亭林《日知録》爲準。余披而讀之，知其稱名小而取義大矣。袁子博學士也。上下千古，卓然出獨見，爲折衷，譌者訂之，疑者釋之，大謬不然者闢之，則更於反覆馳騁之中寓謹嚴鄭重之旨。凡係倫常而關性命者，兢兢乎擇精語詳，而不敢以輕心掉。余以此知袁子又篤行士也。然則《叢説》一編可以翼經，可以續史，亦可以備邑乘而垂家訓，區區説部云乎哉。憶余之來同里三年，與君家小阮質中所日夕討論者，大率如楊子所云"雕蟲技"耳。博學篤行如慢恬，居不越咫尺，而一歲中不過十數晤，竟未獲時時上下其議論，乃今始得見此編，又將匆匆作遠行，爲絶可恨也。抑聞朱子訪鵞湖而講《義利章》，東萊過寒泉精舍而輯《近思録》，千秋之下，猶令人心儀而神往。他日歸，更乞其等身之著述，俾與校讎，以一快賞奇析疑之願，漫恬其倘許我乎？

　　乾隆九年四月，江陰同學弟蔡寅斗拜手書。

自　　叙

甚矣，著述之難也。六經而下，自周、秦、漢、魏以來，諸子代興，百家並作，大約不失之於偏頗，即失之於奇詭，不失之於纖末，即失之於膚陋。談理者，往往以私智穿鑿爲能，不則勦説雷同耳。記事者，往往以荒誕眩人爲事，不則街談巷議耳。所以偏者失其中，詭者失其正，纖者失其大，膚者遺其精也。余束髮受書，夙禀過庭家訓，從事舉業外，即軼志於詩古文辭。中年以往，家庭雍穆，世累漸損，安於義命，閉門潛志，肆力於經史子集。披誦之下，煙雲滿室，過耳生風，春草一庭，陳根欲活，不覺格格乎其欲吐也，汩汩乎其將來也。仰思天道之遥，醯雞井蛙，紛紛聚訟，俯觀人事之繁，蠅頭蝸角，不辨原流，奮思矯一時之習俗，振一世之聾瞶，成《辨惑論》數卷。世人有大惑者，則大辨之，有小惑者，則小辨之，而未暇成也。先撮其胸中所欲吐之衷，明目張膽，迅筆而書之，以當揮麈一夕之話。不敢偏而僻也，所以定一世之趨也。不敢膚而塵也，所以醒一世之目也。不敢荒而惑也，所以羅一時之軼也。或則纖而麗也，所以弛一時之張也。其議論、考據、辨駁、援引，總期解世之惑而已。近日説部書益出，而歸於正大者絶少。我蘇顧亭林先生《日知錄》頗爲中正之論。《容齋五筆》差爲先聲。余之爲是也，略祖《容齋五筆》、亭林《日知》之意，書其欲言者，以垂示子孫，不敢問世也。其不言者，非不能言，即不欲言者也。書隱者，所居之樓名，亦以自號也。叢説者，隨筆所書，無倫序之言也。

乾隆九年甲子莫春，書隱樓主人漫恬袁棟自序。

書隱叢説卷一

盈虚消息

一部《易經》，只是"盈虚消息"四字。上而天地、陰陽、四時、日月，下而昆蟲、草木、器用、菽帛，以至人生之生老病死，世事之循環往復，其象莫不著於《易》，莫外乎盈虚消息之間。善讀《易》者，得其大意，擴而充之，裕如也。

性理之祖

《易》曰："易有太極，是生兩儀。"《書》曰："惟皇上帝降衷于下民。"《詩》曰："維天之命，於穆不已。"《禮》曰："人生而静，天之性也。"《左傳》曰："民受天地之中以生。"此數語，實爲宋儒性理之祖。

性 善

孟子言性善，荀卿言性惡。公孫子言性無善惡，揚雄言人性善惡混。劉向言性不獨善，情不獨惡。韓子言性有三品。孟子乃探原之論，諸子亦近似有理而未窮根柢，若荀子性惡之言，直爲憤世嫉俗之見耳。

天人感應

《易》曰："積善之家，必有餘慶。積不善之家，必有餘殃。"《書》

曰:"作善,降之百祥;作不善,降之百殃。"又曰:"惠迪吉,從逆凶,惟影響。"見天人感應之理,如是其不誣。若釋氏因果報應之説,直爲下乘説法耳。禮者,禁於未然。刑者,禁於已然。釋氏之言,近乎刑。《易》、《書》之言,近乎禮。吾儒不當惑於利害,但日正其是非而已矣。

是非利害

聖人計是非,不計利害。合于理者,即無利,亦當爲之。不合于理者,即有利,亦不當爲。上焉者,知有是而不知有害也,知有非而不知有利也。庸庸者,知利害而已,是非亦因之而明。下愚且利害之不顧也,於是非乎何有。

老氏嚴厲

老氏之言曰:"一曰慈,二曰儉,三曰不敢爲人先。"何嘗不可服膺而佩紳。但慈者即仁之謂也,儉者即義之謂也,不敢爲人先者,即禮之謂也。聖人五常,煞有和平氣象;老氏三言,煞有嚴厲氣象。

牛首蛇身

漢高祖龍顔,陳霸先鱗身,以其似者而言也。上古牛首蛇身,亦形似耳,非真牛首蛇身也。牛首乃龍顔之類,蛇身乃鱗身之類。皮日休曰:"非形也,象也。"

學問境遇

人生學問,當存比上不足之念。學問無窮,不妄自矜誇,則行業日進一日矣。人生境遇,當存比下有餘之念,境遇有數,不慕貴求富,則心境日舒一日矣。反是,則兩有所妨。

瓏玲

韓昌黎詩用"瓏玲"字,出楊子《太玄經》亡彼瓏玲。及《法言》瓏玲其聲。《甘泉賦》和氏瓏玲。《藝苑雌黄》謂古詩押韻,或有語顛倒而理無害者,未明言其有所自也。

寬靜退遠

人自處乎隘,我自處乎寬。人自處乎囂,我自處乎靜。人自處乎進,我自處乎退。人自處乎近,我自處乎遠。寬謂器量,靜謂心境,退謂作事,遠謂識見。知此者,自高出於人一等。

忠恕

居心莫過爲已甚,作事莫恃才妄作。處己莫不近人情,入世莫損人利己。守此,可不戾聖賢忠恕之旨。若矯情鎭物,即賢者亦難免也,況此亦强恕之事。

無才是福

昔云"女子無才便是德",余更益一語曰:"男子無才便是福。"此才乃狡變之才,非美才也。若才德之才,則美才矣。

杜語脫胎

杜詩《送重表姪王砅》云:"我之曾祖姑,爾之高祖母。"蓋脫胎於《家語》及《魯語》"公父文伯之母,季康子之從祖叔母也"。

三統

伏羲建寅,女媧建丑,神農建子,黄帝建寅,少皥建丑,高陽建子,高辛建寅,堯建丑,舜建子,夏后氏建寅,商建丑,周建子,各有意義。秦乃建亥,則恃才妄作矣。且以閏月置於每歲之後,漢初猶然,非惟失三統之義,即置閏之法,亦不講也。或謂舜更堯曆,首歲以子,堯同少昊首歲以亥。或曰顓帝曆首亥,未知然否。

夏　時

夫子曰:"行夏之時,可爲千秋萬世法。"漢太初以後至今不改。惟新莽嘗建丑。三國魏明帝景初元年建丑,三年即復改正。唐武后永昌元年建子,越十一年亦復改正。肅宗上元二年建子,明年復改正。循是而行,萬世無弊。

今不如古

厚於古者薄於今,樸於古者華於今,時勢使然也。文章自《左》、《國》而《史》、《漢》,自《史》、《漢》而八家,自唐而宋、元、明,日薄一日。詩歌自風雅而騷,自騷而漢魏,自漢魏而唐,自唐而宋、元、明,日薄一日。書法自古篆而小篆,自小篆而八分,自八分而楷,自晉而唐,自唐而宋、元、明,日薄一日。詩餘自六朝而唐,自唐而宋,自宋而元、明,日薄一日。八股制義自宋而明,自明迄今,亦日薄一日。惟衣服之美,飲食之侈,地所不能得者,必欲致之,俗所視爲常者,必欲更之,則日華一日矣。吁!由厚而薄者,或諉於時勢,由樸而華者,獨不可安於義命乎?

毀逆閹祠

京師海岱門內,智化寺後殿,乃明英宗祀逆閹王振者。錦衣玉帶,香火不絕,至今猶然。乾隆七年二月,御史沈廷芳奏毀之,與前臺臣張瑗奏請削平魏忠賢墓事同。忠賢戮尸之後，雖未嘗葬，一毀之下，褒貶之義昭然矣。

用古語

"青出於藍，冰寒于水"語出《大戴禮》，荀子用之。"倉廩實，知禮節。衣食足，知榮辱"，語出《禮含文嘉》，管子用之。"澹泊以明志，寧静以致遠"，語出《淮南子》，諸葛武侯用之。"不瞽不聾，不能爲公"，語出《慎子》，唐代宗用之。"先憂事者，後樂事。先樂事者，後憂事"，語出《大戴禮》，范文正公用之。

邴柏絮

《穆天子傳》有"邴柏絮"，註云："邴，國名。柏，爵。絮，名。古伯字多以木。"《路史·國名紀》有邴國。邴，音培。

南無

胡人禮佛，舉手加頭，稱南膜拜。《穆天子傳》："膜拜而受。"《希通録》云："南謨，音無，乃胡人之拜。"拜佛而誦其號，故併録之。佛經往往以"南無"冠於諸佛之上者，此也。

春秋少陽篇

《雞肋編》云："《論語音註》引《春秋·少陽篇》，不知何書。"《道山清話》云："上問：'墨智、墨允是何人？'陳彭年曰：'伯夷、叔齊也。'上問：'見何書？'曰：'《春秋少陽》。'即於秘閣取此書尋檢，果得之。然則此書宋時尚有及見之者，大約貯於秘閣而不傳於民間也。"《春秋·少陽篇》，乃緯書中之一種。

博 學 鴻 詞

康熙己未,召試博學鴻詞,獲雋者五十人。一等:彭孫遹、倪燦、張烈、汪霦、喬萊、王頊齡、李因篤、秦松齡、周清原、陳維崧、徐嘉炎、陸葇、馮勗、錢中諧、汪楫、袁佑、朱彝尊、湯斌、汪琬、邱象隨。二等:李來泰、潘耒、沈珩、施閏章、米漢雯、黃與堅、李鎧、徐釚、沈筠、周慶曾、尤侗、范必英、崔如岳、張鴻烈、方象瑛、李澄中、吳元龍、龐塏、毛奇齡、錢金甫、吳任臣、陳鴻績、曹宜溥、毛升芳、曹禾、黎騫、高詠、龍燮、邵建平、嚴繩孫。乾隆丙辰十月召試,僅得十有五人。一等:劉綸、潘安禮、諸錦、于振、杭世駿。二等:楊度汪、陳兆崙、劉玉麟,改名藻。沈廷芳、夏之蓉、汪士鍠、陳士璠、齊召南、周長發、程恂。丁巳七月,補考復取四人。一等:萬松齡。二等:朱荃、洪世澤、張漢。

脫 胎 國 策

司馬相如文"世必有非常之人,然後有非常之事。有非常之事然後有非常之功"四語,蓋脫胎於《國策》中"朱英謂春申君曰:世有無妄之福,又有無妄之禍。今君處無妄之世,以事無妄之主,安不有無妄之人乎"等語也。

學 校

井田封建,三代之制,不可復矣。井田難復,以宇內人滿之故。封建難復,有指大于臂之患。所存者,學校耳。上責以文,而下以文應之。上責以實,而下以實應之。所關豈淺鮮哉!今世雖尚科名,司鐸者當以實學訓勵諸生,毋徒視爲具文。其法莫如獎其馴良,警其浮惰爲先,自日異月遷,蒸蒸向善矣。然其原又在乎司鐸之得人爾。

今不古若

古有肉刑，今已廢。古有七出之條，今不行。古則爲母齊期，而今加重。然肉刑已廢，尚有冤於狴犴者。七出不行，尚有薄於伉儷者。母服同父，尚有衰於禮制者。今之不古若也，甚矣。

民蠹

大凡人有六等：士農工商爲四民，四民之上爲仕宦，四民之下則厮役，皆有所事事。惟有一種游手好閑之輩，上不能仕宦，下不能厮役，雜於四民之中，不爲四民之事，游蕩成風，呼朋習匪，此爲民之蠹也。臨民者，宜以此種爲急務。

納民軌物

人之心思耳目，不可使其無所寄。無所寄，則必生巧侈邪僻之智。敬姜曰："勞則善心生，逸則惡心生。"蓋謂此也。人家子弟，無所作爲，游手好閑，三五成群，言不及義，繼且行不及義，是在爲父兄之責也。臧僖伯曰："君將納民於軌物者也。"納字最妙。父兄納子弟於善，則善矣。故不論士庶之家，六七歲時且從師讀書，上者明達義理，有聞後世。中者掇科取第，顯親揚名。下者束縛規矩，猶不失爲治世之良民。安得驅游手好閑之輩而盡納之於詩書琴瑟之旁乎？

齊之逐夫

呂望爲齊之逐夫，見於《韓詩外傳》、太公望，少爲人壻，老而見去。《説苑》太公望，故老婦之出夫也。及《類林史註》、《鶡冠子注》諸書。太公

477

少婿馬氏，老而見去。《國策》註云不經見，何歟？

詩文境界

詩文境界疎闊，閫奧深邃。入門雖易，登堂甚難，入室更難矣。若四六、詩餘諸體，境界迂僻，閫奧顯淺，入門似較難，但能登堂者易於入室也。俗語云："圍棋易學難高，象棋難學易高。"信然。

誣告反坐

州縣訟牒，律有誣告之罪，有司不遵其法，遂至奸巧百出，詞訟紛紛。詐偽者倖勝，樸誠者自危。若加以反坐之罪，無所徼倖，則獄訟日衰，而民俗日淳矣。

稗官有本

《錢氏私誌》載："徐神翁云：天上方遣許多魔君下生人間，作壞世界。"施耐菴《水滸傳》"誤走妖魔"，本諸此也。其呼保義、玉麒麟諸號，本於《癸辛雜識》。雖稗官，亦不可無本。

材質不同

枚皋應詔而奏賦，相如含筆而腐毫，薛道衡踢壁而臥搜，蘇廷碩占授而腕脫。潘緯十年吟古鏡，何涓一夕賦瀟湘。李思訓經年之力，吳道玄一日之功。王璘半月萬言速，賈島三年十字遲。閉門覓句陳無己，對客揮毫秦少游。材質之不同若是。

韓袞狀元

韓昌黎，一代名儒。其孫名袞者，懿宗咸通七年狀元及第，人罕有知者。甚矣,科名之不足重也。

丈人泰山半子布代

《爾雅》稱妻之父母曰外舅外姑,或稱婦公,或稱婦翁。若丈人,本尊長之稱,不必婦翁也。而世人稱妻父曰丈人,出《史記·匈奴傳》:"漢天子,我丈人行。"又柳宗元稱妻父楊詹事爲丈人,母獨孤氏爲丈母。又曰泰山,本張説壻鄭鎰因説爲封禪使而加職事,自稱曰半子,出唐《回紇傳》。今婿,半子也,俗名曰布代。馮布妻父,每有事輒呼曰布代焉。或云有女無子,恐世代絶,招壻以補其代,故曰補代。然《漢·郊祀志》:"大山川有岳山,小山川有岳壻山。"裴松之注《三國志》言:"獻帝舅董承於獻帝爲丈人,古無丈人之名,故謂之舅。"則岳壻、丈人之名,自漢、晉已然,不始於唐。

少累潛心

凡人好學者,雖其性使然,大約少累寡營,故得潛心向裏。古來攻苦力學,往往出於寒儉者居多。劉伯芻貸鬻餅者以萬錢,則云"本流既大,心計轉粗,由是不暇《渭城》之曲矣。"

地理論辨

地理之説,乃山川融結之處,自有一種天然氣象。龍盤虎踞帝王都,龍飛鳳舞到錢塘是也。但地是天成,於人力無涉。處累仁之後,有興王之運,雖布衣崛起,居然端冕以居之。無綿延之運,失保邦之略,雖奕葉皇王,不免下殿而出走。自古帝王建國,都邑屢遷,無不是興隆之地,鼎器屢易,無不是興隆之人。然祖宗於此而得者,子孫即於此而失。末主於此而失者,開業即於此而得。都城如故,宮闕不改,而人移物換矣。信哉,地是天成,於人力毫無干涉也。荀悅曰："甲子昧爽，殷滅周興。咸陽之地，秦亡漢隆。"旨哉言乎。邦國如是，家宅亦然。大廈名園，高堂曲室，或居之而累世享其成，或居之而轉盼易其主。或居之而期頤者相後先，或居之而死亡者不旋踵。乃德與命之所致，豈關乎門戶向背之瑣瑣哉？陽宅如是，陰宅亦然。得吉地者，若有天助，得凶地者，若或使之。或因此而有公侯將相，亦家運使然。即不幸而食貧居賤，亦非人力可却。且地氣亦時有轉移，吉者變而爲凶，凶者變而爲吉，豈尋常意計之所能料哉？今人不明，往往依托地師，擇地彌年，將以邀福，不知福是天生，豈可邀得，知命者不邀福也。如人家子孫，當出富貴，自遇富貴之地。當出貧賤，即遇好地，亦葬不成。況庸庸地師，毫無成見，今日言是，明日言非，易一師而言是，更易一師而又非。窮年累月，皇皇無定，于心安乎？更有一等狗于俗見，乃曰盡人事以待天。嗟乎！人事之當盡者，亦多矣。不從事於平日居家、待人、孝弟、忠恕數大端，而乃以渺茫不可知之禍福爲憑乎？吁！亦異矣。故建陽宅者，當以現在地勢方向所宜，在乎貫串通達爲主，不必以南窗北户爲拘拘也。擇陰地者，當以地形高燥及無口舌是非之地爲主，不必以貴秀財丁爲兢兢也。況父母已歿，入土爲安，此是安父母，不是蔭子孫。以現在雙親已朽之骨，竭力經營，博未來子姓不可倖得之福，智者不爲也。若酷信風水，將已安之骨再爲遷葬者，尤屬不經之甚。故曰：知命者不邀福也。

受命于天

今人往往酷信時日，小有作爲，即檢看日之宜忌，不知人生貴賤窮通，天定者勝人。若曰人定勝天，在乎修德行仁以迓天休耳，豈在一時一日之間哉？人將受命于天耶？抑受命于時日耶？自術家避忌百端，使人手足無措。吁！人不以大是大非爲束縛，而以小禍小福爲束縛，其亦不思甚矣。

趨吉避凶

趨吉避凶，乃言理之順逆。順于理者，雖可避而不避，天必諒之。不幸有禍，無愧于心，無愧于天，豈曰凶乎？逆于理者，不當趨而趨，天不祐之，幸而獲福，有愧于心，有愧于天，豈曰吉乎？況順理者，必有償於後，而逆理者，已害伏於初乎？

天命不假

秦趙高篡位上殿，殿欲壞者三。晉桓玄篡位入宮，其床忽陷。梁侯景篡位，御床陷地。明李自成篡位，登殿輒目眩頭楚。信矣！天命之不可假也如是。

楊玢達識

唐楊玢歸里，爲鄰侵占地界，玢謂子弟云："試上含元殿基，望秋風秋草正離離。"可謂達矣。李德裕《平泉記》曰："以一樹一石與人者，非佳子弟也。"一讓於生前，一爭於身後，奚啻霄壤。

佛語合儒

佛經言果報事，大都荒遠。然經有云："欲得穀食，當勤耕種。欲得智慧，當勤學問。"此二語與吾儒"盡其在己"之旨吻合。

風月三昆

松、竹、梅爲歲寒三友，以其節操同也。吾于春得蘭之清而香焉，于夏得蓮之淨而直焉，于秋得菊之逸而蒼焉。欲聯之爲風月三昆,曰孟蘭、仲蓮、季菊云。然于歲寒一時之中已得三友,春、夏、秋三時僅得三昆,亦可見繁華之子不勝其纍纍而無所當矣。

説 郛

陶九成所輯《説郛》及陶珽《續説郛》共一千二百五種,瑣記雜説,無微弗録。惟卷帙浩繁,節略爲多。然全本幸存者,固無足慮。全本已失者,正幸嘗其一臠,爲之擷芳而取菁也。古云存什一於千百,不信然耶?周櫟園云金陵寇家有《説郛》全部,以四大厨貯之,今坊刻多逸去。

不作佛事

人家喪中必作佛事,通俗皆然。有心知其非者,亦耻過而作之。甚而笙管筝琵,侈聲靡漫,名曰佛戲。喪不哀歲,佛不清净,莫此爲甚。家君力學有年,動以昌黎韓子爲師,居喪不作佛事,雖招衆,尤不恤也。以此立教,垂乎子孫,并一切祈禱諂祭之屬,屏絶弗爲。非識力兼到者,其孰能之,求之古人中,已不少概見矣。

屏絶祈禱

今世祈禱之事:疾病則保福於廟,禱獻于家;求財則祭五路;舉子則齋監平聲生;年終則獻家堂;誕辰則齋星官;婢姻則待佛;新喪,則接青;起造則避忌;居平則淫祠賽願。凡此種種,俱福田利益之類,家君一切屏絶。所祀者,祖先而外,惟竈及中霤而已。謂其有功德于民者,當祀之也。其不祀者,非分不當祀,即義不當祀也。

深山焚修

佛教之立也,總使人除却貪、嗔、癡三字,不爲無益於塵世。但無人倫之懇至,所以止宜深山焚修,不宜混入塵市,恐人之暗昧者,多趨于福田利益之途,于貪嗔癡毫無關涉耳。

淫　祠

今天下淫祠甚多。所謂淫祠者,淫昏之鬼,淫溢之祀,凡不當祀而祀者,皆淫祠也。分不當祀尚謂之淫祠,況義不當祀者乎?

千　家　詩

村塾中所習《千家詩後編》詩四句云:"一團茅草亂蓬蓬,驀地燒天驀地空。争似滿爐煨榾柮,漫騰騰地暖烘烘。"余幼時即極訝之,及觀許彦周《詩話》云:"嵩山法堂壁間有此詩,司馬温公書於旁云:勿毁此詩。"想公亦有感於此詩爾。知後之編入者以此也。

豐縣石龍

豐縣有華山。乾隆年間,土人於山上鑿石,得一石匣,無縫天成。破之,中有石龍一枚,色紫赤,鱗鬣爪牙宛然畢具,百姓争觀,稍致毁損。今存縣庫中。前任豐縣令王錫爲余具説。《家語》:"魯大夫土缶中獲羊,孔子曰:'土之怪曰羵羊,木石之怪曰夔蝄蜽。'"豐縣之龍,其夔蝄蜽之屬乎?

體物不遺

鬼神之事,實屬窈冥。疑有疑無,紛紜莫定。若以爲有,則視之而弗見,聽之而弗聞也。若以爲無,則如在其上,如在其左右也。程子曰:"鬼神者,天地之功用,造化之迹也。"凡迹必有可見。而造化之迹不可見而可見,可見而不可見。人生天地間,不過理與氣而已。天地亦理與氣也,鬼神亦理與氣也。以理言之,幽則有鬼神是也。以氣言之，呼吸之間，有鬼神是也。大凡順于理者，即爲正氣。逆于理者，即爲戾氣。正者以和召和，佑于理與氣者，即佑于鬼神也。戾者以逆致逆，反是即看人身中，飲食調和，心慮公平，便覺血脉融暢，夢寐妥適。小者如是，大者可知。近者如是，遠者可知。故在天之鬼神，在人之鬼神，總不外乎理與氣二者。認得"體物不遺"四字，則或有或無，可以立辨矣。

精氣爲物

凡物皆有精氣。精即理也，氣則氣也。有精氣者則爲鬼神。上天雷霆風雨必有主之者，主之者，精氣也。祀上帝于圜邱，乃祀上天之精氣耳，非眞有如道家所謂玉皇上帝，儼然冠帔以臨者也。后土及山川五祀，莫不皆然。今人動輒塑像，則惑之甚矣。古昔聖賢死而謂神者，亦謂其精氣常留于天地間也。故有功德于民者則祀之，亦祀其精氣耳，非眞謂昔聖昔賢猶然享食民間也。明于精氣爲物之説，可以解世之大惑。

一氣感通

祭祀祖先，亦謂祖宗精氣所存，水源木本，一氣感通耳。神不在宗廟而在人之心也，天地山川亦是。將吾一片至誠一氣感通，故曰：惟仁人爲能饗帝，惟孝子爲能饗親。仁孝不至，則至誠不能感通，何享之有？而諂祭淫祀可知矣。

生死聚散

人死有鬼乎？曰：無有也。人生在世，一身之氣聚則生，散則死，此氣雖常存於天地間，聚于前者散于後，散于彼者復聚于此。但既散之後，此氣復歸鴻熙，與大氣攪和，焉得一人有一鬼。猶如燈火初滅時，烟氣熹微，猶是此燈之烟。少頃，則不復聚矣。不復聚而與千萬燈之烟相和，又復誰辨其爲此燈之煙耶？所以人初死時，尚未净盡，到後歸於大造，即屬烏有。

伯有爲厲

伯有爲厲之類，取精多而用物宏，亦其精氣遲散，或能團結，總屬偶然之事，久後亦散。不則或有邪氣相托而然耶。邪氣者，陰陽不正之氣，非謂鬼物也。天地正氣既能生人邪氣，獨不能爲厲耶？若是爲厲而能久者，即屬怪異，且必變態不常，決不是此人之鬼久能爲厲也。

游魂爲變

天地之氣，聚而人生，散而人死，再聚則又生人。但後之所聚，非即前之氣也。氣是混茫的物，聚千萬氣爲千萬人，既散之後，千萬氣合爲一氣，就一氣中又分千萬氣，而生千萬人。焉得謂後氣即前氣，後人即前人。猶如鐵冶鑄物，鑄成爲刀爲劍，不一其形，及至還爐時，將刀劍諸形一歸大冶，刀劍攪和，無復辨識，然後再鑄成時，依然又成刀劍，豈得謂今之刀即前之刀所成，今之劍即前之劍所成耶？故釋氏輪迴之説即大冶之義。然必曰某人托生爲某，則造化之氣拘隅不通矣。晉唐小説或有身記前生之事，如羊祜、顧況幼子等，未必信然。即信然矣，亦屬偶然，謂之怪異可也。怪異者，非常有也，豈可以不常有而偶見之事爲憑乎哉？只將"游魂爲變"變字解差了，變是變化之變，不是變現之變。

形聲怪異

人家往往有形聲怪異之事，動曰鬼神，此非鬼神也，乃邪氣耳。邪氣者，陰陽不正之氣也。凡陰陽不正，或有所偏，或有所感，俱成

485

怪異，非真有面目狰獰，手足殊形之鬼佈滿人室屋間也。有所偏者，或陽明太盛，如人家園亭無人來往，陽氣無歸納，往往多怪異。或陰暗過盛，如人家暗室不開，及停柩日久，陰氣不通達，往往多怪異是也。有所感者，或家道不和，乖氣致殃。或地氣不和，草木爲妖是也。故怪異之生，都由氣來，偶有形象著見，亦如正氣生人之有形，但邪氣恍惚莫定，非如生人之正體常住也。有所偏，是不和所致。有所感，是不正所致。但當以正氣、和氣消之耳。此言是實在之言，並非頭巾氣也。

氣以成形

吳江吳氏墓上有石馬，年久，夜盜田中稻，爲人傷頸，後不復見。同里鎮何氏墓上有碑趺，盜稻，爲人椎去其首。又龐氏門首有石狗，埋于土中，其首稍出地上，人踐之光澤，月夜往往聞吠聲。有人以泥泥其面，自後無聲。此類他處頗多。夫成形之物爲日月精華所爍，風雨元氣所呵，故爾聲形或異，即所云氣以成形也。然所受者，到底戾氣，非正氣，故時隱時見耳。

鬼由心感

石普醉中縛一奴，使其指使，投之汴河。指使哀而縱之。既醒而悔。居久之，普病，見奴爲祟，自謂必死。指使呼奴示之，祟不復出，普亦愈。《療妬羹傳奇》中狗才家婆事用此。有僧人入暗處，誤踏茄子，心疑是生物，中心懺悔，夜即有叩門索命者。迨曉方知是茄子也。觀此可知，鬼非真有，乃心之所感，氣之所感耳。

不食周粟

夷齊不食周粟，採薇而食。昔人有譏其薇亦周薇者，不知其不食周粟，乃不爲周臣而不食其爲臣之禄，故寧肥遯於野而食薇，非真終身不食米粟也。餓死首陽，乃窮約而死，非真不食米粟而死也。讀書拘於字句，往往如是。閲《程氏遺書》，伊川先有是説。

甘羅不爲秦相

甘羅年十二，事秦相文信侯吕不韋，説趙有功，始皇封爲上卿，並未爲丞相。其祖甘茂，亦未嘗相秦也。俗傳甘羅十二爲丞相，蓋由杜牧之有"甘羅昔作秦丞相"之句，遂以訛傳訛耳。《儀禮疏》曰："甘羅十二相秦。"《北史·彭城王浟傳》云："昔甘羅爲秦相。"知此謬循襲已久矣。

虛文懺悔

佛教之人中國也幾千餘年，以清净寂滅爲教，寓慈悲度世之心。其徒以福田利益之説轉相傳述，惑世誣民，幾遍天下，而愚者亦不知所謂清净慈悲之本，但欲以一日之施捨、虚文之懺悔，冀消無窮之罪業。夫佛何嘗不許人懺悔，但當實實有懺悔之心則可，今徒以虚文了事，非惟前業不消，後業又增矣。

懺悔改過

懺悔，即吾儒改過不吝之意。但改於行者，不徒改于言，則不悔于心，徒悔于口，其可乎？僧家往往以念經消罪爲説。夫念經消罪者，猶吾儒讀書可以寡過之謂也。原要把書中道理合到自己身上，做實踐工夫，不是記誦之功即可以寡過，念經亦然。念了經，要人自己變化氣質，可以消罪。若曰一念誦即可消罪，是將驅天下之恣行不善者盡消於一念誦之中，是作逋逃之藪，開招降之路，任人叛而降，降而復叛，則終無已時也，豈道也哉。

487

放下屠刀

放下屠刀，立地成佛。雖由頓悟，亦是鞭迫性靈使然，豈徒貌襲哉？貌襲者，妄矣。周處之爲善類是。

上方山

吾蘇上方山，舊祠五聖，作威作福，享獻日隆，舉國如狂。康熙中，巡撫湯潛菴斌毅然焚其像而除之。昔人云：西門豹之投巫嫗，狄惟謙之沉天師，狄仁傑、李德裕之毀淫祠，並有許大識力者。見或不真，中或稍怯，此定不能也。上方山五聖，或是五聖，或非五聖，總是邪氣。邪氣者，陰陽不正之氣也。偶有靈動，人或神之，則遂聚而不散。湯公一除之後，終成寂寂，由于邪不敵正，故一攻即破耳。邪氣之聚，如人身榮衛不和，有所團結，以輔邪之藥治之，則愈固結而不解，所謂養成其勢也。一服清涼散，則杳不知其所之矣。

生契生稷

簡狄䏡降而生契，姜嫄履武而生稷，毛《傳》以高禖之候解天命玄鳥，曰："春分，玄鳥降，湯之先祖有娀氏女簡狄配高辛氏帝，帝率與之祈于郊禖而生契，故本其爲天所命，以玄鳥至而生焉。"又以從帝嚳祀解履帝武敏歆，曰："帝，高辛氏之帝也。武，迹；敏，疾也。從于帝而見于天，將事齊敏，爲天所饗也。"此乃光明正大之論。鄭《箋》以吞燕卵，踐神迹解之，説宗《史記》，實本《詩緯》，語出神奇。朱子《本義》不取毛《傳》而取鄭《箋》，未知何故。雖神聖降生或有殊異，然正氣降臨，畢竟光明正大，豈夜郎廩君等可比耶？惟嶽降神，生甫及申，亦謂山川之正氣所鍾，正氣謂之神，非如世俗東嶽帝君托生等荒唐之説也。

不餌五穀

吴江龔民瞻先生娶馮氏，恬静自處，屏絶世味。年六歲時，忽有所感，遂不餌五穀，終年絶粒，惟日供甘果少許而已。于歸之後，又閲六七載，始終如是而殁，迄無他異。龔繼娶龐氏，即余岳母之所自出也，故余知之最詳。明郎仁寶表嫂亦終身不喫飯云。

聖人治生

釋氏無生，道家尊生，聖人治生。無生者，可無一己之生，不能無天下之生。尊生者，可尊一己之生，不能尊天下之生。治生者，可治一己之生，并可治天下萬世之生。

知處稍偏

夷惠何嘗不是聖人，所以稍有偏處，非行之未至，乃從知處源頭起見，然猶是聖人中分别出來。釋、道二教，行處何嘗不至極，而知處源頭稍偏，即各立門户，扞格不入。故學者工夫，先從知處做起要緊。

韞藉難能

《牡丹榮辱志》，志花之亨泰有十二事。中有妻孥不倦、子弟韞藉、僮僕勤幹三者。嗟乎！豈獨花乎哉！有是三者，百事可爲，其家必興。然不倦與勤幹爲興隆之象，人所易知，猶人所可能，惟"子弟韞藉"四字難知，亦最難能。

懶於修爲

地理之書，始於《黄帝宅經》。後有青烏子《相地骨經》及郭璞

《葬經》。其論山川向背,高下陰陽,儘有至理。然今人必欲攢求美地以邀福,曰:"是有地理也。"則人理之未講而求地理乎?天理之不修而求地理乎?懶于修爲,勤于希倖,人情大抵如斯矣。

病　痛

漢匡衡疏有曰:"聰明疏通者,戒于太察。寡聞少見者,戒于壅蔽。勇猛剛强者,戒于太暴。仁愛温良者,戒于無斷。湛静安舒者,戒于後時。廣心浩大者,戒于遺忘。"數語説盡天下人病痛。

緑　沉

緑沉者,緑色沉也。或用鐡,或用竹,或用瓜,或用漆,或用筆,或用弓,或用屏風,或用扇,或用色,不專指一物。杜詩之紛紛致辯者,可以息矣。

書隱叢説卷二

有幸不幸

制字者，人知有蒼頡，不知有沮誦。入吴宫者，人知有西施，不知有鄭旦。以十二牛犒秦師者，人知有弦高，不知有寒他。刺韓傀者，人知有聶政，不知有政之副陽堅。擊築送荆軻者，人知有高漸離，不知有宋意。秦始皇所鑄之金人，人知有翁仲，不知有君何足。治太初曆者，人知有洛下閎，不知有唐都。光武故人，人知有嚴光，不知有牛牢，又有高獲。漢末黨禍未起，先逃吴中者，人知有梅福，不知有吴羌。西京巧匠，人知有丁緩，不知有李菊。爲王嬙而致殺之畫工，人知有毛延壽，不知有劉向、陳敞、龔寬、楊杜、樊青等。魏武築三臺于鄴，人知有銅雀，不知有金虎、冰井。唐中葉，以八分名家者四人，人知有韓擇木、蔡有隣、李潮，不知有史惟則。史，吴人。品泉者，人知有陸鴻漸、張又新，不知有劉伯芻。刻黨人碑，人知有欲免刻名之安民，不知有辭刻之李仲寧。閩中長橋，人知有洛陽橋，不知有盤光橋。明永樂中下西洋之太監，人知有三保太監鄭和，不知有王景和、侯顯。時同，事同，而才貌同，一彰一晦如是，豈果才貌之或爲所擠耶？抑亦有幸，有不幸耶？

中知以下

凡人性質，天然有等級。資禀高者，于事理上總識得透徹。資禀下者，事理當前，莫説識不破，即有人極力指點而終不悟，常如隔膜焉。其中等級，與耳聰耳聾者聽人言語相似。《左傳》曰："臣料虞公中知以下也。"讀之能無慨然？

不延醫爲妙藥

《內經素問》意義深微，非淺學所能窺。故善醫者按脉切理，對病發藥，往往多效。若庸醫智識粗淺，聊襲陳方，不是誤認病源，即是雜投藥餌。淺病猶可奏功，深入腠理者，束手無措，不見其成，立見其敗。古云"學書紙廢，學醫人廢"，誠然。所以達生者，不幸有病，守"不服藥爲中醫"之説。然俗云"問了醫家，便有藥"，偶爾延醫，説得天花亂墜，未免中心鶻突，即有誤投之事。慎于延醫之後，莫若慎于延醫之前。故不服藥爲中醫，不如不延醫爲妙藥也。

溪嶺惡氣

湖廣長沙府以南往往有異術，能以符呪愈人之疾，雖大癰毒疽亦然。并有罹罪庭鞫者，箠訊之下，以意視他物，如桌椅欄楯之類，代爲受之，己身毫無痛楚，謂之寄打、寄夾。其處民人多習此術，有司亦無如之何。聞有爲盜者數輩，有司窮治不得，以印印其身，無益。繼以豬狗血灌之，立見痛楚承服。左道之誣民如是，過長沙則不驗。又雲南沅江府能以土木易人肢臟，初亦不覺，數日後始苦，不久即死。溪嶺間多惡氣，此等亦惡氣所鍾，如蝮虺瘴蠱不絕於天地間耳。

陝西災異

康熙年間，陝西五臺山崩，失其二臺，鞏昌府屬多成虀粉。乾隆四年冬間，陝西、寧夏天氣陰慘，風雨連綿，浹旬後地震不止，城門嵌陷，民人後出者，至不得過。城中水漲火發，冰積沙飛，垣宇傾頹，官民糜爛者，不可勝計。吾蘇顧某官于地，亦與其難。朝廷發帑賑濟，重爲相度修治焉。

叫人蛇

廣南有異蛇，客旅經過，知人姓名，呼之不應者無恙，無心而偶應之者，晚必隨其所止害之。逆旅主人於宿客之來，必先問有人呼汝否？汝曾應否？應者則設一匣于枕畔中，夜聞窣窣聲，遲明視之，則蛇爲匣中飛蜈蚣穴腦而死。其蛇則人首也。蓋蛇欲啖人而來，飛蜈蚣最耆蛇腦，聞其至即穴其腦，而蛇爲之斃耳。謂之叫人蛇，又云人面蛇，亦畏狐。

京師地震

雍正八年秋，京師地震，累月不寧，廨舍寺垣所在傾倒，民人旅寓多見躓殞。吾邑黃汝魁以武舉會試在都，亦與焉。

孤室火焚

雍正中，豐沛大水之時，廬舍飄蕩幾盡。一里之中，有孤室巋然獨存，意其爲天所祐也。逾時，爲火所焚，人屋亦盡。噫！異哉。

讀書爲上

人家子弟，第一讀書爲上。窮理格物，則爲聖賢之學，固不朽之業。摛詞捴藻，則爲學士之功，即顯揚之路。下至琴弈書畫，不妨涉獵以寄情，即有好高自異，亦各隨其性之所近，不可拘以一律。惟有賭博、淫色二途，不可稍爲沾染，以其喪名、喪命、喪陰隲，敗禮、敗度、敗家聲也。財色，人所難絕；賭淫，俗所共好。觸處聞其言，閱人知其事，故尤宜痛絕之。

謹厚醇默

制行不可不謹，居心不可不厚。處世不可不醇，矢口不可不默。以"謹厚醇默"四字日存于心，雖不能無過，亦庶幾寡過矣。

恕字爲本

孔子曰："其恕乎。"孟子曰："強恕而行。""恕"字是爲人妙法，齊治均平，徹上徹下，無不用得去。故訓子弟者，當先以恕字爲本。

私不勝公

至公無私，仁者能之。私不勝公，謂之君子。公不勝私，謂之小人。

新月謠

余《詠新月謠》云："明鏡奩開尚未開，蛾眉一望秋如水。"沈歸愚德潛先生評云："佳句，令我再三吟咀。"

紅蘭室主人

紅蘭室主人，本朝宗室也。喜接文人，不棄疏賤。日以詩文自娱，有《玉池生詩稿》五卷，方之于古，其河間東平之亞乎？

甲乙問答

考試時有晚出者，至夜將半，伺候僕役輩疲怠已極。甲問乙曰："兩篇文字約有多少字？"乙以約有千許對。甲嘆曰："讀了幾年書,千箇字尚没在肚裏。"乙曰:"不然。汝烏知之,千箇字散在外邊,一時尋不足,故耳。"聞者爲之一笑。吁!言雖冒昧,而乙言其庶幾矣。

《齊物論》隱居放言

《莊子·齊物論》固能齊是非,同物我矣。然施於草野倨侮、憤世嫉俗之士,以之自爲排遣則可。若遇朝廷大利害處,如宋之青苗等新法,如何可以彼一是非、此一是非了之。即明之興獻大禮,紛紛聚訟,到底有個至當不易的道理,亦不可以彼一是非、此一是非抹之也。是故《莊子》寓言多憤世嫉俗之辭,多倨傲鮮腆之意,大都隱居放言,爲下乘説法耳。明眼者自當領會。

不可害人

學者第一存心不可害人,大而學術、事功,小而言語、動作,無不皆然。學術苟議論偏僻,矯枉過正,則害及萬世。事功苟獨任己見,輕舉妄動,則害及天下。動作違理,害人於日用。語言不慎,害人於隱微。總存一不可害人之念,則幾於忠恕矣。

果敢和平

人性不同,有果敢者,有和平者。學問未至,果敢者,人受其暴戾之害,和平者,人受其優柔之害。然優柔之害淺,而暴戾之害大。如病者誤服寒劑,猶可挽回;誤服熱劑,不可救藥。學者不可不知也。若外示和平而中心猜忌,則忍而曲,自不如果敢者之直而剛也。

術　　法

術法之傳,自古有之。先祖在鳳陽幕中曾見一術者,一手執劍，一手襯衽，口中喃喃，隨有自斃鳥雀數十雜投懷中，烹飪佐酒，以爲笑樂。

頃刻花

有人于市肆中乞陳瓜子一粒，以乾土少許，即于店櫃上培養澆灌。忽而芽，忽而藤，忽而蔓延，忽而開花，亦有不結實者。忽而結實，成瓜如茶杯大。少頃曰："可採而食矣。"採焉剖焉，宛然瓜也。分餉衆人，香味無殊。古之頃刻花，其此類歟？

修吳江塔

吳江東門外華嚴寺浮屠乃宋時所建，漸至傾圮。康熙中，邑人募修，工費踰萬。塔本傾向東南，塔工乃空其西北之土，楔以杪枋等木。云俟東南風緊，此塔可正。至日東南風至，塔果正，而西北所楔之木立成虀粉，如漚沫者然。噫！異矣。大凡庸耳俗目之外，其別有傳授者，非淺鮮可幾共見共聞。如修塔之事，庸衆猶以不測奇之，又何怪乎符呪之驅除變化耶！

管蔡

文王聖父，后妃聖母，自得武王、周公之聖子，然有管、蔡，又不可解。豈胎教之未至耶？父教之不嚴耶？抑戾氣之鍾，雖聖門亦不免耶？

管蔡以殷畔

管蔡之以殷畔也，非助商也，非畔周也，乃有見於商家兄終弟及之事，以爲其勢必歸于周公，而公輔成王，又必不能及於管、蔡，故畔之所由起耳。余弟逸亭言如此。

食譜食經

飲食，人之大欲，然必從事于此，購求精美，不亦陋乎？韋巨源有《食譜》，謝諷有《食經》，何曾有《食單》，虞悰有《食方》。段文昌《食經》至有五十卷，孟蜀《食典》至有一百卷，異矣。

明通榜

明永樂中，會試下第，其中文字稍優者得除教官。本朝雍正中，勅會試後，以下第卷另授主司，擇其文理明通者取若干名，即選教職。乾隆七年壬戌科，即勅會試主考于薦卷中擇取若干名，榜後更爲發榜，謂之明通榜。江浙每省取六十人，餘省亦不下數十人。

忘世紅塵

處魚米之鄉，半村半郭之間，當四方無事，家庭無故之日，肢體康健，婦子恬熙，庭除瀟洒，風日清閑，花木紛披，屏窗軒敞，攤卷長誦六經、三史、諸子百家，以及詩古文詞、稗官藝術。此卷完，旋閱彼卷，不計日之早暮，有得于心，輒書于紙。舉頭遐想間，但見綠樹迎風，閒雲逐鳥，幾忘身世之紅塵矣。問咏小詩，時作數字，破寂而彈鳴琴。客至，則布楸枰，以日以年，樂而忘返，不知天地間更有何事也。

欲盡理全

天地間，人物鬼神，無非理與氣，前已備論之矣。然氣之不能有正無邪，猶人心之不能有理無欲也。所以蛇虎梟獍，鬼魅詭怪不絕于世。況正屬陽，邪屬陰，一陽而二陰，自然之道。人心欲障多于理道，世間小人多于君子，但邪不敵正，其權總望乎欲盡理全之君子耳。

含生之屬

宇宙含生之屬，有知無知，共有五等。最上聖賢，生而無不知者也。次則衆庶，生而有知、有不知者也。次則禽獸，生而有一知者也。次則蟲豸，生而或有知者也。次則草木，生而無知者也。昭宣庶物，嘔煦萬類，惟在無不知之聖賢。

先出爲兄

雙生子，古有以後出爲兄者，以先出爲兄者，紛紛辯論。兄後出之説曰："以受氣之先者爲兄也。"其臨産時之旋轉上下，固未可定。但有一語奉駁，人家妯娌有同日生子者，如妯之受氣早，至九十月而生，娌之受氣遲，僅七八月而生。如娌之子先出，可以妯之子爲長耶？均之兄弟，總以先出爲兄，無容異議也。

正神精氣

鬼神總無形狀，土木之偶最足惑世。正氣爲正神，自有精氣所存。邪氣爲精魅，亦忽有而忽無，即有團結處，總是邪氣不散，變現形狀。即如楓人木瘦，尚有類人者，如以爲異，則人物之成形最異，而鬼神之偶見者不與也。人以習見者爲常，以偶見者爲異，少所見而多所怪，其固然矣。抑思"氣以成形"四字，原是極平常的道理，但人物之成形則常，鬼神之成形不常。既不常矣，又何土木之像哉。況精氣之正神，又不同于變現形狀者哉。若以倏有倏無之形狀而欲實之，將雲物變幻成人物，牆垩斑剥似鬼怪，亦從而塑以奉之耶？

內多欲而外施仁義

孔孟之栖栖道路,時人非不知其賢且聖,而不用之者,非不欲用,乃不敢用也。王道當自近始,一用之後,必先清心寡欲,屏聲色,去諂諛,將曰:"子無樂乎爲君矣。"所以時君不敢重用,僅抱虛名,招致以驕隣國,豈真好賢哉。大病在內多欲而外施仁義也。

以術愚人

人之愚者,往往惑于不見之處。而愚人者,亦即以不見之處惑之。凡巫祝之禱祀,齋醮之祈禳,藥石之攻補,卜筮之從違,星相之災祥,堪輿之禍福,以及功名之關節,獄訟之營謀,以術愚人,無所不至。受愚者且至死而不悔。悲夫!能于此而不惑者,其惟明理達事,守己持正之君子乎。

誠格天心

聖賢得理之全,所以與天通。猶人家之嫡子、衆庶,得理之偏,所以與天遠。猶人家之曾、玄,其有一端之誠,足以感格天心者,猶曾、玄向祖、父而求通于高、曾,終是一氣,焉有不通之理。

瓶花倏忽

人世亦倏忽耳,而春花爲甚,而瓶花尤甚。花入瓶中,爲清供賞目,不及二三日,一日之間,賞目不及二三刻,旋即敗萎零落。後之厭惡甚於前之賞目,人亦何爲多此一累乎?

親迎大禮

親迎大禮。吾吳久爲聲明文物之邦,親迎之禮尚未能行,聯姻下縣者不得已則勉行之。至於蘇城內外，不論貴賤，無一行之者，竟等于風詩之齊俗也，可乎？是在乎移風易俗之長上矣。

貴乎自然

凡事貴乎自然，不取勉強。自然者，合乎理，亦合乎數。勉強即背理違數矣。小而臥起飲食之類，稍有勉強，即受其困，何況他事。若事關名教綱常之大，但當順理，不必論勢者，即勉強行之，雖數不當成，于理無愧，于心無怍，即謂之自然可也。

作事存心

凡人作事存心，欲向上者，每多焦勞，炎上作苦也。欲就下者，每多淹瀆，潤下作鹹也。欲料緒者，每多愁鬱，曲直作酸也。欲變更者，每多艱辛，從革作辛也。惟安分守己者，每多恬適，稼穡作甘也。

塑像皆星

李夢陽在至虛觀見像，問道士："此何神？"答曰："皆星也。慮人不敬畏，故假名像耳。如王靈官，即心星，故熖而火輪，他皆類是。"道士而能爲此言，其聰明識道理者乎。世之惑者，可以少解矣。

一氣團結

楓人木瘦，石燕石蛇，種種肖物。腐草爲螢，朽麥化蝶，種種化生。膾殘可魚，吞髮可活，種種變態。人世間本一氣團結，俱能變化，又何惑乎精魅鬼怪耶？

海市蜃樓

海市，海濱往往見之。海中諸物，比凡物分外精爽。蜃蛤之屬，能吐氣成樓臺城市之形，種種悉具。或曰變幻而成，或曰影耀而成，俱未可知。陸地亦有山市，總是一氣變化，何所不有。木文成字，石理成畫，無知之物皆有變化，何況蜃蛤？夫蜯能出珠，秀靈所鍾，所以蜃蛤獨擅其長。

恂慄威儀

品行二字，合得攏，拆得開。行是德行，品是品格。有品而無行，固屬冒名。有行而無品，終屬不檢。攝亦爲人所輕鄙，恂慄之後，繼以威儀，曷不思之？

忠信篤敬

讀書人于講習之下，須做實在工夫，可以馴至于聖賢之途。不爲章句俗儒，做工夫當從恕字做起，其條目不外"言忠信，行篤敬"六字。

退讓爲本

不能行恕者，以無退讓之心耳。即如有至小之物，美惡並列，取其美於己，歸其惡于人，常情往往類然。若于此能有退讓之志，由小以至大，做一分進一分，則學問日長矣。故語言動作，每事總以退讓爲本，可以免咎無悔，可以進德脩業。黃老之言可以治天下者，爲其退一步之幾于行恕也。

十 醫

偶檢案頭書，得"十七醫"，頗有意味，摘其尤者存其十云：一曰讀書醫俗,二曰安分醫貪,三曰彈琴醫躁,四曰痛飲醫愁,五曰省費醫貧,六曰苦志醫賤,七曰量力醫鬭,八曰面壁醫動,九曰靜坐醫想,十曰焚香醫穢。予亦成"十醫"以補其未備云:一曰勤苦醫惰,二曰知足醫癡,三曰有容醫嗔,四曰索居醫浮,五曰忠厚醫富,六曰勇退醫貴,七曰吟詩醫悶,八曰習書醫倦,九曰灌花醫寂,十曰譜棋醫拙。

放翁詩句

陸放翁《過龍洞閣》詩云:"着脚初疑夢,回頭始欲愁。"此是悟語,不特詩中佳句也。持以告天下之處富貴逸樂者讀之,而不爽然自失,非學問中人也。

夜夜秉燭

太白云:"三萬六千場,夜夜當秉燭。"故作達語。然人生貴適志耳,晝事詩酒,夜安枕簟,未必非兩得其樂,又何必夜夜秉燭耶?

見譽聞毀

文中子曰:"見譽而喜者,佞之媒也。聞毀而怒者,讒之囮也。"夫見人譽者無有不喜,第究其譽之所由來,則不至見而即喜矣。聞人毀者無有不怒,第究其毀之所由致,則不至聞而即怒矣。即有當喜,存于中,不必形于面。即有當怒,藏于心,不必發于色。如是,則讒者、佞者何自來乎?

強附知己

姑息非仁,慈愛爲仁。剛愎非義,果斷爲義。繁縟非禮,分別爲禮。穿鑿非智,明辨爲智。硜硜非信,篤誠爲信。婦人之仁,匹夫之勇,強附知己而已。

恩威並濟

唯聖人能恩威並濟，下此必有偏勝者。恩勝，人心悅服，然必陰有欺之者。威勝，人心畏懼，然必心有不服者。恩盡則離，猶以漸而來。威盡則叛，則一發而莫可制。與爲威勝，寧爲恩勝，所以魯尤近道也。

人情不古

以君子之心待人，忠恕之道，然十失八九。以不肖之心待人，逆億之事，然十得八九。甚矣，人情之不古也。人亦愼毋爲他人以不肖之心待之而可也。

鋤經樓榜聯

鋤經樓上榜聯云："不生事，亦不廢事，有事常如無事；能信書，還能疑書，讀書勝似著書。"或疑"疑書"字無出。程子曰："學者先要會疑。"朱子曰："書始讀未知有疑，其次漸有疑。"又曰："讀書無疑者，須教有疑。有疑者却要無疑。"則亦未嘗無出矣。

達觀靜守

人力可爲者，到底是天心所屬，不然徒費心力，勞而無功。達觀者當思靜守，作戾者宜防反覆。

當思後患

士君子舉動，不論大小，當思後患。有利無害者，可爲。利害相參，即當審擇，況有害無利者耶？

詩無定例

詩無定例，但能格局老成，辭氣渾厚，命意遠到，措語清新。如是，即晚唐、宋、元，何嘗不可追古，不必以濃淡平奇爲拘拘也。

提掇跌宕

大家文，直處要達意，曲處要酣暢，"提掇跌宕"四字，處處不可無者。

詩餘四六

詩餘總要婉麗清新，雄壯次之，平直無取焉。四六要段落明晰，用事貼切，濃不沉悶，淡有餘思爲妙。

體裁不一

詩文體裁不一，各有性之所近。選詩選文，不能畫一。選定者，亦不能人人合意。初學讀詩文，但當就正家數於先輩，至于誦習，取其最愜意者，亦可不必拘定。

殿試儀注

本朝殿試儀注：四月初一日，於太和殿前殿試。照例，令用貢生考試高卓。殿試畢，初四讀卷。初五日，皇上陞太和殿，中和韶樂作，各大臣朝服排立，鴻臚寺鳴贊，傳制唱名畢，禮部捧榜出午門，御仗前導，至東長安門外張掛，狀元同諸進士隨出觀榜。順天府備傘蓋儀從，送狀元歸第。初七日，賜恩榮宴于禮部。初九日，賜狀元六品頂帶，各進士每人表裏各一端。初十日，狀元率諸進士，午門上表謝恩。十二日，狀元率諸進士，詣先師孔子廟行禮。

自後，狀元爲翰林院修撰，榜眼、探花爲編修，諸進士復行朝考，詩賦論疏三四題，中式者爲翰林庶吉士，其餘散進士。再引見，特放部屬知縣不等，餘俱歸班銓選。而庶吉士三年後散舘，二甲者授編修，三甲者授檢討。不中式者，改爲部屬知縣，或歸班銓選。於是舘職一空，而新進復滿矣。

推算未來

《齊東野語》、《癸辛雜識》及《輟耕録》、《七修類稿》，以已往推未來節氣，子爲逆推已往，有未盡合者。靜想五日三時辰之義，因而有悟，得推算之法，驗未來於既往，布算頃刻而成。新書出，較對間，雖不無一分半刻之差，然小有齟齬，不至大相乖謬也。訣云："九年推舊曆，甲子看丙辰。大月五九推，小月四八眞。月朔既已定，隔年節可因。五日加二時，七刻又四分。閏月無中氣，此說又當明。"雖僅屬膚末之學，然較之《輟耕録》所載，已略見一斑矣。舊說三時五日打春牛者，總以周天三百六十五度四分度之一也，而三時之中又有畸零不盡也。

七月大風

雍正十年壬子七月十六日，天色黄黑，忽起大風，雨隨如注。崇明、海鹽等處，漂蕩室廬，折壓人畜，不計其數。子時赴省試，舟泊尹山，不得前。浮家泛宅，不復知有傾覆之虞，然已累息危坐者二日夜矣。與康熙三十五年大風略同。

義理之性

孟子曰性善，是專就義理之性而言。此性，即天命之性也。韓子"性有三品"之説，祖孔子"上智下愚、性近習遠"之意。然此乃兼氣質之性而言。楊子之言善惡混，是性近習遠之説。荀子之言性惡，是下愚之説，總就氣質而言耳。夫子不可得聞之性與天道，即所謂性善之旨也。夫子未言，而孟子發之耳。夫下愚不移，未汩于習染，先汩于氣禀。然虎狼亦有父子，性中何嘗不善，不可以一二人之不可爲善，遂致疑夫天命之性也。

戾氣所鍾

越椒食我之生也，雖未染于習俗，先已汩于氣禀。如虺蝎、狐蜮等物，世間不絶，乃偶然戾氣所鍾，不可遂指天下之物皆爲惡也。

陰陽拘忌

外事以剛日，内事以柔日，古人擇日之義，如斯而已。今人動輒拘忌，惑于陰陽家之説，究之拘忌者，能免咎乎？即如婚禮，何人不詳細擇日，其後亦有齊眉，亦有夭喪，是人之命運所定，豈在一時日之間也。夫要約不可無期，期則擇其吉者而已，何必詳審束縛，有動輒得咎之形乎？至于喪葬，以速爲貴，定期而已，不必擇日也。入土爲安，吉祥莫大，何有于陰陽拘忌乎？今人因多拘忌，而并遲於入土，孰知其不入土則先人不安。先人與我，乃一氣貫注者，先人不安，子孫安乎？否乎？其爲不吉不祥也，更有甚于陰陽拘忌之爲者，而人終不悟也。悲夫！

會狀兩元

本朝以會元而得狀元者共八人：順治丙戌，傅以漸；康熙癸丑，韓菼；丙辰，彭定求；乙丑，陸肯堂；癸未，王式丹；雍正丁未，彭啓豐；癸丑，陳倓；乾隆壬戌，金甡。吾蘇居其四焉。而彭氏祖孫會狀，尤爲異數也。

多聞闕疑

孔子曰："君子於其所不知，蓋闕如也。"又曰："多聞闕疑。"人於讀書行事之間有所疑處，必當闕而待問，斷不可自以爲是，妄行臆斷。夏五郭公，孔子何難筆削，但以屬在義理可以窮詰者，則至精至當。以操筆削之權，屬在事迹有所不知者，寧闕焉而弗講。聖人之不妄行臆斷也如是。今人能闕所疑，則心日虛而學日進矣。

文武互試

康熙五十二年，有文武互試之例。文生願改入武闈，武生願改入文闈者，聽。不中式者，不准再行改考。鄉、會試皆然。乾隆六年辛酉科，福建解元邱鵬飛以武生五經與試，中式第一名，衆議沸騰。揆厥所由，乃伊弟文生邱某代作，隨經勘問，斥革。七年四月，御史陳大價奏罷文武互試之例，自後永行停止焉。

金石經眼錄

歐陽修《集古錄》，曾南豐《金石錄》，葉夢得《金石類考》，洪适《隸釋》、《隸續》，鄭樵《金石略》，趙明誠《金石錄》，都穆《金薤琳瑯》，趙崡《石墨鐫華》，顧炎武《金石文字記》，郭宗昌《金石史》，于奕正《金石志》，葉封《崧陽石刻集記》，皆考核精詳，足備後代訂正。近邵陽褚千峰有《金石經眼錄》，略倣《隸釋》之例，以周秦漢之籀篆八分猶存于今日者，縮于邊幅而摹勒之，後附説焉。共六十餘頁，斷跌殘碣之形，雨蝕苔侵之迹，無不在目，亦好古者之一助矣。

醉翁亭句法

歐陽公《醉翁亭記》，以"也"字爲絕句。其格雖發源於《周易雜卦》，及《爾雅》、《考工記》，實脫胎於昌黎《祭太湖神文》及《清河張公墓誌銘》二篇也。荆公誌葛源、東坡《酒經》亦倣是格。

滄浪子

吾蘇滄浪亭，昔爲錢氏南園，宋蘇子美以錢四萬得之，後爲韓蘄王所有。其間，章子厚與龔會之俱有其半。宋牧仲犖《滄浪小志》載章而遺龔焉。會之名宗元，穎悟好學，舉進士，終都官員外郎，有文集十卷，號《武邱居士遺藳》。爲人極有品節。自登朝，未嘗游公卿之門。其居滄浪也，富弼贈以八字，曰"邱壑夔龍，衣冠巢許"。其題款曰："富弼爲滄浪子題。"字跡遒媚，至今裔孫猶能寶藏之。孫諱錦照，吳江諸生。

超越前代

程伊川謂宋家超越前代者五事，董穀謂明代超越前代者七事。余謂本朝超越前朝者八事。四聖相承，寬猛相濟，帝德之隆，一也。臺灣、青海亦入版圖，幅員之廣，二也。椒房不預政事，無母后垂簾之失，三也。内豎止給洒掃，無宦官干政之嫌，四也。外戚不侈，五也。宰執無權，六也。即位改元不再元，康熙至六十一年，運數之綿，七也。外方平治，無和親致幣之事，禦守之略，八也。

錢價低昂

錢價低昂，乃隨俗情。余幼時，白金一錢，準銅錢一百文。後漸至九十四文、九十文、八十四文、八十文、七十四文不等。甚而至於七十文矣。然自古不足陌者亦甚多，有以九十爲百者，有以八十五者，有以八十者，有以七十七者，有以七十者，有以六十者，有以五十六者，有以五十四者，有以四十八者，有以四十者，至有以三十五者，以三十三者，以三十者，以二十者，總因時勢使然。《碧里雜存》曰：「自國初至弘治以來，皆行好錢。每白金一分準銅錢七枚。」視此，則七十文猶不足爲異矣。

孕產多兒

北魏延興中，秀容郡婦人一產四男，四產十六男。後趙黎陽民產三男一女。明天順中，有民妻一孕五兒，無一夭者，母亦無恙。天啓中，大名民家一生七子，俱成立。每疾病，則七人同之。康熙中，歙縣民一產四子，漢川縣民一產六子。若一產三男者，近邸報中歲歲不絕也。

歲名互異

《爾雅》「甲曰閼逢」，《史記》作「焉逢」。「乙曰旃蒙」，《史》作「端蒙」。「丙曰柔兆」，《史》作「游兆」。「丁曰強圉」，《史》作「彊梧」。「戊曰著雍」，《史》作「徒維」。「己曰屠維」，《史》作「祝犂」。「庚曰上章」，《史》作「商橫」。「辛曰重光」，《史》作「昭陽」。「壬曰玄黓」，《史》作「橫艾」。「癸曰昭陽」，《史》作「尚章」。「子曰困敦」，「丑曰赤奮若」，「寅曰攝提格」，「卯曰單閼」，「辰曰執徐」，《史》皆同。「巳曰大荒落」，《史》一作「大芒落」。「午曰敦牂」，《史》同。「未曰協洽」，《史》一作「汁洽」。「申曰涒灘」，「酉曰作噩」，《史》同。「戌曰閹茂」，《史》作「淹茂」。「亥曰大淵獻」，《史》同。

遏欲窮理

洪文科曰：「古云事在勉強而已。吾人艱難處世，存一勉強之心，即能甘淡薄，守寧靜，何宏遠勳猷不可至乎？後人必窮口體之欲，求居處之安，縱情逸樂，恣意驕奢，天下事不可爲矣。」此數語最有意味。大抵生人嗜欲，亦無終極。要得苟安、苟有之意，即是遏欲之功。遏欲即可窮理矣，窮理愈能遏欲矣。人家子弟要認真讀書者，第一不可驕奢衣食間。

不可妄求

地理者，地上本有此理。向背陰陽，凝結團聚，自有一種妙處，但非人之所可妄求耳。如明太祖舉親之棺，僅埋淺壠而已，不意風雨雷電，地裂棺陷，遂成吉地。唐黃巢祖墓已成虎形，一經掘破，其兆遂絕。明李自成祖墓已成蛇形，爲邊大綬所發，上升不能而斃，自成旋敗。視此，則有德有命者雖貧賤，猶得吉地於意外，無德無命者，即吉地。猶爲破敗於垂成。有天焉，非人之所能爲也。而人不思修德以知命，僅營逐尋求於一抔之土也，何歟？

一甲三名

明初第一甲三名，俱授修撰。今則止第一名授修撰，二名、三名俱授編修。

書隱叢説卷三

百子長成

齊田成子，有子百餘人。漢張蒼，有子百人。中山王勝，子百二十人。梁鄱陽王恢，男女百人。杜子微，一百四十人。明慶成王，生一百子。河洛周王，亦生百子。成化福建光澤縣老叟妻妾十一人，共生百子。本朝平南王尚可喜，有子女一百三十餘人。

蘇州狀元

明代蘇州狀元七人：吳縣施槃，長洲吳寬，崑山毛澄、朱希周、顧鼎臣，長洲申時行、文震孟。本朝蘇州狀元十三人：順治戊戌常熟孫承恩，己亥崑山徐元文，康熙丁未吳縣繆彤，癸丑長洲韓菼，丙辰長洲彭定求，己未常熟歸允肅，乙丑長洲陸肯堂，庚辰常熟汪繹，壬辰長洲王世琛，癸巳嘉定王敬銘，乙未崑山徐陶璋，戊戌常熟汪應銓，雍正丁未長洲彭啟豐。

一門科第之盛

一門科第之盛，唐盧綸四子，俱進士，諸孫登甲榜，曾孫爲宰輔。崔昭緯、崔昭矩，尹樞、尹極，歸修、歸係，孔振、孔極，俱兄弟狀元。宋安德裕、安守亮，梁灝、梁固，張去華、張師德，俱父子狀元。陳堯咨、陳堯叟，孫何、孫僅，俱兄弟狀元，明謝遷狀元，子謝丕探花。倫文叙狀元,子倫以訓榜眼。王錫爵、王衡父子榜眼。張敬修狀元,兄張懋修榜眼。曾鶴齡狀元,孫曾追探花。朝鮮國許筠、許筲兄弟狀元。本朝全椒吴氏同胞五人,長國鼎、三國縉、五國龍,俱進士,四國對,順治戊戌榜眼。國龍子昺,康熙辛未榜眼,晟亦進士。崑山徐元文,順治己亥狀元,兄徐乾學,康熙庚戌探花,仲兄徐秉義,癸丑探花。長洲彭定求,康熙丙辰會狀,弟彭寧求,壬戌探花,孫彭啓豐,雍正丁未會狀。吴縣繆彤,康熙丁未狀元,子繆曰藻,乙未榜眼。繆曰芑,戊戌庶吉士。德清蔡啓僔,康熙庚戌狀元,姪蔡升元,壬戌狀元。溧陽任蘭枝,康熙癸巳榜眼,子任端書,乾隆丁巳探花。鎮江于振,雍正甲辰狀元,弟于敏中,乾隆丁巳狀元。無錫秦松齡,康熙己未博學鴻詞,孫秦蕙田,乾隆丙辰探花,姪孫秦勇,均己未探花。武進錢名世,康熙癸未探花,姪孫錢維城,乾隆乙丑狀元。

秦始皇

善没者多死于水,善拳者多死于鬭。秦始皇,虎狼之性。其意以爲天下莫敢攖也,乃一驚於荆卿之刺,再驚於漸離之築,三驚於子房之椎。三者皆足以喪軀,身之所存者,幸也。可知作爲愈狠,禍變愈深。語云"惡人自有惡人磨",信然。

荆軻劍術

荆軻之刺秦王,欲以生劫。迨斷股之後,方擲匕首。軻之疏,非關劍術也。林西仲云云。然擲而不中,不得不爲劍術咎耳。

國策妙語

讀《國策》,至樊於期自刎,太子伏屍而哭,下接一語曰:"既已無可奈何。"思之，不覺失笑。

樊將軍頭詩

余作《樊將軍頭》詩曰："舞陽嬌稚無且奸，荆卿不成髑髏死。"其意以爲自刎之後，將軍猶未死也，至荆卿不成，而將軍之頭乃真死耳。

曹陳語異

"寧令我負人，勿令人負我。"曹孟德之奸，所當屏也。"常令我容人，勿令人容我。"陳述古之正，所當學也。而曹語本于《左傳》"寧我薄人，無人薄我"二語，蓋《左》乃行兵之語，不可施之于常也。

班婕妤語

趙飛燕誣班婕妤呪咀，班曰："鬼神有知，不受邪之訴。若其無知，訴之何益？"此語自足千古。

雷觸即發

雷是陰陽搏激所爲。先從地出，自下而上，後乃自上而下。大略是一塊火毬，由聚而散，則成霹靂，無所遇，則爲空響，有所遇，遂成焦爛。焦爛者，大都是惡氣，或蟲蛇毒物，或陰惡之人，一觸即發耳。雷是一塊怒氣，以惡觸怒，不能遁逃，非天之有心於擊逐也。不然，何得世間有漏網耶？或亦如王法之有至、有不至耶？

季漢書

陳壽作《三國志》，帝魏而寇蜀，史筆雖妙，立義未當，亦仍于習俗耳。晉習鑿齒《漢晉春秋》，即有帝蜀之論，可見公道不泯於人心。司馬溫公所見不及習氏。張栻作《經世紀年》，直以昭烈上接孝獻爲漢。朱紫陽作《綱目》，毅然翻《通鑑》之案，以正統予蜀漢，而其論始定。郝經有《續後漢書》，蕭常有《續後漢書》，張樞有《續後漢書》，撰漢本紀、列傳，附以魏、吳載記。李杞有《改修三國志》，楊煥然有《駁正漢書》，吳德圜有《續後漢書》，俱不得而見。明謝少連作《季漢書》六十卷，事跡人物一仍《三國志》之舊貫，唯以名義有關者則削而正之。有紫陽之《綱目》，不可無少連之《季漢書》也。當入正史，士子爲家置一本焉。

退 一 步

夫子曰："小不忍，則亂大謀。"人往往於極細微處不能含忍，一言之忤，遂至忿爭。忿爭不已，遂至鬬毆。鬬毆不已，遂至大而殞命，小而訐訟。揆厥所由，一言之所致耳。故看得破者，每事譬如爭路，且讓一步，便無事矣。處之易易，覺有餘味，所以黃老之學，但得退一步法，便可治天下。

小怯大勇

小事當含忍者，如橫逆之來，祇逮我躬，當以有容爲主，不可躁妄。所謂"有容，德乃大"也。大事不可容隱者，如事干天常人紀之大，當裁之以義，不當退諉，所謂"義理之勇"也。人往往遇小事則赫然怒，遇大事反報然阻。能小敵怯而大敵勇，則幾矣。

不可足意

予嘗謂人生不可足意。奢望者意每大，知足者意每小。意有大小，足則一般。童生不入學，尚書不入閣，同一不足意，若一足意必有禍患疾病之來，天道然也。胡文定語楊訓曰："人家最不要事事足意，得常有些不足處便好。人家才事事足意，便不好事出來。《左傳》曰：'足欲，亡無日矣。'"

眼　　鏡

予三十以前患目疾，眼鏡刻不可離，以資讀書作字之一助。眼鏡目下盛行，用者亦衆矣。《方洲雜錄》云："記向在京時，嘗于胡指揮寓所見其伊父所得賜物，如錢大者二，形色純似雲母石。目昏不辨細字，張此物于雙目，字則明大加倍。近又于孫參政所再見，孫云以良馬易得于西域賈胡，聞其名爲靉靆云。"似此，則明代以前竟無眼鏡，不知老年昏目者何以處之耶？豈前人之昏花不甚，而今人之昏花特甚，天故設此物以佑之耶？

火　雞　毛

火浣布，云是火雞毛所織，世所未及見。近于玉峰試事，時商賈雲集，百貨羅列，有云火雞毛者，其形似毛非毛，據云蘸油點火，油盡火熄，則毛如故，屢蘸則可屢用。試之，誠然。《南史》云："火樹皮所成。"

國　策　文　法

郭隗説燕昭王曰："古之君人，有以千金求千里馬者，三年不能得。涓人曰：請求之。君遣之三月，得千里馬。馬已死，買其骨五百金，反以報君。君大怒，曰：所求者生馬。安事死馬而捐五百金？涓人對曰：死馬且買之五百金，況生馬乎？"文法三叠五百金字，與《檀弓》四用"沐浴佩玉"文法同。"安事死馬而捐五百金"句尤覺頓宕有丰神。

檀弓明潔

驪姬行譖申生死孝文,《左傳》、《國語》、《公羊》、《穀梁》、《檀弓》互見處各有擅長,而《檀弓》之文最爲明潔。

史漢公羊文法

《漢書·朱買臣傳》"視其印,會稽太守章也,守邸驚",與《史記》"及拜信也,一軍皆驚",《公羊傳》"諸大夫見之皆色然而駭,開之則闖然公子陽生也"同一筆意。

戰國策文法

《戰國策·魯仲連義不帝秦》文,前仲連謂平原君曰:"始吾以君爲天下之賢公子也,吾乃今然後知君非天下之賢公子也。"後辛垣衍謝魯連曰:"始以先生爲庸人,吾乃今日而知先生爲天下之士也。"俱作兩疊複筆。又"鄒忌城北徐公"文,前妻、妾、客作三疊文法,後王下令上賞、中賞、下賞及進諫者初下、數日、期年俱作三疊文法。此等文氣行乎其所不得不行,隨筆鋪潤,自有一種天然風致。如遊山水者,遇高峰峻嶺,自多重嵐叠嶂,遇幽巖曲坡,自多平遠奧衍。物以類聚,天地間莫不皆然,筆之於文,亦莫不皆然。

《史記》藍本

《戰國策·蘇秦説秦》文中"且夫蘇秦"一宕,《荆軻刺秦王》文中"而秦法"一轉,俱爲《史記》藍本。

知今知古

讀書人當知今知古。制度文爲以及人情風土,隨時而變,隨地而易。不知古不能得事理之要領，不知今不能悉情俗之變通。不知今，或閱歷風土，或詢訪耆碩，俱可得之。不知古，必當博綜典要，考核精詳，然後可。不然，憑一人之臆見，悵悵其何之矣。

人之好怪

孔子，萬世宗師。後裔封公，州縣立學，古今之通義也。道教之龍虎名山，乃與衍聖並持。釋教之晉唐古刹，乃與儒學並垂。雖二氏之學亦有不可磨滅之處，然於人事殊覺疏遠。而人乃忽衍聖而驚龍虎，習儒學而悚古刹，甚矣，人之好怪也。

收金最愚

秦皇收金之事最奇，亦最愚。天下有授刃於人，而人弗忍殺者。不收人心而收民間之金，陳涉之斬水為兵，不必用金，而子房偏以收不盡之椎而擊之，真秦皇所不料也。余有詩曰："閒笑秦皇真不達，金人遺却子房椎。"以視鉏麑之觸槐，不足笑破千古之口哉？

江南解額

江南鄉試解額，屢增至一百四名：《易經》廿九名，《書經》十九名，《詩經》廿九名，《春秋》六名，《禮記》六名，官生十名，五經五名。副榜十九名。乾隆三年戊午科，分上下兩江。上江則安慶、徽州、寧國、池州、太平、廬州、鳳陽、潁州雍正十三年陞為府。八府，滁、和、廣德、六安、泗五州。下江則江寧、蘇州、松江、常州、鎮江、淮安、揚州、徐州雍正十一年陞為府。八府，太倉、海、通三州。上江解額四十八名：《易經》十四名，《書經》九名，《詩經》十四名，《春秋》三名，《禮記》三名，官生五名，又五經二名。下江解額七十二名：《易經》廿二名，

《書經》十三名，《詩經》廿二名，《春秋》四名，《禮記》四名，官生七名，又五經四名。共一百二十六名。副榜上江八名：官生一名，民卷五名，五經二名。下江十三名：官生一名，民卷九名，五經三名。額分而榜合，試卷面印"上江"、"下江"字樣。上江卷專經五分，官卷一分，五經一分。下江亦然。闈中閱卷，分爲十四分焉。

演弄木偶

雜劇中有演弄木偶者，木偶本是以假作真，而演劇者先以真作假，復以假作真，輾轉變幻，何異人世之紛紜。

燕　窩

燕窩之說，紛紜不一，未有定論，惟《泉南雜志》爲差近。曰："閩之遠海近番處，有燕名金絲者，首尾似燕而甚小，毛如金絲。臨卵育子時，群飛近沙(沙)〔汐〕泥有石處，啄蠶螺食之。蠶螺背上肉有兩筋，如楓蠶絲，堅潔而白，食之可補虛損，已勞痢。此燕食之，肉化而筋不化，并津液漚出，結爲小窩，附石上。久之，與小雛鼓翼而飛，海人依時拾之，故曰燕窩也。"似此，則形狀、功用、時候、族類，俱有可信。

政在養民

《書》曰："德惟善政，政在養民。"養字最妙。今人不能體貼養字，務以有爲爲能，更張爲智，不知民之隱受其禍也多矣。如開河，原爲蓄洩，而苛派偏責，至有破家殞命者。積穀，原爲備荒，而誅求橫歛，亦至怨聲載道者。此在有司奉行之善與不善耳。大都守令在任，而萬民稱便者，真爲良吏。漢詔曰："安静之吏，悃愊無華。日計不足，月計有餘。"其知本之言哉。安静二字，即所以養民之道也。

彌縫間隙

予幼時讀白香山《琵琶行》曰："醉不成歡慘將別,別時茫茫江浸月。"又曰："東船西舫悄無言,惟有江心秋月白。"頓悟作詩之法,在彌縫間隙處安頓得好,自有一種遠神。迄今三十餘載,學不加益,惟從此更悟處世之道焉。

寺尼有識

有寺尼擁多資,懼盜,約鄉人能拒者,酬以直。異日盜至,鄉人拒之力,盜去,所酬不爽焉。繼而鄉人謬爲拒盜者以取酬,且至數數。其徒不平,尼乃恬然曰："吾將養鄉人以衛吾,毋論拒盜之真否。而聞其風者,吾亦可藉以少安,又何憚而不爲耶?"此尼可謂有識,充此而爲國且得相體,豈僅勝於世之守財虜乎?

仁至義盡

老氏之學與治道相近,然後世流爲刑名者,以老氏義多而仁少耳。釋氏之仁多而義少,夫人而知之。吾儒明德新民,總不出仁、義二字,且曰"仁之至,義之盡",所以無多少之偏也。至者,盡者,當於理之謂。仁不至,必流爲容忍。義不盡,必流爲刻薄。此之不可不知。

不當謀利

人但當謀生,不當謀利。謀生是不得已之事,謀利乃得已之事。謀生,聖賢所不廢。謀利,市井之所爲。若身列士林,高庋詩書,家計豐厚,精神疲憊,猶日夕謀利之不遑,亦曾念"賢則損智,愚則益過"之言乎？

天下太平

人之貧富不等，貧而强者，每多枉求于人，弱者又見疲苶不振。富而拘者，往往慳吝成風，放者又多奢侈成習。富者能與人不慳，處己不奢，貧者能强可無忤，弱可自立，則天下太平矣。

誤入天台

吾邑顧某爲錢塘丞，憲檄攝天台縣篆，後以事被斥，歸刻一印章，曰"誤入天台"。

刺客

韓魏公在延安，刺客夜入，授之首而不取。張魏公在秀州，刺客夜入，授之首而不取。又鉏麑釋趙盾，梁刺客釋袁盎，隗囂刺客釋楊賢釋杜林，劉平刺客釋昭烈，葛從簡刺客釋富翁，梁冀刺客釋崔琦，楊球刺客釋蔡邕，晉劉裕刺客釋司馬楚之，張顥刺客釋嚴可求，苗劉刺客釋張浚，承乾刺客釋于志寧。雖此數人者，或德行，或器度，或福量，有以却之，然數刺客者，亦賢矣哉！

五經中式

本朝鄉會試，首場制義，四書三篇，本經四篇，此定例也。順治乙酉，膠州法，若真全作五經，特恩准作舉人。康熙廿六年丁卯科，順天鄉試，海寧查嗣韓、侯官林文英全作五經，題文以違例貼出，監試題請許其一體會試。四十一年壬午科，莊令輿、俞長策全作五經，亦特賜舉人，始有五經中式之額。五十六年，停止。雍正二年，增加鄉會試五經中額，大省四五名，小省二三名不等。會試時，因五經佳卷多於中額，進呈尤雅者，中式浮于正額。四年，鄉試五經中式副榜准作舉人，後不爲例。

明時五經

洪武庚午，應天鄉試，長泰黃文史作全塲五經題，以違式，取旨特置第一。天啓甲子，閩人顏茂猷亦作五經題，謄錄官嫌其違制，止謄四書義三篇、易義四篇以入，同考官祁彪佳取之，既放榜，始知爲五經也。崇禎甲戌，以知貢舉林釬言士子有作五經全題者，得俱謄進，允之。於是，茂猷亦中式。禮部刻會試錄，特旨命題顏茂猷姓名于第一名李青之前。至十年丁丑臨川揭重熙，十六年癸未嘉興譚貞良、慈谿馮元飇、武鄉趙天麟，皆以五經舉鄉會試。又十二年己卯，萊陽宋瑚亦以五經中山東鄉試。

宋時五經

宋時，鄭俠之父翬同五經出身。大觀二年，莆田黃泳以童子特賜五經及第，又孫奭中九經狀元。真宗朝，蔡齊亦中九經狀元。

兼通五經

古之兼通五經者，井丹、周舉、邊韶、許慎、蔡玄、魯丕。

作　　詩

作詩貴渾成，忌破碎；貴風雅，忌俗氣；貴警策，忌率易；貴清新，忌晦澀。作文亦然。

風之爲象

天之有風也，《正蒙》曰："陽不能入，陰周旋不捨而爲風。"故人之男惑女而不能合者，謂之風。狂風之爲象，在國則爲臣下奉行不善，在家則爲僕隸怠於使令，在朝則爲百工緩於趨事，在野則爲庶民遊蕩不檢，俱爲上令不行之象，有國家者，其鑒諸。

虞初志

《虞初志》俱唐人小說，大抵率寓言也。其中儘有警悟感慨處，長夏涼窗，披讀之，覺兩腋風生，但可爲捉麈之閒譚，不可爲整襟之危論。

文王陰行善

文王陰行善，人誤解"陰"字作"陰謀"之"陰"，不知"陰"字與"陽"字對。陽是虛假之義，箕子陽狂是也。陰是真實之義，文王陰行善是也。真實行善，並無一點沽名釣譽之心，是乃所謂陰也，非陽也。不然，文王大聖，豈如後世作收拾人心之計乎！

後世變更

聖人制禮，有精意存焉。後世或礙于時勢，或阻於習俗，稍有變更，遂因之而不變。孔子曰："所損益可知也。"如《喪服》父在，爲母齊期。今則父母無別。父爲長子三年，今則期年。又肉刑已除，七出無聞，取三代聖王之制而更張之，亦不覺其背謬乖戾。各有時俗不同，不得以古今分厚薄也。學者當細心考核體究，不可動肆譏評，不然是妄人而已矣。

士事通用

《論語》"雖執鞭之士"，"士"字疑"事"字之誤。嘗與兒輩言之。一日，兒來質疑，曰："《豳風》'勿士行枚'註云：'士，事也。'然則'執鞭之士'，非誤字，乃直作'事'字解耳。"余聞之，不覺首肯。因檢《說文》註，亦因之。《鹽鐵論》所引，亦曰："雖執鞭之事，吾亦爲之。"

史百户嗜酒

明有史百户者，性嗜酒，後以事絕飲。久之，病作莫療。其妻不忍，乃以一杯與訣，以其嗜飲故也，竟以此得生。醫者曰："彼以酒爲生，酒絕則生絕，慎勿藥之，當飲以醇酒耳。"似此若出於人情之外，然亦有一種至理。往往有病中思食某物，雖非篤嗜，食之而病却差者。醫者不可不知，切勿拘泥。李笠翁曰："本性酷好之物，可以當藥。"此之謂也。

信道不篤

祝允明《語怪》載走無常事。江西尤和爲鄧都令，始下車，欲毀除鄧都觀。及門子跌仆，俱云走無常。醒言爲宣官攝其弟尤睦，睦果以是日亡。尤乃醮謝建坊，立石以示將來。嗟乎！尤和可謂信道不篤者矣，門子之跌，尤睦之亡，不過鬼幻運數，偶符其事。不然，有十强項令，鄧都能日走無常而勾攝其十人之眷屬乎？昔有人生三子，有淫鬼乞食，曰："爾弗食我，且勾若子。"不應，一子亡。後又如之，不應，又一子亡。後又如之，終不應。鬼曰："吾鬼也，安能生死人，汝二子應亡，故我假此以恐汝。今汝子數不當絕，我亦無奈之何。"遂絕不來。設使此人三子俱當死，後人且無解於其故矣。故學者須要信道之篤，無禍者勿論，禍福相半者亦勿論，即有禍而無福者，須知氣數適然，並非鬼神能爲禍福也。身悖於道，則福亦爲禍，以有不當受者存也。身依於道，則禍亦爲福，以有不可動者在也。何至以禍福而轉移其心志哉？若以禍福而轉移其心志，又何所底止乎？

天師牧馬

《莊子》黃帝將見大隗乎具茨之山,遇牧馬童子,問答有曰:"夫爲天下者,亦奚以異乎牧馬者哉?亦去其害馬者而已矣。"卜式"牧羊"語本此。又曰:"黃帝再拜,稽首,稱天師而退。"《水滸傳》楔子天師化爲牧童事,亦本此。

郭象註語

郭象註《莊》曰:"生非故爲,時自生耳。矜而有之,不亦妄乎?"深得《南華》遺旨。

改早朝詩

杜甫早朝詩,往往有改之以就他題者。如《文宗歲試》云:"五夜漏聲催曉砲,一叢燈影耀藍袍。轅門日暖黃旗動,布幔風微白頂高。稿罷香煙求一撮,文成考果沒分毫。欲知慘淡經營處,君號中書已不毛。"

饑渴甘飲食

饑者甘食,渴者甘飲。非情有變遷,總之事在相當耳。相當者,極欲得此而適遇之,即惡者亦美。凡嗜好交際,莫不皆然,一旦饜飫,遂有揀精擇肥之意。遇有幸不幸,人有材不材,亦毋爲人之所饜飫而可哉。

一邑兩魁

順治己亥狀元徐元文、探花葉方藹俱崑山人。康熙庚戌狀元蔡啓樽、榜眼孫在豐,俱德清人。己未榜眼孫卓、探花茆薦馨,俱宣城人。乾隆壬戌榜眼楊述曾、探花湯大紳，俱陽湖人。乙丑狀元錢維城、榜眼莊存與，俱武進人。

玉篇廣韻

顧野王著《玉篇廣韻》，舊本湮没，僅傳抄本，不辨真贋。後秀水朱竹垞於汲古閣購得宋本，康熙中重梓之，商彝周鼎，復見於世，惜顧亭林先生生前披尋未及見也。

河源

河源之説，漢張騫溯其支流而未得其要領，故龍門不信有其事。唐玄奘《西域志》已有其説，而未備。薛元鼎使吐蕃，得河源而未詳。元時，遣都實窮河源，乃知有星宿海，始得詳細焉，具載潘昂霄《河源志》。後世幅員愈廣，眼界愈闊，則有勝於前人者矣。明江陰徐霞客，遍遊名勝，上崑崙山，窮星宿海，探河源，亦一奇人也。

海中遇龍

崑山趙某善醫，往日本國，海中遇龍。云其日晴明，有微雲護龍而傍於桅檣之間，若遠若近，龍身亦不甚大，龍頭如牛首之狀，而有鱗鬣，與世之所畫龍頭不同，舟但小傾側耳，迄無他異。

百家姓

《百家姓》，錢氏有國時，小民所著。明劉青田、黃周星即其文而聯貫之，倣周興嗣《千字文》之例，甚有條理。我朝聖祖仁皇帝御製《百家姓》，亦倣此例，以"孔師闕黨，孟席齊梁"爲起句，更爲有體。然"趙錢孫李"之本已浸淫於里巷編户、婦人孺子之口耳矣，不亦可嗤哉。

禄命紛紛

孟子曰：有性焉，有命焉。道德仁義是性，人當進而愈上者。富貴利達是命，人當安之若素者。乃人偏於富貴，進而愈上，不知有命。偏於道德，安之若素，矯説有命。古人舍命而求性，今人舍性而求命，所以禄命之説，紛紛不絶也。

不可邀福

凡人行事，須求當理，切不可存邀福之心。當理者，福自至。福來而仍求當理，此乃至當不易之道。所謂趨吉避凶者，是"惠迪吉，從逆凶"之吉凶，謂理之從違，非謂禍福也。明刁包曰："《易》言趨吉避凶，蓋言趨正避邪也。若認作趨福避禍，便誤。"此言最直捷了當。今人錯解趨避字，不於理上講求，只於禍福上計較，所以葬親而求風水，平居則務淫祀，甚而立朝端者，漸生側媚，不顧名節，俱爲禍福起見。而釋氏福田利益、地獄輪迴之説，不覺深中乎人心也。文文山曰："孔曰成仁，孟曰取義，而今而後，庶幾無愧四語。"洵灌頂醍醐，可以震聾開瞽矣。

死生大數

人之死生，總是一個大數。壽夭勿論，身臨患難者，當死則無端觸機陷穿；不當死者，則幸爲脱網潛鱗。故學者當守正以俟，不可以死生之念而易志，究竟易志者，亦無關於生死也。明末李自成陷北京，求生者迎風納款，不移時，旋爲自成所誅。曰："吾誅汝輩之不盡忠者。"徒得一叛逆惡名，究於生死無關，而得失又無論矣。人亦何苦而不守正哉？

患難不死

人云：大難不死，必有後禄。此言雖是，亦有未盡然者。古有巔崖棄野，墜井失水，瀕死而不死者，後登富貴，此後禄之説也。今人有無足重輕之人，亦遭此等患難而不死者，並無後禄也。有石湖濱人家數歲小兒，八月十八夜行春橋看串月，百舟駢集之際，忽然墮水，衆謂莫可如何，試一探手，即援而起，莫不誦之。十九日午後，門前流水間，戲以手掬水，卒墮溺而死焉。夫不死於必死之日，而死於不必死之日，豈非數乎？然纔逾一日耳，其爲後禄何在？可知死生長短，自有一定，不可勉強。不當死者，雖數時猶將延之，況其餘乎？亦不專在乎後禄也。以古人有後禄者津津道而傳之，無足重輕者則置之，故往往有後禄之説也。

因勢利導

先王制禮，必順人情。所以治國治家，必因人情之便而治之也。孫子曰"因其勢而利導之"是也。《吕覽》曰："使烏獲疾引牛尾，尾絶力殫，而牛不可行逆也。使五尺豎子引其棬，而牛從之，順也。"學者明於順、逆二字，則齊家治國其庶幾矣。

著書設律

古人著書，略説大意，使人返而自思。後人著書，累千百言而未盡，而人猶有略而弗思，及讀而不知者。古人設律，不過幾條，使人比例斷罪。後人律例詳審曲盡，無情不備，而人猶有疑似茫昧，及因緣作奸者。可知後人非好爲繁瑣也，緣人情私欲錮蔽，理道不明，不得不如是諄諄耳。

度 量 相 越

今人急名者，惟恐名之不得，不知世有入山而逃名者，有不必入山而戒子以不可暴露，隱約全生者。今人謀利者，惟恐利之不廣，不知世有甘貧而辭利者，有不必甘貧而恐貽子以益疾損智者。甚矣，人之度量相越也。

正 人 鳴 冤

范滂謂子曰："吾欲使汝爲惡，則惡不可爲。使汝爲善，則吾不爲惡。"其言痛切，可爲千古正人君子鳴冤，所以披裘負薪，鑿壞而遁者，不絶於世也。

程 文 一 厄

程子云："舉子程文，此是一厄。人過了此一厄，當理會學問。"余謂今日人家子弟，學時文第一要緊。道理是從此處講起，文氣是從此處活起。講得道理眞，做得文氣活，方可向上再進。所謂厄者，文氣已活，可以擴充，却被時命所拘，不得不引繩就墨，於向上處毫無干涉耳。做時文者，當不爲其所厄。何謂不爲其所厄？如文氣已活，可以擴充，功名不能到手，雖時文，不可荒怠。當以古學參互而進，做得一日是一日，工夫到得，晚成而學問大段已具，即終身偃蹇，亦不失爲讀書種子。況學成者原可以著述垂後乎？所以文氣活時，必當究心古學。若文氣未活，且莫理會古學，但專心時文可也。

時 文 古 學

時文是聖賢的秧，古學是聖賢的苗，聖賢工夫不可舍此他求。

聖賢是脚踏實地的工夫，原不可憑虛而入，所以古學不精，那得更進一步。求古學者，先從詩古文入，一可以涵泳性情，一可以發抒議論也。欲爲詩古文，必能究心經史典故，於向上處日進一日矣。

讀書種子

但做時文者，雖斟經酌史，未必原原本本，大都勦襲而成，故名爲讀書種子，實則僅存種子而已。若究心古學，有得於詩古文者，即不能爲聖爲賢，的是讀書種子，以他日見用，致君澤民，缺不得此種學問也。不然，徒守此虛意而設施並無實據，何以致君澤民乎？切莫謂古學之僅供文辭也，切莫謂學詩古文者之僅爲文士也，詩古文是讀書之端也。

二十二月始生

郭垣在母胎二十二月始生，天師張守真十九月始生，六安州朱應昌五十六月始生，宋濂二十四月始生，則十有四五月又不爲久矣。

高誘注

羽蟲三百六十，鳳爲之長。介蟲三百六十，龜爲之長。鱗蟲三百六十，龍爲之長。毛蟲三百六十，麟爲之長。倮蟲三百六十，人爲之長。《家語》及《大戴禮》皆云。高誘注《吕覽》，乃云："毛蟲，虎爲之長。倮蟲，麟爲之長。"未知何據。

井中《心史》

宋末鄭思肖，字所南，吾蘇人。入元不仕，目擊心非，著《心史》二卷，中有書元隱事，不敢示人，乃以匣盛鐵裹而藏之井中。至明末葉,張國維撫蘇,時民間撈井得之,張爲序而梓之以傳,名曰《井中心史》云。

作事存心

達觀者笑勤敏者,勤敏者訾偷惰者。然達觀者適足爲偷惰者之藉口,夫偷惰者,不可爲矣。一味勤敏而不達觀,不免乎愚,猶不失爲良善。一味達觀而不勤敏,不失爲智,然不免爲蹈空。故人作事,必當勤敏,而存心必當達觀,庶不爲偷惰者之藉口也夫。

爲好勇戒

魏公至諸子書室,見有一劍,問何用,答云:"夜間以備緩急。"公曰:"使汝果能擊賊,賊死于此,何以處之?萬一奪入賊手,汝不得爲完人矣。"嘗聞前輩云:"夜行切不可以刃物自隨,吾輩安能害人,徒起惡心耳。"此等言語,非惟曠達無滯礙,且實足爲好勇之子弟戒。

諫君教子

小處放他一路,大處可以邀其必聽。非惟諫臣所當知,即人家訓誨子弟,規戒朋友,約束婢僕,亦無不皆然。

書隱叢說卷四

陰德陽報

有陰德者，必有陽報。所謂陰德者，有大功德，人民隱受其福者是。禹之平治水土，周之播種教稼，皆陰德之大者，宜其子孫之食報無窮。推此，凡一言一行有人隱受其利者，皆是其大者，亦可謂之明德。所謂"禹之明德遠矣"是也。總之，有益於人者，明德陰德，無大無小，俱謂之積德，不望報而報自隨之，以與善氣相迎，則善自歸之耳。積惡者反是。

毋爲己累

凡人之有累者有三等，或爲天所累，或爲人所累，或爲己所累。天累者，疾病困悴、天倫不幸者是。人累者，人事糾紛、友朋讒忌者是。己累者，聲色貨利、憂樂倚伏者是。天累，天所置。人累，亦難却，人亦慎毋爲己所累而可哉。

紅線脱胎

唐人小説《紅線傳》，從《淮南鴻烈》"市偷"事脱胎。

餅匣

市肆中貨餅餌者，往往有匣以盛之。以極薄杉木板爲之，一用之後，別無他用，長作棄物，非若包苴他物者之猶可以別用也。此餅匣者，無藉其有，却不可無，人之小有才而實無濟於用者類是。

螻蟈鳴

《月令》曰："螻蟈鳴。"或説蛙，或説螻蛄，紛紛不一。高誘之註《淮南》最直捷，曰："螻，螻蛄也。蟈，蝦蟆也。"前後之聚訟，可以息矣。

孝經精義

鎮洋張賓王叙先生，博通墳籍，貫串經史，著《孝經精義》五卷，發明義理，得聖賢之精藴大意。説孝必極於事天明，事地察。聖之至者，乃孝之至也。尊富饗，保禄位名壽，乃孝之徵見耳。施於一家，爲吾親之孝子。施于天下，爲天地之孝子。深得"行在《孝經》"之旨。其分章段落，可以正傳述之訛，以每章引《詩》冠于下章"子曰"之上，尤有識力。視此，司馬温公可免鄉人之難矣。又耿隱之云，曾見古本"庶人"章末引《詩》云："晝爾于茅，宵爾索綯。"

聚寶門

江寧城聚寶門外有聚寶山，一名雨花臺。門以山而得名。俗説門下有沈萬三聚寶盆者，未知然否。或云水西門有猪龍爲患，明祖以沈仲榮聚寶盆鎮之。或云取鎮觀音門下聚寶山多細石，往往有温瑩如玉者，深淺紅黄，不一其色。黄州赤壁徐公洞亦然。

强爲附會

註書者無句不註，即有疑者，强爲附會以成文，即漢儒亦不免。猶醫之每病必有一方，此古今之通病也。余謂醫者之誤，在每病必有一方，豈果能無病不識乎？抑强爲支飾乎？註書之誤，在每句必有一解，豈果能無意不會乎？抑强爲附會乎？聖賢之慎闕疑者，正爲是也。

孝弟爲仁之本

人家子弟，先使其不敢侮慢於父兄師長，則孝弟之心油然而生。長成後，習慣自然，即應酬友朋間，無不藹然可親，有仁人之譽。信矣，孝弟爲仁之本也。若見父母先無遜順之意，況于師長，況于昆弟友朋？出而處世，必然暴戾恣睢。所以犯上者，往往易于作亂也，其鬭狠之性，先不能馴狎於父母之前故耳。

祭必有尸

古者，祭必有尸。尸，主也。然以人爲之。祭宗祖，則取同姓。外神之屬，不問同姓、異姓，但卜吉則可爲尸。祭天地、社稷、山川、四方、百物，皆有尸。後世之設像，今世之馬、張，恐本此。

《阿房宫賦》脱胎

《莊子·徐無鬼篇》："我悲人之自喪者，吾又悲夫悲人者，吾又悲人之悲者。"數語，杜牧《阿房宫賦》結語脱胎於此。

日知無忘

日知其所亡，學徒之上新書也。月無忘其所能，學徒之理舊書也。徒日知而不能無忘，未免務廣而荒。徒無忘而不能日知，未免拘墟而隘。必二者兼得，斯能日進而不已，斯可謂之好學。

猩猩嗜酒

猩猩好酒，誘之以酒者，始則知而詈之，繼乃忘之而醉焉。

知其爲誘而卒不免於死者，貪爲之也。俗所謂"識得破，忍不過"者是也。人之有欲而明知故犯，以蹈于網，如猩猩之酒者，豈少哉？

紅鵞

陳其年四六中有"紅鵞舘裏"之句。紅鵞，未知所出，程師恭註亦未及此。及閱《仙傳拾遺》，載山陰道士管霄霞求王右軍書《道德經》，饋以紅鵞一雙。則紅鵞之所由來也。吳園次《林蕙堂集》中有《紅鵞生小傳》。

收拾

凡人之弊在不肯收拾。上之民心國計，中之品行倫常，下之金帛長物，皆不可不收拾者。民心不能收拾，何以立國？品行不能收拾，何以立身？長物不能收拾，何以給用？試觀賈人陳肆日晚，即閉戶收拾，計一日之贏絀，所以無粒米狼戾之患。學者當先從長物收拾起，漸收拾到品行。窮則不失守約，達則兼濟天下。俱從一端小節起頭，是收放心之驗也。不然，東倒西歪，日責婢僕，是求諸人而不求諸己矣。

由近及遠

陳蕃屋室不修潔，曰："丈夫志在天下，安事一室。"王十朋曰："志在天下，當自一室始。"《中庸》曰："君子之道，造端乎夫婦。及其至也，察乎天地。"又曰："辟如行遠必自邇，辟如登高必自卑。"凡人作事，無有不由近以及遠。陳言是自文其惰，到底不能廣闊。王言得之。學者當以王言爲法，不當以陳言自文。

明理治情

有云：立言不難，難于明理。明理不難，難于治情。能以理治情，則理愈明。旨哉斯言。凡人之著書立言者，大要在明理以治情，治情而不本諸明理，非失措則過當；明理而不用以治情，非虛元則浮腐。惟明理以治情者，乃爲至言，乃爲真學。

南山詩

杜拾遺《北征詩》"或紅如丹砂，或黑如點漆"二句，昌黎《南山詩》化出許多來，然皆祖《北山詩》也。

五平五側

五平五側詩，宋玉"吐舌萬里唾四海"，《文選》"離袿飛綃垂纖羅"，曹植"羅衣何飄飄，輕裾隨風旋"、"枯桑知天風"、"臨川多悲風"等句，已造其端。杜詩"梨花梅花參差開"、"有客有客字子美"繼其後。皮、陸唱和甚多叠韵，梁武帝"後牖有朽柳"，侍臣和"梁王長康强"，沈約"偏眠船舷邊"已造其端。杜詩"業白出石壁"、"壁色立積鐵"，皮日休"穿烟泉潺湲，觸竹犢觳觫"，陸龜蒙"膚愉吳都姝，眷戀便殿宴"，溫庭筠"枯湖無菰蒲"等句，繼其後焉。

善學杜詩

杜詩家數最大，亦最闊，開後人無數法門。偶有蕪詞累句，亦當明眼決別，不必過爲迴護。解詩者人執一説，紛紛聚訟，殊覺多事。總之，杜詩無一字無出處，其出處當註明，但不可多持岐説。若入時事，自有年歷可稽。倘未明言者，不必强爲附會。至於美惡昭然，黑白難混，學者學其高妙處，不學其蕪累處，斯爲善學杜詩者矣。

可已則已

每事可已則已，不得已乃爲之，如日用飲食是也。不論務名求利，苟非本務與急務，即可舍置。天下皆能守"可已則已"四字，無不安分而得所矣。

造物巧拙

凡人往往以生物之形似者爲造物之巧，如礦似燕，冰有花之類。余以爲，此乃造物之拙筆也。何則？夫造物生人生物，何一不是憑空撰出。憑空撰出，却是人仍生人，物仍生物，一絲不走，巧莫巧於是矣。若偶然此肖彼形，猶文章之偶雜一懈筆也，故人偶生物，物偶生人，群目爲怪，何以此肖彼形爲造物之巧乎？即使十分形似，到底是旁筆、側筆，不是正筆。人於正筆奇妙處已熟習而忘，反贊嘆其旁筆、側筆之不經意處，猶人於杜詩中忘其沉鬱頓挫處，而反贊嘆其率易艱澀處也。

秋發瘧痢

今人往往於夏間積暑，秋間發瘧痢等疾。不發于夏而發于秋，不解其故。昔人有云：夏至，一陰初生，伏於中，即有暑熱，不能直搗中堅，所以不發。至秋後，一陰漸散，邪熱漸進，即當發病。受淺者發之近，受深者發之遠，理固然也。

義以方外

凡竹笋皆生於春，而方竹笋獨生於秋，枝葉婆娑可愛。友人曰："《易》云義以方外。秋金屬義，此得天地之義氣者。"余不覺嘆服。

類林新詠

　　錢塘姚之駰，博雅士也。爲諸生時，著《類林新詠》三十六卷，以故事類編，每類成五排長章，附註出處於其下，誠有便于學者。又纂《後漢書補逸》、《東觀漢記》八卷，謝承《後漢書》四卷，薛瑩《後漢書》一卷，張璠《漢記》一卷，華嶠《後漢書》一卷，謝沈《後漢書》一卷，袁山松《後漢書》一卷，司馬彪《續漢書》四卷，共二十一卷。於殘編斷簡中集取而成，有補正史所未逮者，有與正史大同而小異者。古人零斷之筆得以布列而流覽，人幸嘗其一臠焉，亦快事也。姚爲康熙辛丑科吾鄉陳狷亭沂震先生會試分房所取士。

七絃琴

　　琴有七絃、五絃，各配五音。其二絃，揚雄謂堯加之，桓譚謂文、武各加一絃，未知孰是。

少樂多累

　　晉王衍口不言錢，强名阿堵。古語云："少則樂，無則憂，多則累。"亦達者之言。

曲江

　　枚乘《七發》曰："觀濤于廣陵之曲江。"曲江，即浙江之錢塘江。廣陵之曲江，猶云揚州之錢塘江，吳越總是古揚州，故云。猶朱買臣爲會稽守，治在吳地，不在越中也。元時省試，有《羅刹江賦》，獨錢惟善以錢塘江爲曲江，爲通場之冠，號"曲江居士"。今人不知，誤認廣陵濤、浙江濤爲二。夫廣陵豈有濤耶？朱竹垞曰："曾鞏序

《鑑湖圖》，有所謂廣陵斗門者，在今山陰縣西六十里，去浙江不遠。"至若江都之更名廣陵，在元狩三年。時乘已卒，不應先見之于文。是《七發》之廣陵非江都也，明矣。

陳貞女

陳貞女者，姓陳氏，許字吳江諸生王屺望子。屺望子未婚而夭，貞女闇然守志，不動聲色。父母憐其志而聽之，垂十載，凋瘵以殁。所着素履破落不堪，終身不易。臨死，囑書靈位曰"許字王門陳女之靈"，以破素履供靈座下。鄰人道其事有垂泣者。

諸神木主

五岳、五鎮、四海、四瀆之神，前代俱有肖像，有封爵。明高祖正祀典，止書其木主曰某岳、某鎮、某海、某瀆之神，極爲明理，極爲得體。蓋百神者，岳鎮海瀆，精氣之所在也，必珮服儼然，猶世人之謂上天有玉皇大帝者，不亦妄乎？

中天中文

伏羲之《易》爲先天，神農之《易》爲中天，黃帝之《易》爲後天，此干令升注《周禮》"三易"之說也。邵子之言，先天、後天，蓋本於此。今人知有先天、後天，而不知有中天。猶《尚書》知有古文、今文，而不知有中文也。中文出《後漢書·劉陶傳》。

零丁

《齊諧記》"有失兒女零丁"，謝承《後漢書》"戴良有失父零丁"。零丁，今之尋人招紙也。朱竹垞《曝書亭集》有《爲陸進士作零丁》。

古人姻眷

子張之子申詳，爲子游壻。子之與蘇秦爲兒女婚姻。司馬遷外孫楊惲。張敞外孫杜鄴。光武外祖樊重。嚴光爲梅福壻。諸葛武侯姊壻龐德公。蔡邕外孫羊祜，祜先爲孔融外孫。孫策外孫陸抗。陶侃女適孟嘉，陶潛又爲孟嘉外孫。樂廣壻衛玠。鮑靚壻葛洪。韓擒虎甥李靖。魏徵外孫薛稷，又爲褚河南甥。杜甫甥李陽冰。韓愈壻李漢，姪壻李習之。劉綱亞壻裴航。蕭穎士壻柳淡。趙昌言壻王旦。文正壻韓琦。杜祁公壻蘇子美。李虛己壻晏殊，殊壻富弼。趙文敏甥黃鶴山樵王蒙。李公擇甥黃山谷。米元章壻吳彥高。朱文公壻黃幹。徐有貞外孫祝允明。

吉光

《瑞應圖》曰："騰黃者，神馬也。其色黃。王者德御四方，則至。一名吉光。"吉光是馬名，今人動曰"吉光片羽"，誤矣。

保生

《席上腐談》曰："有一術可療百病。但脅腹縮尾閭，閉光瞑目，頭若帶石，即引氣自背後直入泥丸，而後嚥歸丹田。不問遍數，行住坐臥，皆爲之。"此亦保生修養之一法也。

祭土

祭土有三項：天子方澤之祭，祭皇地祇，乃大地之神，與天對者。后土之祭，即句龍也。祭五行之神，與祝融等配者。或以后土、后稷相配，句龍配食于社，即以后土爲社也。社稷之祭，祭邦國鄉原之土神，而里社從之。中霤之祭，祭一家之土神，凡有是土，即有是神也。以后土爲社，世人因名社爲后土，今人不知后土之爲后者君也，乃以后土夫人稱之，殊屬可笑。

中　霤

《禮記》曰："家主中霤而國主社。"古人掘地而居，開中取明，雨水霤入，謂之中霤。言土神所在，皆得祭之。在家爲中霤，在國爲社也。

攘羊子證

《論語》攘羊子證之説，《吕氏春秋》詳言其事。乃其子既證父攘羊以明父之過，而又自拘司敗，以聲己之罪。故當時感其當理，所以來葉公之問，而夫子答以中道之論。不然，但曰證父攘羊，夫人而知其不直矣，何待曉曉以質諸聖人哉？

真　武

真武廟，即玄武，乃北方七宿之象。宋有天下，避祖嫌名，改玄爲真，道家遂塑披髮仗劍之形。然則天上星辰皆有面貌形像耶？

陰騭文

世傳文昌《陰騭文》，勸人爲善。其意非不甚美，然不免流入因果之説。作善降祥，不善降殃，聖人亦言之。然而氣數不齊，吾儒亦信其理而已。君子之爲善也，盡其所當爲而已，非有所希報於天也。其去惡也，絶其所不可爲而已，非有所懼禍於神也。苟云爲善之利，慕而爲之者，希其利也。或有未利，則必廢然返矣。苟云爲惡之害，畏而不爲者，避其害也，偶未見害則必晏然處矣。彼釋氏福田輪迴之説，俱以利害動人者，衹爲下乘説法耳。今之《陰騭文》，無乃類是，恐亦道流造爲此文，陽爲勸世，陰驅吾儒而入彼教。況首云吾一十七世爲士大夫，非釋氏輪迴之說乎？儒者猶崇奉之，何耶？

杜詩繪神

杜詩"野徑雲俱黑，江船火獨明"，此乃繪夜雨之神。人只寫得聽夜雨，而杜偏能寫出看夜雨也。

公 平

爲人當守"公平"二字。公是公道，平是平心。爲人公平，則無殘忍刻薄之事。處家公平，則無厚薄怨尤之嫌。處世公平，則無猜嫌爭鬭之心。居官公平，則無輕重冤濫之獄。"公平"二字，即是聖門終身可行之一恕耳。演出二字，賢愚共曉。

沙鼠非兔

白兔，古稱瑞物，近有爲人豢養馴習者甚衆。余家亦頗繁育。曾見一書云："沙鼠似兔，白色。"然則人之豢養者，乃沙鼠耳，非白兔也。不然，古稱狡兔，何不狡耶？古稱祥瑞，何多瑞耶？又西士畢金梁曰：此名鼯鼠，非白兔也。

南千佳句

震澤顧南千倬篤志好學，貧窮，齎志以歿。有《南千詩藁》若干卷。《出門復入門》一詩，余最愛賞之。曰："門前兩小橋，橋根石齒齒。橋畔三五家，居鄰委巷裏。素無車馬氛，而有淳厚理。辛勤務農桑，或亦職經紀。愧我厠其間，栖栖薪與水。迂疎百不能，幸未蒙見訾。出門復入門，動輒關所指。頃余促裝別，牽衣贈鞭箠。忽焉仍還歸,爭來問所以。軒天日正午,雞鳴炊煙起。風寒木葉脫,清影逼墟里。憶昨海霞紅,頓令殘照紫。江湖氣慘冽,衰病似多否。浮雲空中停,聚散適然耳。豈其行有翼,未必止遂泥。春風紛筋胒,猶可任策使。回頭謝衆鄰,住久誼諠美。歲宴官租完,盡謀及婦子。雞豚酒黍間,爲樂無彼此。恬熙小村落,迥絕廛市鄙。酣歌意方長,懸旌罕定止。歌罷益滋悔,悔不秉耒耜。"其跌踢可喜處,置之杜集中,幾無以辨。信哉,詩之窮而益工也。集中佳句爲摘錄之:

《新荷》云:"笑浮西子靨,嬌動洛妃鈿。未得裁爲服,還能擲作錢。"《石湖泛月》云:"坐久人如玉,歌圓響並珠。"又句云:"人逐棋聲遠,春從鳥語知。"又句云:"月上溪全白,風高天自寬。"《賀人登科》云:"文章到此疑無準,針芥於君亦有權。"《新燕》云:"綠楊江上烏衣巷,紅杏盧家白玉堂。"又句云:"繁華滿眼覊臣老,貧賤雙眉壯士低。"

石蟹

《海槎餘錄》云:"石蟹,生於崖之榆林港。港內半里許,土極細膩,最寒。但蟹入,則不能運動,片時成石。人獲之,置之几案,能明目。"乾隆癸亥春,余購得一枚,螯跪甲腹,不異常蟹,但多泥滓耳。其質則石,其色則蟹。跪有斷處,空中宛然,有非人力之所能爲者。噫!天地間,物化多矣,有人化爲石者,有水化爲石者,有石燕、石鼉之屬,總不似石蟹之真蟹成石,而石則仍蟹者也。《方洲雜言》云:"家藏石蟹一枚,具體如生,以水磨之,腥氣如蟹。病目者稍塗兩眥,頗能定痛。"可以補《本草》之缺。

夢及兩世

海寧王某,其父赴部謁選時,先夢掣籤,一掣而三籤在手,視之乃山西一縣及睢寧縣與江寧縣也。方竊計於例不符，恐爲主者所叱，而主者反謂之曰："汝都去可也。"不解何謂。越日，果選得山西之縣，與夢中相符。後乃陞遷而卒，並不作縣矣。其子某援例捐選，初任即得睢寧縣，旋即奉檄清查江寧縣錢糧，即日攝篆，不久告罷而終。不謂一夢之驗，遂及兩世也。

浦城蒲城

蘇州顧某初任福建浦城縣，時置辦前導之燈，爲鋪中訛加草頭，爲蒲城，亦意外，置之。後丁艱服滿，補陝西蒲城縣。事有先幾如此。

岣嶁碑

南岳岣嶁碑，昌黎有千搜萬索之嘆。劉禹錫謂此碑流跡已久，有云山崩後，埋沒於碧雲峰下。宋嘉定中，蜀士因樵夫引至其所，以紙打其碑，刻於夔門觀中。後亡。又有得模刻於嶽麓書院者。潘稼堂曰："岣嶁碑者，岳山實無此刻。嘉靖間始出，長沙守刻之岳麓，篆體奇異，箋釋支離，識者有贗鼎之疑。"今反取岳麓本翻刻置此，當爲山靈所笑也。

事適相類

覆水不收，本姜太公事，傳奇用之於朱買臣。青衣行酒，本晉懷愍事，傳奇用之於宋徽、欽。甚矣，二事之適相類也。

制度不廢

雄暴之君，亦有制度爲後世所不廢者。始皇之稱皇帝，設郡縣，築長城，隋煬之運淮汴，進士科，武后之置武舉，設殿試，皆至今行之。而蔡京之漏澤園，亦于今不廢。

張真人

漢時，張道陵入龍虎山修鍊，歷唐、宋、元、明，代嗣其教。《江西通誌》及《龍虎山志》所紀世系封爵甚詳。《明史》：張正常，世習符篆，祈禳驅邪，元時賜號"天師"。明太祖曰："天有師乎？"改授"正一嗣教真人"，秩視二品。隆慶時，所爲不法，遂改上清提點，秩止五品。厥後，夤緣用事太監，復故。本朝傳至張繼宗，聖祖賜以御書匾額，誥授光禄大夫。雍正中革去"真人"；止稱"留侯"，不久旋復。乾隆二年，給與張昭麟一品封典。張遇隆于七年入京，禮部覆稱隨班應列左都御史下、侍郎前，鴻臚寺梅奏准不必入班。嗣後，值百官朝賀之期，免其到班行禮，永以爲例。

丁憂

古人最重丁憂，不僅三年之喪也，期服亦解官。凡祖父母、本生父母、伯叔父母、胞兄弟、正妻、長子俱是。且有師長，亦去官者。晉唐以來及明初，往往如此。今但重喪解官，且有在任守制者。嗟嗟！欲日長而理日消矣。乾隆初年，聖天子以孝治天下，一切官員不許在任守制，本生父母亦令解官，漸復古意。

武職終喪

武職親喪，例不解官。本爲邊事重大，故有越常例也。然岳武穆當國家孔棘之時，竟解兵柄，持服終喪。若非孔棘之時，又非邊疆之任，宜從文臣一例終喪，庶忠孝兩得。如邊疆重任，一時難于更易者，格外從權可也。

葬不擇年月日時地

呂才《陰陽書序略》曰："禮，天子諸侯大夫葬皆有月數，是古人不擇年月也。春秋九月丁巳，葬定公，雨，不克葬。戊午日下昃，乃克葬。是不擇日也。鄭葬簡公，司墓之室當路，毀之，則日中而窆，子產不毀。是不擇時也。古之葬者，皆於國都之北，兆域有常處。是不擇地也。"此數語痛快沉着，足祛舉世之惑。

遏欲不可縱欲

《易》曰："君子以窮理遏欲。"《禮》曰："欲不可縱。"人生處世，無在無欲，如聲色貨利之類，日見可欲，焉能不亂。所以君子貴有遏欲工夫，即未能到極至處，且先從不敢縱欲做起。不縱，則遏矣。庸衆之人，往往縱欲者多，不知縱之則狂，遏之則聖。學者當於遏欲、縱欲之介加之意哉。

西　瓜

西瓜，《爾雅》、《本草》、《齊民要術》及諸類書並不載，知昔所無。五代時，胡嶠於真珠寨東行數十里，入平川，始食西瓜云。契丹破回紇，得此種。又宋洪皓使金，貶遞陰山，得食之。又文文山《西瓜吟》云："拔出金佩刀，切破蒼玉瓶。千點紅櫻桃，一團黃水晶。"似此，則瓜生西域，輾轉而漸入于中國焉。今則哈密瓜遍地矣。然劉楨賦云："藍皮密理，素肌丹瓤。"陸機賦云："擷文抱緑，披素懷丹。"張載賦云："玄表丹衷，呈素含紅。"斯皆非西瓜無以當之。三子皆魏晉人也，則瓜亦不始于五代矣。邵平東陵瓜，疑即西瓜也。

545

異　物

　　唐時魏生於砂磧中得石片如手掌大，狀如甕片，半青半赤。賈胡以千萬易之，曰："此寶母也。但每月望設壇祭之，一夕珠寶皆自聚，故名寶母。"菩薩寺僧得李林甫襯禮，有一物如朽釘，長數寸，商胡識之，曰："此寶骨也，價直一千萬。"有人得青石，有鼻穿鐵索，長數丈，海商識爲協金石，投海引出，上必有金。唐睿宗施一寶珠于大安國寺，狀如片石，赤色，夜則微光，光高數寸。有西域胡人見之曰："此水珠也。每軍行休時，掘地二尺，埋珠其中，水泉立出，可給數千人。"徐彥若渡海，得一琉璃瓶，中一龜，旋轉不停，而瓶口極細，不知何自而入。夜覺舟偏重，視之則群龜層叠登舟。棄之。後問泊主，云："名曰龜寶。則天時，西國獻青泥珠一枚，珠類拇指，微青色，施西明寺，有胡人云：'西國有青泥泊，多珠玉珍寶，但苦泥深不可得。若以此珠投泊中，泥悉成水，其寶可得。'"孫鳳有一琴，有人唱曲，則琴絃自相屬和。有道人見琴背一孔，曰："此中有蛙。"出黑藥少許，即有一綠色蟲走出，背上隱隱有線文。道人納蟲而去，自後唱曲琴絃不復鳴矣。名曰"鞠通"，耳聾人置耳邊少時即愈。溫州商張愿海洋遭風漂泊，得一山竹，倭客見而爭買，曰名"聚寶竹"。每立竹於巨浸中，則諸寶不采而聚。馮翊嚴生遊峴山，得一珠如彈丸，黑色而有光，視之瑩徹如冰焉。胡人曰："此清水珠也。"即命注濁水於缶，以珠投之，俄而淡然清徹矣。蘇子瞻嘗言其先祖光禄云："有一書生，晝坐簷下，見大蜂觸蛛網，相螫久之，蛛墮地。起視之，已化爲小石矣。異而收之，因置衣帶中。一日過市，遇蠻賈數輩，視書生愕眙揖曰：'願見神珠。'乃以帶中石示之。群賈喜曰：'此破霧珠。'蠻人至海上採珠寶，常以霧暗爲苦，有此珠，霧即自開。因以寶貨易之。"宋周俊叔得十二時竹，繞節凸生子、丑、寅、卯等十二字，點畫可數。巴東下巖院僧水際得青磁碗，折花及米其中,皆滿。以錢及金銀置之,皆然。自是富厚。僧年老擲碗江中,謂徒弟曰:"不欲爾增罪累也。"此碗謂之"聚寶碗"。有牧羊兒入古墓中,得黄磁小瓶,偶投豆莢于中,隨手盈滿,名曰"聚寶瓶"。明初,沈萬三有聚寶盆。于闐國朝貢使攜一鐵鐺,投以水,頃輒百沸,渡漠賴之,謂之寶鐺。回回入貢,道山西,與民買一池,入穴得泉源,乃天生一石池,水從中出,取之不竭,謂之水寶。明天妃宫僧以行童已煮將熟之二鸛卵納巢中,數日後忽出二雛,探其巢,見一木尺許,彩錯香馥,持供佛前。倭人見之曰:"返魂香也。"重購而去。衢州醫士毛存敬於老猴處得一小盤,其圓徑尺,其色淡青,其質類木石而非木石,四周皆竅,不知爲何物。後太監鄭和採寶西洋,存敬以醫士當行,獻此盤祈免。鄭驚喜曰:"此定珠盤也。"夜以此盤浮海上,光明如月,海中之物,皆吐珠盤中,不可勝數。韓城縣古墓中得塊玉如簪形,賈胡一見,請售之,曰:"此字洗也。"試以玉拂字,字皆滅。丹陽有人得圓石,破之,中有一蟲,狀似蠐螬,蠕蠕能動,因棄之。有人語之曰:"欲求富厚,莫如石中金蠶。蓄之則寶貨自至。"詢其狀,則石中蠐螬也。金陵人家有一石,有十二孔,按十二時,每到一時,有紅色蜘蛛結網其上。後網成,前網即消,天然日晷也。有農夫耕地,得劍,售價百萬。約來旦取之,歸見庭中有石,偶以劍指之,立碎。詰旦,售者歎詫曰:"劍光已盡。"不復買。苦問之,曰:"此是破山劍,唯可一用,吾欲持之破寶山耳。"京師窮市有古鐵條。高麗使識爲定水帶,海水鹹者,一投之,立化甘泉。華亭市中有一物如桶而無底,非木非竹,非鐵非石,有海商貨之,曰:"此至寶也,名曰'海井'。尋常航海,必載淡水自隨,今但以大器滿貯海水,置此井於中,汲之皆甘泉也。"段成式云:"海中井,魚腦有竅,吸海水,噴從竅出,則皆淡。"疑此井即此魚腦骨也。西士南懷仁《坤輿圖説》中有此魚焉。天下事物,有不可以理詰者。

欹　床

曹操作《欹案卧視書》，欹案之制不傳。唐楊烱有《卧讀書架賦》。今《西洋奇器圖》中有之，然亦難意會。沈括《忘懷録》有欹床，云左右互倚，令人不倦。余意今之醉公床或是其遺制，可以互倚而欹眠，但不可几書，僅可手卷卧觀耳。

娑羅樹

唐天寶中，安西進娑羅樹。李邕作《娑羅樹碑》，歐陽公有《定力院七葉木》詩，有云："鈿砌陰鋪静，虚堂子落聲。"亦此樹耳。都穆《遊名山記》云："華山老君殿前有娑羅樹，數百年物，其子類栗，灰之，服以酒，可愈心痛。"許鶴沙《滇行紀程》云："過應城百里，曰觀音崖。有娑羅樹一株，大百圍。"范成大《三峩山記》："大峩山，有娑羅平。"又杭州昌化千頃山側，娑羅一株，每初夏花開，香聞十里。五臺山娑羅樹，畫圖鏤板。京師卧佛寺，有娑羅樹二株。岐山周公廟，有娑羅樹二株。廬山大林寺，有娑羅樹二株。外如巴陵、淮陰、安西、伊洛、峨眉山皆有娑羅樹。江寧燕子磯弘濟寺中有娑羅樹二株，鬖髿可愛。明永樂間，三保太監西洋帶回之種，以錢易其子數枚，心痛者服之，亦效。世俗多指言月中桂爲娑羅樹者，俗作娑婆，大約以其扶疏之影，又爲世間罕見者耳。

勇於爲善

知行工夫合是一轍，今人動分爲兩橛。讀書則曰："予既知之。"處事則曰："吾未能行。"是不免乎暴棄也。行有未到，究竟知得不徹。如爲盜賊之非，人所能知，不爲盜賊之事，人所能行。若盜賊之心，人所不免者，外面爲詩書束縛，中心私欲未盡，不免淪於卑污。若此者，總少獨知工夫。昔人所謂"不慚衾影"者是也。若果勇於爲善，立志果決，不求人知。遇事時漸漸克去己私，光明正大，自有一番境地。聖賢所以貴强恕之學也。暴棄者質雖美，終無進境。强恕者力雖淺，日就高明。學人其無因循怠諉之念而可哉。

用功從正心始

聖賢學問，格致誠正，修齊治平。齊治平是脩身以後事。格致誠正，皆所以修身者。初學入門，自然當從格致始。然吾謂正心尤要，雖非格致誠，無以正心。但從事之初，道理浩瀚無窮，必須先立粗粗間架，然後可以用功入手。粗粗間架者，正心是也。格致以後之正心，乃心無不正之正〔心〕。格致以前之正心，乃不敢入邪之正心。學者必先有不敢入邪之正心，而後從事於格致，得寸則寸，得尺則尺，馴至於道而不難矣。其所謂粗粗間架者，尤必有勇以立之。宋儒所云"果而確"是也。不然，終年格物，於身心毫無裨益。聖人之教，於格物中辨邪正，故曰以格致先之。今人因聖學昌明之後，反多習而忽焉之事，故曰用功當從正心始，正心必以勇立。苟能勇于入道先正其心，以後做工夫，自然一步深一步。

聰慧天授

晉符朗食雞，知雞棲半露；食鵞，知黑白之處。宋韓玉汝性嗜白鴿，亂以他色，輒能辨其非。陸羽辨江水非南零。此與公冶長解鳥語、介葛盧辨牛鳴同一天授，非學力可到。

爲己爲人

女爲君子儒，無爲小人儒。朱子曰："君子儒爲己，小人儒爲人。"以學問而言，則然。若以應世而言，則君子儒爲人，小人儒爲己也。

書隱叢説卷五

《易經》紊亂

今人但知王弼亂《易》，不知在前已有亂之者。梁丘賀分《彖辭》於各卦之下，鄭康成移《文言》於《乾》、《坤》二卦之後，至王弼復移《象傳》於各爻之後。經三紊亂，非復《易》之舊矣。然便於省覽，故至今因循不改。朱子復之，程子因之，各有意義。元張清子作《周易本義》，附錄《集注》，以文公本義置之王弼今《易經》文之下，未甚行。明初，程、朱兩義並行，移《易》本義次序，以就程傳。後乃去程而用朱，經文竟從程之舊焉。以朱義入程經，是又一紊亂矣。御製《周易折衷》出，天下復覩古本焉。

不躁不逆

人身具天地元氣，不致戕賊，則元氣不損。即多方導養，而元氣亦不益。人能淡薄世味，不以外役勞心，久而不渝，自足致壽。人之勞心，要不外二端：躁以圖功，逆以撓情而已。孰不喜功，緩以爲之，既不害心，亦不害事。人孰無情，順以養之，既善於處己，又善於處人，不然徒爲負重之蟻，遊釜之魚耳。此二語即聖賢懲忿窒欲之謂，能守是意，自能致壽，即形骸有盡，而真氣常存矣。彼偃仰呼吸，鍊形服食者，適足自苦，且將貽悞於人，其亦汰其流而未澄其源也，所謂求益而反損者也。

讖緯書名

緯書八十一篇：《乾坤鑿度》、《乾鑿度》、《易稽覽圖》、《易坤靈圖》、《易通卦驗》、《易卦統通圖》、《易卦氣圖》、《易元命包》、《易萌氣樞》、《易是類謀》、《易辨終備》、《易中孚傳》、《易運期》、《易九厄讖》、《易河圖數》。

《尚書璇璣鈐》、《尚書帝命驗》、《尚書考靈曜》、《尚書鉤命決》、《尚書中候》、《尚書刑德放》、《尚書運期授》、《尚書洛罪級》、《尚書五行傳》、《尚書大傳》、《中候握河紀》、《中候考河命》、《中候摘洛戒》、《中候雜篇》、《中候洛予命》、《中候摘洛貳》、《中候義明》、《中候勑省圖》、《中候稷起》、《中候準讖哲》、《洪範緯》。

《詩含神霧》、《詩紀曆樞》、《詩推度災》、《詩細歷神淵》。

《春秋元命包》、《春秋運斗樞》、《春秋文曜鉤》、《春秋合誠圖》、《春秋演孔圖》、《春秋說題辭》、《春秋感精符》、《春秋潛潭巴》、《春秋佐助期》、《春秋考異郵》、《春秋保乾圖》、《春秋孔錄法》、《春秋少陽篇》、《春秋漢含孳》、《春秋握誠圖》、《春秋命曆序》、《春秋內事》、《春秋緯》。

《禮稽命徵》、《禮稽命曜》、《禮含文嘉》、《禮斗威儀》、《禮號諡記》、《樂稽曜嘉》、《樂動聲儀》、《樂叶圖徵》。

《孝經援神契》、《孝經鉤命決》、《孝經中契》、《孝經左契》、《孝經右契》、《孝經威嬉拒》、《孝經內事圖》、《孝經元命包》、《孝經雌雄圖》、《孝經分野圖》。

《河圖括地象》、《河圖稽命徵》、《河圖稽耀鉤》、《河圖始開圖》、《河圖要元篇》、《河圖皇參持》、《河圖赤伏符》、《河圖會昌符》、《河圖考曜文》、《河圖絳象》、《河圖握通記》、《河圖玉板》、《河圖龍魚》、《河圖握矩記》、《河圖帝通記》、《河圖著命》、《河圖挺佐輔》、《河圖真紀鉤》、《河圖秘徵篇》、《河圖天靈》、《河圖合古篇》、《河圖提劉篇》、《河圖録運法》、《河圖閭苞授》、《河圖帝覽嬉》。

《洛書甄曜度》、《洛書寶號命》、《洛書録運期》、《洛書靈准聽》、《洛書摘六辟》、《洛書稽命曜》。

《論語撰考讖》、《論語比考讖》、《論語摘輔象》、《論語摘衰聖》、《論語陰嬉讖》等篇。大都偽撰者居多，隋文帝盡焚之。今所見者，《十三經註疏》、《白虎通》、《後漢書傳註》、《文選注》、隋唐《經藉志》、《太平御覽》、《説郛》薈萃成文而已，八十一篇之外俱爲讖書。

公私之辨

"公私"二字，雖有人己之分，却是當情理者謂之公，不當情理者即謂之私也。當乎情理者，雖爲己，不失爲公。如祁奚舉子、第五倫視子疾是也。不當乎情理者，雖爲人，不免爲私。如鄧彪之讓封、伯道之棄己子是也。惟圖利己，不顧他人者，無論矣。即使爲人不爲己，似乎甚公，而隱微之際，稍有一念爲名爲利，有所爲而爲之，不能當乎情理者，即是私心。必當乎情理，無所爲而爲之，雖身冒不韙，到底是至公無私。觀人者當於此鑒別焉。

長恨歌傳

唐陳鴻《長恨歌傳》，妙在叙事停頓處，每每作波致以摇曳之，如日射水紋，動盪不定，月移花影，姍姍來遲，真得文章家三昧也。

内自訟

《易》曰："君子不遠，復無祇悔。"《書》曰："改過不吝。"孔子贊顔子曰："不貳過。"又曰："過則勿憚改。"又曰："過而不改，是謂過矣。"人非聖賢，誰能無過。但怙過不悛者，即爲自棄。是遷善改過，學者最緊要事。人皆可以爲堯舜者，不過能遷善改過以復於無過之地耳。夫過有有心之過，有無心之過。有心者自當懲創而痛改，無心者亦宜策勵以漸改。然改過亦有二端，若或迫於利害，或貪夫名位，有所爲而改之者，不能十分除根，且未必永久。若不爲名利，自出本心，不求人知，無所爲而改之者，可以十分除根，且得永久。夫子所謂"內自訟"者是也。內自訟，則以心問心，不求人知也。

自　強

月攘一雞，孟子欲其速改，所以曰"何待來年"。夫日變爲月，不可謂非改過之漸，然不能速改，將優游漸漬，惟恐其生退心耳。君子所以貴自強之學也。自強者，勇於爲善也。

鰲　山　景

唐時新羅國獻萬佛山，佛形大者或逾寸耳。前有行道僧徒，不啻千數。下有紫金鐘，徑闊三寸。上以龜口銜之，每擊其鐘，則行道之僧禮首至地，蓋關棙在乎鐘也。其工巧有出人意計之外者。今有鰲山景者，前列層臺演劇，高樓靚粧，市肆飲食，耕農負擔，僧道朝禮，士女遊嬉，種種悉具。後以索綜之，貫以轆轤，一舉手間，前之種種無不俯仰禽鬪，磬折旋舞。想此亦得萬佛山之遺意。

古　人　姓　名

許由，字仲武。伊尹，名摯。易牙，名巫。伯樂，姓孫，名陽。仲雍，字孰哉。百里奚，字井伯。杜康，字仲寧。莊周，字子休。孫叔敖，名饒。老聃父名乾，字元杲。尹喜，字公文。鬼谷子，姓王，名詡。范蠡，字少伯。文種，字子禽。荆軻，字次飛。伯夷，名允，又曰元，字公信。叔齊，名智，又曰致，字公達，又曰公遠。中子，名仲遼，父姓墨，音眉。名台，音怡。又曰父名初，字子朝。介子推，姓王，名光。墨子，姓翟，名烏。彭祖，姓籛，名鏗。太公，名涓，字子牙。箕子，名胥餘。子產，字子美。陳仲子，字子終。徐偃王，名誕。蜀王杜宇，名蒲卑。塞翁，姓李。師曠，字子野。盜跖，名雄。徐福，字君房。四皓朱園公，姓園，名秉，字宣明，或云姓唐。綺里季姓朱，名暉，字文季。夏黄公，姓崔，名廓，字少通。甪里先生，姓周，名術，字元道。項伯，名纏。壺關三老，茂姓令狐，文翁名黨，字仲，翁伏勝，字子賤。鄭子真，名璞。張道陵，名輔浮。邱公姓李。壺公姓施，名存。吳剛，字質。楊王孫，名貴。甘公，名德。洛下閎，字長公。東方朔，姓金。叔孫通，名何。嚴君平，名遵。丁公，名固。侯芭，字鋪子。作《越絕書》之吳平，字君高。武陵漁人，姓黄，名道真。君苗姓崔。臣瓊姓薛。花卿名敬定。臨卭道士，姓王，名丹。蘇子瞻，字和仲。子由，字同叔。赤壁吹簫客姓楊，名世昌。黨人碑匠安民，姓李。徐神翁，名守信。

　　王母，姓楊，字婉妗。東海孝婦，名周青。衛夫人，名鑠，字茂。漪緑珠，姓梁。萼緑華，姓楊。焦仲卿妻，名蘭芝。木蘭姓魏。羅敷姓秦。

　　支遁，姓關。帛道猷，姓馮。佛圖澄，姓帛，又曰濕。道安，姓衛。慧遠，姓賈。寶誌，姓朱。竺道生，姓魏。一行，姓張，名燧。黄蘗，姓邢。圭峰，姓何。懷素，姓錢。智永，姓王，名法極。皎然，姓謝。齊己，姓胡。貫休，姓姜。辨才，姓袁。靈澈，姓湯。無可，姓賈，即島從弟。佛印，姓謝，字端卿。

處世闇修

　　晉衛玠曰："非意相干，可以理遣。力有不及，可以情恕。"此可爲學人處世之箴。隋文中子曰："何以息怨？曰無争。何以止謗？

曰不辨。"此可爲學人闇修之方。

品格迥别

陳標《詠蜀葵》詩云："能共牡丹争幾許，得人憎處只緣多。"韋絢以比鶴與鸂鶒之俱胎生，而人言鶴不言鸂鶒也。其間似有幸、不幸存焉，然而品格自然迥别。

胡僧呪術

漢武帝信越巫，董仲舒數以爲言。武帝欲驗其道，令巫詛仲舒。仲舒朝服南面，誦詠經論，不能傷害，而巫者忽死。唐貞觀中，西域胡僧有呪術，能生死人。傅奕曰："此邪法也。臣聞邪不干正，若使呪臣，必不能行。"呪之，而奕不動，僧反自斃。推其理，呪術可驅惡氣爲厲，令人阻閉而死。逢正不敵其氣，必有所歸，所以反而自斃耳。後《西遊記》中用此事，亦甚明曉。

假　　面

高齊蘭陵王長恭白，類美婦人，乃著假面以對敵，與周師戰于金墉下，勇冠三軍。齊人壯之，乃爲舞，以效其指麾擊刺之容。今人著假面以戲，而助其勇壯之氣者，本此。

骨力超群

《南史》：羊侃膂力絶人，所用弓至二十石，馬上用六石弓，嘗於兗州堯廟，蹋壁直上至五尋。《北史》：沈光，驍捷跅弛。禪定寺中幡竿高十餘丈，適值繩絶，非人力所能及。光因取索口啣，拍竿而上，直至龍頭，繫繩畢，手足皆放，透空而下，號爲肉飛仙。唐柴駙馬紹之弟有材力，輕趫迅捷，嘗著靴上磚城，直至女墻。手無扳引，越百尺樓閣，了無障礙。時人號爲壁龍。宋令文有神力，有牛觸人，莫之敢近，令文按兩角拔之，應手倒，頸骨皆折而死。又以五指撮碓觜，壁上書得四十字詩。能以一手挾堂柱起，以衣壓于下。令文即之問之父。汪節，有神力，嘗對御俯身負一石碾，置二丈方木于碾上，木上又置一床，床上坐龜兹樂人一部，曲終不下，無難重之色。又建中時，三原戴竿婦人王大娘，首戴二十八人而走。明張進諫，蹻捷如飛鳥，以二食指按屋簷，擲身空中，騰躍數迴，瓦不墜裂，亦無磕撞聲。拳擊牙旗石磴，火迸石裂，屑飛數丈。歐千斤，乘馬過獨板橋，馬跼蹐不行，歐以右臂挾其馬，高步而過。顧道民，日行六百里，頃刻能噉百器，又能數日不食。此等另有一副骨力，非尋常意計之所能度也。

減嗜欲

讀書人第一要減嗜欲爲主。減嗜欲，則無所係累，而綱常名教得伸矣。所以昔有云"咬得菜根，則百事做得"也。嗜欲多，則身家念重，富貴心切，利害所關，明知故犯，不惜屈志以從之，殊爲可惜。漢馬融豈非卓然儒者，止緣絳帳女樂，不能屏去嗜欲，所以一得罪于鄧氏，十年不得調，而其志餒矣。後李固之獄，竟爲梁冀下片紙而不惜，非不知也，乃懼其失富貴而忍而行之耳。臨大節而不可奪之謂何？乃伯仁由我而死耶？遂爲千古唾罵，不亦哀哉。究其原，一絳帳女樂，階之厲耳。故曰讀書人第一要減嗜欲爲主也。若縱欲滅理者，固在不論不議之列，吾于馬融，尤有春秋責備之思焉。

無諂無驕

貧而無諂，富而無驕，非聖賢止境，到底是學人進境。何則？

凡人貧者氣餒，往往不免於諂，諂之不已，流而爲盜心。富者志盈，往往不免於驕，驕之不已，溢而爲淫志。所以不足者每有盜心，有餘者每有淫志。不獨處境爲然，才學、行業皆然。最卑污者，淫盜之行。最難絶者，淫盜之心。凡有一點踰洪之心，即淫也。凡有一點苟且之心，即盜也。要絶淫盜，先從無諂無驕做起，學人其毋輕視哉。

才鬼頑仙

陶貞白曰："寧爲才鬼，無爲頑仙。"斯言良是。才者，鬼可爲仙，非仙亦仙。頑者，仙可爲鬼，非鬼亦鬼。人可不勤于誦讀耶？

塞諸河源

紫元夫人受寶書於魏華，曰："有泄我書，身爲下鬼，塞諸河源。"漢趙合德既死，趙后夢中見帝，問昭儀何在，帝曰："以數殺吾子，今罰爲巨黿，居北海之陰水穴間。"後世稗官荒唐之説，亦有所本。

織錦迴文

蘇氏織錦迴文八百餘言，分圖析類，總得詩三千七百三十四首。以一婦人之才，縱橫變化若此，殆古今無兩者矣。繼之者，唐范陽盧母王氏，撰天寶迴文詩，凡八百十二字。上元初，有南海女子製盤鑑圖銘迴文，一百九十二字，皆四言。

不可驟藥

凡人患風寒暑濕之疾，不可驟然服藥，以病勢正盛，不可遏，且恐病症雜出，莫究其原，急有所投，如以石投水。醫家越宿疹之，不謂其病之雜出而正盛，方悔昨藥之誤投何味，轉輾徬徨，非惟無益，反致損者，往往有之。必當於病勢稍定之時，脉理現症可以意度，然後投劑，庶幾可以獲效焉。

可欲不亂

昔人云："不見可欲，使心不亂。"此語爲做工夫人而言也。極欲做工夫時，却于紛紜酬酢中有可欲以亂之，此心或出或入，把持不定，惟恐退步，所謂道高一尺，魔高一丈是也。此時當極力把持，或廢聰絀明，可欲在前，見猶不見。或遠視廣聽，可欲在世，身與之遠。夫然後此心常存，不爲其所亂矣。魯男子之閉門不內，亦此意也。若自暴自棄者與可欲親，不覺可欲之非，烏能不亂哉？

神道事之

或問曰："子言精氣聚而成形，又言天地間莫非氣之流行。人既得正氣而成形矣，鬼神何不可得精氣而成形乎？土偶何礙？"應之曰："山川岳瀆，各有精氣。然此精氣者，變化不測之謂。神有形可象，人也，非神也。若偏氣所聚，偶爾成形者，時聚亦時散。猶之草爲螢，麥化蛾，不足爲憑也。只看人家祭先，本有音容可追，然只爲木主，以展其孝思，或圖其像耳。自古至今，不聞於家廟中塑幾代土偶以事之，何者？以神道事之，不以人道事之故耳。神者，精氣流行之謂神，非面貌可象之謂神也。山川岳瀆之神，其亦無疑于木主之義矣。"

仁　術

人情翻覆，不可恃理直行。即自問無愧，苟直情徑行，不爲人謗毀，即爲人排擠。工於譖人者，必舉其疑似者以入其罪。巧于排人者，必摘其罅隙以甚其過。一時小人爲之快心，千古君子爲之沮氣。故聖王制律，必曲盡小人情狀所必有而後止，眞如見其肺肝也。若盡以君子之心待人，則律亦不必設矣。孟子曰："是乃仁術也。""術"字最下得妙，無術行不得仁。自問無愧，仁矣。直情徑行，無術也。學人其知此意哉。

改過遷善

《書》曰："爾惟德罔小，萬邦惟慶。爾惟不德罔大，墜厥宗。"劉先主誡後主曰："勿以善小而不爲，勿以惡小而爲之。"學者深體乎此，實是改過遷善進境。爲小善者，日積月累，以至於大。不爲小惡者，日朘月削，以至於無。毋視爲口頭熟語，身體力行，其味無窮。大凡口頭熟語，往往忽視，一經審度體驗，即是學人進境。不能是者，即自暴自棄人也。

名過其實

人好名，天亦靳名，所以最忌名過其實。爲正人者，應得福，而有缺陷，必有名過其實處。人世尊崇太過，應得之福，往往以虛譽消之。爲不正人者，應獲禍而有餘地，亦必有名過其實處。天下之惡，皆歸應得之禍，往往以全毀彌之。《易》曰："積善之家，必有餘慶。積不善之家，必有餘殃。"天理感召，實在如此。有不盡然者，乃名過其實之故耳。故不虞之譽不敢受，求全之毀不必辭也。

虛心實腹

老子曰："虛其心，實其腹。"虛心可以具衆理，實腹可以應萬事。然其中亦寓修煉之道，吐納家言靜坐，閉目運氣，使目觀鼻，鼻觀心，心注丹田，則心火下降，腎水上騰。成旣濟之功，豈非虛心實腹之謂乎？

處己處事

棄短用長，任人之道。能以此處己，即不能智術禦萬變，亦可才能蓋一世。避實擊虛，用兵之法，能以此處事，雖不能勇往以直前，亦可通權而達變。

老　人

乾隆中，江西有老人過蘇，年一百三十七歲。撫院與之款晤，終日閉目，不多言。豈頤養之道固如是歟？抑耄年精力已不振乎？十年，又有湖廣老人一百二十四歲過省中。十一年，又有湖廣老人一百四十一歲，請恩，寵賚有加。百歲老人，邸報中一歲之內或有幾人，然女子嘗居十之八九。至於一百四十餘歲之老人，實所僅見也。

桂枝冤銷

唐劉得仁，貴主之子。昆弟皆歷貴仕，而得仁獨應舉，出入文場，竟無所成。既終，僧栖白詩云："忍苦爲詩身到此，冰魂雪魄已難招。直教桂子落墳上，生得一枝冤始銷。"昭宗時，追贈已故孟郊等十八人進士及第，得仁與焉。真所謂"生得一枝冤始銷"也。有詩三卷流傳于世，以視富貴而泯滅不彰者何如哉？

《檀弓》文法

《暘谷漫錄》云："《檀弓》：'齊大饑，黔敖爲食於路，以待餓者而食之。有餓者蒙袂輯屨，貿貿然來。黔敖左奉食，右執飲，曰：嗟！來食。揚其目而視之，曰：予惟不食嗟來之食，以至于斯矣。從而謝焉，終不食而死。'以文意言之，'揚其目而視之'，'終不食而死'，其上皆當有'餓者'二字。'從而謝焉'其上，當有'黔敖'二字。《檀弓》之缺字如此。"余謂三處俱不必加"餓者"、"黔敖"字。古文簡捷之法固如是也。今平平讀去，何嘗不瞭然乎？

物　　化

物化，亦陰陽變動之所爲。無情化有情：腐草化螢，麥化蛾，積灰化蠅，茯苓化龜，石化羊，樹化牛，葦化牛，葦化蚕，藜化䰇，朽竹化蜻蜓，苧根化魠，茅根化蠅化蟄，竹根化蠋，飯化赤蜘蛛，木枝化蚓，古度子化蟻，草爐化蝦，人髮化鱔，荇莖化鱓，蒿化蠐，蠐竹化蛇，穀化蠹蟲，稻化蚕，菌化蜂，蔬化蝶，朽木化蟬，朽瓜化魚，稷米化鯽，莧汁化鱉，壞裙化蝶，百合花化蝶，木葉化蝶，松樹化老人，枸杞化犬，楓化羽人。

有情化無情：蟹化石，蜃化穀，蚯蚓化百合，羊肝化地臯，水蟲化石，蛇化石，蠶化石，蟬化花。

有情化有情：孑孑爲蚊，水蟲化蜻蜓，蛇化鱉，科斗化蛙，雉化蜃，鼠化蝠，鼠化鶉，鼠化鯉，蛙化鶉，蟭蟟化蟬，蝗化蜻，蝗化魚蝦，鷹化鳩，鱔化蛟，蟛蜞化鼠，羊化鼠，蚯蚓化蛇，龍化蠋，桑蠶化蝶蠃，石首魚化鳧，魚化龍，猿化玃，魚化蛟，小魚化蝗，蝨化青蟲，馬化狐，鯤化鵬，蛇化雉，鵠化猿，鳥化鼠，蠹化蝶，鱠化魚，蠁子化蠅，老貐化猿，燕化鴿，兔化鱉，蠐螬化復育，復育化蟬，蜈蚣化蚕，牛化虎，羊化狼，黿鼉化鶉，黃魚化鶉，諸蟲化蚕，魚化鼠，鼉化鼠，海邊黃魚化鸚鵡，又化綠鳩，黃牙魚化黃鶯，海魚化黃雀，泡魚化爲豪豬，鯊魚化虎，沙魚之斑者化爲鹿，鹿入水化爲魚。

無情化無情：馬血化燐，人血化野火，老韭化莧虎，目光化石，墜星化石，松化石，松脂化茯苓，梅化杏，橘化枳，絮化萍，松脂化琥珀，水化石，蕪菁化芥，千歲積冰化玻璃，鬼血化瑪瑙。

輾轉相化：雀化鴿，鴿化雀。鳩化鷹，鷹化鳩。魚卵化蝗，蝗子化魚。鷸化鸜，鸜化布穀，布穀化鷸。蛹化蛾，蛾化蠶，蠶化蛹。鼠化駕，駕化鼠，駕即鵪也。甚者，馬化人，虎化人，狐化人，猿化人，玃化人；人化石，人化蛇，人化熊，人化狼，人化蛾，人化杜鵑，人化龍，人化虎，人化牛，人化馬，人化鱉，人化黿，人化魚，人化猿，人化鶴，人化沙蟲，人化豕，人化犬，人化鳥，人化貓；男化爲女，女化爲男；總不足於陰陽之氣耳。足於五行之氣者，將庸愚化爲賢哲，賢哲化爲聖神矣。

瓦礫塲

《白獺髓》載：江右一尉，凡事不少恕，尤多刻剝。出巡之次，市民邀請宴飲，深夜而散，兵卒皆醉倒。初以爲市民好客，孰知是夜其被苦吏民乘兵卒之醉，取其兵器，故爲尉刦掠部民家。憲司邏捕錄治，後案成，削去仕籍。《水滸傳》中夜走瓦礫塲，用此事。

秋笳集

順治丁酉，江南科塲事發，試官治罪，舉子流竄。吾邑吳漢槎兆騫亦被論，流至寧古塔。後作《長白山賦》，光怪陸離，聲動京師。遇赦，得還鄉里。所著有《秋笳集》八卷，大都塞外之作也。

辛卯科塲

康熙辛卯，江南榜發後，多不滿士心，議論紛譁。俚鄙詩文遍貼通衢，且衆昇財帛司入學宫，有祭文琅琅可誦。題達上聞，後奉旨覆試，竟有不成一字者。正主考左必蕃革職，副主考趙晉論死，舉子擬絞。黜落有司，截其旗竿，在在有之。其時俚鄙詩文裒集成卷帙,中有追和杜甫《秋興》八首,及集五經句,文頗佳。更有一對云:"左邱明有眼無珠,趙子龍渾身是膽。"

獨樂園詩

白樂天因老病遣去柳枝,然其鍾情處竟不能忘。其《對酒懷李郎中》一絕云:"往年江外抛桃葉,去歲樓中別柳枝。寂寞春來一杯酒,此情惟有李君知。"又詩云:"兩枝楊柳小樓中,嫋娜多情伴醉翁。明日放歸歸去後,世間應不要春風。"又有"觴詠罷來賓閣閉,笙歌散後妓房空"之句,讀之使人悽然。然余謂,凡物有聚必有散,有樂必有悲。與其樂去而悲來,孰若無樂而無悲乎？樂天向無桃葉柳枝,飲酒賦詩,何嘗不是樂境？此境到老不失,必藉桃葉柳枝以爲樂,則樂去而悲來,不亦宜乎？司馬溫公無姬侍,鼓盆後時至獨樂園中,詩曰:"暫來還似客,歸去不成家。"此真悽然也。

趙學究

宋太祖從周世宗征滁州日,與江南將皇甫暉、姚鳳控扼關隘,計無所出。聞有趙學究在村中教學,多智計,乃微服往訪之。學究出奇計,授太祖,因敗爲勝,轉禍爲福,遂下滁州。乘破竹之勢,盡收淮南之地。學究即趙普也。《水滸傳》中吳學究隱用此事。宋有學究一科,即唐之明經也。進士科則試文字,學究科但試墨義。有才思者多習進士科,有記性者則應學究科。而世俗乃遂以爲通稱焉。

風流公案

沈特貶筠州,時方售一妾,年十七八,携與俱行。處筠凡七年,既歸,呼妾父母,以女歸之,猶處子也。潘矩獻詩云:"昔年單騎向筠州，覓得歌姬共遠游。去日正宜供夜直，歸時渾未識春愁。禪人尚有香囊愧，道士猶懷炭婦羞。鐵石心腸延壽藥，不風流處却風流。"本朝尤展成侗作《西廂曲》題："怎當他臨去，秋波那一轉。"制義流傳都下，宮中傳誦，呼爲才子。世祖心賞焉，謂弘覺師曰："請和尚下一轉語。"天岸師曰："不風流處也風流。"又翻出一重公案矣。

日本風俗

有人自日本國來，云其王高拱深居，諸凡國計惟於大將軍是聽。故謀篡者，止圖大將軍之位耳。其俗不穿褲，止圍裙數重，男女皆然。以蹲身坐於足趾上爲卑賤，尊貴者立而問，卑賤者必坐於足趾而答，如中國之跪然。《後漢書》曰："以蹲踞爲恭敬"是也。女之無夫者謂之鬼妻，人不敢娶，乏衣食者爲妓，以事往來之商賈焉。俗尤好潔，門首各設唾壺幾具，以供往來者之謦咳。室中俱用毯毬，不染纖塵。其國酷惡天主教，以前嘗爲亂于國中也。故海舶聚集之所，立一鐵人，云是天主教人。商之初上岸者，必令其踐踏鐵人，否則不許其入國也。刑罰約有三等，曰科，曰殺，曰標。輕罪無死理者，則以銅圈着於柱上，套於人身，自項而腰，而足，凡三處，以磨難之，限滿則放，謂之科。重罪至死者，則用殺，與中國同。其尤重如中國之凌遲者，郊外設一石池，池中立一長大鐵柱，端有四鐵叉，相去約人肩至膝而止。將罪人置於叉上，不能轉動，頃刻可致於死，以示於民，謂之標。少選，即有海鳥飛來啄食，遠則數日，近則匝日，皮骨俱盡，血肉淋漓池中。國人視啄盡之遲速以占年歲之豐凶焉，然一歲中亦不多見也。

《左傳》人物表

班固作《古今人物表》，第以九等，有謂其不當列於《漢書》之中者，然一時意見所及，附而行之，要自無傷，但品題有不能適當處爲嫌耳。余讀《左傳》，全倣班例，以傳中人物第其高下，使讀《左》者聖狂瞭若，披覽之下，其亦得所指歸也夫。

上上	上中	上下	中上	中中	中下	下上	下中	下下
聖人	德人	賢人	善人	智人	衆人	肉人	愚人	惡人
孔子	穎考叔	宋穆公	季梁	魯隱公	鄭莊公	姜氏	叔段	衛州吁
	石碏	莊姜	師服	衆仲	士蔿	虞叔	石厚	魯羽父
	急子	臧僖伯	芮姜	楚武王	里克	莫敖	少師	宋華督
	壽子	周任	鬭廉	懷嬴	輨濤塗	雍糾	雍姬	高渠彌
	管仲	臧哀伯	鄧曼	宋襄公	子玉	黑肩	衛宣公	魯桓公
	申生	鮑叔	鬭伯比	子犯	元咺	子糾	齊僖公	文姜
	展禽	召忽	曹劌	僖負羈妻	子上	鄭厲公	彭生	齊無知
	曹子臧	子文	鄭昭公	趙衰	華元	息嬀	祭仲	宋萬
	季札	季友	辛伯	寺人披	郤克	子元	蔡哀侯	慶父
	子思	衛文公	徒人費	頭須	伯州犂	魯莊公	王子頹	商臣
	子貢	宮之奇	申繻	晉文公	苗賁皇	寺人貂	晉獻公	商人
	子羔	史佚	鬻拳	倉葛	子反	晉惠公	驪姬	莒僕
	子郢	趙姬	陳敬仲	先軫	鮑莊子	晉懷公	衛懿公	趙穿
		介之推	內史過	燭之武	子重	曹共公	虞公	子公
		甯武子	史嚚	佚之狐	楚共王	鄭子臧	申侯	越椒
		狼瞫	百里奚	弦高	欒書	楚成王	王子帶	夏徵舒
		邾文公	荀息	郤缺	公鉏	巫臣	潘崇	崔杼
		鉏麑	齊桓公	郤縠	臧武仲	齊頃公	羊斟	甯喜
		晉悼公	姜氏	陽處父	穿封戌	齊靈公	子家	蔡般
		子產	富辰	臧文仲	許止	魯穆姜	陳靈公	莒展輿

565

續表

上上	上中	上下	中上	中中	中下	下上	下中	下下
		晏子	蒍賈	先蔑	莒婦人	子孔	夏姬	公子圍
		伍尚	蹇叔	士會	宗魯	樂懕	渠丘公	陳恒
		申包胥	王孫滿	齊惠公	張匄	樂王鮒	子駟	
		冉求	秦穆公	公冉務人	楚平王	樂盈	衛獻公	
		樊遲	孟明	出姜	子西	合左師	師曹	
		季路	子車三子	荀林父	鱄諸	盧蒲嫳	觀起	
		蘧瑗	臾駢	提彌明	郤宛	子干	齊莊公	
			惠伯	靈輒	魏獻子	子晳	孫林父	
			公子鮑	趙盾	鄅懷	梁丘據	甯殖	
			季文子	克黃	鄧析	王僚	惠牆伊戾	
			董狐	洩冶	魯定公	闔閭	烏餘	
			鄭子良	申叔時	孔圉	邾莊公	慶封	
			解揚	魏顆	石乞	蔡昭侯	伯有	
			范文子	辟司徒妻	慶忌	夫概王	慶舍	
			祁奚	知罃	趙襄子	圉人	餘祭	
			魏絳	鄭賈人		蒯聵	蔡景侯	
			子罕	韓厥		輨頗	黎比公	
			杞梁妻	鍾儀		衛輒	鄭子晳	
			齊太史	醫緩		子建	寺人柳	
			南史氏	伯宗妻		渾良夫	華亥	
			公冶	郤至		己氏妻	費無極	

566

續表

上上	上中	上下	中上	中中	中下	下上	下中	下下
			蹶由	知武子		子期	賓起	
			奮揚	孟獻子			王子朝	
			伍員	穆叔			莒庚輿	
			魯子家	楚莊王			烏存	
			鄅公辛	范宣子			季平子	
			董安于	子囊			魯昭公	
			南宮敬叔	子展			臧昭伯	
			子服景伯	子鮮			楚子常	
			楚昭王	師曠			伯嚭	
			孟懿子	師慧			陽虎	
			孟之反	棄疾			侯犯	
			葉公	蓮子馮			向魋	
				申叔豫			趙鞅	
				閔子馬			夫差	
				程鄭			季康子	
				然明			公孫彊	
				子太叔			白公	
				叔向			魯哀公	
				宋太子痤			知伯	
				聲子				
				子木				
				胥梁帶				

續表

上上	上中	上下	中上	中中	中下	下上	下中	下下
				向戌				
				梓慎				
				裨竈				
				子皮				
				宋共姬				
				醫和				
				屠蒯				
				子革				
				左史倚相				
				伍奢				
				蔡墨				
				榮駕鵝				
				騶赤				
				勾踐				
				陳乞				
				公山不狃				
				汪錡				

博　異　志

《博異志》：崔玄微獨處一院，與諸女楊氏、陶氏、石醋醋等詠詩。《西遊記》木仙菴三藏談詩，全用其事。

内 魔 外 魔

釋氏云："道高一尺，魔高一丈。"道家云："丹將成魔，輒敗之。"夫道與丹即理也，魔即欲也。人心欲多而理少，故云然耳。然則此魔非外至之魔，即我七情之幻相。孟子云："物交物，則引之而已矣。"外至之物，固是魔，耳目之物，亦是魔。然我無內魔，則外魔亦無奈我何。一爲所惑，外魔悉成内魔矣。所以學人貴於此把持得定。

可 消 鄙 吝

王恭有人求簟，乃與之，而自坐薦上。司馬徽有人臨蠶求箔，乃自棄其蠶而與之。遠之可比許由棄瓢，近之可同閔仲叔之省煩。學者知此，何憂鄙吝之不消耶？

書隱叢說卷六

經史子集

古今書集，大約經、史、子、集四種足以概之，而其體已各具於五經中。《易》，經中之經也。《書》、《春秋》，經中之史也。《禮》，經中之子也。《詩》，經中之集也。以是類推可已。

乙丙丁

《爾雅》云："魚尾謂之丙。魚腸謂之乙。魚枕謂之丁。"註云："此皆似篆書字，因以名焉。"觀《鐘鼎字源》，古篆文所謂丙、乙、丁者，其形十分形似，並無毫釐假借，乃知象形之不誣也。如以今之筆畫求之，失之遠矣。

終身戒色

孔子曰："君子有三戒。"中人隱微，千古龜鑑。三者之中，色尤宜審慎。不但少時當戒，即壯與老亦所當戒。何則？少時血氣未定，不待言矣。吾見世人有至壯而反甚於少時者，或少時拘謹自好，不敢爲非，壯年磨鍊既久，肆情縱欲。或少時父師束縛，未至踰閑，壯年親亡師遠，毫無顧忌。此壯之當戒也。有至老而反甚於壯時者，或壯時利名心重，碌碌不遑，老年百事俱廢，專心務此。或壯時貧賤未遇，有志不遂，老年功成名就，惟我欲爲。此老之當戒也。

所以三戒之中，色爲尤甚，人當終身戒之哉。

徽欽棺木

宋徽、欽北狩，殂於五國城。徽宗之尸爲金人投入石坑中，欽宗之尸爲馬所蹂躪，俱骸骨無存矣。辛稼軒《南渡錄》中載之甚詳。後宋朝求二聖梓宮，金人歸之，未知棺中之是否何如耳。及楊璉真伽發掘宋諸帝陵寢，二聖棺内一爲大木一段，一爲大燈檠一枚。合之《南渡錄》所云，真不誣也。

宋祖誓碑

宋太祖混一之後，立誓碑於太廟夾室。凡嗣皇帝初立，止隨不識字小黄門一人至夾室中，焚香跪讀而已，宫壼、親臣亦莫有知者，永著爲令。天下終不知誓碑之爲何語也。後二聖北狩，太廟重門洞開，臣民得縱觀之，止有三行：一曰柴氏子孫有罪，不得刑于市，止可賜死。一曰不得誅殺卿士大夫及言事者。一曰子孫有不遵者，明神殛之。雖有三語，其實止一語也。末行是總束語，中行是陪襯語，止有首行是主意。宋祖得天下於小兒，原有歉于隱微，故爲是誓碑。而其忠厚處，實過於六朝五代遠矣，宜其享國久長哉。

英雄末路

耿精忠叛閩時，有壯將某，爲諸軍之冠。王師下閩，某即遁去，棄家爲僧，時年三十餘耳。枯禪閉關，空諸一切，年九十時，尚能飲酒五斗，炊米五升。其妻尚在，率子孫輩踪至僧寺，某拒不見，於佛前羅拜而去。

王師之下閩也，李之芳以十八騎踰仙霞嶺，而閩師遂潰。後吴

571

江斗姆閣中有一僧，乃十八騎中之一，不知其爲僧之由，但聞其日食斗粟，啖肉數斤。患腹痢，醫戒其勿食肉，僧曰："寧有死耳，肉不可斷也。"竟以痢死。吁！天下之英雄埋没者，可勝道哉！

燈焰未息

或問："人家時見鬼形，何也？"曰："陰陽不正之氣也。或以爲鬼，或以爲怪。其有時而成形者，正氣爲人，其形久。間氣爲鬼怪，其形暫。猶夫海市蜃樓，有形而無質，倏忽消滅耳。即再成形，亦非復前形矣。夫鬼，亦陰氣之偶聚者。偶聚豈能久駐？故今日之鬼，非昨日之鬼。即偶然形似，如人之面目相同，不可執爲即此一鬼也。若定曰某人之鬼，更非通論。某人已形銷質化矣，即有强死，魂魄爲厲者，亦猶燈已吹滅，而燈焰未息，結爲烟霧耳。然此烟已非燈矣，豈可曰此鬼即是人乎？偶有未散陰邪，形象雖似，終非此人也。乃此人陰氣之未盡散者也。"

泡影喻鬼

佛經以火電、夢幻、泡影喻人之身，以此身而存于千古，誠一瞬也，故爲此喻耳。然不若喻世間之鬼怪爲尤切也。

霞天膏倒倉法

李時珍《本草》載霞天膏倒倉法，凡有虛癆難治者，可以立愈。其法，使病者處密室中，不見風日，以霞天膏緩緩計日而進，令其或吐，或瀉。病在上者吐，病在下者瀉。吐瀉之後，其病已除。乃以米飲緩緩計日而進，令其復元。此乃醫藥中奪胎之妙法也。然或緩急失宜，遂至殞命。近聞蘇州某孝廉少年患病，醫者以此法施之，不能吐瀉，結轄而亡。嗟嗟！醫道其可輕試乎哉？

結姻擇對

人家結姻，須擇門當戶對者。謂詩禮之家與詩禮之家聯姻，安分之人與安分之人聯姻。一則動靜之間，所見略同。二則往來之際，蹊徑不別。不然，雖甚富貴，於親情不洽，於中饋有損。若未貴而誇貴，失富而誇富，侈靡之習，大壞風俗，尤宜遠之。

五大夫漢壽亭

五大夫松，蓋秦時封松爲五大夫也。五大夫者，秦爵名。唐人詩有"不羨五株封"之句，誤矣。關公爲漢壽亭侯，漢壽乃亭名，不知者誤以"漢"字讀"住"，至有壽亭侯之僞印，亦可笑也。唐鍾離雲房，自稱"天下都散漢鍾離權"，世人誤以"漢"字屬下，作"漢鍾離"，非也。循襲不考，往往多此病。

珠猢猻

康熙年間，吳江村民入水得一蚌，甚大。剖之，有珠猢猻一枚，能跳躍，以索繫之，時爲玩弄，家道日漸豐盈。一日食間置於案隅，忽翻觔斗而去，杳無踪跡，其家亦落。與岑文本上清童子事相類。

名心未淡

《魏土地記》曰："班邱仲賣藥百餘年，地動宅壞，仲與里人數十家皆死。民人取仲尸棄于水，收其藥賣之。仲被裘從而詰之，其人怖而求哀。仲曰：'不恨汝，故使人知我耳。去矣。'北方人謂之謫仙也。夫既生死超脫如此，名心猶若是其重乎？其亦懼人之弁髦視我也。嗟嗟！名之累人，一至於此。余年來諸緣都淡，所不能忘者，惟此名心耳。"觀之，不覺慨然。

數 已 預 定

　　靈公死,卜葬于故墓,不吉。卜葬于沙邱,而吉。掘之數仞,得石槨焉。洗而視之,有銘焉,曰:"不馮之子,靈公奪而埋之。"滕公至東都門,掘得石槨,有銘曰:"佳城鬱鬱,三千年見白日。呼嗟!滕公居此室。"死遂葬焉。高流之于滁州,破一古墓,得銘曰:"死後三百年,背下有流泉。賴逢高流之葬我在高原。"高爲葬之高原上。鄔君載麻叔源事同。費孝先遊青城山,訪老人于村,壞其一竹牀,孝先謝焉。老人使視其下字云:"此牀以某年月日造,至某年月日爲費孝先所壞。"呂源守吉州,修城,掘得一棺,既棄之江中,復得石誌于旁,乃父葬其子之文,曰:"後十六甲子,東平公守此郡,吾兒當出而從河伯之遊矣。"唐王果出爲雅州刺史,江中泊船,仰見巖腹中有一棺,臨空半出,乃緣崖而觀之,得銘曰:"欲墮不墮,逢王果五百年中重收我。"果曰:"吾被責雅州,固其命也。"乃收窆而去。熊博于崖崩處得一古冢,藤蔓纏其棺,旁有石銘云:"欲陷不陷被藤縛,欲落不落被沙閣,五百年後遇熊博。"姜師度奉詔鑿無鹹河,所潰邱墓甚多。至衛先生墓前,發其地得一石銘曰:"姜師度更移向南三五步。"即命遠其墓。隋遣史萬歲南征,見諸葛武侯碑下有字云:"隋開皇十九年,史萬歲過此。"南唐沈彬嘗手植一樹,命諸子曰:"吾死葬此。"及彬卒,發之得石槨,刻云:"漆燈猶未滅,留待沈彬來。"紹興中,天台水災,主簿廳基衝出一朱棺,其簿朱公俾令移往山東瘞之,役夫掘開其地,忽見一碣,上有字云:"乾卦吉,坤卦凶,五百年逢朱主簿移我葬山東。"邵康節算牡丹某日當壞,宴會之際,果爲群馬奔鬪所蹂。廣西平樂府天繪亭,一日郡守欲易名清暉,忽於土中得片石,云:"予擇勝得此亭,名曰天繪。後某年月日當有俗子易名清暉者。"遂已。劉機貞祐亂後遷濟州刺史,時民居官舍皆被焚,復立州宅。掘地得古冢,乃唐一行禪師墓，有石記云："劉機當破吾墓。"龍遵叙開吳淞江，掘地得碑刻曰："得一龍，江水通。"明嘉靖中，汴城巡撫命開百户，脩月堤，偶發一古墓，磚上朱書曰："郭公磚，郭公墓，郭公逢着開百户。巡撫差來修月堤，臨時讓我三五步。"元劉太保秉忠墓，明嘉靖中爲盜李淮等所發。墓中有石，盡勒諸盜名，按石捕之，無得脱者。永樂初，任芳知清平縣，初入縣治，鳴鐘鼓，鐘忽破裂，破處有赤文，云："此鐘若破，任芳來坐。"蘇州盤門伍相神，舊本立像，況守易爲坐像。舊像中有石刻云："若要子胥坐，除非二兄過。"二兄，乃況也。正德崩，大學士毛澄迎肅皇帝駕至藁城，過橋，偶爾橋崩，有碑出焉，文曰："橋崩天子過，碑出狀元來。"毛乃弘治癸丑狀元也。義烏東平山宋劉豪墓，隆慶戊辰裔孫重修，掘見尺磚，刻晦菴卜墓數云："五百四十一年損，十七八歲裔孫修。戊辰戊辰新一石，重修重修千百秋。"絲毫不爽。周桀治水蘇州，請毁浮屠，取磚石以給工。于塔中得石符一帙，曰："此塔破于周。"萬曆中，周玄暐爲損邱令，謁城隍廟，見其傾圮，命葺之，於地得磚，有朱書篆文云："大唐李道記。"診其磚，覺空中，破視之，有紙預記廢興年月日，皆符合。崇禎末，宮中發劉誠意秘記，得繪圖三軸，像酷肖聖容，身穿白背心，右足跣，左足有襪履，披髮中懸，果一一皆符云。張獻忠成都毁塔，下有石銘云："修塔余一龍，拆塔張獻忠。"天下事固莫逃乎數，然其術亦神矣。

術未盡驗

明萬曆中，武強縣有高塚爲人所發。誌云："北齊河陰太守皇甫興塚。咸亨七年，葬其陰。"復有刻云："葬後一千三百年，被王洛周發之。"而發時僅七百餘年，發者復非王洛周。術數之學，亦有未盡驗者。

575

占家不同

漢武帝聚會占家,問:"某日可娶婦乎?"五行家曰:"可。"堪輿家曰:"不可。"又有建除、藂辰、天人、太乙、曆家凡七種,所言吉凶相半。今人往往不免於此,然則將何所適從乎?吾見其築室道旁,三年不成而已矣。

屈俗伸道

漢符融曰:"自佛入中國以來,世俗相承,修設道場。今吾欲矯俗行志,施之妻子,可也。施之父母,人不謂我以禮送終,而謂吾薄於其親。"吁!爲俗見所拘,至不得行其道義。惜哉!夫小德出入,自不妨隨俗爲之。夫子曰:"儉,吾從衆。"若大綱大節,自不得游移,豈可委蛇從俗。夫子曰:"吾從下。"家君立志堅剛,先祖喪中,家君居兄弟之幼,毅然不作佛事,雖日受謗言,不恤也。不亦屈於俗而伸於道哉?

僧道鬥法

宋道君信奉林靈素,林頗有術,欲以釋教改從道教,皆留髮頂冠執簡。皇太子上殿爭之,令胡僧、五臺僧等與靈素鬥法,僧不勝,情願戴冠執簡。元蒙哥時,道士鬥佛法,不勝,髠爲僧。《西遊記》中唐僧與鹿力大仙等鬥法,不爲無本。

姆姆

《晉書》"姆姆尼僧,尤爲親暱"。姆姆謂婦之老者,能以甘言悦人,如今三姑六婆之類。《丹鉛録》曰:"姆,音鉗。即俗曰姆婆。"

長橋烟水

《吳江縣志》載長橋上遠望，洞庭列翠云云。是前時爲烟水蒼茫之區，今已闤闠縱橫，塵市囂煩，無復昔日之遐觀矣。

明祖御容

明太祖陵寢在鍾山之麓。本朝撥置守陵人員，門闕璀璨，宮殿巍峩。三朝文勅，煌煌鉅典。殿中藏有太祖御容及馬后聖像，后像非婦女不得見，御容焚香拜啓，士庶亦得瞻仰。容貌奇古無倫，天庭特出，地閣超騰，鬚髯如戟，宛似龍形，古之所謂龍顏者，其殆是歟？聞尚有正坐御容一軸，爲劉誠意手筆，什襲藏焉。今所見者，乃摹其形似耳。或曰其像方面大耳，隆準豐額，與今時所傳畫像大異。或曰内府所藏像乃美丈夫也，鬚髯皆如銀絲可數，不甚修，無所謂龍形虬髯，十二黑子也。

相思草

相思草，一名烟草，又名淡肉果，又名淡巴菰，又名返魂草。吸之可以破寂助氣，無大利，亦無大害，前世未聞焉。相傳起於明末，今已十室而九。無論朝野、雅俗、良賤，且波及閨閣矣。用之者，若刻不能忘，即閒窗弄墨，與夫工作勤劬者，同飲食之，不須臾離焉。豈習俗使然耶？抑天道使然耶？

竈間土湧

吳縣王某晚入厨下，見竈間土湧起甚高，急呼妻子共視。湧猶不止，覺其中有物，持鍬鍤相與掘之，得一石棺，啓之，一泓秋水而已。因共廢然，重爲掩埋，湧土隨隱，後亦無他。

得失有命

江南巨盜刼掠多貲,往往以空棺盛之,或置林莽,或置湖濱,爲人致疑,終不敢動。不日間,即爲官捕所發者,在在有之。余鄉同里湖中有洲,曰羅星洲。寺垣後蘆葦淺溮中,忽置一棺。余弟家僕偶過其旁,從而訝之,云:是人所日經之地,且非置棺之所,其形狀位置俱屬可疑。意爲必是盜所埋貲也。心爲之動,返棹時,毅然作艤舟之計,一掀蓬間,忽然面前昏黑,頭目旋暈,以是而止。他日聞有人偶爲風蕩,直至棺邊,意亦生疑,試手探之,得一囊焉。欲繼取之,手如膠粘不能舉。不日即爲官捕搜獲而去。信哉,得失之有命也。幸得之者,多寡亦有命也。

不爲境困

人之致死者,由於禍患臨之,疾病侵之,憂傷憤懣交中之,所以不得終其天年耳。禍患疾病,天爲之,然必有所由致。憂傷憤懣,人爲之,亦必有所消釋。能審慎於禍患疾病之來路,能開豁乎憂傷憤懣之去路,天下誰得而困我哉?

范增龔勝

殺身成仁,君子立身之大節。明哲保身,亦知者全生之要道。范增不見信於項羽,遂至疽發而死。其義非不甚正,然而有譏其褊者。龔勝年七十九,不應王莽之徵,不食而死,似無可議。然有老父哭之曰:"龔生竟夭天年,非吾徒也。"老父之見,高人一等矣。以褊者不能效五湖之蹈,夭者不能從赤松之遊也。

容容多厚福

義理之是非,胸中必當了了,所謂致知格物之學也。人世之是非，外面不必了了，所謂彼亦一是非，此亦一是非也。不甚了了者，容容多厚福，高人一等，往往人情所難。直不疑爲同舍郎償金，告歸者來而歸金前郎，亡金者大慚。沈麟士爲人認屐，而曰："是卿屐耶。"後得屐送還，而曰："非卿屐耶。"卓茂爲人認馬，解馬與之，曰："若非公馬，幸即歸我。"後馬主得馬，詣門謝之。劉寬爲人認牛，有頃，得牛送還，謝之，寬曰："物有相類，事容脫誤，幸勞見歸，何爲謝也。"愚公賣犢而買駒，少年謂牛不能生馬，遂持駒去。鄰人以爲愚，彼數子者，豈真愚哉？亦曰彼亦一是非，此亦一是非，容容多厚福耳。得老氏退一步法。

行仁用智

聖人行仁，無義以輔之，則仁不行。釋氏偏乎仁，枯禪之寂處山林也，然斬斷葛藤，亦有義存，所以其教行乎中國。聖人用智，無禮以運之，則智不公。老氏守其智，後世之流爲兵刑也，然以退爲進，不失其禮，所以漢世得以致治。

雁帛鱷魚

蘇武留匈奴，雁帛傳書，乃漢家設言，得之上林中耳。元郝經爲賈似道所覊，真有雁帛傳書事。韓文公潮州祭鱷魚，欲操強弓毒矢以盡殺之，亦文中設言以恐之耳。宋陳堯佐謫官潮州，鱷魚食人，網而得之，鳴鼓告罪，戮之于市，有《戮鱷魚文》。此二事者，前人草創，若爲後人稿本矣。

肺病遇醫

余内父王孝廉偉岳公棣，籍隸浙江。康熙丁酉，杭州鄉試，場前夜讀，天暑裸體，爲暗風吹入背間肺窬穴，爾時不覺也。忽發寒疾，嚓噦不止，昏瞶彌甚。某姓老醫，年耄有疾，久不診視，勉以病者束置肩輿，徑造其門。醫者聞異鄉人，且應舉者，乃首肯之。遣子弟延致齋中，坐定良久，侍者先陳設茵褥于榻數重，逡巡侍婢四人扶掖而出，不爲客禮，徑卧茵榻，呻吟久之，然後命扶病者至榻。就診畢，口占藥方，附桂、人參分兩頗重，命録之，且曰："此病乃是風傷肺䘏穴，極寒之症，非極熱不治。若早服些微涼藥，已不治矣。汝輩慎無疑此方也。"先取一丸藥納病者口中，約歸途間，嚓噦立效，果如其言。至寓，急服其方，一藥而愈，臨塲無恙，是科乃獲雋焉。以見醫藥之不可亂投，而肺䘏穴之尤宜愛護也。

病中聲息

雍正癸卯，内父臨終前數日，神識昏瞶中忽自嘆曰："不謂映薇遭此一變也。"時内父族侄映薇在都應恩科會試。傍人訝之，急問所謂，乃曰："汝輩尚不知耶？"越日而歿，殮畢，映薇凶問至焉。嘆語之時，乃映薇在都已物故矣。嗟乎！與死相鄰之際，聲息相通，如是之速耶。

赤白石

《水經注》云："北山有石，赤白色。以兩石相打，則水潤。打之不已，潤盡則火出。山石皆然。炎起數丈，迨日不滅。有大黑風自流沙出，奄之乃滅，其石如初。"此等事爲後世稗官荒唐之説粉本，而西域幻人吞刀吐火之術所自來矣。

《琴操》語

《琴操》云："齊杞梁死妻，援琴作歌曰：樂莫樂兮，新相知。悲莫悲兮，生別離。"然則騷語亦有所自也。

心之神明

心者，神明之舍，謂義理之所在也。天地間正氣充塞處，謂之上有神明。不知此心正氣充塞，亦有神明。上有神明，非有衣冠面貌，自有一段凛凛可畏處。心之神明，何獨不然。人徒懼冥漠不可知之神明，而于吾心惺惺常覺之神明反欲蔽而欺之，其亦何歟？

夏草冬蟲

昔有友人自遠來，餉予一物，名曰"夏草冬蟲"，出陝西邊地，在夏則爲草，在冬則爲蟲，故以是名焉。浸酒服之，可以却病延年。余所見時，僅草根之枯者，然前後截形狀顏色各別。半青者，僅作草形。半黑者，略粗大，具有蠕蠕欲動之意。不見傳記書之，以俟後考云。

陸仲和

明沈萬三爲人陷，入胡藍黨大獄，波及其壻陸仲和。仲和居吾鄉同里鎭，家甚富饒，第宅中有走馬街、梳櫳橋、飲馬橋諸勝，尚存，其宅址已廢，爲民田蕭寺矣。誅夷抄没時，僅藏一嬰兒於水溝中，出後有登科第者，至今書香不絶。

理直氣壯

孔子曰："非其鬼而祭之，諂也。"又曰："獲罪於天，無所禱也。"又曰："某之禱久矣。"聖人只是天理上做工夫，所謂理直氣壯者是也。今人天理上本是虧欠，却於冥漠不可知之地多行諂媚，冀其有援，亦奚益哉。禱於正直，不祐非類。若非正直，何能祐人，故曰"獲罪於天，無所禱也"。二語可破千古疑團，可定千古趨避，可爲千古炯戒。

仁不徒行

仁義不可偏廢。失其仁，秦、隋之所以亡國也。偏乎仁，宋襄之所以致敗也。世情澆薄，仁道不能單行，爲之慨然。是以古昔聖賢貴行仁之有術也。

工穩爲貴

作詩務以工穩爲貴，穩字尤要緊。工是天資，即初學，可得一二好語。穩是人力，非學力到者不能辦也。

《牡丹亭》本

《睽車志》曰：有士人寓迹三衢佛寺，忽有女子夜入其室。詢其所從來，輒云所居在近。士人惑之。自此比夜而至，居月餘，乃曰："妾乃前郡倅馬公之女，小字絢娘。死于公廨，叢塗于此。今將還生，君可具斤鍤，夜密發棺，當如熟寐。君但呼我小字，當微開目，放令就寢。既寤，即復生矣。再生之日，君之賜也。"士人如其言，果再生，且曰："此不可居矣。"辦裝遁去。其後馬倅來衢遷葬此女，視殯有損，棺空無物，大驚，聞官，莫知所以。有一僧默疑數歲前士人，物色訪之，得之湖湘間。士人先孑然，復疑其有妻子，問其所娶，則云馬氏女也。因逮士人問得妻之由，女曰："可併以吾書寄父。"父遣老僕往視，女出與語，問家人良苦，無一遺誤。士人略述本末而隱其發棺一事，馬亦惡其涉怪，不復終詰，亦忌見其女，第遣人問勞之而已。湯若士《牡丹亭》乃全用其事。

木棉

《尚書》蔡傳曰："今南夷木棉之精好者，亦謂之吉貝。"《南史》

曰："高昌國有白氎花，可作棉。"《泊宅編》曰："閩廣多種木棉樹，秋深開花，白綿茸茸然。土人摘取出殼，以鐵杖捍盡黑子，徐以小弓彈，令紛起，然後紡績爲布，名曰吉貝。"《輟耕録》曰："閩廣種木棉，紡績爲布，名曰吉貝。"松江府元時初無踏車推弓之製，黃道婆自崖州來，教之以法，江浙所在多有。本亦低小，名曰木棉布，且直名曰布。編氓匹婦拮据不遑，而其利人多矣。今江浙多木棉草，秋作紅黃花，如秋葵，非如廣南之木棉樹也。

盡人謀通下情

宋初，凡政事有大更革，必集百官議之。不然，猶使各條其利害，所以盡人謀而通下情也。夫人情雖不齊，要歸未嘗大異。即有異同，其中擇其善者而從之可也。況各各條具利害，則此事之始終本末已瞭如矣，何患剛愎自用之弊耶？前此苻堅肥水之敗，後此王安石新法之行，俱不遵是道也。

謝絕世事

司馬相如爲《上林》、《子虛賦》，意思蕭散，不復與外事相關。向平曰："當如我死，家事勿復相關。"是謝絕世事，則讀書行樂，處處從容，不然往往爲催租人敗興意輒斷續，有何佳味。

早年人事具備

宋范宗尹三十二入相，卒時三十九。然有五子，皆已娶婦，兼有孫數人，享年雖不永，人間之事具備矣。噫！皓首而孤獨貧窮者，可勝道哉。

583

性　命

性有義理之性，有氣質之性。命有義理之命，有氣數之命。人都不于義理上講求，言性則以氣質爲主，而曰我性如此。言命則以氣數爲主，而曰命也如何。孟子曰："性也，有命焉。君子不謂性也。"；"命也，有性焉。君子不謂命也。"謂性之性，謂命之命，正指氣質之性，氣數之命而言。俗見紛紜如此，所以君子不謂也。君子亦惟于義理之性、義理之命上做工夫耳。故曰"天命之謂性"，"五十而知天命"也。

性以生心

心是塊然一物，無是性以生之，則心不靈，故性字從心，從生。性者，生心之謂也。性則心所具之理，有是心者，無不隨心而賦畀。猶果核中之仁，有是核即有是仁也，昔人所以以果仁喻人心之仁也。雖有偏全厚薄之不同，總没有無是理的。即禽獸草木，無是生生之理，又何以爲生？有是生，則有是理，故曰性以生之也。

柏人彭亡

岑彭與吳漢入蜀，次彭亡聚，知而惡之，日暮遂爲刺客所害。唐李懷光叛逆，至埋懷村，爲馬燧斬首。宋張邦昌僭號大楚，賜死平楚樓下。此與柏人者迫於人也事相類，亦適逢其會耳。

魚尾鴟吻

海有魚虬，尾似鴟，用以噴浪，則降雨。漢柏梁臺災，越王上厭勝之法，乃大起建章宫，遂設其像於屋脊，以厭火災，故有作魚尾形者。鴟吻，乃是龍種九子之一，性好望者。

長松愈風

有僧得風疾,眉髮俱墮,百骸腐潰。忽有異人教服長松,乃長古松下取根餌之,皮色薺苨,三五寸,味微苦,類人參,清香可愛,無毒,服之益人,兼解諸蟲毒。僧採服之,不旬日,髮復生,顏貌如故。《本草》及諸方書並不著。朱弁《曲洧紀聞》云:"長松產五臺山,治大風有殊効,世人所不知。"姚福《青溪暇筆》云:"上黨雁門出一草藥,名長松,能治大風。"《東坡詩注》:"五臺山有草藥,名長松,亦名仙茆。"似此,非僅松根之謂矣。

天理撐持

天地間雖是一塊氣機,却是一團天理。有理,則氣可凝結,天高地下,純是一團天理撐持。《孟子》曰"塞于天地之間",非虛言也。實實有此理充滿于天地之間,所謂浩然之氣,是一團天理。理則輔氣以行者,故宇宙間天理昭彰,奸回歛跡,自然天清地寧,日月光華。人世中天理滅絶,人欲橫行到至極處,乾坤亦有毀日。天理滅絶,則乾坤亦撐持不住。《易》所云"乾坤毀,則無以見易"也。是以人君而天理滅絶者,無以撐持國家,而國家毀。士庶而天理滅絶者,無以撐持一身,而一身毀。推之于一方、一家亦然。天理滅絶,不能撐持,實在如此。猶之居室而棟折榱崩,焉能撐持哉?曰氣數使然,曰以理感召者,猶虛也。至如因果報應之説,則愈淺矣。雖禍福之來,百中失一,或有不盡然者,此亦偶然之事,不可以此爲例。《易》曰:"積善之家,必有餘慶。積不善之家,必有餘殃。"《書》曰:"作善降之百祥,作不善降之百殃。"正謂是天理滅絶,不能撐持之故耳。

宿秀二音

二十八宿,謂之二十八舍,又謂之二十八次。次、舍皆有止宿之意。《説苑》云："所謂宿者，日月五星之所宿也。當讀如本音。"《焦氏易林》云："天官列宿，五神室屋。""宿"與"屋"叶韻，可見人有讀作"秀"音者。二音原可通用，或借之以叶韻，亦可。不可專讀"秀"音，反以古音之讀如本音者爲非，以俗尚之讀作"秀"音者爲不可易也。

治生爲急

《汲冢周書》云："士無兼年之食，遇天饑，妻子非妻子也。大夫無兼年之食，遇饑與喪，臣妾非其有也。國無兼年之食，遇天饑，百姓非所有也。戒之哉。"《王制》云："三年耕，必有一年之蓄。九年耕，必有三年之蓄。"又云："量入以爲出。"此數語是第一要緊事，人盡能之，則家給人足，恬熙終老矣。所以許衡曰："讀書人以治生爲急也。"

薛瓚

裴駰《史記集解序》曰："《漢書音義》稱臣瓚者，莫知氏姓。"按《水經注》中引書有薛瓚《漢書音義》，是知瓚姓薛也。有以爲于瓚者，有以爲傅瓚者，非也。

三宥

人家婢僕有過，雖難盡廢鞭朴之事，然有心者則加之，無心者則恕之。聖世有三宥之文：一曰弗識，二曰過失，三曰遺忘。晉人所謂力有不及，可以情恕是也。陶靖節曰："彼亦人子也，其善視之。"言最忠厚。今人奴婢固多不循禮法者，然此輩又要降心以觀，如瑣屑無心之過必行鞭朴，有心作惡反置罔聞，不亦是非倒置乎？

紅雨

李長吉詩曰："桃花亂落如紅雨。""紅雨"二字，人徒嘆其形容之妙，不知其有所自也。天寶十三年，宮中下紅雨，色若桃花。太真命宮人以碗杓承之，用染衣裾，天然鮮艷。然則桃花如紅雨，乃蓮花似六郎之謂耳。

太素脉

宋醫者續坤頗得秦和之術，評脉知吉凶休咎，至於得失時日，皆可預言。古者善醫多矣，不過視徹膏肓，心解分劑，未聞評診脉候與蓍龜之能也。今有傳其術者，謂之太素脉云。

繞指柔

雍正中，有遠人持一寶刀求售。其貌不甚光澤，據云用力屈之如鉤環，縱之鏗然有聲，復直如弦。試之果然。因無力，未能得之。豈張景陽之所謂舒屈無方者耶？明嘉靖中，胡宗憲有軟倭刀，長七尺，卷之詰曲如盤蛇，舒之則勁自若。唐天寶時，有軟玉鞭，屈之則如環，伸之則如繩，亦異國所獻。鐵、玉最堅剛之物，能屈伸之，百鍊剛化爲繞指柔，信有之乎。

父子名人

古來父子俱爲名人者：漢周勃，子周亞夫；枚乘，子枚皋；劉向，子劉歆；王逸，子王延壽；司馬談，子司馬遷；班彪，子班固；崔駰，子崔瑗，孫崔寔；張奐，子張芝；應奉，子應劭，姪孫應瑒；黃香，子黃瓊，曾孫黃琬；李郃，子李固；盧植，子盧毓；鄭興，子鄭衆；陳寔，子陳紀，孫陳群；劉梁，孫劉楨；孔宙，子孔融；諸葛亮，子諸葛瞻；魏鍾繇,子鍾會；王修,子王褒；王朗,子王肅；阮瑀,子阮籍；衛瓘,子衛恒,孫衛玠；吴陸遜,子陸抗；薛綜,子薛瑩；晉王羲之,子王獻之；范寧,子范泰,孫范曄；王銓,子王隱；葛玄,孫葛洪；孫楚,孫孫綽；裴松之,子裴駰；羊權,孫羊欣；周魴,子周處；嵇康,子嵇紹；山濤,子山簡；阮咸,子阮瞻、阮孚；齊王曇首,子王僧綽,孫王儉；謝靈運,孫僧皎然；北齊顔之推,孫顔師古；梁庾肩吾,子庾信；姚察,子姚思廉；隋王通,孫王勃；唐歐陽詢,子歐陽肅、歐陽通；張說,子張均；李播,子李淳風；李栖筠,子李吉甫,孫李德裕；蘇瓌,子蘇頲；杜審言,孫杜甫；褚亮,子褚遂良；賈曾,子賈至；崔日用,子崔宗之；韓休,子韓滉；段文昌,子段成式；李邕,子李善；杜佑,孫杜牧；韋安石,子韋陟；李程,子李廓；皇甫湜,子皇甫松；竇叔向,子常、群、牟、庠、鞏；包融,子包佶、包何；楊凌,子楊敬之；蜀黄荃,子黄居寀；宋蘇洵,子蘇軾、蘇轍,孫蘇過；蔡元定,子蔡沈；曾致堯,孫曾鞏；岳飛,子岳雲,孫岳珂；范仲淹,子范純仁；邵堯夫,子邵伯温；米元章,子米友仁；明文徵明,子文彭、文嘉,曾孫文震孟；黄省曾,子黄姬水；歸有光,子歸子慕。數家而外,不可多得。

詩下轉語

東坡賀子由生孫詩曰："無官一身輕,有子萬事足。"余爲下一轉語曰："無病一身輕,有書萬事足。"

詞　調

詞之有小令、中調、長調,非古也,自後人目之也。猶詩之有初、盛、中、晚,亦自後人目之耳。

書隱叢説卷七

處處見道

聖賢立言垂教，處處有道。讀書諷誦之餘，亦當處處見道。《易》象示人，活潑潑地，毫無執着，惟道所在。猶引《詩》之斷章取義，觸處見道。學者知《易》象之垂戒，引《詩》之觸類，其庶幾於道矣。

項羽

項羽之敗有三端：一由於范增之死，如人犯失心風之病。一由於彭越之截糧，如人病後又復手足拘攣，咽喉閉塞。一由於張良之因其饑而遂取之一策，末後劈心一拳，無復起色也。羽之強暴自誇，固不待言，然直率處頗多，惟不免失之愚耳。

《琵琶記》本

唐牛僧孺有子名繁，與其同鄉人蔡生同舉進士才。蔡生欲以女弟適之，蔡以有妻趙氏，力辭不得。牛氏與趙相與甚歡，高則誠《琵琶記》以劉後村有"死後是非誰管得，滿村聽唱蔡中郎"之句，因編成之，用雪伯喈之耻。後人有以王四事擬之者，未知然否。

纏足

纏足，昔人云起於李後主宵娘，而杜牧詩云："鈿尺裁量减四分,纖纖玉笋裹輕雲。"《麗情集》載唐郭華吞鞋而死,店主于喉中拔出紅繡鞋一隻,使如男子之鞋,安能入于喉中耶?馬嵬老媼拾得太真襪以致富,其女得雀頭履一隻,長僅三寸,是唐時已纏足矣。《雜事秘辛》云:"底平指歛,約縑迫素。"是漢時已纏足矣。而弓灣則起于後世也。有云起于帝辛時妲己狐妖,故纏其足以避宮人,未知有據否。

邪 不 敵 正

唐會昌中,晉陽縣令狄惟謙,梁公之後,守官清恪。屬州境亢陽,時有郭天師者,女巫也,僉請祈雨。惟謙迎之,翌日,語惟謙曰:"飛符上界請雨,已奉天帝之命,必虔懇至誠,三日雨足矣。"至期無雨。又曰:"此土災沴所興,亦由縣令無德。我爲爾再請七日,方合有雨。"惟謙引罪而已。及期,又不雨。巫乃驟索馬欲去,惟謙留之,乃罵曰:"庸瑣官人,不知道理。天時未肯下雨,留我奚爲?"惟謙謝曰:"非敢更煩天師,候明旦排比相送耳。"于是惟謙宿誡左右曰:"我爲巫者所辱,豈可復言爲官?明晨別有指揮,是非好惡,縣令當之。"及曉,郭已嚴飾歸騎,常供不設,大恣呵責。惟謙曰:"左道女巫,妖惑日久,當須斃在兹日焉,敢言歸?"叱左右坐於神前,鞭背三十,投於潭水,合縣駭愕。俄頃,甘澤大澍,焦原赤野,無不滋潤。詔書褒美,寵賜章服焉。宋景德中,邠州有神祠,凡民祈禱者,神必親享,盃盤悉空,遠近奔赴。蓋穴神座,下通寢殿,複門繡泊,人莫得窺,群狐自穴出,分享肴醴。王嗣宗雅負剛正,及鎮邠土,乃騎兵挾矢,驅鷹犬投薪穴中,縱火焚之,群狐奔逸,擒殺悉盡。毀其祠,妖狐遂絕。孔道輔祥符中爲寧州推官,州之天慶觀有蛇妖,郎將以下,日兩往拜,人以爲龍也。道輔以笏擊蛇首,斃焉。石介作《擊蛇笏銘》。邕州交寇之後,城壘方完,有定水精舍泥佛輒自動摇，晝夜不息，人情甚懼。有司具以上聞，詔令置道塲禳謝，動亦不已。時劉初知邕州，惡其惑衆，乃舁像投江中，迄無他異。程明道爲鄠縣主簿，南山僧舍傳有石佛首放光，男女聚觀，因語其僧曰："光見白，吾職事不能往，當取其首就觀之。"自是不復有光。羊角禪師善呪術，前後縣令皆畏憚，不敢問。張昷至任，有老婦訴僧呪其子，公令擒之。僧預知之，其徒勸之亡，僧曰："不可。公正人也，行將安之。且吾數已盡，殆不免矣。"至縣詰責備至，僧乃自死。又如武三思姬素娥見狄梁公而隱形，吳興項王廟神遇蕭琛而絶響，芮城棗樹逢王度而怪絶，西域胡僧呪傅奕而自斃，皆邪不敵正也。

西樓記

世所演《西樓記》傳奇，乃吳郡袁籜菴所填詞。沈同和雄豪一鄉，凡新到妓女，必先爲謁見。穆素徽者，頗有才貌，且年甚少，循例謁沈。是時適有文會，袁生亦在焉。席半袁頗眷穆，穆亦心許之，私語移時，沈爲不懌，促之入座，終席而罷。袁生自是怏怏失志，如崔千年之於紅綃妓也。有門下客馮某者，喜任俠，有膽力，揣袁之情，聞袁之語，慷慨自負，以必得素徽爲報。先是，沈生屢呼穆同遊，穆頗厭之。是日，沈與穆又同遊虎阜，馮單身徑造沈舟，負穆而去，僕從不能當也。沈甚不平，爲興訟焉。袁生之父懼，送子繫獄。袁生於獄中惆悵無聊，爲作傳奇。袁乃于鵑切也。西樓至今尚在吳江縣城外。

令節不定

唐玄宗以八月五日生，以其日爲千秋節。宋璟表云："月惟仲秋，日在端午。"宋太平興國中，詔曰："習俗用六日爲七夕，非舊制也，宜復用七日。"唐文宗曰："去年重陽取九月十九日，未失重陽之意。今改取十三日，可也。"蘇東坡有"菊花開時即重陽"之語。故在海南藝菊九畹，以十一月望與客泛酒，作重九。然則，令節亦可通融移易耶。今但以五月五日爲端午，七月七日爲七夕，九月九日爲重陽也。

倪迂潔癖

倪迂有潔癖，凡客去，必拂其坐，爲之雙箒交下，不知遇三日餘香之荀令爲何如，不知遇囚首垢面之荆公更當何如。

雀巢

燕來時，有雀亦巢於梁棟間，且當客坐上。余惡而逐之，謂雀之鄙賤，不當效鳦鳥之棲止，則巢也非其倫。且從來燕巢人室，而雀巢簷隙，則巢也非其地。古云蘭生當墀，則鋤而去之，況此不當去聲之巢而當客坐乎？童子隱有毁成之慮，余諭之曰："無慮也，凡事論其當與不當耳。人之有罪者，尚流放之，況雀之不當巢者乎？"旋毁其巢。而有鼠潛其中，日後雀雖有卵，必爲所攫。是毁也，乃正爲德於雀矣，正所謂安知非福者歟？雀正宜安分而巢於簷隙矣。

父子同名

周厲王名胡，僖王亦名胡。蔡文侯與五世孫昭侯皆名中。漢廣平王德，長子亦名德。拓跋魏安，同父名屈，其子亦名屈。隋羅靖之父先名靖。林邑王范揚邁，子亦名揚邁。明劉江仍其父名。俱不可解。至於吳周章之弟亦名虞仲，則未免傳訛也。

人生如四時

人生六十年，大約如四時。始生至十五，知識漸開，如春之勾萌甲拆。十六至三十，人事紛紜，如夏之發揚舒洩。三十一至四十五，謹密老成，如秋之歛華就實。四十六至六十，料檢釋擔，如冬之凝結歸藏。其中以五年配一月，以二月配一日，大略相等。過六十以往，名韁利鎖得以息肩，適性怡情，游行自在，翻如枯木之再逢春也。

酎金失侯

漢武帝時，列侯坐酎金失侯百餘人。酎金者，謂助祭之金，少不如斤兩及色惡者，王削縣，侯免國也。少不如斤兩乃戥頭輕之謂，色惡乃銀色潮之謂。甚矣，人之貪小便宜也，而漢法亦苛矣哉。

周處碑

無錫周氏家譜中載晉周處碑一則，云是陸機所撰，王羲之書，現立於義興。讀者致疑焉，謂陸與王異世，不應一撰一書也。予意平原撰文，右軍後日書之刻石，無不可也。考其年月，周處與陸機同歿於晉惠帝時，而周實先焉。陸之撰文，亦無不可。《士衡文集》有周孝侯墓碑一道，但末云建武元年贈官，大興二年窆葬。元帝時陸已歸泉矣，不應更有此語也。況處及齊萬年戰敗而死，而碑云回疾增加，奄延舘舍，何也？

不求奇功

狄青在涇原與敵戰，大勝，追奔數里，敵忽壅遏，知其前必遇險，士卒皆欲奮擊，青遽止之。驗其處，果臨深澗，將佐皆悔，青獨曰："不然。奔亡之寇忽止而拒我，安知非謀？軍已大勝，得之無所加重，萬一墮其術中，悔之無及。"青之用兵，主勝而已，不求奇功，故未嘗大敗。所謂知足不辱，知止不殆者是也。可以爲持盈保泰之鑒焉。今人罄其資財以泛海，轉販外國取利，曰飄洋獲利之時，或倍蓗什伯焉。然卒遇暴風，往往資財蕩盡，且至微軀不保者，所在有之。甚矣，人之當戒貪而守廉，戒進而守退，戒險而守平也。

弈棋

弈棋之設，其來遠矣。文人逸士，往往用此消遣歲月。但今局用十九道，合三百六十一位，而古局用十七道，合二百八十九位，見邯鄲淳《藝經》。唐時十八道，見柳子厚記。此古今之不同也。唐宋時象棋縱橫皆十一路，今縱十路，橫九路，未知昔之二路置何物也。晁無咎《圖局》有十九路，子九十八。溫公又有《七國棋圖》，路子亦同。

分縣

雍正四年，以蘇、松、常三府中縣務繁劇，添設知縣以分轄之。蘇之長洲則分元和，吳江則分震澤，崑山則分新陽，常熟則分昭文。松之華亭則分奉賢，青浦則分福泉，上海則分南匯，金山則衛外增縣。常之武進則分陽湖，無錫則分金匱，宜興則分荊溪，太倉州改爲直隸州，太倉則分鎮洋，嘉定則分寶山。所不分者，惟蘇之吳縣、松之婁縣、常之江陰、靖江太之崇明四五邑耳。而上海海濱，先有城曰南匯，以營弁處之，至是即以爲縣。乾隆八年，又省青浦之福泉焉。

唐詩用字

唐詩中用字有用"格是"者。"隔是"者，猶言已是也，如今"格是頭成雪"，"隔是身如夢"是也。有用"遮莫"者，猶言"儘教"也，

"遮莫鄰雞下五更"是也。有用"匹如"者，猶言"譬如"也，"匹如元是九江人"是也。有用"爭肯"者，猶言"怎肯"也，"使君爭肯不相思"是也。有用"至竟"者，猶言"到底"也，"至竟江山誰是主"是也。有言"底事"者，猶言"何事"也，"至竟息亡緣底事"是也。有用"底用"者，猶言"何用"也，"銀印可憐將底用"是也。有用"得得"者，猶言"特特"也，"親故應須得得來"是也。有用"阿誰"者，猶言"何人"也，"葉上題詩寄阿誰"是也。有用"著莫"者，猶言"惹著"也，"梅香著莫人"是也。

自負不淺

高祖縱觀秦皇帝曰："嗟乎！大丈夫當如此也。"項籍曰："彼可取而代也。"光武知讖有劉秀之名，乃曰："何由知非僕耶。"自負固俱不淺，然項較粗，故弗克有焉。

南邦黎獻集

鄂中堂爾泰之任蘇藩也，篤好文學，從前督撫、藩臬觀風兩藝外，例有詩賦二題，若不經意也。鄂時觀風四書三題外，詩、文、賦、頌、序、論、箴、銘共十餘題。吾邑諸生顧湘南我錡拔爲通省之冠。諸與試者蹌蹌濟濟，無慮數十百人，鄂爲延致春風亭，飲酒賦詩，嘯歌論答，終月而罷。爲梓《南邦黎獻集》十六卷，悉載諸人考試之文，暨春風亭酬唱之作，彬彬可觀，斯亦一時之盛事也。湘南前在陳狷亭沂震先生山東文幕中，與狷亭暨周漢苟龍藻、嘉興高大立孝本唱和，成《海岱聯吟》四卷。後受兩江督臺尹公繼善之聘，與修《江南通志》。及尹任雲督時，萬里修書延聘爲五羊院長，湘南已下世矣。惜哉！余以改杜詩輓之云："久有文章驚海岱，屢勞車馬駐南邦。"蓋實錄也。

芭蕉

芭蕉，草本而有幹者，抽心成葉，葉盡則開花。花瓣間有囊數十，中有露，甚甘美，故一名甘露。凡草以一歲爲春秋，春夏開花，至秋黄落。芭蕉以三歲爲春秋，未開花時，至冬凍死則已，若愛護之，三年後必開一花，花盡後，不論何時，幹亦隨朽。余性喜芭蕉，屏石間間植數本，歲歲有花，不足異也。有值冬而花始放者，護之至來春，大放如往年，非死灰復然，乃生意不絶之故也。

續左傳類對賦

周誠哉慎與余爲總角交，力學寡營，洞悉古今詩文甚富。所著《續左傳類對賦》一卷，脉理魚貫，篇什蟬聯，較難于徐秘書所編。蓋徐文破碎，宜於散記，周文條理，宜於長誦耳。宋有毛友《左傳類對賦》六卷，今有梁溪王武沂繩曾《春秋經傳類聯》一卷，周又著《春秋説疑》若干卷。

忘書刺名

朱漢直穆先生入都，同男某修刺謁朝貴，不值。刺上忘書其名，朝貴答以詩曰："幸有令郎名姓在，不然何處訪先生。"朱能詩，我邑人。

天漢非河精

《河圖括地象》曰："河精上爲天漢。"余謂天漢非河精也。在天成象，在地成形。《形墳》曰："天川漢，地川河。"然則天有漢，地有河，乃相列成文，非河精上映爲漢也。至於河與天通，槎犯天河之說，本屬荒唐，不必置辨也。

飛走通稱

《爾雅》曰："飛曰雌雄，走曰牝牡。"然《書》曰"牝雞之晨"，《詩》曰"雉鳴求其牡"，又曰"雄狐綏綏"，《古詩》云"雄兔脚撲朔，雌兔眼迷離"，是亦可飛走通稱也。《考工記》曰："天下大獸五：脂者、膏者、臝者、羽者、鱗者。"是羽鱗總可謂之獸也。華陀五禽之戲，是虎、鹿、熊、猿，亦可謂之禽也。

不貴多言

《史記·河間獻王德傳》曰："好儒服，被服、造次必于儒者，山東諸儒多從之游。"止十九字，而王好學之衷盡情描出，則文章不貴多言也。後世傳誌動千百言，是亦不可以已乎。

河間好儒術

漢景帝有十三子爲王，其間好儒術者僅一河間王而已，其餘或好宮室，或好音樂，或好氣力，或好法律，或好内，可勝嘆哉！

唐詩熟用

唐詩有極淺俚，爲人道熟，如常言俗語者，人或昧其由來。如"待余心肯日，是汝運通時"，太宗詩也。"東邊日出西邊雨，道是無情却有情"，劉禹錫詩也。"醫得眼前瘡，剜却心頭肉"，聶夷中詩也。"世亂僮欺主，年衰鬼弄人"，李山甫詩也。"海枯終見底，人死不知心"，杜荀鶴詩也。"時來天地雖同力，運去英雄不自由。采得百花成蜜後，不知辛苦爲誰甜"，羅隱詩也。"今朝有酒今朝醉，明日愁來明日愁"，亦羅隱詩也，或作權審詩。"但存方寸地，留與子孫耕"，賀知章詩也。"相逢盡道休官去，林下何曾見一人"，靈徹詩也。"白日莫空過，青春不再來"，林寬詩也。"伯勞東去燕西飛"，薛濤詩也。"一朝權入手，看取令行時"，朱灣詩也。"但知行好事，莫要問前程"，馮道詩也。"此處不留人，自有留人處"，陳主謂沈后語也。"一色杏花紅十里，狀元歸去馬如飛"，蘇軾詩也。"此去好憑三寸舌，再來不值半文錢"，宋張子惠贈謝叠山詩也。"大家飛上梧桐樹，自有旁人説短長"，朱萬年詩也。"閉口深藏舌，安身處處牢"，警世詩也。"自出洞來無敵手，得饒人處且饒人"，蔡州道人詩也。"夜飯減一口，活得九十九"，古樂府三叟詩也。

吴王不朝就賜几杖

漢文帝時，吴王詐病不朝，就賜几杖，煞有一片苦心。吴王此時已有異志，若任其詐，恐爲天下所窺，若窮其詐，不免骨肉之傷，故賜之几杖，以代彼彌縫之。則在我不失親親之道，於體統一無傷礙，在彼匬覥心安，漸可消弭異念，實在是忠厚待人善處之法，今人所謂詐呆是也。詐呆煞有用得着處，所以聰明反被聰明誤耳。至於張武等受賂遺金錢覺，乃發御府金錢賜之，以愧其心，未可謂以德化之也。

后爲君稱

古以后爲君稱，夏稱夏后氏，《詩》曰"后王君公"，《禮·內則》曰"后王命冢宰"，《書·顧命》曰"皇后憑玉几"。皇，大也；后，君也。自《曲禮》有"天子之妃曰后"之文，後世以"后"字爲"后妃"之"后"，而"皇后"字專屬之母儀矣。《詩序》言"后妃之德"，或係文王與太姒並稱耳。

男女名互相似

婦人名似男子者：衛少兒、衛子夫、陳君夫、善相馬。王政君，顯

598

宗女名男,順宗女名成男,劉義王、劉紅夫、路惠男、章要男、袁大捨、晉武楊后字男胤女仙石公子范成君、唐崔公達,能詩。三原孟媪號張大夫。

男子名似婦人者：女媧氏、處子、周時辯士。馮婦、徐夫人、丁夫人、漢武時人。魯女生、《華陀傳》。右師細君、漢博士。樊崇字細君、尚婢婢。

西洋畫

畫家佈置屋宇、桌椅等,例用側筆以取勢。西洋畫專用正筆。用側筆者,其形平而偏,故有二面而四面具。用正筆者,其形直而尖,故有一面而四面具。在陰陽向背處,以細筆皴出黑影,令人閉一目觀之,層層透徹,悠然深遠。而向外楹柱,宛承日光,瓶盎等物又俱圓湛可喜也。其法視古爲獨出心裁矣。《畫鑒》云:"尉遲乙僧,外國人,作佛像,用色沉着,堆起絹素。今所傳者,乃歐邏巴人利瑪竇所遺。畫像有坳突,室屋有明暗也。"甚矣,西洋之巧也,然豈獨一畫事哉？

傳寫之訛

傳寫之訛：陶靖節詩"刑天舞干戚",誤作"形夭無千歲"。蘇魏公《東山長老語錄序》"厠足致泉對,因蹄得兔",誤作"側定政宗"。字句之全訛者,多矣,豈獨一"都都平丈我"而已哉？

議論行文

太史公《伯夷列傳》、《孟子荀卿列傳》、《屈原列傳》三篇,純以議論行乎其間,雖非列傳本體,然出沒變化,低徊感慨,讀之令人忽然髮竪,忽然淚垂,是千古有數文字。

戰國幸姬

戰國時，人君往往有幸姬，幸姬往往能暗爲人援。如張儀令靳尚援於鄭袖，侯生使信陵援於如姬，孟嘗使人援於昭王，幸姬無不各得所欲。而吳王之寵姬爲孫武軍法從事，夫差之西施爲越君破家亡國。甚矣，吳宮之不利也。

僞舉人僞摘印僞抄沒

吏胥作奸雕僞印者，以瞞官而欺民。奸猾鬭訟立僞契者，以利己而害人。不肖者有盜心，鎔僞銀則以貨易而羅網，此等歷來有之，所以律設明文也。余前聞有僞舉人、僞摘印、僞抄沒之事。吳江馬某幼習舉業，久廢棄，貧窮不堪，於放榜後忽指浙江鄉試榜中某名爲己之頂冒倖中者，以吳江之冒入浙籍者衆，且隔省無從細考也。囑報人呼號至家，鄰里震駭。有相識者詢其本末，疑其學問，乃僞云偶有監塲，賃以進塲，而文藝實是抄襲舊文，倖而獲雋。因出所售三藝，果是舊文，乃預搜以應求者。由是，親友快憤各半，不免慶賀紛紛，而邑侯亦與之周旋餽贐焉，意氣揚揚者累月矣。後有吏胥往浙公幹，適泊舟於馬所冒中之名之門，正在延賓演劇，試詢何人，知爲新中某名，吏深訝之，而馬從此敗露焉。

某縣有群盜，裝束如憲司差官，持令箭，挾虞侯，乘馬冉冉至縣，云："上臺遣某摘取縣印，幸見付。"縣官不及致辨，悚惕歎息而付之。差官收印後，旋檢視庫帑，縣官亦惟命，孰知其捆載庫帑，棄印而去也。後聞於上官，爲削職焉。

崇明縣在海外，有巨盜數百人，口稱奉旨抄沒某鄉宦家。鄉宦者舉室驚惶，屛息悚待，而縣中駐劄總兵官奉命惟謹，縣尉等奔走不遑。閱日，册籍捆載一一齊備，方擬昇之渡海，總兵遏之，云："是有例，存貯當地衙門，然後請旨督撫，近則存貯督撫衙門，督撫遠則存貯總兵衙門，使者何忽遽爲？"孰知此正中其所忌也，遂委之而遁，然後知爲盜焉。鄉宦驚魂方定，衆員恍然若失。而鄉宦者乃以金珠之遺棄咎總兵，而總兵爲一一承當，不敢致辯焉。人情愈出愈奇，前世所未聞也。

對　　句

舊有對聯，出句甚難其對，余偶綴之，亦未甚穩愜也。出句云："饑雞盜稻，佟童拾石打饑雞。"對云："飽鴇騰藤，濮僕掀軒驅飽鴇。"又句云："六木森森楊柳梧桐松柏。"對云："三田畾畾町疃畎畝畱畬。"又句云："一盞清茶解解解元之渴。"對云："三章妙曲樂樂樂官之音。"又句云："燕語鶯簧歌雁字。"對云："松針柳線貫荷珠。"

異　　相

陳霸先鬚生於骨，宋蔡京胸骨隱起卝字寸餘，相之異者，俱於死後知之。至於女子之心成癖石，中有畫圖，如好女憑欄看玩山水之形者，尤爲不經見也。

文 法 變 換

《易雜卦》："豐多故；親寡旅也。"《論語》："迅雷風烈，必變。"文法變換，後世得之爲"吉日兮辰良"，《離騷》。又得之爲"春與猿吟兮秋鶴與飛"也《荔子碑》。

治 盜 之 法

漢武帝末，盜賊滋起，於是作《沈命法》曰："群盜起，不發覺，覺而捕弗滿品者，二千石以下至小吏主者皆死。"其後小吏畏誅，雖有盜，不敢發，恐不能得，坐課累府，府亦使不言，故盜賊寖多，上下相爲匿以避文法焉。光武時，群盜處處並起，立法聽群盜自相糾摘，五人共斬一人者，除其罪。吏雖逗留回避，故縱者皆勿問，但取獲賊多少爲殿最，唯蔽匿者乃罪之。於是，更相追捕，賊並解散。此二事均爲治盜之法，而寬者往往收其效，嚴者往往遁其情。武帝之法之弊，後世之通弊也，治國者固宜留意，治家者亦當諒情焉。

《史記》世次不可盡信

《史記》序三皇五帝世次，歷唐、虞、夏、商、周，世數長短，必有疏略處，不可盡信。最難憑者，舜娶堯女，爲曾祖姑族，服未甚疏遠，聖人不應如是。周歷夏、殷千餘年，僅傳世十六，使俱壽考，無世世六十外生子之事也。漢劉耽所書《呂梁碑序》，虞之世與《史記》略同而不言出自黃帝。歐陽氏曰："遷于漢初已不知高帝世系，父太公而亡其名，母劉媼而忘其姓，況三代以前，二千年所傳聞者，尚足據乎？"此言可釋後世之疑矣。《丹鉛總錄》云："他碑所載，后稷生台璽，台璽生叔均，叔均而下數世始至不窋，不窋下傳季歷，猶十有七世，而太史公作《周紀》，拘于《國語》十有五王之說，乃合二人爲一人，又刪縮數人以合十五之數。不知《國語》之說，十五王皆指其賢而有聞者，非謂后稷至武王千餘年而止十五世，太史公亦迂哉。"

異 世 同 符

漢蘇武留匈奴十九年，志節皎然，誠足炳燿古今。北魏于什門留燕二十四年，宋洪皓留金十五年，朱弁留匈奴十九歲，元郝經留宋十六年，皆異世而同符也。

南門星天孫星

《史記》：亢南北兩大星，曰"南門"，謂在天之南，如門然也。又有星曰"天孫"，謂是星主帝女，猶前星之主太子也。而後世遂有南天門待漏，與天女下嫁牽牛之説矣。

便於卜筮

今世所行"文王課"，用六十四卦，以"乾金甲子外壬午"等傳之。以"乾爲天"等句分世應爻，并以"六壬中父兄官子"與"青龍"、"白虎"等神將割其半以傳之，以觀吉凶，謂之易卜，寖失古意，然頗便於民。相傳戰國王詡號鬼谷子，所傳漢京房《易傳》中略備。或云擲卦以錢自嚴君平始，或云自京房始。

霹靂生全

順治初年，吴江知縣孔胤祖爲盗所戕。國家以邑民不肯救護，令下屠城。城門未閉，閭巷相告，因有自城縋下，墜而傷死者。城門擁擠，逃遁踐踏，而死者不計其數。令行之後，搜羅縛跪，駢首就戮而已。是時，天清無雲，方欲行刑，忽然霹靂一聲，直震監斬案前，大驚色變。少頃，曰："吴江百姓有命，霹靂再震。"言已，又轟然震焉。遂行赦令，一城之人盡獲生全，視前之墜而傷死，踐踏而死者，生死固有命在也。

廣東地濕

廣東地土卑濕，霉潮異常，終年如此。人家往往置高樓，宴坐延客，人人着屐以登，處處如行雨中也。下層器物偶不檢收，即致毁腐。聞有縣庫銀錠爲霉氣所蝕，亦致消損，誠異事也。夫銀埋土

603

中，千年不損，於剛柔燥濕之際，忽變其初質焉，人可不謹於習染哉？

利令智昏

漢景帝時，吳王濞有反謀，與膠西王卬要結並起，中分天下。膠西群臣諫曰："大王與吳西向，第令事成，兩主分爭，患乃始結。諸侯之地，不足爲漢郡什二，而爲畔逆以憂太后，非長策也。"此等語不待智者而始決。尤妙在"兩主分爭，患乃始結"二語。夫計天下事，當就始終成敗而計之，不可徼倖於目前也。如善弈者，欲置此子，先算到幾子之後可以無弊，然後置之，不然寧退毋進也。如此老成之言，尚不見聽，立見其敗，豈真出於下愚哉，乃利令智昏耳。

道士合丹

隋煬帝令嵩山道士合鍊金丹，不成，云："無石膽、石髓，若得童男女膽髓各三斛六斗，可以代之。"帝怒斬之。《西遊記》中比丘憐子事用此。

烏聲鵲聲

北人以烏聲爲喜，鵲聲爲非。南人聞鵲噪則喜，聞烏聲則唾而逐之。豈人情意擬之不同耶？抑烏、鵲南北之各異耶？聞東方朔所著《鴉經》，占烏之鳴者，先數其聲，然後定其方位，以決吉凶，蓋不專於一説也。《墨客揮犀》曰："鴉聲吉凶不常，鵲聲吉多而凶少，故俗呼喜鵲。"

先求生路

唐魏徵曰："隋煬帝信虞世基，賊遍天下而不得聞。方其未亂，自謂必無亂,未亡,自謂必不亡。"此二語恰與制治於未亂,保邦於未危對針。善弈者唯恐其死,先求生路。不善弈者,以爲無往非生路,而不覺已陷於死機矣。

量入爲出寬而有禮

昔人云:"爲仁不富,爲富不仁。"所以作家、治生一道,最是難處。強者苛歛以肥身而聲名大喪,弱者冒昧以狗人而家道中落,惟處強弱均平之間,爲仁富兼收之術,最爲上等。富者不必多藏爲富也,"量入爲出"四字足以致之。仁者不必姑息爲仁也,"寬而有禮"四字足以播之。治生者,其務法乎此哉!若三年耕無一年之食者,一遇冠婚喪祭大事,束手無策矣。力田者必有豐年,惟於豐熟之時堅忍留餘,則餘三餘九,可以稍辦大事而不致掣肘之患也。

銅雀硯

余前得一銅雀硯,形制如常,並不類瓦,直是磚甓,但紋理極細,腹有七字曰"大魏興和二年造",字甚古朴。額有宋柯九思一銘云:"土以成質,金以成聲。陶于水火,得石之精。藏之山堂,永壽吾銘。"筆亦遒勁。興和乃東魏孝静帝紀年,雖非銅雀真瓦,已是古物。中有微凹,聚水不涸,且可隆冬不凍,宜乎柯之寶而銘之也。考《鄴中記》曰:"古塼大者方四尺,上有盤花鳥獸紋,千秋萬歲字。其紀年非天保則興和,蓋東魏北齊也。"又宋刺史李琮,元豐中於丹陽邵不疑家得唐元次山家藏鄴城古磚硯,曰"大魏興和二年造",則已爲唐賢所珍矣。

雅琴不當入俗調

古樂盡廢,惟琴巋然獨存。然琴,雅樂也。轉軫調絃,以之涵泳性情，以之怡玩風月，莫非雅人深致。有闌入俗調者，乃以古樂之僅存者而儕於三絃、四絃之儔，豈謂朴古之音不如靡靡之可聽乎？亦不知夫琴之原矣。然東坡曰："琴非雅聲，乃古之鄭衛耳。今世所謂鄭衛者，乃皆胡部，非復中華之聲。"似此，則又無怪其靡靡矣。

高人一等

人家子弟，幼時恐其不習舉業，無向上之階，長則又患其專習舉業，雖有向上之階，終無師古之志。幼時恐其不曉持家，無治生之術，長則又患其太曉持家，雖有治生之術，終無曠達之觀。爲父兄者，憂患其無已時乎？然患其專習舉業，太曉持家者，子弟固已馴良，而父兄之見，亦高人一等矣。

算　數

《容齋》引《淮南子中》有算數之語："三九如九，三四十二，二八十六，四四十六，三九二十七，四九三十六，六六三十六，五八四十，五九四十五，六九五十四，七九六十三，八九七十二，九九八十一。"蘇秦《説齊王辭》："三九二十七。"《漢書·律曆志》："八八六十四。"杜預注《左傳》："八八六十四人，六六三十六人，四四十六人。"《漢志注》："二八十六，三四十二，六八四十八，八八六十四。"然尚有見於《大戴禮》者："二八十六，二七十四，九九八十一，八九七十二，七九六十三，六九五十四，五九四十五，四九三十六，三九二十七，二九十八。"《春秋考異郵》："二九十八，三九二十七，三七二十一。"《運斗樞》："五七三十五。"《馬融傳》："七八五十六。"《蘇秦傳》："三七二十一。"《國策》："九九八十一。"《通典》："五七三十五。"《魚經》："六六三十六。"《齊書》："三九二十七，七九六十三，三八二十四，四八三十二。"故并書之。

成 敗 有 數

成安君不聽李左車，韓信之幸也。慕容超不聽公孫五樓，劉裕之利也。項羽不用范增之言，漢祖以興。夫差不用子胥之言，勾踐以霸。逗破機關，未嘗無人在乎用與不用耳。雖曰智力有不同，然而成敗莫非天也。

圻剖而產

楚祖陸終生子六人，圻剖而產。干寶曰："先儒學士多疑此事，然魏黃初五年，汝南屈雍妻王氏生男，從右胳下水腹上出，而平和自若，數日創合，母子無恙。"按：昔人云修己背圻而生禹，簡狄胸剖而生契。老聃䨱左，釋迦䨱右。又李勢末年，馬氏從脇生子，子母無恙。李宣妻生兒，從額瘡中出。宋武時，楊歡妻從股中生。宋莆田市人妻生男，從股髀間出。明徐州婦肋下生瘤產兒。是可証已。此等事乃是世間之變體，既曰變體，天地之大，何物不有，豈必以陸終之圻剖拘拘致辨哉？

西 域 取 經

漢明帝時，遣使往西域取佛經。晉僧法顯亦往焉，有《佛國記》。唐太宗命陳玄奘西域取經，有《西域志》十二卷。唐僧義淨咸亨初往西域，遍歷三十餘國，經二十五年，求得梵本四百部歸譯，天后、中宗并製序。明太祖命僧宗泐往西番取經，十五年得經還朝，泐有《望河源》詩。自丘處機《西遊記》盛行，而世遂艷稱玄奘事矣。

書隱叢説卷八

史語勝左

《史記·齊世家》叙懿公被弑事：公斷丙戎父足，而使丙戎僕納庸職之妻，而使職驂乘。懿公游於申池，二人浴，戲職曰"斷足子"，戎曰"奪妻者"，二人俱病此言，乃謀弑懿公。"斷足子"、"奪妻者"六字如聞其聲，如見其情，從《公》、《穀》脱化出來，絶勝《左傳》語。

秦皇一年無事

《秦始皇本紀》中用編年之法，事有大小不等，獨至三十年曰"無事"。夫國家果能無事，則上下恬熙而民人樂業矣，兵革不興而賦役不煩矣，元氣長培而國脉永延矣。然始皇乃好事之君，無事之中，種種大事俱萌蘖于此。僅如弩機之未發，砲線之未爇耳，而弩中之矢、砲中之藥已磨礪以須也。始皇自以爲六國既滅，可無事矣，詩書既焚，可無事矣，長城既築，可無事矣，金人十二，可無事矣，孰知偶無事者宴安一載，大有事者且荼毒終身，殃流子姓也。悲夫！

奸民舞文

吏胥作奸，自昔爲然。奸民舞文，并吏胥亦受其欺者。吳下田産未絶者，許貼贖，已絶者，不許貼贖。近因田價昂貴，因田致訟者，紛紛不絕。州縣弔契明騐，庶無弊矣。而弔騐之後，例與詞牒同歸胥廨。有狡獪者，契中已載"不貼不贖"字，庭訊時必無直理，乃以甘言誘胥，暫假彼契歸家細閱，胥不知其計也，予之持歸。乃以"不貼不贖"四字刮洗去之，補以故紙，仍書"不貼不贖"字。迨旦歸胥，胥騐無他，置之而已。閱日，庭訊之下，俯首無辭，但云不記有此事，乞付原契一觀，則死無憾。官哈而付之，領閱之下，始而駭，繼而疑，繼而思，終則以契向陽一照，乃恍然曰："職是之故也，幾爲所欺。"旋上之案，曰："不貼不贖四字非原筆，乃以故紙補者，明是欺罔，不辨自明。"官亦爲映光一視，補迹顯然，始翻然悟前者弔騐之已爲所欺也，乃勃然怒而罰之，以正其洗補之罪焉。有田者含屈，無以自明，後因人言嘖嘖乃反正焉。而吏胥方悟前者假歸之真爲所欺也。人情險惡至此，司柄者其熟察之哉。

臭作氣解

《容齋三筆》曰："治之與亂，順之與擾，定之與荒，香之與臭，遂之與潰，皆美惡相對之字。然五經用之，或相反者，如'無聲無臭'，'胡臭亶時'，'其臭羶'，'臭陰達於淵泉'之類，以臭訓香也。"云云。然其詮"臭"字，尚有擬議。古人"臭"字，是"臭味"之"臭"，作"氣"字解，美氣、惡氣俱已在內，非專指惡氣，與"香"字對也。其臭如蘭，謂氣之香者。如惡惡臭，謂氣之與香反者，故加一惡字以別之。鼻之於臭，則美惡俱有，所謂臭味是也。即所舉"無聲無臭"、"其臭羶"，亦是以"臭"訓"氣"，並非以"臭"訓"香"也。

李斯陸機

莊子謂楚使者曰："子獨不見郊祭之犧牛乎？衣以文繡，以入太廟。當是之時，雖欲爲孤豚，豈可得乎？"秦李斯爲趙高所論，謂其子曰："吾欲與若復牽黃犬，出上蔡東門逐狡兔，豈可得乎？"晉陸機爲孟玖所譖，收兵至，嘆曰："華亭鶴唳，豈可復聞乎？"李與陸俱念莊語而潸然也。陸放翁詩曰："君不見，獵徒父子牽黃犬，歲歲秋風上蔡門。"翻賓形主，尤有風神。

兒食磚甓

里中有兒，二三歲間，儕輩嬉戲，偶括牆土屑而食之，不果食也，而是兒則欣然就食無遺。既而漸拾土塊以食之，又取黑炭瓦礫以食之，并取磚甓以食之，濺齒格格有聲，無不下咽。父母禁之不能，後亦聽之。有啼哭，輒取土塊或磚瓦予之，則欣然而去，他果物不喜食也。逾歲痘傷。不知其所禀如何也。

《史記》輕信

《史記》文章妙絶古今，而述古處未免輕信異說，因所見博而不能割愛也。尤不足信者，《仲尼弟子列傳》中三事：一爲子貢之亂齊而破吳也。夫子貢雖列言語之科，非如戰國縱橫之變亂黑白，唯口是尚也。乃之齊，之吳，之越，之晉，紛紛遊說，適以擾亂諸國。雖曰存魯其本心也，然而亂齊破吳，强晉霸越，豈聖門席不暇暖之素志哉？即有是事，必非子貢之所爲也。一爲有若之對絀而避坐也。夫諸弟子之以有若似夫子者，亦以言行有孚於平日，非僅以狀貌之細而遽事之也。事之而疑之，疑之而難之，難之而黜之，置師如弈碁，非諸弟子之本色也。況所問者，月離于畢而致雨，商瞿有五丈夫子，亦非緊要之事，默然無應而避坐。使于此有以應之，遂終身事之乎？恐有若之似夫子，弟子之尊有若，終在彼而不在此也。一爲宰予之作亂而夷族也。聖門爲仁義道德之林，豈有高弟從人作亂之事。子路極粗率，到底盡忠於主，以不能見幾而禍及其身，並非見利而忘義也,況宰予乎？其時,闞止亦字子我,而田闞争寵,子我爲陳恒所殺,以字之相同,遂令聖門高弟含冤。故曰著書之難,在識見平而考覈審耳。

《連山》《歸藏》

桓譚《新論》曰:"《連山》藏于蘭臺,《歸藏》藏于太卜。"又曰:"《連山》八萬言,《歸藏》四千三百言。"藝文志不列其目,雖《隋·藝文志》有薛貞撰《歸藏》十三卷,《唐·藝文志》有《連山》十卷,司馬膺注,《歸藏》十三卷,薛貞注。《宋·藝文志》有薛貞注《歸藏》三卷,而昔人嘗斷爲僞書焉。

長城不始於秦皇

人言秦始皇築長城,不知自秦以前已有築之者。未并六國之前,燕、趙、秦三國邊於匈奴,趙武靈王胡服習騎射,築長城,自代並音傍。陰山下至高闕爲塞,燕亦築長城,自造陽至襄平。秦有隴西、北地、上郡,築長城以拒胡。又齊閔王築長城,緣河經太山,餘一千里至瑯琊臺入海。又蘇秦説魏襄王曰"西有長城之界",則魏亦有長城。秦已并天下,乃使蒙恬築長城,起臨洮至遼東,延袤萬餘里。然則長城之備胡,亦不自始皇始,而始皇特從而繕治之,更加廣長耳。自此以後,漢武帝元朔二年,復繕秦塞。北齊天保二年,起長城;六年,築長城,七年,又築長城。周静帝大象元年,築長城。隋文帝開皇五年,築長城;六年,又緣邊築數十城;七年,脩長城。秦後長城之事如此。

見異不遷

《管子》曰:"士之子恒爲士,農之子恒爲農。少而習焉,其心安焉,不見異物而思遷焉。"旨哉其言之也。不遷其業,故可恒不見異，故不思遷。然爲士者，尤當見異而不思遷爲可貴也，以其爲仁義道德之林耳。

義　馬

康熙中，吳江平望鎮有旅客乘馬過橋，馬驚，墮鶯脰湖。旁人駭救，客已奄然化矣。旁人憐而謀棺以瘞之，馬爲躑躅悲鳴于棺側，如不欲生者。旁人欲牽之，而馬方怒視，掉頭不顧也。逾時百計誘之，終不食而死。余聞之，爲作《義馬行》云。吁！畜之忠於主，尚一死之不顧也，況於人乎！

嘉定大男兒

江南嘉定縣有力士者，忘其姓名，軀幹偉岸，絕力過人，飲噉異常，日食斗粟，以家貧，不得時飽也。性鈍拙，雖有力，無所自見，而人亦未知。一日，其叔耕牛放逸，衆莫能制，力士知之，走及奔牛，拽牛尾而倒歸之。其叔始駭。後于春郊演劇處入塲而觀，漸近人群，衆惡其身之長，謀共排擠之，不動，將群攻之。力士曰："汝輩莫動，動則危矣。"衆愈怒，前後左右，蝟集而攻之。力士翻身而遁，前後左右俱紛紛仆地矣。於是人盡知力士之勇也。聖祖南巡，得達上聽，面聖，見其魁岸，詔與某將軍較力。而某將軍者，聖祖所眷顧之干城也。一較力而將軍負焉。龍顏大喜，加守備之職，隨駕入都，發兵部學習武藝。半載無成，遲之又久而不效，遂放還。自後親友饋餉不絕，飽樂終身。豈所謂以不材終者耶？人因其軀幹之偉岸，直謂之嘉定大男兒云。

天　井

《孫子兵法》云："地陷曰天井。"以天然地陷成井，故謂之天井也。上古因天爲井，後世乃用人工鑿井耳。吳俗謂室之前庭曰天井，謂夫四面墻高，中如地陷也。

五行化真

莆田鄭景實云："五行化真，如甲、己化真土之類。甲、己之年，丙作首，謂丙寅月建也。丙屬火，火生土，故甲、己化真土。乙、庚之歲，戊爲頭，戊屬土，土生金，故乙、庚化真金。丙、辛寄向庚、寅去，庚屬金，金生水，故丙、辛化真水。丁、壬，壬位順行流，壬屬水，水生木，故丁、壬化真木。戊、寅但向甲、寅求，甲屬木，木生火，故戊、癸化真火。"余前聞之友人云："五行從龍，則化如甲、己還加甲。甲子順數，則爲戊辰，戊屬土，故甲、己化土。乙、庚、丙作初，丙子順數，則爲庚辰，庚屬金，故乙、庚化金。丙、辛從戊起，戊子順數，則爲壬辰。壬屬水，故丙、辛化水。丁壬、庚子居，庚子順數，則爲甲辰。甲屬木，故丁、壬化木。戊癸何方發，壬子是真途。壬子順數，則爲丙辰。丙屬火，故戊、癸化火。"前說用五虎遁，後說用五鼠遁，其言俱鑿鑿有理，所謂左之右之，無不宜之也。

高出庸衆

人情莫不欲名，而有逃之以全身者；即不爲全身計，有逃之以爲高者。人情莫不欲利，而有遠之以避害者；即不爲避害計，有遠之以潔身者。人情莫不欲進，而有以退爲貴者。人情莫不欲得，而有以喪爲貴者。人情莫不欲取，而有以棄爲貴者。人情莫不欲近，而有以遠爲貴者。其見高出庸衆，非淺近之所可幾。至於聲色貨利之嗜好，又下中人一等，不足言也。

爲身不顧後

黥布反薛公曰："使布出於上計，山東非漢之有也。出於中計，勝敗之數未可知也。出於下計，陛下安枕而臥矣。"上曰："是計將安出？"對曰："出下計，布故驪山之徒也，自致萬乘之主，此皆爲身不顧後者也。"果如其料而敗。嗟乎！"爲身不顧後"五字豈獨攻城略地大事哉，處處當戒之也。若持國大臣，若庶司百職，若居平作事，若利害關頭，俱不可爲身不顧後也，有識者其熟慮之。

秀才

漢武帝時，公孫弘以治《春秋》爲丞相，請爲博士官，置弟子。郡國有秀才異等，輒以名聞，請著爲令。賈誼以能誦詩屬書聞于郡中，吳廷尉聞其秀才，召置門下，則博士、弟子、秀才之名實始於漢。但秀才之名，謂未爲弟子者，今則謂已爲弟子者耳。又唐時，秀才科第最高，今但以生員當之。

秦檜死報

《桯史》記秦檜死報曰："秦檜擅權久，大誅殺，以脇善類。末年，因趙忠簡之子以起獄，謀盡覆張忠獻、胡文定諸族。棘寺奏牘上矣，檜時已病，坐格天閣下，吏以牘進，欲落筆，手顫而汙，亟命易之。至再，竟不能字。其妻王在屏後搖手曰：'勿勞太師。'檜竟仆於几，遂伏枕數日而卒，獄事大解。"《精忠記傳奇》有秦檜票本爲岳飛擊斃事，實本乎此也。

如是觀

前有《恨賦》，後有《反恨賦》，以前人之所恨者一一而反之于正，使人心快然也。傳奇有《精忠記》，復有《倒精忠》，中演岳飛直搗黃龍府，迎取二聖還朝，奸檜典刑，山河恢復。觀之者，田夫販豎亦爲之快意。一名《如是觀》，謂水月空花當作如是觀耳。文人學士又不覺爲之墮淚也。因思秦皇雖無道,而扶蘇當正位而戮高;晉獻雖信讒,而申生宜完身而得國;明皇雖播遷,而梅妃當歸宮而寵愛;建文雖流離,而孝孺宜盡忠而反正;安得見之空言,一一而反其恨乎?《女仙外史》以谷應泰所言"仙乎妖乎"之唐賽兒起義山東,斜集向義之舊臣,援救冤陷之患難,空奉建文名號,立闕設官,與永樂爲難,直至榆木川而止,亦快矣哉。

《易圖》非伏羲作

《易》之圖非伏羲之作。《河圖》、《洛書》,《繫辭》言之矣,然而其形不著,經傳無明文,漢唐諸儒亦不言其何狀。自邵子得之陳希夷,乃大行于世。其推衍變通,不可謂非演明《易》理,然非作《易》之本。蓋《易》以天地萬物之理無不著之於象,後之人以一說求之,無所不通。歸震川曰:"散圖以爲卦而卦全,紐卦以爲圖而卦局。猶周子之《太極圖》,先有太極,而後有圖。則知先有《易》而後有圖也。圖書之象數、方位,易道自足以參明,而伏羲之畫卦不必本諸圖書也。"《朱子本義》曰"直解圓圖"云云者,亦是融會圖意而觀之。若云以《說卦》解圖,直以圖爲伏羲之圖矣,非也。《洪範》五行原自活潑,以爲其理如此,漢儒因爲《洪範五行傳》,以明災異之毫髮不爽。其理未嘗不合,但未免過於拘泥耳。

荀孟同時未遇

荀子當戰國縱橫之際,以道自任,大矯功利之習,其學與孟子相上下,故《史記》爲之合傳。惜其性惡之論尚有所偏,故不爲後世所欽仰耳。荀子與孟子同時,終身未得相遇。使與孟子聚首談道,以彼其材質學力,未必不聞性善之原而翻然也。惜夫!

讀書最樂

　　世間極閒適事，如臨泛遊覽，飲酒弈棋，皆須覓伴同事，惟讀書，一人爲之，可以竟日，可以窮年。環堵之中，遍觀四海，千載之下，覿面古人。其精微者，可以黼藻性靈，其宏肆者，可以開拓聞見。天下之樂，無過於此，世人不知，殊可惜也。

庶人曰死

　　《禮記》"庶人曰死"，疏曰："死者，澌也。澌是消盡無餘之目。庶人生無令譽，死絕餘芳，精氣一去，身名俱盡，故曰死。"觀此數語，志士於此能不凜然！

《史記》脱胎《國語》

　　《史記·匈奴列傳》："圍高帝於白登，匈奴騎，其西方盡白馬，東方盡青駹馬，北方盡烏驪馬，南方盡騂馬。"此數語，真如畫圖之羅列，又如後世妖巫行六丁六甲之法。而其語乃脱胎於《國語》"望之如荼，望之如火"一段來，但《國語》文而《史記》質耳。

扁鵲列傳

　　《扁鵲列傳》："虢君延扁鵲治太子疾，曰：'有先生，則活。無先生，則棄捐填溝壑，長終而不得反。'言未卒，因噓唏服臆，魂精泄橫，流涕長潸，忽忽承睫，悲不能自止，容貌變更。"此數語摹畫形神，啓後世唐人小説一派筆意。

河套不可棄

　　封疆之險，守險者必越其險而據之，乃可守也。不然，即於險口守之，終爲人有。如人家防盜，宜於里閈及室宇前後空地防之，若徑在大門內防護，則盜亦易入也。如守城者，在城外要道設兵備之，若敵臨城下，僅恃墻垣之高峻，其不破者鮮矣。所以古人以江爲險者，不於江口守也。以淮爲險者，不於淮岸守也。以山爲險者，不於山麓守也。漢與匈奴以長城外河南之地得失者互爲勝負，匈奴得河南，則宮室戒嚴，漢室得河南，則氊幕遠遁。河南者，即今之河套也。黃河至此處一折向北，過東再南，以在黃河之南，故曰河南。以河形如套，故曰河套。夏赫連勃勃蒸土而築統萬城，即此地面城而居，面長城也。明世宗時，嚴嵩欲棄河套，不思一旦京城失守，權奸爵祿可長保而有耶？可謂奸而愚矣。

公孫敖

衛青姊子夫入宮，爲武帝所幸。陳皇后乃堂邑大長公主女也，堂邑侯陳午尚景帝姊長公主焉。后無子，其母大長公主聞衛子夫幸，有身，妬之，乃使人捕青，執囚青，欲殺之，其友騎郎公孫敖與壯士簒取之，以故得不死。《索隱》曰：「簒，猶刧也，奪也。」公孫敖後從青擊匈奴有功，封合騎侯。《霄光劍傳奇》中有紫面鐵力奴救取衛青者，即公孫敖之壯士也。

讀書獨出眞意

《晉書》云：陶淵明讀書，不求甚解。謂脫棄訓詁之粘滯而獨出眞意以契之也。其詩云：「詩書敦夙好。」又云：「游好在六經。」豈游光掠影者耶？今人不達，徒爲鹵莽者之藉口矣。

三字名姓

戰國有董子蘩菁，姓董，名之蘩菁。令尹子文，名穀於菟。隨道士屈突無爲，字無不爲。前涼張天錫，字公純嘏。桓玄，字神靈寶。三字名字僅見，即三字姓，如普六茹之類，中國亦鮮也。

文券手摹

《周禮·司市》云："以質劑結信而止訟。"鄭康成云："長曰質，短曰劑，若今下手書。"賈公彥云："漢時下手書，若今畫指券。"黃山谷云："豈今細民棄妻手摹者乎？今婢券不能書者，畫指節。江南田宅契，亦用手摹也。"似此，猶今之能書者，則畫花押，花押亦自古有之，不能書者，則以筆縱橫畫之，作十字。其所謂下手書、畫指券，猶是意也，特時代不同，或風俗不同耳。而手摹，今亦少矣。又云："兩書一札，同而別之。作二券，中央破之，兩家各得其一。"似此，則今之合同議單是也。

渾脱舞名

唐吕元泰言："比見坊邑相率爲渾脱隊。"杜工部《公孫大娘弟子歌序》"舞劍器、渾脱，流離頓挫"云云。劍器宫調，渾脱角調，俱舞曲名。脱音駝，下乃贊其流離頓挫也。王阮亭嘗言之，今人不達，以渾脱如字與流離連用者，誤矣。

天公地公人公

《尚書·大傳》曰："太師，天公也。太傅，地公也。太保，人公也。"後漢張角作亂，自稱天公將軍、地公將軍、人公將軍，或竊取此義云。

尹焞對君

宋高宗問尹焞曰："紂亦君也，孟子何以謂之一夫？"焞對曰：

"此非孟子之言，武王誓師之辭也。獨夫受洪惟作威。"又問曰："君視臣如土芥，臣便可視君如寇讎乎？"對曰："此亦非孟子之言。《書》云：'撫我則后，虐我則讎。'"高宗大喜。使有陳此對於明高帝之前者，安知不免錢唐之代射乎？

黔首

太史公謂秦更民曰黔首。然《祭統》曰"明命鬼神以爲黔首則"，《內經》曰"黔首共飲食，莫之知也"，未知黔首之稱，秦前已有之乎？抑後人竄易新名於古書乎？當俟識者辨之。

《易》理會通

聖人制《易》，萃天地民物之理，會而通之，然後著之於象，以昭示後人。後人不能會其全體，一知半解，証之於《易》，其理無不悉合。如明王之制律，情罪之可有而未必有者，悉具有司按之，無不各協其罪。《易》之通變宜民，猶是也。如五都之肆，極窮鄉難得之貨，美惡貴賤，雜陳入市者，無不各厭其欲。《易》之神化不倦，猶是也。求《易》者，自不可舍象數，而象數之中，無非至理。如律之按罪，市之陳物，投之者如磁石之引針，毫髮無憾，乃謂天生一定之數也。不知數不外乎情，情不外乎理，惟聖人爲能通乎天理之至，斯能通乎人情之至，而設象立教，無不愜於數也。律之設，市之立，亦猶是也。昔人云：一屋散錢，少一索子貫串之。天地間隨處是道理，聖人以索子貫串之，所謂"吾道一以貫之"是也。由是散而給於萬物，無不具足。如貨物之有行家，人各有貨行，儈以索子貫串之，由是隨取而予，其應不窮，挹彼注此，必有索子以貫串之也。人君御極，採取天下善言而施布之，亦是索子貫串散錢也。

壽算之多

古今壽算之多者：卜子夏，一百二歲，或云一百三十餘歲。伊尹，一百五歲，或云一百三十歲。周穆王，一百五歲。魏張骱，一百五歲。皐陶，一百六歲。宋林雄，一百七歲。明劉健，一百七歲。元龍廣寒，一百八歲。宋李嵩，一百九歲。明陳百萬，一百九歲。虞舜，一百十歲。周太公，一百十歲，或云一百五十二歲。宋周壽誼，一百十六歲，歷元至明。張原始，一百十六歲。林洞，一百十七歲。唐堯，一百十八歲。召公，一百十九歲，或云一百八十歲，或云一百九十餘歲。古公，一百二十歲。北魏羅結，一百二十歲。梁鍾離人，一百二十歲。宋楊叔連，一百二十二歲。明濟寧王士能，一百二十三歲。周伯玉妻郭真順，一百二十五歲。唐于伯龍，一百二十八歲。蜀范長生，一百三十歲。何首烏，一百三十歲。宋譙定，一百三十餘歲。唐李元奭，一百三十六歲。王子珍，一百三十八歲。何首烏祖能嗣、父延秀，俱一百六十歲。唐錢朗，一百七十歲。宋黨翁，一百七十餘歲。羅晏，一百七十八歲。漢張蒼，一百八十歲。竇公，一百八十歲，或云二百八十歲。宋楊宋卿，一百九十五歲。漢張夷，二百歲。東方朔父。楊氏雞窠老翁，二百餘歲。伯益，二百餘歲。梁穰城人，二百四十歲。范明友奴，二百四十歲，或云三百五十歲。趙逸，二百五十歲，或云五百歲。周東宮得臣，三百歲。宋日本國臣，三百七歲。明孔無似，四百歲。老聃，七百歲。漢孟岐，七百歲。彭祖，七百餘歲。廣成子，一千二百歲。偓佺，三千歲。

提要鉤玄

葛稚川云："余抄掇眾書，撮其精要，用功少而所收多，思不煩而所見博。譬猶摘孔翠之藻羽，脫犀象之角牙矣。"王融云："余少好抄書，老而彌篤。雖遇見瞥觀，皆即疏記。後重覽省，歡情益深。"韓昌黎曰："記事者，必提其要，纂言者，必鉤其玄。"然則由博而約，含菁咀華，取其合道者而棄其不合道者，亦以索子貫串之義夫。

議論當公平

議論古人，正須公平。奸者得以服其罪，賢者得以見其長。一入苛刻，不論時勢艱難，不論權宜變更，動以成言責之，雖聖賢不免有過。諸葛亮學術醇正，王者之佐。其取劉璋，有譏其忍者，有譏其笨者。張良進退從容，帝者之師，其乘機取項羽，有譏其狠者。岳飛智勇兼全，忠誠貫日，其奮往直前，有譏其橫者。甚而謗伊尹，罪湯武，獨不思有伊尹之志，則可湯武革命，順乎天而應乎人。孔孟斷案昭昭矣。故曰議論正須公平，不必務奇立異也。

族姓譜牒

唐明皇問張說曰："今之姓氏，皆云出自帝王後，古者無民耶？"說對曰："古者民無姓，有姓者皆有土有爵者也。故《左傳》云：'天子命德，因生以賜姓，胙之土而命之氏。'黃帝之子二十五人，得姓者十四而已。其後居諸侯之國土者，其民以諸侯之姓為姓，居大夫之采地者，以大夫之姓為姓，莫可分辨，故云皆出自帝王也。"朱子云："典謨中，百姓只是說民，如'罔咈百姓'之類。若《國語》說百姓，多是指百官族姓。"楊升菴曰："《尚書》所稱百姓，與《論語》所言百姓有分別。《尚書》之百姓蓋禄而有土，仕而有爵者，故上曰'百姓昭明'，是謂諸侯大夫，下曰'黎民於變時雍'，乃是民也。至周人尚文，則人皆有姓，所稱百姓，則民庶也。《論語》曰'修己以安百姓'，則直指民矣。"顧亭林曰："《詩》言'群黎百姓'，群黎，庶人也。

百姓,百官也。《春秋傳》曰'平章百姓','體群臣也',此可証矣。"歸震川云:"古者,諸侯世國,大夫世家,故氏族之傳不亂,子孫皆能知其所自始。迨周之季,諸侯相侵暴,國亡族散,已不可稽考。其後如《官譜》《氏族篇》稍稍間出,迨九品中正之法行而氏族始重。迄五季之亂,譜牒復散。然自魏以來,故家大族傳系不絶,猶爲不遠於古。今世譜學尤廢,雖當世大官,或三四世,子孫不知書,迷其所出,往往有之。"《麈史》曰:"自晉東渡,五胡亂中原,衣冠離散,譜牒難修。京房之先,李姓也。牛弘之先,遼姓也。疏之後乃爲束,氏之後乃爲是。元魏據洛,諸虜喜中原之姓而冒之者益衆。"棟按:氏族之原,本皆得乎帝王,而其後他姓冒亂。如以諸侯之姓爲姓,以大夫之姓爲姓者,不少也。或譜牒散亡,不可稽考,豈能如諸侯之世國,大夫之世家乎?今世之爲譜者,間世崛起,前代越在草莽,往往昧其自出,乃遠追同姓遥遥華胄,一經稽考,大略世代參差,如司馬遷之帝王譜系也。或詭名越代,如沈隱侯之自叙欺人也。或顛倒錯亂,如白居易之自序家狀也。雖無不追踪,古帝王,究何以爲傳信之本乎?故昔推歐陽、蘇氏二譜爲最精,至謂其序至五世、六世,確然可知者而已,並不冒附以文其祖也。華亭蔡用卿爲譜至於六世,不欲遠引也。其始二世名字已不能詳,不欲詭冒也。所以震川極稱其慎耳。朱竹垞序《劉氏族譜》,自明威將軍始,譜系、墳墓灼然可信,稱其可法。大約顯仕之後,紀述有人,閲數十世而其序秩然。然盛時有攀附之支,而式微致譜牒之散矣。崛起之先,世次無稽,往往扳附昔賢,不免中斷,或則聯絡他宗,又成附葛。譜之在今日也,豈能一一傳信哉?況今人但知同姓可同譜也,不知同姓之中,實有不同。如王有三姓,一子姓出於畢公高之後,一嬀姓出於諸田子孫,一姬姓。姬姓後又有琅琊、太原之别。吳有二姓,一泰伯後,一舜後。苟有二姓,一出於敬氏,一出於勾氏。張有二姓,一出於晉公族,一出於叱羅氏。顧有二姓,一夏商諸侯,一勾踐之後。蓋有二姓，一音盍，蓋寬饒。一音蹋，蓋嘉運。劉有三姓，一祁姓，一姬姓，一漢賜姓。唐有二姓，虞有二姓，夏有二姓，周有五姓，秦有三姓，陳有四姓，朱有三姓，沈有二姓，徐有二姓，劉氏、柳氏、李氏有出於匈奴、契丹者，王氏亦有出于高麗者，決非一姓也。不同姓之中，實爲同姓。如姜之於田，田之於車，第五之於田，田之於王，韓之於何，莊之於嚴，沈之於尤，危之於元，殷之於戴，恒之於元，於常，疏之於束，謝之於射，莘之於辛，虢之於郭，仲之於种，鄶之於曾，慎之於真，劉之於金，繆之於穆，郭之於章，邴之於丙，諸葛之於葛，申屠之於申，胡母之於胡，閭邱之於閭，敬之於文，苟之於文，陸之於田，賀之於慶，京之於李，墨台之於墨、於怡，牛之於牢、於寮，杜之於范、於士、於唐，馬宮之於馬，淳于之於于，司馬之於馬，鍾離之於鍾，金之於淦，勾之於鈎、於約、於芶、於勾龍、於句，管之於陰，真同姓也。并有因事改姓，後世遂失其由來者。如老子因母以爲姓；子胥之後爲五氏棘據之，後爲棗氏；疏廣之後爲束晳；員半千本姓劉；湯文圭本姓殷；灌夫人之祖本姓張；朱暉本姓宋；張遼本姓聶；徐庶本姓單；賀齊本姓慶；張燕本姓褚；曹真本姓秦；陳矯本姓劉；黃子久本姓陸；李平本姓楊；鄭愔本姓鄭；李廷珪本姓奚；衛青之父姓鄭；胡廣之父姓黃；嵇康之父姓奚；文彥博之祖姓敬；劉頌冒姑姓爲陳；陶穀本唐氏子；李含光本姓弘，避則天諱改焉；京房本李姓也，推律而姓京；范姓因趙文昌名而改姓花；魏了翁本姓高，養於姑，而姓魏；真德秀本姓慎，因避諱而姓真。則輾轉改易，可知者已如此，不可知者又何限也。何可以此人的爲此姓之派乎？曹操之於曹，陸羽之於陸，且不能審其所自出矣。程子曰"若用祖姓，則數經改易。若用今姓，則皆後代所受"云云。故庶族當追其可知者而止，仕族當追其崛起之可知者而止，不必遠求也。遠求者皆僞也。明太祖有天下，建安朱氏以譜牒進，欲附同姓，高帝曰："朕起農家，所知者，德、懿、僖、仁四代而已。國姓之與建安，或是，或不是，俱未可知，然未能鑿鑿屈指而溯，則闕疑可也。"則聖明之見高出萬古矣。信乎人之賢否，在於一己，豈族姓之所能高下哉？

同能不如獨勝

明夏㫤與張益同時學文，以爲文不如張，去而畫竹，遂獨冠一時。孫位畫水，張南本畫火，顏魯公正書，張長史草書，張顚書，吳道子畫，吳道子學畫，楊惠之學塑，崔顥題黄鶴樓，太白賦鳳凰臺，陳簡齋詩，辛稼軒詞。信矣，同能之不如獨勝也。

用情不失性

《易》曰利貞者，性情也。《孟子》曰："乃若其情，則可以爲善矣，乃所爲善也。"是性善而情無有不善。然此俱言夫天命之原耳，自後世人欲紛起，雖有性善之本質，不能不動於情欲之外染，而性與情遂有天人之別。性猶水也，情波也，波興則水濁。性猶火也，情燄也，燄熾則火飛。舉性而遺情者，枯禪之死灰；任情而忘性者，陷溺之禽獸。能用情而不失乎性之善者，其惟聖人乎？故曰：君子性其情，小人情其性。

《荆州記》語似《水經注》

晉盛弘之《荆州記》記沮水幽勝云："稠木傍生，凌空交合，危嶁傾岳，恒有落勢。風泉傳響於青林之下，岩猿流聲於白雲之上。遊者常苦目不周玩，情不給賞。"語意飛舞，絶似酈道元《水經注》中佳語。豈世次相近如南徐北庾筆意相倫耶？抑生有先後，或相效法耶？

不可以女限

女主臨天下者，有唐武后。女而侯者，有漢高帝嫂吕嬃、許負、蕭何夫人。女而將兵者，有漢宮馮夫人、呂母、馮寶妻冼夫人、劉遐妻羊夫人，娘子軍夫人城，荀崧小女灌，李毅女秀，宋李全妻楊妙真，金繡旗女將，明秦良玉。女而謀反者，有漢交趾女徵貳、徵側，唐睦州陳碩真，明唐賽兒。女男裝而從軍者，有木蘭、唐張誉妻、明韓保寧女。女男裝而得官者，有齊婁逞、蜀黃崇嘏。女男裝而旅遊者，有明黃善聰。伏闕上書訟父冤，有淳于意女緹縈、本朝泰州女子蔡蕙。手刃父仇，有趙娥親。女侍中，有魏元義妻陸令萱、齊高岳母山氏、趙彥深母傅氏、南漢盧瓊仙。女尚書，魏明帝選知書女子爲之。女學士，有袁大捨、孔貴嬪等，唐德宗朝貝州宋氏五女，若莘、若昭、若華、若倫、若憲。女博士，有宋韓蘭英。女進士，有宋林妙玉。女爲武定府知府，有土官妻商勝。女校書，有唐薛濤。此等女子，其才其命俱不可以女限者也。

三　恪

三恪，乃陳及薊祝黃帝、堯、舜之後也，而杞宋別爲二王之後，不在三恪之內，以杞宋爲三恪者，誤也。恪、客，古通用。

九　州

《禹貢》：九州有青、徐、梁，而無幽、并、營，是夏制也。《周禮·職方》有青、并、幽，而無徐、梁、營，是周制也。《爾雅·釋地》有徐、幽、營，而無青、梁、并，疑是殷制也。若有青、徐、梁，而又有幽、并、營者，則舜時十二州也。

院本脚色

演戲脚色，初止爨弄、參鶻。元時院本用五人，一曰副净，古謂之參軍；一曰副末，古謂之蒼鶻；一曰引戲；一曰末泥；一曰孤裝。

625

元人百種曲中,有正末、沖末、副末、老旦、正旦、卜兒、外、淨、丑,又有俫兒、孛老、搽旦、孤。湯若士《牡丹亭》用八人：末、生、外、老旦、旦、貼、丑、淨,今則用十人：一外,一末,二生,三旦,三淨。

書隱叢説卷九

大 人 星

　　角、亢、氐、房、心、尾、箕,爲東方七宿。斗、牛、女、虚、危、室、壁,爲北方七宿。不獨箕有箕形,斗有斗形也。而房、心、尾之間恰似人形,房爲人面,心爲人脊,尾爲人跪足而旋踵之象。餘星有爲冠者,有爲目者,有爲笏者,有爲足膝半跪者,纍纍歷歷,人形宛具,俗謂之大人星。當暑,則心星東偃西仰,故當户如肩脊之形。七月流火,火,心星也。心星漸漸向西,則仰東而偃西,而大人星遂傾倒矣。猶之柳爲鳥咮,星爲鳥頸,張爲鳥喙,翼爲鳥尾也。

鍾馗石敢當

　　《考工記》曰:"大圭首終。"葵注:"終,葵椎也。齊人名椎曰終。"葵蓋言大圭之首似椎爾。《左傳》有終葵氏。晉宋間人往往以終葵爲名,其後誤爲鍾馗。其像,手執椎以擊鬼。傳言鍾馗爲開元進士,明皇夢見,命工圖之者。然孫逖、張説文集有《謝賜鍾馗畫表》,則畫鍾馗不始於開元矣。石敢當本《急就章》虚擬人名。《莆田石記》有"石敢當鎮百鬼,壓災殃"之語。俗乃立石于門墻之間,書"泰山石敢當"云云。而文人有《鍾馗傳》,亦有《石敢當傳》,皆虚辭戲説也。楊升菴云云。然《姓源珠璣》曰:"劉智遠遣力士石敢當,袖鐵鎚,侍晉祖,格鬭死。石敢當生平逢凶化吉,禦侮防危,後人故于橋路衝要之處必以石刻其形，書其姓字，以捍民居。"然則石敢當又實有其人矣。

拐　子

世有惡徒名曰拐子，外貌若經紀者，往往於水邊屋後人所不見之處，人家或兒女，或婢僕，十歲左右者，遇之則以惡呪呪之，驅使隨行，爲所驅者懵然莫覺也。途間或幸遇相識者，怪其行狀有異，叱而呼之，則拐子委之而去，小兒始得醒悟，云但見水火蛇虎等夾擁左右，懼不得脱。醒後則歸家無恙。不幸者爲其術所驅，直隨拐子至舟焉。聞有甕中置木人，或跛或眇，或攣或喑，不一其形。兒至，則使探之，探得者，則或跛其足，或矓其目，或攣其手，或喑其喉，如所探者之狀。甚而拔筋擢腦，腊肉漬髓，種種惡毒，男女長幼，悉忍爲之，曾不少動心焉。嗟乎！古有食仇家之肉，飲戰場之血者，猶曰仇也，戰也，出於不得已也，曾是射利肥橐而直以人爲市乎？生者殘體行乞，死者戕生含恨，真加豺虎一等矣。天幸敗露，則群起而攻之，贓証現在，毆之至死，則亦已矣。若執而鳴之於官，遇明府則付衆人而庭斃之，人心快然也。逢墨吏，則百端以免之，或以所執非真而明釋，或以善慰衆人而暗遣，錢可通神，又加以勢能懾伏，所以州縣往往爲之計免，誠可痛恨。拐子之所以不絶者有二：一由於忍求腦髓之輩，禽獸尚不食同類，人以傷人之生而養己之生，忍人之痛而治己之痛，天道昭昭，諒其生亦必不能養，痛亦必不能治也。幸而獲濟，其後必遭天譴與人禍，斷斷如也。世間無忍求腦髓之人，亦無忍取腦髓之輩矣。一由於陰爲主持之人有勢力權謀者，陰爲主之，拐子有物則獻之，有事則倚之，一遇事發，使者旁午，書問絡繹，頃刻而至，其速如神。其救拐子也，如行仗義之事，不顧身命，如行積善之事，不惜口碑。噫！拐子亦人也，人也而如是乎？主拐子者亦人也，人也而若是乎？真禽獸不食其餘矣。廉明長吏，宜務絕此輩爲急，如盜賊之窩家，如告訐之訟師，治之不少寬焉。則拐子之風，其亦可少息矣夫。

圖書有本

太史公《大宛列傳贊》曰："張騫使大夏，惡睹所謂崑崙者乎？故《禹本紀》、《山海經》所有怪物，余不敢言之也。"是時張騫未得真窮河源，故河源不爲中國所傳。至元時，方知有崑崙，有星宿海焉。此在四海之內，尚存疑似，至有並無西海、北海之說者，中國之拘於一隅矣。乃知天地之大，非淺鮮可幾，而古圖書之必有所本也。

幻　術

安息以善眩人獻漢，眩人者，變化惑人也。於是吞刀吐火，殖瓜種樹，屠人截馬，自縛自解之術，傳於中國。《文選·西京賦》云"吞刀吐火，易貌分形"是也。今往往有此術焉。

除民害

民之於君，九重遼隔，有情而莫訴也。惟賴長吏得民之情，以除民之害耳。爲長吏者，苟膜外視之，則一舉一動，民無不受其害。如水旱，則勤苦而不得賑，徒有催科之擾，害民也。盜賊，則縱弛而不力捕，反抑勒而不許報，害民也。強凌弱，則私受賕賂，而有冤莫伸，害民也。邪奸正，則干謁請託而偏聽倒置，害民也。甚而任情夾打，故入人罪，察聽浮言，平誣良善，又害民之尤者也。又如欲爲民興利，則開水利，而民受開河之害。平米價，而民受平糶之害。預防錢貴，而民受收銅之害。小有屯駐，如明代防倭之類，而民又受官兵之害。究其原，吏胥售奸以欺官，下職文過以欺上，而大臣

629

又粉飾以欺君，總是民情不通，壅於上聞之故。然欲如古之懸誹謗之木，建招諫之鼓，又難行於今日。若許平民自擊登聞鼓訴冤，則真冤者十之一，而戶婚田土反居十之九，其可乎？故爲上者，以除民害爲急，而除民害必先以通民情爲急。若上下不相蒙蔽，而民情可通，又何患乎民害之不除而天下之不平哉？故孟子曰"有司莫以告，是慢上而殘下"也。

方　響

古樂有方響，今已不傳。《樂書》云："方響以鐵爲之，修八寸，廣二寸，圓上方下，架如磬，而不設業，倚於架上，以代鐘、磬。人間所用，纔三四寸。"後周載西涼清樂，方響一架十六枚。李允《方響歌》："十六葉中浸素光，寒玲震月雜佩璫。"今樂器中之雲鑼一架十枚，其聲玎璫，想是其遺製耳。

樹松柏

《禮稽命徵》云："天子墳高三仞，樹以松。諸侯半之，樹以柏。大夫八尺，樹以欒。士四尺，樹以槐。庶人無墳，樹以楊柳。"故詩中往往有"白楊悲風"之語，今則樹松柏者多矣。

尊西卑東

古者尊西卑東，故俗謂主人曰"東家"，客曰"西席"。今惟北地尚然，而南方則尊東而卑西矣。

六　禮

古之六禮，今尚行之，但異其名耳。今之請帖，古之問名。今之傳紅，古之納采。今之謝允，古之納吉。今之行聘，古之納徵。

630

今之道日，古之請期。惟親迎，則古今同名。

角　端

李陵遺蘇武角端弓，角端爲弓之貴者。《司馬相如傳》曰："獸則麒麟角端。"注云："角在鼻上，堪作弓。"《漢書》曰："角端以角爲弓，謂之角端弓。"《晉書》載記贊曰："角端掩月，步搖翻霜。"角端，謂弓也。步搖，謂冠也。元耶律楚材所識之角端，乃北地異獸也，能人言，其高如浮圖，未知其爲同爲異，俟博識者諗之。

生 我 死 我

老萊子曰："可食以酒肉者可加以鞭箠，可授以官祿者可隨以斧鉞，所謂能生我者能死我也。"《孟子》曰："趙孟之所貴，趙孟能賤之。"莊子之寧曳尾於塗中，有以也夫。

鄭 重 反 覆

古人文辭不厭鄭重反覆，一意再明。《易》曰："明辨晣也。"《詩》曰："無已太康"，"既安且寧"，"既庶且多"，"昭明有融，高朗令終"，"儀式刑文王之典"，"自古在昔，先民有作"。《尚書》曰："不遑暇食。"《禮·月令》曰："還反行賞。"《左傳》曰："十年尚猶有臭"，"亦克能修其職"，"遠哉遥遥"。《莊子》曰："周遍咸。"《漢書·張禹傳》："絲竹管絃。"中山靖王聞樂，對曰："道遼路遠。"在今人必以爲複矣，而絲竹管絃，至今且加議夫蘭亭也。

調饑爲朝饑

《詩》"怒如調饑"。調音周，註云："重也。《韓詩》作'怒如朝饑'，言朝饑難忍也。"《焦氏易林》云："佽如旦饑。"益明調饑之爲朝饑也。

民間祀竈

《祭法》曰："庶人立一祀，或立户，或立竈。"註云："小神居人之間，司察小過，作譴告者爾。"《正義》曰："以其非郊廟社稷大神，故云小神。以其門户竈等，故知居人間也。以小神所祈，故知司察小過。作譴告謂作譴責以告人。"云云。然則，民間祀竈，其來已久。自漢武信方士之説，媚竈紛紛。今俗并有竈神察人之過，至臘月廿五日上天告訴之言，因承註疏之意而惑亂之，甚不經也。幽則有鬼神，謂不敢悖乎正理，傷乎元氣，非謂有神察之，可以苟且徼倖於一時，如吏胥瞞官之爲也。此等言語，亦爲下乘説法云然耳。

麟有别種

麟爲聖獸，王者至仁則出。并州界有麟大小如鹿，非瑞應麟也。司馬相如賦曰"射麇脚麟"，正謂此也。猶鳳爲瑞鳥，不能常有，而可見者乃鷥與鵞鷥耳。今燕都海子中有獸如鹿，牛蹄而無角，生育甚繁，禁御時射取以食，不識其名，謂之"四不像"，想亦脚麟之麟類也。至和中，交趾獻天禄，如牛而大，通身大鱗，首有一角，其時亦謂之麟云。粤東山中有五色雀；名山鳳凰，又鷁雀似鳳，則鳳亦有别種也。

奔非淫奔

《禮》曰："聘則爲妻，奔則爲妾。"奔者，禮不備之謂也。有聘而嫁者，亦有奔而嫁者。禮不逮庶人，故仲春奔者不禁，恐失時而不以禮爲重也。則妾無不奔，而奔則不盡妾也。淫而奔者，謂之淫奔。淫者必至奔，奔者不必淫。後人有以奔字誤認爲淫奔者，謬矣。如凌遲，是久緩之貌，律有凌遲處死，謂久緩以死之也。人竟以"凌遲"二字當罪名，不亦謬乎？

詩　語

"日月籠中鳥，乾坤水上萍"，曠句也。"人情皆向菊，風意欲摧蘭"，哀句也。"枝生無限月，花滿自然秋"，樂句也。"塔影掛清漢，鐘聲和白雲"，悟句也。"雨去花光濕，風歸葉影疏"，達句也。"家貧無易事，身病是閑時"，憤句也。"向日分千笑，迎風共一晴"，近句也。"落日鳥邊下，秋原人外閑"，遠句也。

便　面

晉人重扇題畫，謂之"便面"。唐僧皎然詩云："他時畫出白團扇，乞取天台一片雲。"團扇稱便面者，謂其便於障面也。今之竹骨紙面作摺疊形者，相傳始於明永樂中高麗進貢，而中國遂效之耳。然北宋已有之，東坡云"高麗白松扇，展之廣尺餘，合之只兩指"，正謂是也。

集　句

晉傅咸集《詩經》句，自成詩章，聯絡貫串，宛然出自心裁。袁淑集《左傳》咏啄木鳥，此爲集句之始。其後由唐而宋，其風大盛。有集古者，有集陶者，有集唐者，有集杜者，紛紛林立。蘇東坡集唐人詩句爲詩餘。元明以來多有之。秀水朱竹垞集唐詩爲填詞一卷，名《蕃錦集》。華亭黃唐堂有《香屑集》二十卷，句句集古而成。尤足異者，自序數千餘言，用俳偶體，通首集《英華》内六朝唐人儷句而成，所謂字字生金，霏霏玉屑者也。聞有釋子作《黃山賦》，用《文賦》體集古人詩文句而成，通首混成，惜不得見也。

金陀粹編

岳武穆何等忠藎，至今童稚皆知。當時爲檜誣死，又掩其勳勞志節，爲誣史以掩天下之耳目。其孫岳珂作《金陀粹編》二十八卷，中歷叙武穆行實，編年褒揚宸翰及出兵日期，又有《籲天》、《辨誣》等録，武穆之冤始得昭雪。元史臣乃採此以爲傳，而武穆不泯矣。嗚呼！以如此掀天揭地之人，猶賴筆墨以雪其冤，然則文章其可少乎哉？岳珂可謂孝子慈孫矣。

太元潛虛

揚雄作《太玄》，擬《易》，貌視似覺奇闊，細按之不過以生字換熟字而已。其理道不能越《易》之精微，其法式不能出《易》之範圍，雖曰多能，終爲效法。所可取者，惟方州部家一節而已。宋司馬作《潛虛》效玄，又其駢拇枝指也。

高僧冤業

嘗見一書記高僧冤業事云：二僧同志焚修，入山，各居東、西廨。西僧靜中忽聞窗外風聲淅瀝，意其爲虎，潛聽之，果聞有虎噬東僧也。西僧杌楻不安，思欲避匿，遂踰窗下山，黿夜奮走。至一垣宇少憩，聞内有女子聲，隨以衣橐擲墻外，似相約私奔者。西僧懼走徑前，忽墮眢井中，而其女子果去。其父母清曉追踪，見其足跡至井而罷，謂女之在井中，因縋而出之，乃僧也。於是益疑僧所爲，鳴之於官。僧訴以實，官使人上山驗東僧，而東僧安無恙也。乃備受刑毒，最後得雪焉。噫！一念之動，爲惜身命，遂遭大屈，所以禪家最忌靜中之動也。釋歸宗有偈曰："千峰頂上一間屋，老僧半間雲半間。昨夜雲隨風雨去，到頭不似老僧閒。"然聞昔有玉通爲柳翠以自污其身者，有鳩摩羅什見小兒登肩而吞針以娶妻生子者，有大相國寺僧有妻則曰梵嫂者，又何説也？豈學力之有至有不至耶？抑命運之不齊耶？

左　个

《月令》：「明堂左个。」《左傳》曰「實饋于个而退」，註曰：「个，東西厢也。」《北史・李謐傳》：「左个，即寢之房也，謂旁室也。」楊升菴曰：「即今之捲篷。」棟謂：「厢房橫列于前，自正室視之，如个字之形，故曰个也。」然明堂圖凡九室中爲太室，四方中間爲太廟，左半爲左个，其半即爲彼季之右个。將此一室斜分之，有个字形，故曰个也。不然，何孟季獨居厢房乎？

叠　字

鐘鼎篆書，重叠字皆不複書，但側書「二」字於下，石經八分亦然。今之真草，莫不由之。或曰「二」乃古文「上」字，言字同於上，省複書也。《石鼓文》「旭日杲杲」，但於「旭」下作二點，借旭之日爲下字。今之印章亦有用此例者。

鍊　句

善棋者不但熟於殘局生殺，第一起手，進退棄取爲先，次之侵分，亦是緊要。善詩者亦然，鍊局乃起手也，鍊句乃侵分也，鍊字乃殘局也。明於此者，可以言詩，可以言弈矣。

知　來　者　逆

《易・説卦》曰：「數往者順，知來者逆。」解者紛紛，莫有一定。明安公石易牖曰：「天下之事，數往者順，知來者逆。《易》爲知來而

635

作，故其數逆數也。數往者順，蓋因下句而並舉之，非爲《易》有數往之順數也。"此語明白曉暢，況《易》畫之自下而上，自内而外，適成逆數乎？於本文涵泳而自得之也。

赤芾邪幅

《詩·采菽篇》："赤芾在股，邪幅在下。"箋曰："芾，大古蔽膝之象。幅，逼也。邪幅如今行縢也，偪束其脛，自足至膝，故曰在下。"《正義》曰："邪纏於足，謂之邪幅。"然則赤芾乃今之護膝，邪幅乃今之纏脚帶也。

《史記》過火語

聶政刺韓傀，既皮面決眼以死，韓購問，莫知誰子。政姊嫈聞之，立起如市，伏尸哭，極哀，曰："此吾弟軹深井里聶政也。"《國策》一句已了，下更不必煩言，以弟名不没足矣。《史記》對衆人尚有一番説話，迸逗出嚴仲子姓名，如是，則仲子亦難免矣。恐政姊不如是之疎也，此是《史記》過火處，不免蛇足之嫌。

要離刺慶忌

唐雎對秦王曰："專諸之刺王僚也，彗星襲月。聶政之刺韓傀也，白虹貫日。要離之刺慶忌也，蒼鷹擊於殿上。"專諸事見《左傳》，又見《史記》。聶政事見《國策》，又見《史記》。荆軻事見《國策》，又見《史記》。此時尚未有此事，故雎言不及。要離事，雎言及之，與專諸、聶政同科而不見《左傳》，不見《國策》，又不見《史記》，見《韓詩外傳》及《吴越春秋》，《史記》好奇博取，獨遺此事，何也？

石　經

　　漢靈帝熹平四年，蔡邕書丹，立於太學門外，此初刻也。魏正始中又立古、篆、隸三體石經，此二刻也。劉曜入洛，焚毀過半，魏世宗補之，此三刻也。唐天寶中，刻九經於長安，《禮記》以《月令》爲首，此四刻也。文宗時，立石于國子監，九經並《論語》、《孝經》、《爾雅》，共一百五十九卷，此五刻也。五代孟昶在蜀，刻九經最爲精確。朱子《論語註》引石經者，謂孟蜀石經也。宋淳化中，刻於汴京，今猶有存者。

注　書

　　注書本以發明本文之義，然有閎博詳贍，事有相証，理有獨見，名爲注而實補其所未逮，充其所未至，注與本文有並行而不可離者。如郭象之注《莊子》，酈道元之注《水經》，裴松之之注《三國志》，劉孝標之注《世説》，豈非別樹旗幟、不容軒輊者乎？其次如漢唐諸儒之《十三經注疏》，裴駰之注《史記》，顏師古之注《漢書》，梁劉昭、唐太子賢之注《後漢書》，李善之注《文選》，皆古鼎斑剥，人幸嘗其一臠者也。

海上浮圖辨

　　《北齊書》："永寧寺九層浮圖災。既而，有人從東萊至，云及海上人咸見之於海中。俄而霧起，乃滅。"余謂海中蜃樓幻影，往往有城郭、車馬、人物之形，而塔影亦其類耳。塔影之見於海上，適會寺災之後，故爲此影響之談。不然，城郭、車馬又是何處移來？漢時，有人奉使過海，忽見漢家宮闕臺殿如在目前，須臾迷失。漢家宮闕未嘗焚毀，何故亦現于海表？猶之人方死而偶見其形，謂之此人之鬼，群然無疑。然人未死而亦有見其形者，如石普之奴之類，則非此人之鬼，斷斷如也。作史者記此不根之談，恐其貽惑後世也，故爲詳辨之。

翦商

胡庭芳曰："《詩》云太王實始翦商，論者不能不以辭害意也。太王蓋當祖甲之時，去高宗、中宗未遠也。後二百餘年，商始亡。且武王十三年以前，尚臣事商。則翦商之云，太王不但不出之于口，亦決不萌之于心。特以其有賢子聖孫有傳立之志，於以望其國祚之綿洪，豈有一毫覬覦之心哉？議者乃謂太王有是心，太伯不從，遂逃荆蠻。是太王固已形之言矣。夫以唐高祖尚能駭世民之言，曾謂太王之賢反不逮之乎？"楊升菴云："《說文》引《詩》作'實始戩商'，解云福也。蓋謂太王始受福於商而大其國爾，不知後世何以改'戩'作'翦'。且《說文》別有'翦'字，解云'滅也'。以事言之，太王何嘗滅商乎？改此者，必漢儒以口相授，音同而訛。許氏曾見古篆文，當得其實。人知翦之爲戩，則紛紛之説可息。若如今文作翦，雖滄海之辨，不能洗千古之惑矣。曾謂古公亶父之賢君而蓄后羿、寒浞之禍心乎？"顧亭林曰："太伯不從，不從者，謂太伯不在文王之側耳。《史記》云'太伯亡去，是以不嗣'，以亡去爲不從，其義甚明。自誤以不從父命爲解，而後儒遂傅合《魯頌》之文，謂太王有翦商之志，太伯不從，此與莫須有何以異哉？"

水性不同

蜀惟江水可淬刀劍，是天分其野，大金之元精也。漢水鈍弱，及涪水，皆不任淬刀劍。江州縣清水，穴以此水，爲粉則膏暉鮮芳，名曰粉水。濟川伏流至東阿，井以煮膠，則異常藥。石陽縣有井水，半青半黃，黃者如灰汁，取作粥飲，悉作金色。句容縣半湯湖，半冷半熱。山陰縣西四十里有二谿，東谿冬暖夏冷，西谿冬冷夏暖，北行三里，合成一谿，溫涼不雜。安寧州潮泉一日三溢三蘸。連州斟溪一日十溢十竭。貴州漏汋一日百盈百竭，應漏刻焉。庭州灡水在大荒之外，以金鐵承之皆漏，惟角與瓠葉則否。延安石油以爲烟墨，松脂不及也。南荒有異溪水，昆侖以水塗身，即能乘象如家畜，古所謂黑昆侖，今之象奴也。高奴縣石脂水，膩浮如漆。雲南灣甸有黑泉如漆，飛鳥過之輒墜。娑羅門有畔茶怯水，出山石坎中，能消金石草木，手探亦腐。悉唐之水能制角。弱水散渙無力，不能負芥。滄州澄綠水，雖投之金石，終不沉沒，州人渡此者，以瓦鐵爲船舫。度爾格死海，水不能沉物，雖人用力按抑，終不能入，其水性不同之極致也。

君與天通

人主以天地之心爲心，一念之善，天以和氣應之，一念之不善，天以沴氣應之，故曰：人事變于下，則天象示于上。人主省躬，欲觀己之善惡，當觀天之所以爲示者以驗之。如孝子事親，日候其顏色以爲憂喜，此人主事天之誠也。人主實與天通，並非悠遠，故誠以事之，則天自降休。若曰君與天遠，則將子亦與親遠乎？民庶之善不善，其小者，天視之如曾元，不能悉數。其大者，天視之如庶子，亦有休咎之感應也。此純是理道，不得諉之於命數耳。

漕　運

吾吳漕運，元時爲海運，明初爲轉運，如北路短盤騾子之意。後改爲兌運，貼脚耗與軍，送至淮安等水次。後改爲長運，民不復遠送，漕卒自至，所在州縣支運，但加增漕卒過江脚耗耳。本朝有民兌、官兑。民兑，民間與漕卒對兑，即長運也。後改爲官兑，民自輸納正供及脚耗于官，而官自與衛漕對兑，民力一甦矣。日久奸胥作弊，勒索漕規，米石有止完七八斗者。雍正中，蘇松糧道馮景夏力除其弊，定以正供之外每石加制錢五十四文，半爲漕卒之脚耗，半爲胥役之食費。水次遠者，再加挑錢五文，後遵行之。前弊未絕之時，民間固已多費，而胥吏作奸不已，侵欺正供，遂爾流充之罪不絕。自後，胥吏無權，謹守成規，乃無溢志，反得晏然矣。故曰寬以濟猛，猛以濟寬也。

原文獲售

韓昌黎試"顏子不貳過論"，主司不取。後復爲主司，仍出是題，韓以原文獲售。其人與題與文未嘗易也，而去取不同若是，文章固有定評哉？而易其題與文與人者，又無所底止矣。

精鑒畫一

天下理之是非，文之美惡，事之真僞，人持一說，莫有定評。在野者，有精鑒之識，而無畫一之權，則未免淆亂，終無歸宿。在朝者，有畫一之權，而乏精鑒之識，則終成強制，未是公言。吁！安得以精鑒之識而操畫一之權哉？

古碑幸存

漢魏古碑多在關洛，山東大成殿亦多漢隸，而後世之殘剥者不一而足。洛陽魏文帝九花樓殿基，悉是洛中故碑累之。五代時，劉鄩守長安，取古碑甃城。宋姜遵毁漢唐以來碑碣代磚甓，營浮圖。又韓縝脩霸橋，民磨碑石以供。向拱鎮長安時，民多鑱削其字。元僧楊璉真伽毁碑刻以爲浮圖。明太祖登基金陵，悉取六朝舊碑砌作御道。又秦雍地震，山川崩陷，碑石多摧碎。本朝雍正中，山東

640

大成殿災，煨燼之餘，漢碑亦有成死灰者。古碑之幸存於今世者，不過千百之什一，況重之以災變隕落乎？以見古物之難護持也。薦福雷轟而重束之以堪輿者，又其不幸中之幸者矣。

怨　毒

楚伍胥憤而入吳，伯吳伐楚，鞭尸撻墓。晉巫臣憤而入吳，教吳戰陣，致楚疲於奔命。宋張元憤而入夏，構之内侵，致宋兵革煩興。太史公曰："怨毒之於人，甚矣哉。"《左傳》曰："二憾往矣。"故當國者，國有奇材，當羅而致之，不可爲敵所資也。

祀其功德

先王之制禮也，凡有功德于民者，則祀之，所以報其功也。八蜡之名，王肅分貓、虎爲二，無昆蟲，横渠以爲然。《留青日札》云："蜡之八神，先儒以貓虎合爲一，而昆蟲爲一，非也。'昆蟲毋作'，乃祝辭耳。"按《郊特牲》本文："先嗇也，司嗇也，百種也，農也，郵表畷也，貓也，虎也，坊水庸也。"後祝辭曰："昆蟲毋作。"鄭何爲以昆蟲入于八者之中乎？昆蟲謂螟螣之屬，乃害苗之物也。蜡祭以報農功，豈宜於害苗者而祀之？除之宜斷斷也。若報農功而并祀害苗之昆蟲，豈祀祖先而并祀害人之豺虎乎？所謂懼而祀之者也。則後世禱祈淫祀之濫觴也。所以於此等事最宜辨晰明白，使人不惑于理，而禱祈淫祀之風庶可望其少息也夫。孔子曰："某之禱久矣。"又曰："獲罪于天，無所禱也。"上"禱"字謂事事達理，無愧于心，無愧于天。下"禱"字謂與理相違，徒工獻媚以求悦也。

容齋論曆

洪容齋議論最平正，惟論曆法一節，未合理法。其意謂：置閏

641

參差，欲依節氣定月。如立春爲正月初一，驚蟄爲二月初一，清明爲三月初一，不拘日數，一年定是十二月，後世必有行吾言者。但古人所謂月者，視月之盈虧爲則，若如洪說，則月之晦朔不視月之盈虧爲則矣，其可乎？外國有以月滿爲朔者，謂之白月、黑月，亦有中國遺意，豈可參差天上之月以爲月日之月哉？

柔存剛廢

人性剛愎者，事事欲其狥己。性之巽懦者，有時未免狥人。狥己者，往往有不便宜處。狥人者，往往有便宜處。一則招損受益，天理之當然。一則循環往復，人事之適然。故舌以柔存而齒以剛廢也。不然，人之巽懦者多矣，將不得並立於天地間也，有是理哉？

飛　白

字有飛白體，篆隸俱有之，不獨草書也。王隱云：「飛白，變楷制也。本是宮殿題署，勢既遒勁，文字宜輕微不滿，名爲飛白。」如今之所謂渴筆、沙筆是也。唐人好作禽鳥花竹之像。宋仁宗好飛白，以點畫象形物。元人好寫飛白石、飛白竹。今市井中以勾白成字，中填花木人物，且以五言詩或七言詩，每字圖戲劇以爲玩者，往往佈滿虛市間矣。

方圓剛柔

方、圓、剛、柔四字，人生處世不可缺，但用之欲各得其當耳。各得其當者何？大方而小圓，內方而外圓，大剛而小柔，內剛而外柔是已。大者，綱常名節，有關名教之處，自當狥義而忘利，不可不方且剛也。小處細微節末，無關輕重，何必斤斤自執己見，不可不圓且柔也。內而存心立志，道義所在，宜方而剛。外而應對進退，不妨委蛇從俗，宜圓而柔。所謂道不苟同於人，跡不苟異於俗也。

干支之數

干支之數曰：甲己子午九，乙庚丑未八，丙辛寅申七，丁壬卯酉六，戊癸辰戌五，巳亥無干四。出楊子《太玄經》曰：子午之數九，丑未八，寅申七，卯酉六，辰戌五，巳亥四。甲己之數九，乙庚八，丙辛七，丁壬六，戊癸五。近西洋巧製自鳴鐘，藏鎚于下，以金索懸之，至時其索忽自轆轤而轉出，鎚於上，自擊其鐘，如數而止。聲絕後仍轆轤而藏之。其數以"甲己子午九"等為準焉。逢午時必九聲，逢未時必八聲，他時類然。此數與水一火二之數相持不廢，但未知其義何居耳。或云陽成于寅而備于申，陰成于申而備于寅，故女起壬申，男起丙寅。子至申，午至寅，其數九。丑至申，未至寅，其數八。七、六、五、四推此。天道順行，以壬為始，地道逆行，以丁為始。甲至壬，己至丁，其數九。乙至壬，庚至丁，其數八。七、六、五推此。

貪暴性成

人有仁慈成性者，事事慈祥愷惻，惟恐人之拂情而去也。推而廣之，即"所欲與聚，所惡勿施"之意。人有貪暴性成者，事事刻薄寡恩，惟恐人之順適而去也。有富宦收農人田租，必親歷之，必苛算之，農人出後，使人尾之，窺其顏色，如未甚慍怒，宦必惋惜以為利農也。如有毒口呪咀者，宦必欣喜以為利己也。嗟乎！人孰不愛名乎，乃貪利者曾不惜名，且以敗名為快。人孰無心，而貪暴者一至此乎？不亦悲哉！

長 人

《山海經》曰："長臂人國，臂長三丈，在赤海中。長腳人國，在赤海東。"《穆天子傳》曰："天子乃封長肱于黑水之西河。"《左傳》"長狄三人"，疏云："防風氏之後，在殷爲汪芒氏，於周爲長狄。鄋瞞亡後，種類迸居四夷，不在中國。"然海外自有長人，非盡關長狄也。而長狄後亦流于海外，與長人列則有之耳。

撒　　帳

撒帳始于漢武帝。李夫人初至，帝迎入帳中共坐，預戒宮人，遥撒五色同心果。唐景龍中，鑄撒帳金錢，每十文繫一綵縧，勅近臣送婚拾錢。則今之撒金錢或始於此。白樂天《春深娶婦家詩》云："青衣轉去聲氊褥，錦繡一條斜。"然則娶婦而傳席以入，弗令履地，唐人已然矣。

持戒堅忍

《蓮社高賢傳》：僧曇翼入山誦經，普賢大士化女子身，披采服，攜筠籠，一白豕、大蒜兩根，至師前曰："妾入山采薇，日已斜，豺狼縱橫，歸無生理，敢托一宿。"師却之力，女復哀鳴不已，遂令居草牀上。夜半，號呼腹疼，告師按摩，師辭以持戒不應手觸，女號呼愈甚，師乃布裹錫杖，遥爲按之。翌日，女以采服化祥雲，豕變白象，蒜化雙蓮，凌空而上，謂師曰："我普賢菩薩，特來相試。"云云。夫曇翼之堅不賢于玉通之墮乎？甚矣！學之貴堅忍也。師持佛戒，不敢手觸，其堅忍如此。士人獨無孔子戒乎？而普賢相試事，《西遊》用之。

混　　沌

《古三墳》曰："清氣未升，濁氣未沉，遊神未靈，五色未分。中有其物，冥冥而性存，謂之混沌。"按：混沌者，如胞胎之初形也，如穀種之初芽也，如平旦之方覺也。混沌一散施爲于幾千萬年，而復收斂歸藏，仍謂之混沌也，亦可。混沌本是生而未形之名，今人乃直以屬之天地之終也。

以徽隸杭

徽州舊名歙州，與睦州相近，故宋時歙睦爲一道。睦，今之嚴州也。徽州今隸江南上江，赴省試者跋涉艱難，由陸路則崎嶇千里，由水路則經杭入省。群言隸于江不若隸于杭之便也。江寧府溧陽縣便于鎮江，不便于江寧。雍正八年，溧陽史中堂貽直爲江南總督日，題請准改入鎮江府矣，後必有爲以徽隸杭之請者也。

書隱叢説卷十

福生無爲

天地以無爲成化，聖王以自然成功。因天時而教耕桑，因人情而制禮樂，爲公不是爲私，有爲一如無爲也。自後世人欲橫行，中材欲不勝理，下愚有欲無理。出而相與，入而相處，無非覬覦之念、爭奪之心。由是而有己無人之念起矣，由是而讒諛譖忌之私行矣，由是而傷情悖理之事作矣。有學者靜存於中，知命有定分，爾我之間，迎距兩忘，坦然無心。其究也，清心寡欲，學日以長，謹身寡過，累日以消。故曰福生於無爲，患生於多欲也。

定情賦

張衡《定情賦》曰："願在面而爲鉛華兮，恨離塵而無光。"陶靖節《閒情賦》本之。

鰥寡

《孟子》曰："老而無妻，曰鰥。"然《何草不黃》篇曰："何草不玄，何人不矜。"矜、鰥同，箋云："從役者，皆過時不得歸，故謂之矜。"鰥不必無妻也。《虞書》曰"有鰥在下"，鰥亦不必老也。然則無妻及與妻睽者通謂之鰥也。《左傳》"齊崔杼生成，及疆而寡"，然則無妻者亦可謂之寡也。

四家詩異同

《詩》有四家：申培《魯詩》，轅固生《齊詩》，韓嬰《韓詩》，毛萇《毛詩》，各有師承。但秦火之後，口占臆授，未免多所異同，三詩俱不傳矣。然申培尚有《詩說》，《韓詩》尚有《外傳》，其間乃得徵其異同焉。申培《詩說》次序不同，篇次又復不齊。如《召南·野有死麕》作"野麇"；《何彼穠矣》入《王風》；二《南》下接《魯風》，以《豳風》中《鴟鴞》、《東山》、《狼跋》、《伐柯》、《九罭》、《破斧》、《魯頌》中《駉》、《泮宫》、《有駜》、《閟宫》等篇當之，又多《楚宫》一篇；《邶風·綠衣》、《燕燕》、《日月》、《終風》、《擊鼓》、《式微》、《旄邱》、《泉水》、《新臺》、作"寂臺"。《二子乘舟》等篇入《衛風》；《簡兮》作《柬兮》；《鄘風·柏舟》、《君子偕老》、《桑中》、作"采唐"。《鶉之奔奔》、《蝃蝀》、《干旄》、《載馳》等篇入《衛風》，無《定之方中》篇。《衛風·伯兮》、《考槃》、《木瓜》、《芄蘭》、《有狐》、《氓》等篇入《鄘風》；《王風·兔爰》作《有兔》，無《邱中有麻篇》；《詩傳》有《邱中篇》。有《鄭風·子衿篇》；有《小雅·何草不黃》、《漸漸之名》，漸作嶄。無《將大車》、《黃鳥》、《苕之華》等篇；《詩傳》有《采菉》篇。又有《唐棣》三章；《王風》下接《齊風》、《盧令》，作"盧"。無《還》篇；有《鄭風·丰》、《風雨》等篇；《魏風》有《唐風·杕杜》、《鴇羽》等篇；《汾沮洳》作《彼汾》，入《唐風》；《唐風·椒聊》作《菽》，有《鄭風·野有蔓草》篇，下接《曹風》；下接《檜風》，有《鄭風·揚之水》篇；《詩傳》有《鄭風·大路》篇。下接《鄭風》，《山有扶蘇》作《扶胥》，無《東門之墠》篇，有《麥秀》篇；下接《陳風》，下接《秦風》，下《小正》，即《小雅·鹿鳴》至《魚藻》，無笙詩，有《邠風·七月》篇；下《小正》續，《六月》至《車牽》十一篇，皆宣王中興之詩。下《小正》，傳自昭穆，至於幽平，《鼓鐘》至《都人士》廿八篇，中有《祈招》篇，所謂變小雅也。下《大正》，《文王》至《卷阿》，有《大武》篇，下《大正》續，《雲漢》至《常武》六篇，亦宣王時詩。下《大

647

正》,傳屬王、幽王時詩。《蕩》至《召旻》六篇,所謂變大雅也。下《頌》,下《商頌》,皆本於子貢。詩傳者,韓詩辭句不同,如"江之永矣","永"作"羕"。"報我不述","述"作"術"。"黽勉同心","黽勉"作"密勿"。"得此戚施","戚施"作"龗黽"。"實維我特","特"作"直"。"綠竹"作"綠薄"。"能不我甲","甲"作"狎"。"使我心痗","痗"作"瘥"。"舍命不渝","渝"作"偷"。"聊樂我員","員"作"魂"。"溱與洧",上有"唯"字,"方渙渙兮","渙渙"作"洹洹","士與女",上有"唯"字。"舞則選兮","選"作"纂"。"實大且篤","實"作"碩"。"顏如渥丹","丹"作"沰",赭也,音撞,各反。"碩大且儼","儼"作"嬐"。"周道倭遲","倭遲"作"威夷"。"檀車幝幝",〔"幝幝〕作"㜪㜪"。"厭厭夜飲","厭厭"作"愔愔"。"菁菁者莪","菁菁"作"蓁蓁"。"東有甫草","甫"作"圃"。"儦儦俟俟","儦儦"作"駓駓"。"有母之尸饔","饔"作"雍"。"如矢斯棘","棘"作"朸"。"如鳥斯革","革"作"翶"。《雨無正》篇首:"浩浩昊天",上有"雨無其極,傷我稼穡"二句。"謀猷回遹","遹"作"沉"。"宜岸宜獄","岸"作"犴"。"百卉具腓","具"作"俱"。"苾芬孝祀","苾"作"馥"。"倬彼甫田","倬"作"菿"。"彼交匪紓","匪"作"庶"。"見晛曰消","晛"作"睍","曰"作"聿"。"周原膴膴",作"腜腜"。"鳶飛戾天"作"翰飛厲天"。"築城伊淢","淢"作"洫"。"征以中垢","征"作"徎","中"作"虫"。"倬彼雲漢","倬作對"。"貽我來牟","來牟"作"嘉麰"。"率時農夫","率"作"帥"。"于彼西雝","雝"作"雍"。"嫛嫛在疚"作"悙悙余在疚"。"憬彼淮夷","憬"作"獷"。"奄有九有","九有"作"九域"。"爲下國綴旒","綴旒"作"畷郵"。"商邑翼翼,四方之極",作"京師翼翼四方",是則魯詩辭句不同。如"螽斯羽","螽"作"蜙"。"麟之趾","趾"作"止"。"于嗟乎騶虞","騶"作"鄒"。"中冓"作"中冓"。"揚之水","揚"作"陽"。"子衿","衿"作"裣"。"載驅薄薄","驅"作"歐"。"河水清且漣猗",

"猗"作"兮"。"不稼不穡","穡"作"嗇"。"坎坎"作"欿欿"。"三歲貫女","貫"作"宦"。"山有樞","樞"作"蕮"。"素衣朱繡","繡"作"綃"。"南山有臺","臺"作"薹"。"車攻","攻"作"工"。"庭燎","燎"作"袞"。"豔妻煽方處","豔"作"閻"。"雨無正"作"雨無其極"。"有頍者弁","弁"作"鼻"。申公魯故至晉已亡,今所傳《詩說》及《子貢詩傳》皆豐坊僞撰云。

蚳醬

古禮,天子之羞百二十品,内有蚳醬及蜩范之屬。蚳,蟻子也;范,蜂也。然則後世之取蟻子、蜂房爲强壯之藥者,其亦有所本矣。

螟蛉蜾蠃

《詩》:"螟蛉有子,蜾蠃負之。"螟蛉,桑蟲也。説者謂蜾蠃取桑蟲負之,七日化爲其子。揚雄有"類我類我,久則肖之"之説。《博物志》、《酉陽雜俎》亦云:呪之化爲己子。陶隱居以謂蜾蠃自生子如粟粒,捕取螟蛉以飼其子,非以螟蛉爲子也。有人取蜾蠃之巢,毁而視之,乃自有卵細如粟,寄螟蛉之身以養之,其螟蛉不生不死,久則螟蛉盡枯,其卵日益長,乃爲蜾蠃之形。蓋此物不獨取螟蛉,亦取小蜘蛛也。不細察其有卵,故訛傳至今耳。所可異者,能禁螟蛉、蜘蛛不生不死,以其身之膏潤滋養其卵而成其形也。今人且直謂蜾蠃曰螟蛉子,尤訛之訛矣。《黄氏日鈔》云:"如腐草化爲螢,亦螢宿其子于腐草,既成形,則自腐草而出也。"

以石爲鍼

古者以石爲鍼。《山海經》曰:"高氏之山,有石如玉。"郭璞曰:"可以爲鍼。"《素問》曰:"其治宜砭石。"《左傳》曰:"善疢不如惡

649

石。"《説文》砭字,許慎曰:"以石刺病。"俱謂以石爲鍼也。今世不知用石之法,其用金鍼者,起於後世湖州雙林凌氏之先有異授,至今以鍼灸世其家焉。

轉 注

《周官·保氏》六書,其一轉注,本一字數音,必展轉注釋而後可知之,謂考老之説,非也。字有日爲人用而易誤讀其音者,列之于左,音訓于下,使學者省覽焉。

汁防什方	朱提殊時	隆慮林廬	方與房預	龜兹邱慈
番禺潘愚	曲逆去遇	允吾沿衙	浩亹告門	邪許耶虎
宿留秀溜	阿房烏防	射覆食福	糊塗鶻突	欵乃襖靄
万俟木其	冒頓没突	可汗克寒	閼氏煙支	祖免但問
嫪毐澇靄	食其異饑	日磾密低	般若鉢惹	咎繇皋搖
於戲嗚呼	亮陰梁闇	魁結椎髻	身毒天竺	宛句冤劬
荼首蔡茂	惡池汙沱	谷蠡鹿離	徐氏拳精	亢倉庚桑
扶服匍匐	鷾鳥藋雀	神荼伸舒	參差森雌	齊衰咨崔
相近祖迎	子諒慈良	從臾縱勇	毒冒代妹	阿難烏儺
數奇朔基	方良罔兩	逢蒙厖門	分率周律	母追牟堆
淳母肫模	伯樂博勞	墨台眉怡	夫差扶釵	句芒鉤亡

三 表 五 餌

賈誼之三表五餌,人議其疏。趙曄《吳越春秋》勾踐歸《國外傳》中,文種亦有"遺美女以惑其心而亂其謀,遺之巧工良材,使之起宮室以盡其財"等語。而《管子》已有"遺以竽瑟美人,以塞其内,遺以諂臣文馬,以蔽其外"等語也。

雙　　翼

古者以羽檄徵天下兵，顏師古曰："檄者，以木簡爲書，長尺二寸，用徵召也。其有急事，則加以鳥羽插之，云速疾也。"魏武奏事云："今邊有警，輒露檄插羽。"今世有緊急文書，則以一雞毛粘其一角，更急者，以雙雞毛粘其二角，至急者，則以雙雞毛俱燒焦之，總謂之雞毛文書云。乾隆十年六月，避關公諱，公文"雙羽"改爲"雙翼"字。

祭豐養薄

曾子曰："椎牛而祭墓，不如雞豚逮親存也。"歐陽子作《隴岡阡表》云："祭而豐，不如養之薄。"用其意而遒媚其詞也。

風俗奢靡

蘇州風俗奢靡，日甚一日。衣裳冠履，未敝而屢易。飲食宴會，已美而求精。衣則忽長忽短，袖則忽大忽小，冠則忽低忽昂，履則忽銳忽廣。造作者以新式誘人，遊蕩者以巧冶成習，富室貴宦自堆篋盈箱，不惜紈扇之棄置矣。而販夫賤隸，負販稍畢，即鮮衣美服、飲茶聽唱以爲樂。其宴會不常，往往至虎阜大船內羅列珍羞以爲榮。春秋不待言矣，盛夏亦有爲避暑之會者，味非山珍海錯不用也。雞有但用皮者，鴨有但用舌者，且有恐黃魚之將賤，無錢則寧質蚊帳以貨之者。此其衣食之侈靡也。賭博之風，十室而九，白晝長夜，終無休息。處處有賭場，人人有賭具。真所謂十步一樓，五步一閣者矣。秋冬則鬭蟋蟀，又鬭鵪鶉、黃頭，舉國若狂，所費不貲。甚而閨閣之中不嫻中饋女紅，惟日慕浮蕩之習，暗有尼姑、牙婆等爲通聲氣，今日至某處博弈飲酒，明日至某處呼盧宴會。此風何可長耶？古有營妓，今無其籍，有無恥而射利者，倚門迎客，獻笑爭妍。有爲之荒其本業者，有爲之罄其家資者，有爲之乖其家室者，有爲之隕其身命者。觸處網羅，惟智者能避之也。人之最喪品而喪家者有四，曰嫖、賭、吃、着而已。蘇城之風氣獨於四者而加詳焉，不亦哀哉！又有篤信僧道，以理懺爲名，簫琵細樂，其音靡靡，十番孔雀，蕩人心志，僧俗滿堂，男女雜沓，生不哀而死不安。甚者，婦女至春時入廟，以燒香爲名，遍處遨遊，成群嬉玩，脂粉狼籍，鈿烏零落。高門蓬戶，莫不皆然。此風俗之尤惡者也。以上諸惡習，上臺屢爲禁止，亦禁於一時而未能終革也。司柄者當以此爲急務，明目張膽，設法以絶之，其可哉。

祠廟額

蘇州府學内，郡人建于成、龍湯斌二撫臺祠，異室而同門。其額云"于湯有光"。吳江分震澤後，城隍廟未及分而易一額於綽楔，曰"江殷澤定"。

火烈水懦

日光暴人之黑，不若月光暴人之爲尤黑也。日光之黑，不過外面皮膚，逾時或能返白。月光之黑，直逼入骨，以月屬陰而性沉也。故耕者田中爲烈日所暴，入秋冬猶可挽回。若漁者，夏秋涼宵，安臥月明，久而骨黑，終身不能返本也。於此亦見火烈水懦之義焉。

稽留山

耿精忠謀逆，時福建總督范承謨被拘，諸生無錫稽留山永仁亦拘，狴犴者三載。范愁苦無聊，吟哦見志。獄中無紙筆，乃以炭畫壁爲書，謂之炭壁詩。稽隨有和章，纍纍不盡，忠義之誠貫於日月。

其時有林能任及武夷子周旋其間，范受冤刑，而稽亦殉難。校尉許鼎潛收貯范遺骸，遂得祭葬。與宋張千載供送文文山飲食，且拾骨實囊，付其家安葬事同。耿逆平，范節得白，稽以諸生，格於例，不得旌，似無以爲爲善者勸矣。寡妻楊氏，督孤子曾筠勵志讀書，中鄉榜，後即表揚先德，梓刻《留山文集》，而天下知有炭壁苦節也。迨後連掇科第，累登膴仕。中年入相，誥贈先人，有"父爲忠臣，子爲孝子"之語，榮光泉壤，生慰孤嫠，何樂如之。以是知天之報施爲不爽也。儀封張中丞伯行作《稽留山傳》，其婉直之筆，足以達其忠義之心云。

罕譬曲喻

《韓詩外傳》曰："楚莊王將伐晉，孫叔敖諫曰：'臣園中有榆，其上有蟬，蟬方奮翼悲鳴，欲飲清露，不知螳螂之在後，曲其頸，欲攫而食之也。螳螂方欲食蟬，而不知黃雀在後，舉其頸欲啄而食之也。黃雀方欲食螳螂，不知童子挾彈丸在下，迎而欲彈之。童子方欲彈黃雀，不知前有深坑，後有窟也。'此皆言見前之利而不顧後害者也。"其諫也，罕譬曲喻，曲盡其情。茫茫人世，處處危機，誠有如所云者。此老氏之所以以退爲長也。後人乃以爲圖而示人，人終不悟也。悲夫！《説苑》、《吳越春秋》略同。

雷峰夕照

杭州西湖有十景，一曰"雷峰夕照"，言雷峰峰上之塔，夕陽返照時，觀之如畫圖也。其塔爲火所燎，欄楯簷鈴，一歸烏有，惟餘赤色磚甓幾層，若禿鎚之卓地者。然考之傳記，峰名雷者，以里人雷就居之得名。後爲寺，吳越王妃建塔于其上。宋亡時，兵燹寺毀，而塔亦半廢如今之狀。相傳下有二魚精潛焉，而世乃謂僧建塔以鎮怪，雷繞塔而制怪也。稗官之不已，且作傳奇而遍演矣。毛西河曰："雷峰本名回峰，以山勢回抱得名。塔曰回峰塔，以回、雷聲近致訛耳。"宋有道士徐立之築室塔傍，世稱回峰先生，此其明驗也。

作文如寫家書

作文當如寫家書，曲直舒縱，各達其情，繁簡遠近，各得其宜。《史記》之所以獨立千古者在此。後之作文者，往往起處裝一冒頭，中間正入，後面稍爲推開，謹守成法，如塲屋中策論之類，絕無變化矣。韓昌黎《平淮西碑》大冒起正，當是題體格，而後人尚有冒頭之誚，況其他乎？夫反覆詳明，輾轉委折，寫書可用也，曾寫家書而可用大冒頭乎？總由塲屋程式之文誤之，而古意亡矣。

紫陽洞

杭州西湖爲遊觀之勝，傍有紫陽峰，登高而望，左江右湖，萬山入望，可以俯視一切。倦而欹卧于巔之石，山巒叠叠在目也，水聲潺潺在耳也。殆枕石漱流之亞乎？其東偏稍下有紫陽洞，亦曰丁仙洞，爲元時丁野鶴蛻化之所。洞中玲瓏宛轉，如室如軒，盡者似櫺，縵者似板，直者似廣，庭曲者似迴廊。更有石竅，洞漏天光，或如虎穴之方而向上，或如龍窟之圓而直下。外有爲鰲峰者，有爲垂雲者，不一而足。雖廣僅數武而詭怪偉，真棲靈之宅也。旁有大書，石刻薩天錫詩，稍東又有橐駝峰、歸雲洞諸勝也。

朱子《綱目》

正統之論，紛紛莫定，朱子《綱目》一出而定之。得正者則統之，不得正者則不統。以晉習鑿齒帝蜀之言爲是，則陳壽及司馬光帝魏寇蜀之言退矣。統不一者，分書之。統一者，大書之。以南北兩朝並列而先南，以先華焉，則帝北魏而黜江左者退矣。後五代俱業偏安，以各國各鎮係屬于梁、唐、晉、漢、周之後，則以統予南唐者退矣。金仁山有《綱目前編》，明成化中成《綱目續編》，皆師其意而爲之，今史舘復有《明史綱目》，誠所謂四美具矣。

岳墓鐵人

岳武穆王墓在杭州棲霞嶺下。明正德時，都指揮李隆以鐵鑄秦檜、王氏、万俟卨三像，反縛長跪于墓前。萬曆中，兵使者范淶增張俊像，或云布政周木鑄。來遊者往往瓦擲石擿，手摸足踐，像久致損。本朝雍正九年，錢塘縣令李惺重以鐵鑄四像，千古奸案又一新矣。丹陽陳東墓祠，鐵鑄汪伯彥、黄潛善，長跪階前，游人唾之。保定楊忠愍公祠，階下跪鐵鑄相嵩等五軀，皆面縛。隆武紀年中，追復建文年號，立忠臣方孝孺祠，設姚廣孝跪于座前，雖未必行之永久如岳墓，然亦足以快人心矣。

事必有本

古聖見轉蓬而造車，觀鳥跡而製字，視魚翼而創櫓，觀鴟尾而製柂，放蜘蛛而結網，法螺蚌而閉户，觀落葉以爲舟，象鳥巢而作室。凡事必有所本也，亦見天地之菁英散見之於物，聖人爲能聚而會之耳。於事如此，於理何獨不然？

風伯雨師

風伯，神箕星也。雨師，神畢星也。所謂"星有好風，星有好雨"是也。世人遂以風伯、雨師爲有面貌如人，若戲劇中之所扮者。噫！亦惑矣。

655

玉　女

《祭統》曰："國君取夫人之辭曰：請君之玉女，與寡人共有敝邑。"註云："玉女者，美言之也。"君子於玉比德焉，而後世乃有金童玉女之説矣。

驚蟄雨水

漢初，以驚蟄爲正月中，雨水爲二月節。觀之《月令》，正當如此。以孟春蟄蟲始振，仲春始雨水故也。太初以後，始以雨水爲正月中，驚蟄爲二月節，後乃因之不改。或云：唐麟德、開元曆亦如漢初云。而三統曆又以穀雨爲三月節，清明爲三月中，後亦不行。

九世之仇

《公羊》謂齊侯滅紀，能復九世之仇，漢世且以之斷獄。夫齊侯自欲伯耳，未必爲九世之仇也。齊侯之伐國亦多矣，豈盡爲九世之仇哉？何獨于紀而稱其復九世之仇也？適會九世有是仇耳。齊侯以是爲辭，則可矣。後人因是而稱其善，不亦迂乎？

謝逸論河

謝逸，字野臣，小名黑碌碌。幼時不知其所自出，不知其姓，乃曰："我自有身，以身爲姓。"人規以今無此姓也，遂以"身"字隱于"言"、"寸"之中而爲謝姓焉。幼時聰穎，未甚學問。三十左右發憤，親詩書，不事舉業，獨探道原，留心經濟，以四海爲家。其欲復黄河故道也，持論甚堅而卓。其言曰："昔洪水氾濫，神禹治之，得平定安息者。孟子曰'水由地中行江淮河漢'是也。夫亦使水由地中行,而水土平矣。所謂地中行者,水本卑于土,使水之行仍卑于土而安也。今河工日費鉅萬,迄無成功者,以河身已高于岸,水不由地中行耳。河源甚遠,而河流多沙,故日久則沙積而河身高,治之者不能禁其不高而築隄以防之,隄內民居如在釜底,偶然蟻潰蛇穿,河水涓注,隄內之民俱爲魚鱉。是築隄可爲一時之計,非萬世之利也。昔禹之疏爲九河者,論者但知殺其勢,而不知實有以用之。蓋通其八而塞其一,以濬河身,明年則濬第二條,又明年則濬第三條,循環不已,而河身得淺,水由地中行矣。故欲爲萬世之利者,必當使河身不高,欲使河身不高者,必當年年濬治。欲其年年濬治者,必當復禹時下流之九河。欲復禹時下流之九河者,必當復禹時下流之故道。故道維何?由兗以及冀,故迹具在也。故道原無高山之限,城郭之阻,室家墳墓,官給與遷徙,則民人不怨矣。不必以時日爲限,取羨餘及河工應用之帑以興其功,遇饑荒以役其民,則民得食而功易成矣。故道已疏,引河入之,年年開八塞一,以濬河身之沙,則水有不由地中行者乎?廩帑之日費者可省,河傍州縣之漂溺者可免,此誠萬世之利也。"其論與賈魯、徐積同,似迂而實正。當道懼其迂闊而難行,謝知世之不能用也,遂隱逸以終身焉。讀書別有見解,謂爲長者折枝,枝字乃杖字。古者,布指知寸,引臂知尋,支卽丈也,折枝者,荷杖也。如此類甚多。測量儀器,手自造之,不假金工也。術數小藝,間亦爲之。嘗謂:世間有十大窮民,謂學戲小童、閨房稚婢、纏足幼女等,世間有苦,俱可告訴父母,獨是數者父母驅而納之無可告訴者,眞爲十大窮民也。列之爲圖,以示同志云。娶妻,立志必得不纏足者爲配。有山中老儒某者,讀書慕道,亦惡是風,其女遂弛纏足之習,謝聞而爲其壻焉。生二子,擇媳亦以是道久無同志者,故三十餘尚未娶也。噫!不知其自出而爲名人,又今之一陸羽矣。

坤輿圖説

《史記》騶衍曰："儒者所謂中州者，於天下乃八十一分居其一分耳。中國名曰赤縣神州，赤縣神州内自有九州，禹之序九州是也，不得爲州數。中國外如赤縣神州者九，乃所謂九州也。於是有裨海環之，人民、禽獸莫能相通，如一區中者，乃爲一州。如此者九，乃有大瀛海環其外。天地之際焉。"桓寬、王充並以所言爲迂怪虛妄，熒惑諸侯，而騶子實無所本也。然其見不拘一隅矣。《淮南子》曰："九州之外乃有八殥，八殥之外乃有八紘，八紘之外乃有八極。"其説亦無根據，然知中國之外尚有無窮矣。《詩含神霧》曰："天地東西三億三萬三千里，南北三億一千五百里。"《春秋命曆序》曰："神農始立，地形東西九十萬里，南北八十一萬里。"《河圖括地象》曰："地南北三億三萬五千五百里。"又曰："八極之廣，東西二億三萬三千里，南北二億三萬一千五百里。夏禹所治四海内，地東西二萬八千里，南北二萬六千里。"其言雖出于緯書，亦見中國之小于天下矣。佛書曰："世間有四大部洲：南贍部州、東勝神州、西牛賀州、北俱盧州。俱盧州中，思衣得衣，思食得食，絶無爭競，亦無官長，熙熙浩浩，自成一世界，所謂極樂之國也。三州善人往生焉。其南贍部州，即今之中國，所謂閻浮世界也。"然又云："善人往生西方極樂世界。"其所謂西方者，南贍部州之西方耶？抑西牛賀州之西方耶？况古聖測景，嵩山實爲天地之中。夏至，日影昭然可見，則中國之非偏南可知也。佛書之云，大都率寓言也。明萬曆中有利瑪竇者，生自西洋歐巴羅國，越八萬里浮海而至，天家賓禮之，著作甚多。如《天學初涵》數種，測量深微，議論高閎。欽天監中歲差里差之法，纖悉不爽。并造千里鏡、自鳴鐘等，出人意表。其立論備著於南懷仁《坤輿圖説》中，曰：天下萬國，總分爲五大州，東、西、南、北、中也。中爲中州，即中國也。海外朝貢諸國，尚在中州之數,大海謂之小西洋、小東洋。之外,人迹不到。東、西、南、北又各有州焉,州中輿地之廣大,略如中國,亦有高山、大川、江河之屬,人民習俗,各有不同,與中國各不相謀。四州之外。有大海,所謂大西洋、大東洋。大海之外,無人境矣。且云天體圓而地形亦圓,謂之地球,如雞子黃之在青內,上下四旁皆生齒所居,渾淪一球,原無上下。總六合內,凡足所佇,即爲下,凡首所向,即爲上。其專以身之所居分上下者,未然也。自大西洋浮海入中國,至晝夜平線,已見南北二極,皆在平地,略無高低。道轉而南,過大浪山,見南極出地三十五度,北極入地三十五度,中國則北極出地三十五度,南極入地三十五度,則大浪山與中國上下相爲對待矣。謂地形圓而週圍皆生齒者,不信然乎。天下諸國,地及海島,不可更僕。前無紀錄之書,不知海外之形狀,如此西洋名士航海遍遊,無所不到,故能歷歷言之。其足跡所經,並非傳聞之異辭也。《內經》曰:"帝曰:'地之爲下否乎?'岐伯曰:'地爲人之下,太虛之中也。'曰:'何憑乎?'曰:'大氣舉之也。'"《朱子語類》云:"海外島夷諸國,地猶連屬,海猶有底。至海無底處,地形方盡。"元世祖時,西域札馬魯丁獻大地圓體圖,是前人早已言之矣。今考順天,北極出地四十度。江南,北極出地三十二度。雲南,北極出地二十四度。又南海,北極出地一十五度。北海,北極出地六十五度。則漸南漸轉,勢所必至。中國生月在初二、初三,而西域尋斯干城于中國之朔,夕月即見于西南。中國生明之夕月,去地纔一舍許,而交州遇生夕月已在天之中心。今人至交廣間,見南極漸高,北極凌低,規度外星,辰至衆如五曜者,皆不在星經之數。元微之之後,言者纍纍矣。是知中國之內,極南極北尚有不同之極致,況海外耶?古之星經地志,俱爲中國言之耳。至于水勢,爲一氣旋運,亦隨地形以爲圓轉。利之言曰:"海水崇卑,有上陞于天,下及于淵之高下,亦如地之低昂云。"《東還紀程》曰:"海水中高而四垂,過洞庭,四望湖水,亦復如是。地包于

659

天，則其體圓，圓則山河藪澤亦隨之而圓，所謂中高而四垂者。地勢如斯水者，天地中之五行耳。有不爲一氣之所旋轉耶？向謂水勢平流者，特未嘗于數百里平闊處觀其大勢耳。明成祖出塞數千里，經闊灤海子，遥望水高如山，但見白浪隱隱，自高而下，遠處極高，近處極下。"《臺灣志》："洋船爲颶風所飄，嘗至萬水朝東，水皆東流而强急。"俱是水勢不平之証。地體之圓，試觀各省太陽出地，時刻分秒，遠近不同，其理顯然。似此，則里差者即地球之明験也。而利瑪竇之言爲可信矣。《法苑珠林》云："閻浮洲日正中時，弗婆提洲日則始没。瞿耶尼洲日則初出，欝單越洲正當半夜。"此論亦古今相合。《周髀》云："北方日中，南方夜半。東方日中，西方夜半。"雖術本蓋天，亦是地球之一證。

三　江

三江之説，議者紛綸。班固、韋昭、桑欽、許慎、孔安國、鄭康成、郭璞各一其説。韋昭《越語註》曰："三江，松江也，錢塘也，浦陽也。"唐仲初《吴都賦注》："松江下七十里分流，東北入海，爲婁江，東南流者，爲東江，并松江爲三江。"鄭康成曰："左合漢爲北江，右合彭蠡爲南江，岷江居其中，則爲中江。"徐鉉註《説文》云："江出岷山，至楚都名南江。至潯陽爲九道，名中江。至南徐州，名北江，入海。"蘇軾、程大昌、黄震、胡渭宗之。朱長文曰："三江，北江、中江、南江也。歷丹陽、毗陵者爲北江，即今之大江也。首受蕪湖，東至陽羨者，爲中江。分于石城，過宛陵至于具區，爲南江。三江在震澤上下而皆入于海。惟郭景純以岷江、浙江、松江當之者爲近。"歸震川曰："經特紀揚州之水，今之揚子江、錢塘江、松江並在揚州之境。范蠡云：'吴之與越，三江環之。'夫環吴越之境，非岷江、浙江、松江而何？故注三江者，迄無定論。惟郭景純及邊實之論爲是。

自孔安國以下，以中江、北江爲據，不免于泥。班固、韋昭、桑欽近似而不詳。經曰：'三江既入，震澤底定。'先儒亦言三江自入震澤自定。文不相蒙。《禹貢》每州文法都如此，不必分上流、下流也。而吳淞一江，實又爲震澤之下流耳。宋邊實修《崑山志》曰：'大海自西汧分南北，由斜轉而西朱陳河，謂之揚子江口。由徘徊頭而北黃魚垜，謂之吳淞江口。浮子門而上謂之錢塘江口。'張守節《史記正義》曰：'一江西南上太湖，爲淞江。一江東南上至白蜆湖，爲東江。一江東北下曰婁江。'江水奇分，謂之三江口，非《禹貢》之三江也。"顧亭林曰："北江，今之揚子江也。中江，今之吳淞江也。南江，今之錢塘江也。《禹貢》該括衆流，無獨遺浙江之理。三江既入一事，震澤底定又一事。後之解書者，必謂三江之皆由震澤，以二句相蒙爲文，而其説始紛紜矣。"按：爲三江之説者，以中江、北江、南江爲説者，失之遠；以松江、東江、婁江爲説者，失之近；以揚子江、錢塘江、吳淞江爲説者，則得其中矣。而亭林之説尤爲明暢。

同　　里

《吳江志》云："同里鎮，舊名富土，後析其字爲同里云。"然《吳郡續志》云："淞江受太湖，一自長橋流入同里犁湖瀼，由白蜆江入薛澱湖，一自甘泉橋由淞江尾東華澤湖，自急水港至白蜆江入澱湖而注之海。"則同里之名又在先矣。《陳志》曰唐名銅里，宋改爲同，近是。

不　信　陰　陽

漢成帝陽朔二年春寒，詔曰："四時之事，不失其序，以陰陽爲本。今公卿大夫，或不信陰陽，薄而小之，而欲望陰陽和調，豈不謬哉？"按：所謂陰陽者，乃天地之正氣，信之則修身以俟天，修政以誠

661

民,則陰陽自能和調也。今人于正人之不信時日祈禱之説者,動曰不信陰陽,誤用其言,其害不淺也。夫時日祈禱之類,乃惑世誣民之邪説,豈有關于陰陽耶?爲之者趨避諂媚以邀福,不爲者正心直躬以安命,豈爲不信陰陽耶?俗之所謂不信陰陽者,乃真篤信陰陽者也。俗之所謂酷信陰陽者,乃真不信陰陽者也。夫陰陽者,天地之正氣也,依于正而安命者,其信陰陽也,必矣。不依于正而邀福者,其不信陰陽也,必矣。

不善學祖

漢文帝,恭儉仁賢之主,亦受新垣平之詐,刻玉杯曰"人主延壽",候日再中,以爲吉祥,爲改後元,以求延平之祚。後乃詐事發覺,自恐而謀反,以夷族焉。其文成、五利之濫觴乎?武帝效尤其事而甚之,可謂不善學祖者矣,不可謂非文帝有以啓之也。

定身呪

《曠園雜志》載:秦中王某爲盜所迫,乃用定身呪語以制群盜,盜僵立不得動。然則異術在今尚有,《西遊記》未足爲荒唐也。

苦亂苦貧

董子曰:"上下之倫不別,其勢不能相治,故苦亂也。嗜欲之物無限,其數不能相足,故苦貧也。"此數語抵後人一二千言策論。

口過當戒

《禮緇衣》曰:"小人溺於水,君子溺於口。"口費而煩,易出難悔,易以溺人。夫士人苟知自好者,非禮非義,自能絶而不爲。惟言語之際,未免任意而出,不及斟酌,貽悮不淺,故讀書人最宜戒口過。

天生絕對

古今有天生絕對：鳳凰原，鸚鵡谷。東方虬，西門豹。東方朔，南城威。黯淡灘，零丁洋。姊妹鳥，婢妾魚。卯酉山，子午谷。甲庚溝，丁卯橋。甲子門，庚癸山。癸辛街，丁卯橋。木居士，竹夫人。山和尚，水秀才。白頭翁，蒼耳子。金步搖，玉跳脫。田千秋，史萬歲。宋金剛，高菩薩。良非子，仙家尸解化身之劍。亡是公。文章草，五加皮。富貴花。忘憂草，銷恨花。千葉桃。蜥蝓宿，《詩緯》。蝦蟆王。《易林》。待女花，宜男草。

紀載有益

《孫公談圃》載韓琦撤簾事，《通鑑》用之。《宋史》紀傳不載其事，以見朝端秉筆之疏闊，而草野紀載之有益矣。

稱名共知

世間之物，凡見之慣而用之多者，不必別其名以稱之，即以總名稱之，而無不共知者。如洛中牡丹直曰花，吳下春桑直曰葉，江南杉木直曰木，江浙木棉直曰布，南方豕肉直曰肉是也。

信古信今

有信古而不信今者，謂古有迹之可憑也。有信今而不信古者，謂今時近之足據也，此皆一偏之見也。謂古有迹之可憑，不曰盡信書不如無書乎？謂今時近之足據，不曰所見異辭，所聞異辭乎？然則，何以處此？曰：有考核之道在。不精於考核，古不可信，今亦不可信也。精於考核，古可信，今亦可信也。考核者，如三年考察群吏，得失皆見。如長吏中庭訊獄，毫無隱遁，則得矣。於古，不惟憑其理與勢也，必參互考訂以成其公見，庶信者信，而疑者疑矣。於今，不惟論其情與事也，必博訪互稽以別其真僞，庶疑者去而信者留矣。雖然，苟有偏信，寧爲信古而不信今，猶不失爲好古之士也。

左旋右行

關朗《易傳》曰："天左旋，西視之來，東視之往。日月右行，東視之來，西視之往。"言最明白，宋人祖之。

彭亨

《詩》"怎烋于中國"，傳曰："怎烋，猶彭亨也。"韓昌黎石鼎聯句"豕腹脹彭亨"，本此。

書隱叢説卷十一

三家三《易》

言天者有三家：曰宣夜，曰蓋天，曰渾天。《易》有三《易》：曰《連山》，曰《歸藏》，曰《周易》。今惟渾天與《周易》傳世不朽，而二家及二《易》淹無聞焉。以見道藝之愈造愈精，而創始者之爲後人筌蹄也。

龍虎之變

康熙中，有虎渡太湖，直走吴江城内，民人震駭莫措。守備率衆，攛弓矢，譟而逐之。虎見窘隘，陡入一民家新婦床上，衆莫敢攖，乃閉門發屋，以長鎗群刺之，踰時虎斃焉。雍正十三年秋風雨之際，有龍冉冉過蘇州城上，高不踰丈，鱗甲蜿蜒可數，過處無不瓦飛楹動，而肆中什物半爲飄蕩，過後亦無他。噫！龍潛於淵，虎伏于山，與人世夐絶也，而乃翺翔城市焉，宜乎龍爲人患而虎爲人斃矣。

長生訣

《長生訣》曰：“長生、沐浴、冠帶、臨官、帝旺、衰、病、死、墓、絶、胎、養。”乃生剋自然之道，禍福倚伏之機。如以甲木而言，養于戌，生于亥，冠帶于丑，衰于辰，墓于未。由此而推，莫不皆然。自長生而冠帶，自冠帶而衰，自衰而墓，所謂生老病死也。一首《長生訣》，

665

是一副百年圖矣。

三綱六紀

《白虎通》曰："三綱者，君臣、父子、夫婦也。君爲臣綱，父爲子綱，夫爲妻綱。"馬融注《論語》用之，朱子因之。又曰："六紀者，諸父、兄弟、族人、諸舅、師長、朋友也。"後人鮮用。

西王母

《爾雅》曰："孤竹、北户、西王母、日下，謂之四荒。"《山海經》曰："崑崙之邱，有人戴勝，虎齒豹尾，穴處，名曰西王母。"《尚書帝驗期》曰："王母之國在西荒，凡得道授書者，皆朝王母于崑崙之闕。"《穆天子傳》曰："天子賓于西王母，又觴西王母于瑶池之上。"《竹書紀年》曰："舜九年，西王母來朝，獻白環玉玦。"又曰："西王母來獻其白琯。"又："穆王十七年，西王母來朝，賓于昭宫。"《拾遺記》曰："西王母納丹豹文履于穆王。"則西王母不過遠國之君耳，後人因其名之美而遂以仙目之，諸子百家言者紛紛矣。《吴越春秋》曰："立東郊以祭陽，名曰東王公。立西郊以祭陰，名曰西王母。"《武帝内傳》曰："王母降殿上，東方朔于朱鳥牖竊窺之。"葛洪《枕中書》曰："扶桑大帝東王公，號曰元陽，父太真。西王母是西漢夫人，在天皇、地皇之前。"《甘泉賦》云："想昔王母欣然而上壽兮。"今世俗遂都謂之神仙，而并繪王母上壽圖矣。或云平山温泉有碑云："西王母桑姓，生長於此，少入房山學道，既成仙，還歸省親，尸解于此。"其村名王母村，又有西王母臺，相傳漢武帝于此會西王母，想亦因此而附會之歟。

有書不讀

唐人書無刻本，借得《史》、《漢》，矜爲盛事。書至今日，可謂家有其書，無假借之艱矣。而學者少時爲時文所詿誤，壯年又爲功名所羈絆，潦倒者復洸洋自恣以適己、有書不讀，爲今日學人之通病也。昔日無書而讀者愈勤，今日有書而讀者益惰矣。可勝慨哉。

痘疹

嘗見一書言，中國痘疹，其種來自五溪洞蠻，漢馬援南征時，軍士漸染，因以流傳。則是溪嶺間暑濕熱毒之氣耳。今且爲小兒輩之一大厄矣。

家翁家公

世言家之尊曰"家主翁"。唐代宗謂郭子儀曰："不癡不聾，不作家翁。"又曰"家公"。顏之推《家訓》云："侯霸之子孫稱其祖父曰家公。"今吳俗乃但屬之妻謂夫也。

雷神雷鼓

《周禮·司徒·鼓人》曰："以雷鼓鼓神祀，以靈鼓鼓社祭，以路鼓鼓鬼享。"注云："雷鼓，八面鼓也。神祀，祀天神也。靈鼓，六面鼓也。社祭，祭地祇也。路鼓，四面鼓也。鬼享，享宗廟也。"是則鼓有幾面者，不止雷鼓爲然矣。後人因有雷名，遂圖一鼓，八面纍纍如貫珠之狀，環繞鳥喙肉翅之雷公，執錐以發其聲，甚可笑也。夫有雷則必有神，余前所云精氣是也。凡日星河嶽皆然。必以鳥喙而肉翅者爲之，則妄也。況祀神之雷鼓可借爲雷公之鼓，則黃帝時有臣曰雷公者，亦可借之爲鳥喙肉翅之雷公乎？宜乎雷峰之塔，傳爲雷所毀也。

骨鯁方

道家有呪語禁物之術，其傳述必有所自，然鶴能禹步，禁蛇啄木,畫樹取蠹,蟾蜍甕中潛遁,又不知其何所祖述也。余得一治骨鯁方,如唐人小說所載大同小異,試之頗驗。

服　　制

本朝服制,冬用暖帽,夏用涼帽。暖帽以皮爲緣,或貂鼠、騷鼠,或海騾、狐狸。輕者或線緞、珍珠絨,或烏絨、烏緞不等。帽緯或京批,或扛緯,或拆線,粗細隨時,其色局紅爲上,巧紅爲下。無緯者謂之帽胎,貴者多至數錠,賤則三四錢、一二錢不等。涼帽亦有二種,見賓承祭,則用線緯帽,其緯比暖帽加長,重至七八兩、二三兩不等。便服則用粽帽,以西牛粽染紅爲緯,以輕便及宜于衝雨也。暖帽式或頂平如盂,或頂高如盔。涼帽式或安口如鐘,或敞口如鈸,隨時變遷,不可一例。袍用緊身窄袖,袖如馬蹄,俗謂之馬蹄袖。當前下縫拆,曰跨馬,以便于上馬故也。謂之馬衣,亦曰箭衣袍。外衣曰罩甲,又曰外套,袖寬而短身,亦短于袍一尺至五六寸不等。袍每束帶,謁上者必用焉。前後左右四塊銅鑲板或金玉等,有品級,不可僭用。兩旁有風帶,以素綾紬摺叠二寸許,闊長垂于下,有古者帶則有餘之風。或以小囊,俗謂之看袋者,及觽鰈之具,纍懸于上,有古者佩玉鳴鑾之象。懶散者則以絲帶代之,謂之純陽縧,其結則偏垂焉。足用鞋韈,夏則蒲鞋,嘉定者爲上。有職者則穿靴,靴以烏緞爲之,式有朝靴、有關東式二種。皮者則宜雨中,氊者則宜冬天,俱便服也。頸上用領,或貂狐,或海虎,或絨緞不一。朝服則不用領。冬天服皮襖若灰鼠,若銀鼠,若山羊皮,若狐狸,若天馬皮,若羊皮不等。貂鼠與猞猁猻有制,民間不得服也。春秋用貢緞、府緞、綾子、繭紬、湖紬、杭紡、縐紗、線緞、褐子小絨、綿紬、棉布不等。夏用真廣府紗,兼絲青膏、紗羅及銅板葛布、黃草綫布不等。女子康熙初髮中有假髮一條,墊于髮爲高頂,謂之鬼頭,今則

668

無有矣。髻則或高而竪，或偃而橫，包于額者謂之包頭。或闊或狹，約髻之籠，鐵絲爲之，名曰盤圈。或高或矮，或大或小，隨時隨俗，不能畫一也。髮上裝飾，富貴家以珠翠滿裝不見髮者爲尚，即貧困者，遇有宴會，亦必竭蹶以將數事，以掩耳目。古之所謂荆釵裙布者無有矣。衣袖寬者不過二尺，窄者尺而已。裙有襉者，謂之襉裙。無襉者，謂之襌裙。衣服之飾，如盤金、刺金、泥金、二色金、捌紗、洒線、彈畫、縱線及四圍掛金、鑲錦、角雲之類，不一而足。其價視素衣常數倍也。足無不纏，士夫家以不纏及纏而不弓者爲恥。雖市閬操作及婢女使令等，莫不皆然。其不纏者，非務農即粗使者也。僧道服略如前朝，其祝獻家居時亦服馬衣、罩甲。掌禮樂部行禮時猶服海青，即直裰也。孝子新喪守七時，服斬衰，梁冠一一如昔，曾不少變，見之者凛然其欲泣也。官府軍牢所帶紅黑帽，及劊子手猶仍舊制云。

古詩誤用

古人詩有誤用者，有改字者，不可學也。如李頎《遊襄陽山》詩"應醉習家塘"，以"習池"改爲"習塘"。李嘉祐《贈韓侍郎》詩"圖畫風流似伯康"，誤以韓伯休爲伯康。王右丞詩"衛青不敗由天幸"，誤以霍去病爲衛青。孟襄陽詩"歸田羨子平"，誤以平子爲子平。劉希夷詩"爲雲爲雨楚襄王"，誤以楚懷王爲襄王。孫逖詩"芳樹有桃櫻"，以"櫻桃"改爲"桃櫻"。杜牧詩"甘羅昔作秦丞相"，誤以甘茂爲甘羅。牛鳳及《温洛應制》詩"六羽警瑶溪"，以"瑶池"改爲"瑶溪"。東坡《退圃》詩"一鈎歸釣束頭鯿"，以"束項"改"束頭"。又詩"石建方欣洗牏厠"，誤以"厠牏"爲"牏厠"。黄涪翁詩"樂羊終愧巴西"，誤以秦西巴爲巴西。袁石公詩"憨愧虛名老顧厨"，厨音皮，誤作本音，與扶字同押。李空同《秋懷》詩"苑西遼后洗粧樓"，改"梳"

爲"洗"，改"臺"爲"樓"。

左旋右旋

《尚書考靈曜》曰："日日行一度，月日行十三度十九分度之七。"《洛書甄耀度》曰："日一日行一度，月一日行十三度十九分度之七。"謂右旋也。《禮含文嘉》曰："日月右行。"《春秋元命包》曰："日左行。"《周髀》曰："月後天十三度十九分度之七。"注云："月後天者，月東行也。一日一夜，天一周而月在昨宿之東，故曰後天。"又曰："日日行一度。"謂右旋也。《樂叶圖徵》曰："日月右行。"朱子《詩·十月之交》註主右旋，《語類》主左旋，蔡氏《書》："璿璣玉衡"註主左旋。明太祖謂群臣曰："朕嘗指一宿爲主太陰，居列宿之西，盡一夜則太陰過而東矣。則其爲右旋明矣。"深以蔡傳爲不然，著書以辨其非。按：左旋右旋，自古各異其説者，彼此皆可推測，以日差一度，月差十三度有奇，隨天左旋爲不及，逆天右旋爲蟻行磨上，蟻遲、磨疾兩説俱爲有理。若明太祖"太陰居宿西，盡夜則太陰過而東"之説，以爲右旋，固是。但以爲隨天左旋之不及，亦無不可。所以各是其説，迄無定論。總歸於日差一度，月差十三度有奇以爲推測而已矣。張子曰："天左旋，處其中者順之少遲則反右矣。"最明。

仁義財色

《樂叶圖徵》曰："仁義動君子，財色動小人。"旨哉言乎。小人亦能爲仁義，而仁義當前不爲之心動。見仁義而心動者，惟君子爲然。君子亦難免財色，而財色當前，不爲之心動。見財色而心動者，惟小人爲然。則知君子惟以仁義爲務，而小人惟以財色爲務也。

浮玉洲橋石井欄

順治年間，吳江開濬，浮玉洲橋下得石井欄一，上鐫"永和四年"字，我邑有咏詩紀其事者。

便　頂

嘗見友人家家譜圖，有元時仕宦，其衣帽略如今制，而帽上有頂如彈丸者。雍正年間，定文武品官及舉貢、生監便頂，立式頒行。迴憶友家譜圖之如彈丸者，恰如今便頂之制也。《元史》亦不載，未知果與今同否？書之以俟博考。

詩賦做六經

詩賦等文事略做六經。詩體潔淨精微，似《易》；文體疏通知遠，似《書》；詩餘溫柔敦厚，似《詩》；賦體恭儉莊敬，似《禮》；歌曲廣博易良，似《樂》；四六屬辭比事，似《春秋》。

羅　星　洲

余里同里鎮，四面皆湖。西有龐山湖，南有葉澤湖、南新湖，北有九里湖，東有同里湖，非舟楫不通也。而同里湖濱稍西爲東溪橋，八景之所謂"東溪夜月"者也。橋外湖水汪洋可望，而水中有洲可居者，曰羅星洲。形家言洲爲一鎮之羅星，故以爲名。而里人乃延僧以祀文昌、關帝焉。欲往者，擊楫可渡，然終患其跋涉也。乾隆癸亥，謀於衆，將以土填爲埂，可步而往，不煩舟楫也。里人浼余作募疏文，用俳偶體，有曰："孤懸尺土，島念田橫；斗絶彈丸，境憐徐福。"又曰："布金滿地，看沙堤京兆之已成；沉璧祈天，羨縮地壺公之有術。"自念用事之恰當也。

督撫布政

本朝沿明制，分天下爲直隷，一布政司十四。守土者爲布政使，另差總督、巡撫以鎮之。布政使秩二品，督、撫不過三品。雍正中，陞爲二品。布政使名爲守土，其權實操之督、撫。言地方，則僅曰布政司使而已，徒守空名也。布政司，俗下相沿元制行省之名，謂之曰省。各省有一巡撫，學院主考因之。總督或二省一員，北直一員，兩江一員，浙閩一員，兩湖一員，河東一員，川陝一員，兩廣一員，雲貴一員。湖廣分爲湖南、湖北二省，有二巡撫，二布政，二學政，二主考。陝西有二巡撫，二布政。江南有二巡撫，二布政，二學政，主考則一。江南上、下江又額分而榜同焉。

換季

本朝制度，冬用暖帽，夏用涼帽，以立冬、立夏爲限，名曰換季。如至期，寒熱有過不及處，稍爲斟酌，或半月，或十日，臨時請旨定奪。

貧者老者

《禮》曰：「貧者不以貨財爲禮，老者不以筋力爲禮。」謂其不足也。今風俗頹靡，貧者懼人姍笑，未免過分。富者慳吝成風，往往贈賻不敷。老者世故已熟，尚作周旋。少者簡惰成習，往往禮節疏略。則是富者不以貨財爲禮，少者不以筋力爲禮也。

太子

天子之子曰太子，諸侯之子曰世子。然《春秋傳》曰：「公會世子于首止。」則天子之子亦可稱世子也。又晉有太子申生，齊有太子光,則諸侯之子亦可稱太子也。後世金阿骨打之子俱稱太子,有三太子、四太子之名。四太子即兀术也。此稱名之變者也。

崑　山

崑山縣有馬鞍山,石理瑩潤,多如玉者,故一名崑山,又名玉峰。土人往往搜取,置案間爲玩,尺璧寸寶,具有巉巖飛舞之勢。今則所生不敷所用,而山靈日憔悴矣。上有文筆峰、桃源洞、響泉、_{井深至地。}天開神境、朗公泉諸勝。朗公泉在山之西麓,廣僅尋丈,味甚甘洌,有僧居之,曰西岩禪院。余往遊焉,據軒而憩,風帆沙鳥供于窗牖間,山僧酌泉而進,飲之泠然善也,覺數楹間殊多山巍水湯之趣矣,因和壁間韵而別。閱年重遊,則僧去而院頹,其泉亦漫污矣。又和前韻,以志感焉。異日又往其地,化爲墟矣,而泉已湮没不可蹤跡,爲之悵然者久之。惜夫,一泉之微,至令予惓惓不忘,以知物之美者,雖微而必彰也。

韓詩内傳

《藝文志》:《韓故》三十六卷,《韓内傳》四卷,《韓外傳》六卷,《韓説》四十一卷。《韓故》則其傳詩之章句,猶《毛詩》之故訓傳也。又有薛君《韓詩章句》,《文選註》中時引之。《外傳》今世尚有,《内傳》久已與《韓故》、《韓説》俱亡,未得詳其説矣。

經義考

秀水朱竹垞_{彝尊}有《經義考》一書,彙輯漢、唐、宋、元諸儒説經之書目,記其存佚,網羅舊説。《敕撰》一卷,《十三經》、《大戴禮》共二百六十三卷,《逸經》三卷,《毖緯》五卷,《擬經》十二卷,《師承》三卷,《廣譽》一卷,《立學》一卷,《刊石》五卷,《書壁》、《鏤板》、《著録》

673

各一卷,《通說》四卷,《家學》一卷,《自序》一卷,《補遺》一卷,共三百五卷。梓行者僅一百六十七卷,《易》、《書》、《詩》、《禮》之外,未能見其全書也。

戴九履一

《河圖》、《洛書》因出自陳摶,啓後人無數疑竇。然《乾鑿度》中太乙九宮法,即所謂戴九履一者,安知非《洛書》耶?《大戴禮・明堂篇》有"二九四七五三六一八",鄭注云:"法龜文也。"何必曰假洛書者,竊取九宮法乎?有言先後天方位,暗與圖書數合者,不符而同,知非一人之所得而創造也。九宮法見《後漢書・張衡傳》奏疏注中。

故宮殿基

余在江寧省試時,暇日尋遊前明故宮殿基。自闕門、午門以及正殿,街直如矢。前後迴望,夐絕綿邈,猶想見太平景象也。宮城兩傍有左掖門、右掖門,入內,又有殿基,龍鳳堦砌尚存,而寢殿甓石凝然東偏,黃屋巍然。出厚載門,仰視城墻堅厚,俯焉興歎,曰:嗟乎!真有如所云,除是燕子飛來者也。而甓石凝然,黃屋巍然者,意必弘光偏安時所輯而居也,非洪武之舊云。

正史之外

正史之外,今世所存者,荀悅《漢紀》、袁宏《漢紀》、崔鴻《十六國春秋》、王通《元經》、劉昫《舊唐書》、范祖禹《唐鑑》、蘇子由《古史》、吳任臣《十國春秋》、陸游《南唐書》、馬令《南唐書》、《大金國志》、《契丹國志》、謝陛季《漢書》、王偁《東都事略》、谷應泰《明史紀事本末》,皆不可不讀者也。

杜詩定本

杜詩如建章宮闕，千門萬戶，學之者得其一體已足名家。然又如白璧，瑕瑜不掩，在賞鑒者識別耳。若篤信謹守而不加別擇，恐得其一體者得其率易與疵累也。蓋後人詩集，往往選擇行世。杜集有舊目錄，不如是之多，後爲宋人增收，未經選汰，其壁垣碑板，卷帙筆蹟之存者，狥名取之。所以讀杜者，選杜第一要緊。如《螢火》中四句，平頭用四虛字，"卑枝"複下"低"字，俱不可學，此選中之疵也。若"家家養烏鬼"，"微軀此外復何求"等則在選外者，又不可勝詰也。余有杜詩定本，選定而評點之，庶使學者有所從入焉。不然，恐其伥伥而無所之也。

龔孺人孝行

余岳母龔孺人，幼有孝行。其母夫人龐氏患瘵疾，卧床三載，後至骨立。所尤苦者，尻骨觸席即心如剡痛。孺人乃跪于床，以手捧而離席，患乃稍安。如是者一載有餘，跪捧者日夜不釋也。易簀後，哀毀逾禮，又因積勞之後，目爲不明，然但痛母而不痛目也，逾時忽明。孝行之感格如此，宜其食報于子孫者且無窮也。

半歲小兒

聖人者至誠無私；人能如半歲小兒，便是聖人。仙者心無罣碍；人能如半歲小兒，便是仙。佛者惡念不作；人能如半歲小兒，便是佛。

空虛慈悲

釋氏之空虛，即仁者之無累。但仁者不爲欲累，釋氏則理欲俱空，此釋之偏乎空虛也。釋氏之慈悲，即仁者之愛物。但仁者有時以不愛爲愛，釋氏則無時不以愛爲愛，此釋之偏乎慈悲也。家君嘗曰："釋氏立教，以空虛爲體，慈悲爲用，總逃不出吾儒之仁義，且不能盡爲脗合也。"則儒之爲教，亦遠大矣哉。

善留地步

凡事須善留地步。被人壓伏時，一分也不敢做。任我所爲時，便做到十分。常人之情，大抵皆然。若能於可以任情處不肯盡情，善留餘步，乃是忠厚長者，仁人君子之心，亦是涉世艱難，明哲保身之道。

屠龍技

有人習屠龍之技，不得一試而終身困窮。屠猪者過而傲之，且爲憐之，勸之以改圖。屠龍者瞪目視之，閉口不語，不順其言曰是，不折其言曰非，彼其意直夷然不屑也。

章服有別

欲求家給人足，在乎禁止奢靡。欲禁止奢靡，在乎章服有別。何以別之？民間士庶，服式有分，冠婚喪祭，各有成規，不得踰制。則凡閨閣珠玉，僮僕綺繡，嫁娶破家，喪葬無度者可以息矣。

峽棺硯塔

陳安叔隨其尊人狷亭先生宦蜀時，見巫峽中高山上有石棺在山腰，如人所置者，巉岩峭壁，又非足迹可至，不知何故。歸時出一硯石，云得之蜀中者，一面正中有一塔形，白紋如畫，層級簷鈴，界劃分明。下半處其塔形半規入裏，知其尚有半面也。江西貴溪之僊棺岩，峭壁萬仞，居民係長緪大樹上，縣竹籠坐一人，其中稍至岩前，以長鈎鈎二棺墜溪水中，棺皆楠木所制，一棺中有玉連環而已。張靖之云，某侯家有美石一方，中有一人，緋袍玉帶，端拱而坐。又一砌石，中有樹石茂密，一人冠帶立樹下。造物之巧，不可以理測也如是。

萬物歸土

萬物生于土而歸于土，厚葬非古也。余有幼子、幼女亡，以棺深入土坎，不加磚甓。爲詩曰："入土惟期同土化，鈞陶萬物得歸原。"庶幾得古意焉。然爲幼子、幼女，故得肆意而妄行也。

瓊　州

《輿地圖》廣東瓊州府地在正南，且隔海内附，其形略尖，如人身之膀胱者然。噫，亦異矣。

取　士

前朝及本朝制科，俱以四書制藝取士，其理道固可賴以昌明，然固守陳言，耳目不及廣遠，有不知經史爲何書，經濟爲何事者。唐宋以詩賦取士，雖屬詞流末藝，然題格廣遠，取裁富麗，不得不好古博學，而經史經濟不覺闖其籓籬矣。事詩賦者，務華而棄實，事制藝者，務質而少文，均之有失。故必當以制藝、詩賦二科並立爲得。異日必有以是爲請者。

長孫皇后

宋《癸辛雜識》及《鍼異人傳》載長孫皇后懷高宗將産，數日不能分娩。醫博士李洞玄云："緣子以手執母心耳。"太宗曰："當何如？"洞玄曰："留子母不全，母全子必死。"后曰："留子，帝業永昌。"遂隔腹鍼之，透心至手。后崩，太子即誕。及考正史，長孫皇后以疾大漸而崩，不知宋説何所據也。

撻墓鞭尸

《呂氏春秋》曰："鞭荆平之墳三百。"《穀梁》曰："撻平王之墓"，註曰："鞭其君之尸。"賈誼《新書》曰："撻平王之墓。"《淮南子》曰："鞭荆平王之墓。"《史記・吳世家》曰："鞭平王之尸。"《伍子胥傳》曰："鞭尸三百。"《吳越春秋》曰："掘平王之墓，出其尸，鞭之三百。"《越絕書》曰："操鞭箠笞平王之墓。"《楊子法言》曰："破楚鞭尸。"王充《論衡》曰："伍子胥鞭笞平王尸。"諸家互有異同，終未究其爲撻墓也，鞭尸也？撻墓與鞭尸，其必有分矣。

墓銘壙誌

墓銘、壙誌，本歷記姓氏年月，略述事功而已。後世一銘一誌，動數千百言，殊失古意。高季迪集中數篇，大爲可法。

初度詩

乾隆丙辰三月，余四十初度，有自述十律，周誠哉慎爲和二章，曰："林泉風味最堪論，門柳扶疏曲水濱。紅藥正酣三月雨，青松別占四時春。琴中古調和爲貴，筆底新詩淡愈真。自是神仙偏好學，閒來書卷不離身。""會有青雲足下生，鋤經樓上稱高情。名山業遠年猶少，空谷身閒累轉輕。醉月暫傾鸚鵡杓，歌風宜入鳳凰笙。側聞儒雅多鴻漸，恰喜兒寬學蚤成。"

仙桃碧桃

杜詩"九重春色醉仙桃"，或疑仙桃之義。按：《伽藍記》云："崑崙山王母桃，一名仙人桃，表裏徹赤，得霜始熟。"又陶弘景曰："《肘後方》言，服三樹桃花盡，則面色紅潤悅澤，如桃花也。"則春色醉仙桃者，乃謂其醉色之似仙桃耳。或又疑碧桃爲碧花之桃。按：碧桃乃大紅千葉桃之名，所云碧者，謂其實如碧耳。《集仙傳》："有桃三十顆，碧色大如椀。"郎士元詩云："重門深鎖無人見，惟有碧桃千樹花。"若云碧花之桃，安得千樹乎？乃謂碧桃之花非謂碧花之桃也。總之，仙桃、碧桃皆言實，不言花也。

人　生

人生一月而膏，二月而胅，三月而胎，四月而肌，五月而筋，六月而骨，七月而成，八月而動，九月而躁，十月而生。出《文子》、《淮南子》。人生而不具者五，目無見不能食，不能行，不能言，不能施化。三月徹的而後能見，八月生齒而後能食，期年生臏而後能行，三年腦合而後能言，十六精通而後能施化。故男八月生齒，八歲而齠齒，十六而精化小通。女七月生齒，七歲而齔齒，十四而精化小通。出《家語》、《大戴禮》、《韓詩外傳》、《説苑》。女子七歲腎氣實，齒更髮長，二七而天癸至，三七腎氣平均，四七筋骨堅，五七陽明脉衰，髮始墮，六七三陽脉衰，髮始白，七七任脉虛，太衝脉衰，少天癸竭。丈夫八歲腎氣實，髮長齒更，二八腎氣盛，天癸至，三八腎氣平均，四八筋骨隆盛，五八腎氣衰，髮墮，齒枯，六八陽氣衰竭，髮髩頒白，七八肝氣衰，筋不能動，天癸竭，八八則齒髮去。出《内經》。

赤壁賦語

《莊子》曰："自其異者視之，肝膽楚越也；自其同者視之，萬物皆一也。"《淮南子》曰："自其異者視之，肝膽胡越；自其同者視之，萬物一圈也。"東坡《赤壁賦》曰："自其變者而觀之，則天地曾不能以一瞬。自其不變者而觀之，則物與我皆無盡也。"清新之語，不厭其屢見也。

牀下拜官

漢張禹病，車駕自臨問之，言："老臣有四男一女，又禹小子未有官。"上即禹牀下拜爲黃門郎給事中。湯若士《邯鄲夢傳奇》中用之。

俗語出處

"利市"，出《易説卦》、《左傳》。"居士"，出《禮記·玉藻》。"若干"，出《禮記》。"可人"，出《禮·雜記》、《大戴禮》。"孩兒"，出《書·康誥》注。"如今"，出《詩·杕杜》箋。"先輩"，出《詩·采薇》箋。"見在"，出《周禮·槀人》注。"商量"，出《易·商兑》注。"前定"，出《中庸》。"生活"，出《孟子》。"侍者"，出《國語》。"布施"，出《國語》。"慙愧"，出《齊語》。"強梁"，出金人銘。"細作"，出《左傳》釋文。"鳌粉"，出《莊子》。"安排"，出《莊子》。"家公"，出《莊子》。"誇張"，出《列子》。"本分"，出《荀子》。"世情"，出《墨子》。"遠水不救近火"，出《韓非子》。"對門"，出劉向《説苑》。"道士"，出《新序》。"好童童"，出高誘《鴻烈解叙》。"無狀"，出《史記·夏本紀》。"居間"，出《史記》。"立錐之地"，出《史記》。"不中用"，出《史記》。"本師"，出《史記·樂毅傳》。"眷屬"，出《史記·樊噲傳》。"罷休"，出《史記·孫武傳》。"軟弱"，出《史記》。"當斷不斷，反受其亂"，見《史記》，出《黃石公三略》。"主人公"，出《史記·范雎傳》。"對岸"，出《樂志》。"見事風生"，出《前漢書》。"多謝"，出《前漢書》。"吹毛求疵"，出《前漢·中山靖王傳》。"風聞"，出《前漢·尉陀傳》。"山東出相，山西出將"，出《前漢·趙充國傳》。"道人"，出《前漢·京房傳》。"祖師"，出《前漢·丁姬傳》。"麤糟"，出《前漢·霍去病傳》。"小家子"，出《前漢·霍光傳》。"長老",出《漢書》。"分付",出《漢·原涉傳》。"區處",出《漢·黃霸傳》。"自由",出《漢·五行志》。"鄭重",出《王莽傳》。"煩惱",出河上公《老子注》。"年紀"及"收拾",出《光武紀》。"留連",出《後漢·劉陶傳》。"傳語",出《後漢·清河王慶傳》。"咀嚼",出《後漢書》。"卑末",出《後漢·杜根傳》。"底裏",出《後漢·竇融傳》。"雜種",出《後漢·度尚傳》。"開門受徒",出《後漢·儒林傳》。"論有瓜葛",出《後漢·禮儀志》。"欺負",出《漢書·韓延壽傳》。"新鮮",出《太玄》。"石敢當",出史游《急就章》。"爾來",出孔明《出師表》。"阿誰",出《三國志·龐統傳》。"消息",出《魏·少帝紀》。"分外",出魏程曉上疏。"天然",出《賈逵傳》。"細碎手下",出《吳·呂範傳》。"奴才",出《晉書》。"料理",出《王徽之傳》。"我輩人",出《晉·石苞傳》。"滯貨",出《世說》注。"幹事",出《南史·沈文學傳》。"十字街",出《北史·李庶傳》。"子細",出《北史·源思禮傳》。"不耐煩",出嵇康《與山巨源絕交書》。"下官",出《宋·孝武帝紀》。"接手",出《魏書·李孝伯傳》。"婁羅",出《南史·顧歡傳》。"賊禿",出梁荀濟《表》。"不僦保",出《北齊書》。"漢子",出《北齊·魏愷傳》。"千里眼",出《魏書》。"左近",出《水經注》。"妳妳",出《焦仲卿妻》詩。"尋思",出《劉矩傳》。"近朱者赤,近墨者黑",出傅元箴。"溫暾",見王建《宮詞》及白詩。"暖房"、"擡起",俱見王建《宮詞》。"夜航",見皮日休詩。"親去聲家",出《唐書·蕭嵩傳》。"丫頭",見劉賓客詩。"親家翁",出《五代史·劉昫傳》。"本色",出《唐·劉仁恭傳》。"措大",出《五代·漢世家》。"好物不在多",出《南唐近事》。"王八",出五代王建,行八,素盜驢,人罵王八賊。"打草驚蛇",出南唐王魯。"不快活",出桑維翰。

墓　　祭

古不墓祭,至秦始皇出,寢起居于墓側,漢因而不改,至今遵行

681

之。而今日宗法不行，墓祭正是合族之道。然《周禮・冢人》："凡祭墓爲尸。"《檀弓》曰："有司以几筵舍奠于墓左。"注云："以父母形體在此，禮其神也。"則墓祭之禮，其來亦久矣。

雙珠記

《輟耕録》曰：千夫長李某戍天台縣日，一部卒妻郭氏有令姿，見之者無不嘖嘖稱賞，李心慕焉。既而卒往戍郭外，李日至卒家，百計調之，郭氏毅然莫犯。夫婦具白，爲屬所轄，罔敢誰何。一日，李過卒門，卒邀入治茶，忽憶前事，怒形于色，亟持刃出，而李幸脱走。訴于縣，縣捕繫窮竟，案議持刃殺本部官，罪死，乃桎梏囹圄中。久之，府檄調一獄卒葉其姓者至，尤有意于郭氏，乃顧視其卒，情若手足，卒感激入骨髓。後葉以情告，卒喜諾。卒私謂郭氏曰："我死有日，此葉押獄性柔善，未有妻，汝可嫁之。"郭氏曰："汝之死以我之色，我又何能二適以求生乎？"既歸，遂攜二兒出市賣之，入獄以好言慰夫，與夫相别，垂泣而出，走至仙人渡溪水中，危坐而死。此處水極險惡，竟不爲衝激倒仆。人有見者，報之縣，縣官驗視得實，皆驚異失色，爲具棺歛，表其墓曰"真烈郭氏之墓"。後朝廷遣使宣撫循行列郡，廉得其事，原卒之情釋之。人乃付還子女，終身誓不再娶。《雙珠記傳奇》本此。

三姑六婆

三姑者，尼姑、道姑、卦姑也。六婆者，牙婆、媒婆、師婆、虔婆、藥婆、穩婆也，《晉書》所謂姁姆是也。蓋與三刑六害同也。

不受饋魚

《新序》曰："昔者有饋魚于鄭相者，鄭相不受。或曰：'子嗜魚，何故不受？'對曰：'吾以嗜魚，故不受魚。受魚失祿，無以食魚。不受得祿，終身食魚。'"絶妙智識，絶妙文章。

關龍逢事

關龍逢事，《史記》不見。《新序》曰："桀爲酒池，足以運舟，糟邱足以望七里，一鼓而牛飲者三千人。關龍逢進諫曰：'爲人君，身行禮義，愛民節財，故國安而身壽也。今君用財若無盡，用人若恐不能死。不革，天禍必降。君其革之。'立而不去朝，桀因囚拘之。"《韓詩外傳》同。《竹書紀年》曰："桀三十年殺其大夫關龍逢。"《家語》曰："桀殺龍逢。"《論語陰嬉讖》曰："桀殺龍逢。"《摘輔象》同。《尚書帝命驗》曰："桀無道，殺關龍逢。"《尸子》曰："桀殺關龍逢，紂殺王子比干。"《符子》曰："關龍逢諫紂，就炮烙之刑。"《路史》作"豢龍逢"。事之見於傳紀者如此。《史記》遺其事，何歟？而"用財若無盡"二語尤足爲後世針砭也。

陽明病

《内經》曰："陽明令人腰痛，不可以顧，顧如有見者。"仲景謂"如見鬼狀也"。是病中有所見者，乃經脉干犯不和所致，而俗人且以爲鬼物作祟，動事祈禱也，不亦悲乎。

小兒文章

小兒嘔啞之聲，有音而無字，如上古文章。初能言者，格格不吐，不嫌其澀，重見叠出，不厭其複，如中古文章。年漸長成，言下能屈伸俯仰者，天機盡失，雕繪日興，如後世之文章矣。

生 祠 德 政

　　前漢欒布爲燕相，有治迹，民爲之立生祠。于公爲東海郯縣獄吏，決獄甚明，郡中爲之立生祠。蓋生祠之始。而後漢王堂拜巴郡太守，吏民亦生爲立祠。張奂，百姓生爲立祠。任延，吏人，生爲立祠。《循吏傳》童恢爲須昌長，化有異政，吏人生爲立碑，是德政之始。近且生祠纍纍，德政林林矣。

書隱叢説卷十二

祖孝子

《輟耕録》載：祖孝子母全氏，遭掠時，孝子年六歲，母子相失，不相聞問者二十八年。或告之曰："而母在河南。"不能名其處。孝子棄職前行，中途或曰："此有趙副使得婦人全氏，非而母也耶。趙死而家替，全氏歸一蒙古氏，挈之而南，當在汝、鄧間耳。"孝子知母實在，遂回汝州，輾轉未遇。間夢神人顧而言，有"月圓再圓"之語，喜而急訪，至別蓋山，其母在焉，奉母南歸。與朱壽昌事相同。《節孝記傳奇》王孝子尋母至汝州春店，意本於此。

同姓名

兩伯夷，一爲舜秩宗，齊國之祖，一孤竹君子。兩鬻熊，一夏，一周。兩共工，一觸不周山，一流於幽州。兩扁鵲，一黃帝時，一周末秦越人。兩雷公，一黃帝時，一趙宋名敷，炮製諸藥者。兩羿，一堯時，一夏時。兩臣扈，一夏時，一殷時。兩家父，一見《詩》，一見《春秋》。兩子我，一魯人，孔子弟子宰予，一齊人，爲人所殺，致誤傳宰我者。三魯班，一匠師，一皇初起，一孫權女。兩王良，一戰國，一後漢。兩陳賈，一周，一宋。吳有兩慶忌，一王僚子，一夫差將。楚有兩莊蹻，四張敏，一六國時，一光武時妖巫，一和帝尚書，一晉人作頭責文者。兩曾參，一大賢，一殺人而致曾母投杼者。兩慎到，一韓大夫，一宋諫官。兩秋胡，一調妻者，一漢。三王喬，一王子晉，一柏人令，一食肉芝者。兩趙朔，一晉國，一晉代，與張華同時。兩毛遂。兩公孫龍。兩薛居正。兩樂羊，一伐中山者，一漢妻斷機者。兩介子推，一晉，一楚。三趙高，一秦宦者，一漢人，一唐蜀市人。兩藺相如，一趙國，一見《南史》。兩公孫敖，一春秋，一漢。兩士燮，一春秋，一漢。兩洪崖先生，一仙人，一唐張氳。兩孫壽，一秦玉工，一梁冀妻。三召平，一齊相，一東陵侯，一爲陳勝狗廣陵者。兩赤松子，一張良時，一皇初平。四李廣，一前漢，一後漢妖巫，一北齊，一明宦官。兩董仲舒，一漢儒，一青城山隱士。兩孔安國，一漢，一晉僕射。兩韓信。兩萬章，一孟子門人，一前漢。兩王莽，一霍光時右將軍，一篡漢者。兩鄧通，一前漢，一後漢。三劉向，一前漢，一後漢畫工，毛延壽同時，一見《北史》。兩劉歆，一前漢，一後漢左丞。五公孫弘，一齊，一中山，一越，一前漢，一後漢。兩張敞，一前漢，一後漢。兩張禹，一成帝時，一和帝時。兩貢禹，一高帝時，一王吉同時。兩卜式，一漢，一魏方士。兩京房，一梁丘賀《易》師，一焦延壽弟子。兩張遼，一漢，一魏。兩江革，一漢，一梁。三朱買臣，一漢武帝時，一成帝時，一梁。兩上官桀，一從李廣利伐宛有功，一與霍光同受遺詔。兩韓安國，一武帝時，一元帝時。三王章，一漢右將軍，一京兆尹，一明末殉難。兩杜延年，一爲謁者，一爲諫大夫。兩李善，一漢李元蒼頭，一唐注《文選》者。兩王鳳，一前漢，一光武時。兩張衡，一漢張平子，一隋煬帝時。兩王褒，一武帝時，一元帝時。兩蘇子卿。兩衛青，一漢，一明。兩張儉，一漢，一遼。兩張綱，一漢，一宋。兩孟光，一男，一女。兩張雨，一漢女子，一元道士。兩張芝，一草聖，一張道陵女得仙者。兩李膺，一漢，一梁。兩劉安，一前漢，一順帝時黃門令。兩王商，同時，一賢一否。三王霸，一隱一仕，同時，一梁。兩嚴遵，一君平，一子陵。兩陳遵，兩龔遂，兩王恢，兩劉秀，俱同時。三劉毅，一後漢，一晉，一宋。兩楊寶，一光武時，一楊震祖。兩鄭衆，一儒者，一宦者。三張華，一後漢，一晉，一慕容垂將。三胡廣，一後漢，一宋，一明。兩劉豫，一漢，一宋。三孫登，一漢，一吳，一晉。三李固，一杜喬同時，一獻帝時，一宋高宗時隨逃回者。兩劉裕，一後漢，一宋。兩劉寬，皆後漢。三董卓，兩樊崇，俱賊帥。兩宋弘，兩王臧，同時。兩楊廣，一隗囂時，一隋煬帝。兩王肅，一曹魏，一元魏。兩黃祖，兩徐幹，俱同時。兩徐邈，一魏，一晉。兩賈逵，一漢，一宋。兩趙瑕，一魏，一唐。兩柳毅，一魏遼東賊，一唐。兩孫和，一魏，一吳。兩徐陵，一吳，一梁，字孝穆。兩劉基，一吳，一明。兩孟昶，一蜀漢善醫者，一蜀主。兩桓彝，一吳，一晉。兩王融，一晉，一齊。兩戴逵，一梁隱士，一隋人。兩王羲之，一苻堅將，一晉右軍。兩劉琨，兩宗慤，一劉宋，一趙宋。兩崔子玉，一爲座右銘者，一崔府君神。四王敦。兩王烈。三李密，一晉，一後魏，一隋。兩王渾，一戎之父，一濟之父。兩王澄，一濟弟，一戎弟。兩王愷，一晉武帝時，一安帝時。兩孫秀，一吳降將，一趙王倫嬖臣。兩王徽之，一晉，一宋。兩張載，一晉，一宋。兩葛洪，一晉，一宋。兩阮咸，一晉，一唐成都詩人。兩韓翃，兩李益，俱同時。兩張說，一唐，一宋。兩薛仁貴，一文，一武。兩施肩吾，一中唐，一晚唐。兩沈佺期，一唐，一明。兩蘇晉，一先天中河内郡公，一飲中八仙。三王質，一唐，一宋，一遇仙者。兩李翺。兩李宗閔。兩李揆。兩王珪，一唐，一宋。兩王溥，一唐，一周。兩張昌宗，一昌齡兄，一易之弟。兩李光進，一光弼之弟，一光顏之兄。兩李播，一冷朝光同時人，一元和時典蘄州。兩孫思邈，一唐，一宋。兩柳公權，一唐，一高麗，亦善書。兩王昌齡，一唐，一宋，十朋弟。兩裴迪，一天寶詩人，一五代時人。兩王維，兩王縉，俱唐人。兩王曾，一唐，一宋。兩蔡京，一唐，一宋。兩薛濤，一女，一男。兩劉晏，一唐，一金。兩李商隱，一元宗朝，一晚唐。三王建，一晚唐詩人，一蜀主，一石晉刺史。兩張鷟，一唐，一宋。兩高蟾，一僖宗進士，一昭宗進士。兩王彥章，一梁，一吳。兩劉智遠，一李密所變姓名，一漢主。兩劉羲叟，一孟蜀翰林，一宋與歐公同時。兩張子野，俱名先，一號張三影，一見《齊東野語》，皆宋天聖間進士。兩朱勔，一花石綱使，一爲小校，不屈於元，死甚烈。兩王晉卿，俱宋人。兩張子厚，一號橫渠，一見《石林詩話》。兩郝天挺，一爲元遺山師，一爲遺山弟子。兩劉瑾，一元儒，一明宦者。兩伯顏。兩郭子興，一滁陽王，一鞏昌侯，俱明太祖時。

女有兩哀姜。兩虞姬，一齊威王姬，一楚霸王姬。兩莫愁。兩飛燕，一漢，一唐貢舞女。兩蘇小小，一南齊名伎，一宋名伎。兩碧玉，一喬知之妾，一宋汝南王妾。兩夜來。兩柳枝，一韓退之侍兒，一白樂天侍兒。兩花蕊夫人，一王衍母，一孟昶妃。兩朝雲，一後魏河間王婢，一蘇子瞻妾。兩小蠻。

有兩參寥，一唐道士，一宋僧。兩辨才，一唐，一宋。兩佛印，一唐賈島，一宋東坡之友，亦姓賈。兩玄奘，俱唐僧。兩智永，一唐，善書，一宋，善畫。

用其力恕其過

張敞以五日京兆之言陳殺絮舜狀，時天子患冀州部中有大賊，思敞功效，拜爲冀州刺史。李廣以夜出醉呵殺霸陵尉，天子欲用之以伐匈奴，謂之曰："報忿除害，捐殘去殺，朕之所圖于將軍也。"此二殺，實出小忿私心，而天子不罪者，蓋用其心力，恕其小過耳。

五　臟　圖

王莽破翟義黨，王孫慶使太醫尚方與巧屠共刳剝之，量度五臟，以竹筵導其脉，知所終始，云可以治病。此又在宋歐希範《五臟圖》之前。

長　　橋

吳江長橋，《縣志》曰：「元泰定二年，判官張顯祖易名重建，下開六十二洞。至元十二年，元帥甯玉增開八十五洞。」《輟耕錄》曰："吳江長橋七十二間，僧從雅師立總其役，崇敬率衆，以給其費，居士姚行獨任勞以終事。經始于泰定乙丑二月，期年而成。後九年，州守作鉅閣，奉觀音像于上。"其作橋之年則同，而任事之人志中不載，亦不言其建閣奉像也。而七十二間又與六十二洞、八十五洞不侔矣。今止五十四洞，而又爲居民所侵湮矣。

女　　國

《後漢·東夷傳》："海中有女國，無男人，或傳其國有神井，闚之輒生子。"《西遊記》本此。又三韓作土室，形如冢，開户在上，亦古中霤之意歟？

針　　法

狄梁公未遇時，人有患鼻端病者，公爲之腦後下針而愈。張總管，其徒用針刺足外踝，爲物氣所留，不可出，張別于手腕之交刺之，外踝之鍼即躍而出焉。宋少帝欲驗孕婦男女，徐文伯針其足太陰、手陽明，其胎應針而落。葛可久治黃病婦，鍼其乳之左右二穴良久，先去左針，而半體白，又去右針，則通體白而全愈矣。凌漢章治跛翁，膝中折針，從肩臂下針，折針即出，其用針之妙，有出人意計之外者。

鵞籠書生

《譬喻經》：昔有王太子，入山逢梵志作術，吐出一壺，壺中有女

689

與處，梵志得臥，女復吐出一壺，壺中有男復與共臥，臥已吞壺，頃之梵志起，復内婦壺中，吞之而去。鵞籠書生事相類，而"書生不加小，籠亦不加大"之語，亦本于佛經"納須彌于芥子，無增亦無減"也。

術數偶中

桓譚《論圖書讖記》曰："其事雖有時合，譬猶卜數隻偶之類言偶中也。今人挾小術數，往往設私智以惑人，而人遂置其不中者而信其偶中者，以之自惑。使不任術數，憑虚以料，何嘗不有偶中之時？人乃崇而奉之，何歟？"

何　立

《金山志》載：岳武穆班師過金山寺，禪師道月勸勿赴闕，且遺以詩，有"風波亭下水滔滔"之句。武穆繫大理獄，有亭扁曰"風波"，始悟詩意。武穆卒後，檜聞前言，遣卒何立捕，道月方集衆説法，何立伺之，師忽説偈訖，端坐而化。《精忠記傳奇》中何立事本此，又本《江湖雜記》。

太牢少牢

《左傳·僖十五年》"晉侯餽七牢"，注云："牛、羊、豕各一爲一牢，今俗所謂三牲也。"《演繁露》曰："牛、羊、豕具爲太牢，但有羊、豕而無牛則爲少牢。"然《禮記·少儀》曰："太牢則以牛，少牢則以羊。"今人之以太牢名牛，少牢名羊也，有以哉。

扁舟五湖

范蠡扁舟五湖，以西施自隨。劉孟熙謂載籍無所考。按：《墨子》曰："西施之沉其美也。"《吴越春秋·逸篇》云："吴亡後，越浮西施于江，令隨鴟夷以終。"鴟夷謂子胥也，范蠡亦號鴟夷子，故誤耳。杜牧之詩曰："西子下姑蘇，一舸隨鴟夷。"後此，則蘇子瞻詩云："郄遣姑蘇有麋鹿，更憐夫子得西施。"高季迪詩云："載去西施豈無意，恐留傾國更迷君。"遂紛紛矣。或云沉于五湖，非溺之也，謂沉淪而不出也。

古人貌不揚

眇而帝者，蕭繹、李克用、苻生。眇而文者，殷仲堪、皮日休、謝茂秦。跛而文者，習鑿齒。跛而相者，婁師德。吃而文者，揚雄、韓非。吃而將相者，周昌、鄧艾。短而俠者，郭解。短而相者，晏嬰。重聽而中書者，裴伯茂。折臂而三公者，羊叔子。

幻　術

爲幻術者，一人出長繩數十丈，投空中，令兒緣繩而上，漸上漸没，少頃，墮一巨桃，分衆啗之，殊甘美。已乃自空墮兒四肢及身，衆皆驚，其人僞哀曰："此兒偷桃，有犯天條，故至于此。"乃懇衆助資以作收歛計，資足。便舉被覆兒合肢體爲一，須臾便活。異日他處并如前戲，兒竟不能活，其人泣曰："敗乃事矣，是必有厭吾法者，幸而赦之！"低徊四顧，卒無可奈何。輒取小刀鑿左臂成孔，埋瓜子一粒，頃之而花而瓜矣。則拔刀砍瓜首于道上，從容取兒，負篋而去。是日，有僧俄失首仆地，即厭法者云。終不知其何術也。《平妖傳》杜七聖事非盡屬荒唐也。

納息下氣

納息下氣之法，不拘晝夜，跏趺静坐，屏伏鼻息，心中默念納息下氣，氣隨意迸，每一口氣迸至九，屈一指爲記。屈至九指，爲九九八十一數，虛火自降，真水自生，可以却疾延年，視鉛汞、金丹之術，相去遠矣。朱子《與黃子耕書》亦云。

盃珓

問卜于神，有器名盃珓者，本以兩蚌殼投空擲地，觀其俯仰，以斷休咎。後人不專用蚌蛤殼，或以竹，或以木，略斲削，使如蛤形，中分爲二盃者，言蛤殼中空，可以受盛，其狀如盃也。珓者，本合爲教，言神所告教現于此之俯仰也。野廟荒涼，止破厚竹根爲之，俗書竹下安教者是也。今則竹下安告以爲詔，而竹根之筶盛行于世，並不識盃珓之名矣。

蠟燭

《儀禮·燕禮》曰：“宵則庶子執燭于阼階上，司宮執燭于西階上，甸人執大燭于庭，閽人爲大燭于門外。”鄭玄注曰：“燭，燋也。”程大昌曰：“古燭，未知用蠟，直以薪蒸，即是燒柴取明耳。亦或剝樺皮爇之。《曲禮》曰：'燭不見跋。'則是必有質可籤，乃始有跋耳。《曲禮》或是有蠟燭，後從其所見而言之耶。”按：今文闈中五更唱名時，往往于廣庭中縛稛蘆柴，燒而取明，尚有古意。

舉人貢士

《後漢·章帝紀》曰：“每尋前世舉人、貢士，或起畎畝，不係閥閱。”則舉人、貢士之名，漢世已有之矣。

古事相類

鳥覆有后稷，又有齊頃公。讀書不窺園，有董仲舒，又有桓榮、何休。老年綵衣娛親，有老萊子之五十，又有伯瑜之七十。易子立孤，有程嬰杵臼，又有鮑廣父、梁買子。稱爲仲父，有管仲，又有秦宓。喜聽驢鳴，有張子厚，又有戴良之母。佩韋自緩，有西門豹，又有范史。辭不尚公主，有宋弘，又有周嘉、尉遲敬德。好長嘯，有孫登，又有向栩。抱姪棄子而避賊，有鄧伯道，又有劉平、武康之民。題鸚鵡賦，有禰衡，又有杜正。立死而浮江，有伍子胥，又有司馬子期。毀淫祠，有狄仁傑，又有李德裕。雞鳴度關，有孟嘗君，又有燕太子丹。臥雪絕穀，有袁安，又有胡定。化鶴來歸，有丁令威，又有蘇仙公。擊碎佛牙，有傅奕，又有趙鳳。射石沒羽，有楚熊渠，又有李廣、李遠。代同舍客償失物，有直不疑，又有陳重、桑虞。以絮塞脇穴，有佛圖澄，又有僧伽大師。債木示信，有吳起，又有商鞅。噀酒救火，有欒巴，又有成武丁、郭憲、佛圖澄。葬我陶家側，有劉伶，先有漢鄭泉。笈擲大位，有明太祖，先有宋太祖。前身醫殺乳婦，以致降謫，有唐紅線，先有晉萼綠華。妻寄怨詩，有竇滔，先有竇玄。瘦沈，前有沈約，後有沈昭。略望車塵，有潘岳，先有潘黨。畫工被殺，有毛延壽，又有毛惠遠。致冰鮮，有王祥，又有王延。弔客驢鳴，有王粲，又有王濟。紅葉有鄭虔，又有鄭谷。伏波將軍，有馬援，先有路博德。立銅柱，有馬總，又有馬希範。種玉得妻，有雍伯，又有陽翁伯。騎青牛，有老子，又有封達。白魚入舟，有周武王，又有宋明帝。河澌冰合，有光武之滹沱，又有慕容德之黎陽。方士致魂，有漢武之李夫人，又有宋武之殷淑儀。弓蛇盃影，有樂廣，先有應彬。食不死之藥，巧言以免，有東方朔，先有中射之士。妻棄夫，有朱買臣，先有太公望。飲千日酒，有劉玄石，又有趙英。記半面，有應奉，又有楊愔。酒賜妒婦，有太宗之于房玄齡，又有莊宗之于任圜。廢《蓼莪》，有王裒，又有顧歡。《千字文》有周興嗣，又有蕭子範。金蓮歸院，有蘇軾，又有王珪，先有令狐綯。坐臥味賞旬日，有歐陽率更之于索靖碑，又有閻立本之于僧繇畫，李陽冰之于碧落碑。廉吏以石實舟,有陸績,又有江革。牀頭捉刀人,有曹孟德,又有宋孝武帝。夢人贈筆,有江淹,又有王彪之、王珣、紀少瑜、陸倕、李白、和凝、馬裔孫。山間見小兒,有齊桓公之俞兒,又有諸葛恪之侯引。草《太玄》,有楊雄,又有楊泉。入水戮蛟,有周處,先有澹臺子羽。知囊,有晁錯,先有樗里子,又有魯臣、杜預、桓範。佩六印,有蘇秦,又有樂大。鳳雛有龐統,又有顧邵。獻胙加毒,以讒賜死,有晉獻公子申生,又有秦孝文王子。瘞子,有郭巨,又有郭世通。膽如斗,有姜維,又有張世傑。待救不至,力戰而死,有晉之周處,又有宋之楊業。亂臭,有秦始皇之鮑魚,又有越王之岑草。輕財好施,有楊惲之數百萬,又有李白之數十萬。說經賜席,有戴憑,又有殷亮。不取宿藏物,有唐李景逊母,又有宋蘇東坡母。百姓遮留,有寇恂之借寇,又有耿純之復耿,侯霸之乞侯。微賤驟封侯,有漢之竇廣國、衛青,又有宋之李用和。代主身而詆敵,有漢之紀信,又有明之韓成。不讀識書,有桓譚,又有鄭興。愛其文才而以女妻之,有蕭穎士之于柳淡,又有姚合之于李頻。竊書自行,有何法盛之于郗邵,又有郭象之于向秀,宋齊邱之于譚峭。男子乳生渾。有漢之李善,又有唐之元德秀。水府傳書,有柳毅,先有鄭容,又有晉使者,南燕邵敬伯。民間生子以長吏姓爲名,有賈彪,又有廉范、任延、宗慶。麾下從主而自殺,有田橫之五百人,又有臧洪之男女六千人,諸葛誕之數百人。撫琴而嘆人亡,有王子猷之于王子敬,又有張季鷹之于顧彥先。應舉不得志而起兵,有唐之黃巢,又有宋之儂智高、張元。往西夏。頸斷無血,有元之王伯顔,又有明之霍恩。以名句而受害,有薛道衡,又有王胄、劉希夷。龍圖閣學士而政治明察者,有包拯,又有包恢。歷事幾朝自誇榮遇,有馮道,又有王溥。萬石君,有石奮,又有馮楊、秦襲、唐張文瓘、宋廖剛、嚴延年母。皆稱萬石。理冤天雨,有于定國之于東海孝婦,又有孟嘗之于上虞孝婦。坐處有膝踝跡,有向栩,又有管寧。長官祈雨,積薪自焚而雨降者，有戴封，又有諒輔。爲人認物即推與之，有沈麟士之屐，又有卓茂之馬，劉寬、劉虞之牛，何隨、曹節之豕，王延、朱沖之牛犢。見正人而妖避者，有狄梁公之于武三思妾，又有于謙之于石亨妾。芳華日生一葉，有堯時之蓂莢，又有文王時之朱草。禽獸忠于其主，有唐明皇之舞馬，又有昭宗之猴，供奉宋幼主之白鷳，元順帝之駕象。有賦滕王閣渡水溺死之王勃，先有賦靈光殿渡湘溺死之王延壽，有拔刀刺山飛泉湧出之李廣利，又有拜井而水泉奔出之耿恭，有題橋之司馬相如，又有入關之郭丹，有越王之金鑄、范蠡，又有晉帝之圖畫宗少文。

夫人城，有晉朱序母，又有明張銓妻。鬼生子，有盧充婦，又有胡馥婦。沉淵而持屍以出者，有曹娥之于父，又有叔先雄之于父，黃帛之于夫。女子復仇，有緱玉，又有龐娥親、謝小娥、本朝蘄州十二歲女李亨大。女爲后妃，不肯從父之篡，有漢平帝后，王莽女。又有漢獻帝后、曹操女。周廢帝后、楊堅女。吳讓皇子妃。李昪女。

三傑，有漢之張良、蕭何、韓信，又有唐之宋璟、張説、源乾曜。四傑，有唐之王、楊、盧、駱，又有宋之韓、范、富、歐。五寶，有唐之寶叔向子：常、牟、群、庠、鞏，又有宋之寶禹鈞子儀、儼、侃、偁、僖。

陳蕃下榻，在豫章有徐穉，在樂安又有周璆。拒姚廣孝者，有姚之姊，又有織屨之吳人王光菴。

竇武之母產武及蛇，劉毅妻產一兒一鼠。白樂天生時，海島有院。王平甫夢中靈芝有宮，見緋衣者，召作《玉樓記》。有唐李賀夢綠衣者，召賦《曉寒歌》。有宋蕭貫、劉聰死爲遮須國王，裴休没爲于闐國王，石曼卿没爲芙蓉城主。日食萬錢，有何曾。一食萬錢，有任愷。

七 女 浴 池

《職方乘》云：“嘗有年少見美女七人，脱彩衣岸側。浴池中。

年少戲藏其一，諸女浴畢就衣，化白鶴去，獨失衣女留，隨至年少家，爲夫婦。後還其衣，亦飛去。"《西遊記》中七情迷本用此。

性善本誠

宋陳淳曰："孟子道性善，從何而來？夫子《易繫》曰：'一陰一陽之謂道，繼之者善也，成之者性也。'繼之善，乃説造化流行，生育賦予，更無別物，只是箇善而已。所謂善者，以實理言成之者。性是説一物受得此善底道理去，各成箇性。"余思賦予之善，即天道之誠。天道以誠，實賦人自成人性之善。有性不善者，非人欲之僞，即氣禀之偏，總非天道之誠也。天道瀰淪，只是一箇誠，人性沖瀜，亦只是一箇誠，只是一箇善。孟子之道性善，從"繼善成性"之"善"字來，亦從《中庸》"誠者自成也"之"誠"字來。

見風成石

湖廣山中多石膏，初生似膏液，漸凝如礬石，人家往往多採之。雍正中，有人採石膏，至一處，見小穴中有人語，自謂："前亦採膏人，偶遭山石崩墮，塞其出處，於中不記年歲，朝夕食石膏之未凝者而生，幸爲出我。"採膏者異之，聞之于官，官使人驗之，果然。幕中有識者曰："不可驟使見風，恐其身僵成石，以服石膏日久故也。"遂以粥飲，于穴口漸進之，一二十日後，始出之。外膚如朽腐，後亦漸愈。《二程遺書》曰："南中有人採石，石陷，壓閉石罅中，取石膏食之，不知幾年，後他人復採石，見而引之出，漸覺身硬，纔見風，便化爲石。"幕中人亦博識矣。

噶張互參

康熙五十年辛卯科，江南科場事發，督臣噶禮、撫臣張伯行彼

696

此互參，兩次遣大臣質審未決，而撫臣張伯行漸次淪落不堪矣。忽然溫旨中出，云："朕御極天下五十餘年，凡內外大小之事皆以公心處之。張伯行居官清正，一文不取，大小共知，但才具略短耳。噶禮操守，朕不能信，若無張伯行在彼，則江南地方必受其朘削一半矣。朕幼讀書，研窮性理，如此等清官朕不爲保全，則讀書數十年何益？而爲清官者亦何所倚恃以自安乎？陳鵬年稍有聲譽，學問亦優，噶禮欲害之也久矣。張伯行聽信陳鵬年之言，是以噶禮與之不和，屢次具摺欲參。朕以張伯行天下第一清官，不可參他，手批不准。噶禮曾將陳鵬年《虎邱》詩二首奏稱內有悖謬語，朕閱其詩，並無干礙。凡作詩喜時則語多歡娛，失意則詞多抑欝，如指摘一二語以害人，皆不免奸狡之尤。東坡爲人所譖，神宗曰："彼自詠檜，何預朕事。"古今一轍也。噶禮、張伯行互參一案，初次遣官往審，被噶禮制定，不能審出。及再遣官往審，與前無異。爾等既係大臣，知張伯行清，當會議時，何無一言？今朕既有諭旨，爾等方贊其清，亦晚矣。爾等諸臣皆能體朕保全清官正人之意，使爲正人清官者無畏懼，則人皆歡欣，海宇長享昇平之福矣。"隨即奉旨："噶禮着革職，張伯行着革職，仍留任。"張伯行具本謝恩，情詞悱惻，江南士民感激無地，各捐年壽一歲，添祝聖壽無疆，齊集暢春苑，執香跪謝，以申至意云。

海水轉運

地以土爲肉，以草木爲毛髮，以山爲骨，以洞竅爲脉穴。江海之水，猶人身之血脉，而凡泉之在山與在地者，皆海水轉運爲之。猶人身之湧泉穴，自湧泉上至泥丸，復自泥丸下至湧泉，轉運不窮，天道然也。大海汪洋，無不容納，然必有轉洩之處，《莊子》所言尾閭，《列子》所言歸墟，物類相感。志所言沃焦山，俱是海水轉洩以轉運之處。海水歸于尾閭，尾閭復自地下暗轉入于高山、平地、竅穴之間而爲泉，曰有泉處即有龍守之者，如人身之竅穴處，即有毛是也。故曰海水之爲泉，猶人身湧泉之上泥丸也。

歙　硯

歙石硯出徽州歙縣，龍尾爲佳，有金星、銀星等名。其最佳者，在歙縣獄内井底水中，其色有藍者，金銀星尤顯，且潮潤異常，比龍尾更勝。今井中有三足蟾蜍守之，入者畏其毒，不敢下取，所以百年之内，竟無聞焉。豈蟾蜍之護此石而待時以出耶？抑石亦有時而盡而蟾蜍爲之藏其拙耶？

渾 天 儀

虞舜製璿璣玉衡，誠非聖不能作也。前乎此者，伏羲、顓頊皆造立渾儀，後有效而爲之者。前漢則有洛下閎渾天儀，東漢則有張衡、蔡邕渾天儀，在吴則有王蕃渾天儀、劉耀渾天儀、葛衡渾天儀，在晉則有陸績渾天儀，在宋元嘉中則有錢樂渾天儀，在梁則有陶弘景渾天象，在隋則有耿詢渾天儀，唐貞觀則有李淳風渾天儀，在開元則有梁令瓚黄道遊儀，在宋則有張思訓渾儀，在元祐則有蘇子容渾儀。元順帝自製渾天儀，至正間，吴漆工王氏嘗奉旨造渾天儀，可以摺叠，便於收藏。在明則有邢有都自製漆毯爲渾天儀。歐邏巴之西，有渾天象，其大如屋，人入其中，見各重天之運動。本朝浙江姚某與其友意造渾天球，其旋轉運動與前人大略相同，其形制僅長二尺許，可以挈之遠行。是知人心智巧，歷代不乏也。

刻 漏 異 制

軒轅始造刻漏。《後漢書・律曆志》云：“孔壺爲漏，浮箭爲刻，下漏數刻，以考中星，昏明生焉。”漏之爲器，古悉以銅爲之，以水均

698

其晷刻之多少，欽天監中相仍舊法。遠公弟子患山中無刻漏，乃於水上製十二銅葉芙蓉，因波隨轉，名蓮花漏。近世有作玻璃漏，以便海船之用。其制以玻璃瓶兩枚，一枚盛沙漏之，兩口上下對合，通一線以過沙，沙過盡則顛倒之，使在上，而沙性遲重，緩緩從中孔漏下，漏畢則仍顛倒之，旋轉不窮，以定漏刻。沙過盡爲一漏，一畫一夜約二十四漏云。元有燈漏、沙漏，未知同否。又《南》《北史》耿珣作馬上刻漏，詹希元造五輪沙漏，有五輪，以機運之。宋學士濂有《五輪沙漏銘》。

賢愚不齊

《禮斗威儀》云："顓頊三子，一爲疫鬼，一爲瘧鬼。"韓昌黎有《譴瘧鬼》詩。《河東記》曰："馮六郎名夷，即河伯，乃軒轅天子之愛子也。"夫人家子孫衆多，賢愚不齊，各有所爲，不能畫一，猶匈奴之祖爲禹之庶子，其後愈出愈遠，所謂差之毫釐，謬以千里也。《周禮》說顓頊氏有子曰黎，爲祝融，祀以爲竈神。然則竈神與瘧鬼爲兄弟也。

改 火

古者鑽燧改火，每逢一季，必禁絕舊火以用新火，所以季春出火，見之於《郊特牲》。是禁火爲改火而設，後世乃以屬之子推者，非也。意子推之亡適會是時，而人思之，遂以爲名云。如競渡始於勾踐習水報吳，托之於戲，後世且謂始於靈均耳。

黃 銀

金有五品。黃金，金也。白金，銀也。赤金，銅也。青金，錫也。黑金，鐵也。又有一種黃銀，世所罕見。《禮斗威儀》曰："君乘金而王,則黃銀見。"《山海經》云："皋塗山多黃銀。"《泊宅編》云："其色與上金無異,試之則正白。唐太宗嘗賜黃銀帶於房玄齡。時杜如晦已死,又欲賜之,乃曰鬼神畏黃銀,易以金帶。又賜黃銀印於虞世南,價在黃金上,能辟鬼。世但知有黃金、白銀,何知有黃銀也。"青霞子曰："丹砂伏火化爲黃銀。"《庾信集》："山無藏於紫玉,地不愛於黃銀。"

長　鬚

古人長鬚者,劉曜鬚長五尺,崔琰鬚長四尺,王育、劉淵、謝靈運、關壯繆、胡天淵、張敬修皆長過膝,異相也。元時有歸附寨主,鬚十餘莖,以囊盛之,舒則其長二丈。明朱鷺長鬚等身。近震澤縣吏王某者,鬚長四尺有餘,至足踝而止。噫!亦異矣。然相法曰："鬚長過髮,名爲倒掛,必主兵厄。"故美髯往往不得善終焉。

月　華

秋月有華,不能數見。幼時八月十九日夜二更後,天空雲净,皓月在東,忽見極細魚鱗白雲,冉冉捧月,漸變爲五彩,重暈相間,月色分外明著,不逾時而散焉。或曰:此乃月繡,非月華也。史之所謂月重輪者,是耶?非耶?

龍王與珠

《大志經》曰："大意初入海中,至白銀城,次至黃金城,次至水精城,次至琉璃城,龍王各與明月珠。"《西遊》大略本此。

科　頭

唐人詩往往用"科頭"字,人但知爲露頂之象,而未盡其義。

《東夷傳》曰："馬韓人大率魁頭露紒。"註云："魁頭，猶科頭也，謂以髮縈繞成科結也。"

闌　干

闌干有五義：一爲屋飾，"沉香亭北倚闌干"是也。一爲橫斜貌，"南斗闌干北斗橫"是也。一爲涕泗交橫之意，"玉容寂寞淚闌干"是也。又曰："闌干，眼眶也。"又《唐書》耨陀洹俗喜樓居，謂爲闌干。

浣　腸

《拾遺記》："北有浣腸之國，從口中引腸出而浣濯之，更遞易其五臟，浣畢嘯傲而飛焉。"《西遊記》虎力事用此。

五　指

《涅槃經》："阿闍王令醉象蹋佛，佛舒五指，遂爲五獅子，醉象惶懼而退。"《西遊記》五行山事本此。

蓮　花　峰

《華山記》曰："王立仲登蓮花峰頂，見有池，菡萏盛開，服之可以羽化。"《廣十里記》云："山頂有池，生千葉蓮華，服之羽化。"傳記載蘇州華山上蓮花峰，亦云然者，襲老子《枕中記》之誤。華山地狹氣薄，豈能如華嶽之爲神仙宅乎？

金　根　車

韓愈子昶讀史，"金根車"誤改作"金銀車"，人知其誤而亦不知

701

其由來也。《孝經援神契》曰："德至山林，則山出根車。"註："根車，應載養萬物也。"又曰："金車，王者行仁德則出。"董巴《輿服志》曰："商瑞山車，金根之色，商人以爲大輅。於是秦始皇作金根之車。"《漢儀》："天子法駕，曰金根車。"《南史·齊志》曰："桑根車，一曰金根車，言桑色黃如金也。"不知其由來，其不誤讀而誤改者，幾希矣。

峨嵋精

有人持貨一水晶牛，中有黑毫如髮者數莖，挺然蠡列，望之明朗可數，宛如牛背領間毫也。云名爲髮晶。《事物紺珠》云："峨嵋精，出峨嵋山石中，有絲黑毫如眉。"所謂髮晶，即峨嵋精也。

旛聯

近世婚娶，女家以絹旛掛於男家祠堂内，曰"上旛"，每書一聯云："長命富貴，金玉滿堂。"不知其所自起。《錢譜》李唐鑄撒帳錢，其文有曰"長命富貴，金玉滿堂"，是旛聯之所本也。而金玉滿堂本出《老子》。

八劍

《拾遺記》：句踐採昆吾金，鑄八劍，一名撐日，二名斷水，三名轉魄，四名懸翦，五名驚鯢，六名滅魂，七名却邪，八名真剛。《西遊》、《封神演義》等大略本此。

吸火瓶

北胸國獻吸火水晶瓶，縱烈火野外，攜瓶口向之，頃刻間，數頃之火皆吸入瓶中，瓶亦不熱，亦無餘煙。《西遊記》金角、銀角葫蘆淨瓶事本此。

抱　螺　酥

　　漢時八珍，猩脣、豹胎之外，有酥酪蟬者，注云："以羊脂爲之。"即今之抱螺酥也。

書隱叢說卷十三

同　　居

古來三世同居者：漢樊重、蔡邕，晉郎方貴，唐崔佹。四世同居者：隋劉君良，唐高安、崔郾、宋繟、鄧文瑞、呂元膺、宋彭程、張仁遇、王子上、瞿肅、花德初。五世同居者：陰幼述、褚彦逢、張巨源、劉芳、瞿景鴻、陳侃、顧訓、晉桑虞、范安祖、戴元益、王履謙，南唐江州陳氏，宋童升、樊可行、元守全、段德明、陳沖。六世同居者：宋洪文撫、張文裕、王覺、曹遵、楊榮、李居正、張可象、張珪、崔諒，明連江楊氏、潞安仇氏。七世同居者：郭儁、趙友、俞舉慶、李幾、夏世賢、李罕澄、贛縣王氏。八世同居者：宋高珪、朱仁貴、趙祚、劉懷、邢濬、許祚、方綱、趙廣、鄭彦圭、俞儁元、張潤。九世同居者：唐張公藝、宋鄭綺。十世同居者：唐姚棲雲，南唐陳褒，宋董孝章、劉承詔、李光襲、田祚惠、從順、孫浦、常元紹、黃美。十一世同居者：阮鍾儁、花綱。十二世同居者：宋李庭芝。十三世同居者：河中姚氏，宋陳昉。十四世同居者：陳芳。十五世同居者：宋李琳。十八世同居者：唐陳克。十九世同居者：裴承詢。三從同居者：牛敬則。百口共爨者：魏揚播。七百口同爨者：江州陳氏。累世同居者：胡仲堯、陸象山。七百口聚居，累數十百年者：宋李宗祐、劉閎、汪政、李耕。在明，有浦江鄭氏，十世同居，千餘口同爨，旌爲義門。本朝桐城錢雲鳳，七世同居，百口合爨，題請建坊旌表。又西安府韓文星，同居十二世。華陰縣李睿，八世同居。武功縣李倬，同州劉運淳，七世同居。

堅凝化石

天地間，物化所在有之，而凡物之化石者，更纍纍不絶，以土氣堅凝即爲石耳。如象化石，牛化石，羊化石，虎化石，馬化石，猪化石，鷄化石，鴨化石，魚化石，蟹化石，蛇化石，鼉化石。松化石，半株尚爲松。東陽松多化石，壺山柏木半化石，新安王喬洞木化石。又洞口皆土所成，望夫石、五婦山。明山人化石，以至砥柱，石中之鐵鏵。夏侯孜堅石中得金釵半股。潯陽石中得王逸少書頭眩方碑版，觀音寺石中函魚骨一具，首尾皆全，凡此皆埋没既久，土或變石，如琥珀内蚊蠅，水晶内桃杏耳。夫物之親土者，朽敗則化爲土，堅凝則化爲石，理固然也。至於漢陽山民破石而得白龜，王文秉破石而得金鼉，杜縮破石而得活魚，崔元亮破石而得飛鳥，則又所不解者也。

鐵　樹

今人謂事之難成者，則曰須鐵樹開花。《七修類藁》云："鐵樹高可三四尺，幹葉皆紫黑色，每遇丁卯年則開花，一開累月不凋。"或曰甲子年。余戲曰："天上蟠桃三千歲一結實，人間鐵樹六十年一開花也。"有云鐵樹喜食鐵，歲以鐵屑如泥土壅其根，又以鐵釘釘之，乃如他木得水灌溉然。《皇華紀聞》云："鐵樹如棕櫚，幹甚奇，古又云六十花甲子，以鐵樹開花而名。"《閩小紀》云："閩中多鳳尾蕉，植之可避火災。蕉性宜鐵，種者每埋鐵其下。"又云："蕉影照日，中梗虚空，若無梗然。"《中山傳信録》云："琉球國十月鐵樹有花。"又云："鐵樹即鳳尾蕉，四時不凋，處處植之。"

引端竟緒

凡事必有引其端者。人事方興寅卯,而鷄鳴已肇其端。黃河,競言龍門其源,發於星宿海。江水,但知岷山其源,在松潘北蠻境中,地名白馬路,尚遠岷山五百里。廢井田,人知秦皇,實始於管仲之作内政。河決,人知瓠子,實始於移河爲畎,在齊吕,亦管仲之爲也。牛耕,競言漢趙過教民,而叔均牛耕實始之。伯牛名耕,見於名字。騎戰,競言趙武靈胡服騎射,而《詩》、《左氏》已有之。《詩》云:"古公亶父,來朝走馬。"《左氏傳》曰:"左師展將,以公乘馬而歸。"詞賦,競推《離騷》,而《荀子》五賦開其端。刻書印板盛於宋代,而唐時及五代馮道等啓其端。作紙稱乎蔡倫,而赫蹏小紙已見於前漢。造筆起於蒙恬,而史載筆之文已見於《曲禮》。《四書》定於宋儒,而《大》、《中》、《論》、《孟》漢唐早已單行。韓文起八代之衰,而前已有元結。杜詩爲詩大家,而前已有陳子昂。朱文公爲理學之宗,而前已有周、程。明代以制義取士,而經義始於荆公,場規創自元室。飛伏、世應著於京房《易傳》,而鬼谷啓之。長城築於始皇,而燕、趙、魏三國先之。蜀漢正統定於朱子《綱目》,而習鑿齒《晉漢春秋》早已論定。五胡紛於晉室,而陸渾、長狄兆於春秋。木棉盛行元代,而白氎已見高昌。煙草盛於本朝,而入中國已在明萬曆中。眼鏡近時無人不用,而靉靆早著於《方洲雜言》。可見凡事必有引其端者,而後竟其緒也。

托生爲猪辨

相傳蘇州王某者,生爲富翁,死後托生爲猪於近處人家,托夢於其妻子,爲憐而贖之,豢於家,世人皆以爲輪迴之報。古來雜説往往有此等事,余以爲大不然。釋氏輪迴之説,原爲下乘人説法,以悚懼爲惡者耳，非真有是事也。如果有是事，何人生多昧前因，而不明示以某人托生爲某人，某人托生爲某物，如王法斬絞徒流，昭著世間乎？千人萬人之中，間有一二人因夢境而生疑，因生疑而認真，遂哄傳爲果報之彰彰，不亦惑乎？夫夢境甚難憑矣，有未爲此事而先形之於夢寐，至期毫髪不爽者，偶然先幾之露也。有欲爲此事而即形之乎夢寐，如其意中之所欲得者，積想所致也。有夢吉而反凶，夢凶而爲吉者，盈虛消息之道也。有夢吉而不吉，夢凶而不凶者，無謂之遊思也。有實見是境而明日果有此境，却無關重輕者，猶寤時之閒情也。有實見是人，實聞此語，而明日果有是人，果有此語，而其中情節不甚相符者，終屬惝恍無憑之境也。偶記舊事云：有丈夫出外良久，忽見夢於其妻，曰："余已死於某處，今歸告汝，某處門板上有金釵一股，汝可取之。"其妻不曉門板上有釵也，詰旦捫之，果得釵焉。遂發喪制服，不久其夫乃歸焉。又王諸先娶陳氏，後娶崔氏，家綿中，欲遷於江陵，王先同崔舅詣江陵治室，囑其二妻浮江後至。一日王忽夢陳氏披跣泣曰："兒爲崔氏推墮三峽水中矣。"其舅之夢正同，各相驚愕。明夜二人又復夢如前，因驚疑不定，曰："且俟其來。"不久，崔至，而陳氏果墮三峽水中矣。王與舅深信不疑，謂崔之暴，百計詬詈，崔無以自明，忿鬱而死。後王客遊他處，忽見有婦宛似陳氏，因細詢姓氏，及言前之墮水見夢本末。陳曰："冤哉！某自失足跌墮水中，何關崔氏。死後二日，某救甦，遂爲其妻，故得相見耳。"觀此二事，金釵之得，三峽之墮，何嘗不逼真。然金釵得而其夫不死，三峽墮而崔氏未推，則夢境果可憑耶？古來記諸托生爲猪、爲牛之事，往往以夢境爲憑，王氏亦憑夢境，而遂可謂毫髪不爽乎？在爲妻子者，不可謂有是夢無是事而恝然置之。明理者觀之，不可謂有是夢即有是事而深信不疑也。況其形容爲猪者，入室由户之熟徑，見妻見子之叫號，此固尋常猪犬之所或有者也，又何足道哉。故余因是事而論其托生之無是理，而夢境之不足憑也。

秋風蓴菜

太湖最饒蓴菜，吳江人往往於三四月間採食湖濱。山居者每於秋間採食之，蓴更肥而大，曰春間不足食也。季鷹秋風之思，正謂此耳。

性情苛急

人之性情不一，有寬而緩者，有苛而急者。而其人之戚屬與使令輩無不各如其人之性情，而至以氣機有以感之，氣類有以聚之也。間有不然，則亦如諸侯之分封，各自成爲風教而已矣。人之性，大略急者多而緩者少，苛者多而寬者少。然急則猶可，不過一時之難忍，事後猶可挽回。苛則斷斷不可，在自己觸目皆非，在他人置身無地，人人以爲可恕，而彼則必窮其弊，究之此弊亦人人易犯者也。發人之私，抉人之隱，亦何苦爲此觸目皆非之人哉？故曰：苛則斷斷不可也。然而吾見苛者受苛之爲累於戚屬使令輩者，亦復不淺矣。

土中生珠

余鄉同里鎮之西偏，有古塚在野田間。相傳是財賦司寧昌言墓，上爲平土。春月，遊人往往登臨，盤辟其間，謂之團圓山。乾隆九年，土中悉生細珠，如芥子大，有光，但不甚堅。閧然傳述，接踵而至，隨手拾取，無不各厭所欲而去。或云名爲"草珠"。

聖賢冢派

孔子之後，因高宗南渡，冢房遷至浙中衢州府。後封衍聖公，曲阜讓衢州，衢州不受，曲阜襲封。宋朱文公祖籍徽州府之婺源，其父松歷官閩土，遂家焉。文公長子塾之，後世居建安。次子野之，後至元中，詔回祖籍，故有徽、閩二派。一聖，一賢，冢房嫡派，俱在閩浙，豈天道之南耶？

解鳥獸語

鳥獸之語，不與人通。然古來往往有解之者，未知何術。解馬語者，陽翁偉、李南。解牛語者，介葛盧、詹何。解鳥語者，公冶長、侯瑾、魏尚、秦仲、鮑宣、管輅、孫守榮、成武丁、張子信、楊宣、元廷堅、賈昌、麥宗。解鳥獸語者，漢公昉、唐僧隆多羅、白龜年、沈僧照、安清。解蟻言者，太原王氏。解蛇語者，遼神速姑。和菟有《解鳥語經》一卷記其事，並不言其術也。王喬有《解鳥語》一卷，未見。白龜年得李太白遺書，曰："讀之可辨九天禽語，九地獸言。"其信然耶？昔人云："洪荒之世，鳥獸之語與人通，後因人心機巧百出，鳥獸遠避，與人日遠，故言語不通耳。"其信然耶？《周禮》："夷隸，掌役牧人，養牛馬，與鳥言。"則古當有其術矣。

物名

《席上腐談》所云"㖿姑"，《真珠船》所云"顧姑"，《輟耕錄》所云"㖿㖿"，聶碧窗所云"固姑"，實一物也，即今女人所帶之挽頭也。一名盤圈，以鐵絲為之者。古人之幘，以布絹為之，今之網巾是其遺意，非即今之網巾也。窮袴即今之縵襠袴，犢鼻褌即今之牛頭褌。彈絃跕躧，跕音帖，躧與屣同，謂小履之無跟者，跕謂輕踦之也，即今之涼月所曳拖鞋是也。靸鞋亦是拖鞋。屐，吳王宮中有響屐廊，履之而行，則有聲。梁詩"畫屐重高墻"，即今之高底鞋也。重臺履亦高底鞋。襪足衣，今之膝褲，男子之襪亦稱膝褲。秦檜死,高宗曰:"朕今日始免膝褲中帶匕首矣。"便面,即障面,類扇非扇也。訶子,即今之抹胸也。襏襫,即蓑衣也。湯餅,即今之湯麵也。不托,即今之麵八刀也,不托亦名湯餅。餺飥、飿飿,俱不托,又名蝴蝶麵。不借,草履也。不落,酒杯也。不律,筆也。軍持,淨瓶也。藜床,杖也。桃笙,簟也。阿錫,布也。藻井,天花板也。略彴,横木橋也。艇板、透板俱跳板也。扶老,藤名,可爲杖。流黄,綠色也。橐籥,冶鑄之皮袋也。參差,洞簫也。罘罳,照屏也。信旛,令箭也。

鹿馬虎狗

《爾雅翼》云:"荆楚之地,鹿似馬,當解角時,望之與馬無異。土人呼爲馬鹿。意趙高指鹿爲馬,是此種鹿也。"《爾雅》:"犬子曰狗。""虎子、熊子皆曰狗。"則畫虎類狗,亦未甚懸殊也。又淫魚頭與身相半,出於江中,性喜音,聞樂作則出頭水上聽之。是鼓瑟而游魚出聽者,乃淫魚也,豈足怪乎?

務本務末

農桑興天地自然之利,使兩間流行之數日有增益,與天下共之者,故曰務本。商賈博轉運什一之利,與世間流行之數無所增益,乃一己私之者,故曰務末。聖王重務本,故漢制,孝弟與力田同科,帶經而鋤,讀必兼耕也。今世置買田地,賃租鄉人,均分其利,上輸官課,中謀家室,下逮農夫,尚有力田遺意。至於商賈,前世不重,漢高令商賈不得衣絲乘車,重租稅以困辱之,乃重本抑末之意。降及後世,但見商人之貴而農人之賤也,農人二黼不給,而商人且食前方丈矣。農人裋褐不完,而商人且裘馬翩翩矣。農人控訴無門,而商人乃聲勢赫奕矣,不亦哀哉?

退 步 收 成

才高者難於退步，志廣者難於收成，故能算退步者方可進步，能算收成者方可下種。才高則但知進步而已矣，志廣則但知下種而已矣，是以君子貴務本之學也。

材 能 殊 絕

劉穆之五官並用，劉邕三事並舉，張巡一目十行。劉炫一手畫方，一手畫圓，口誦，目數，耳聽，五事並舉。張葆、張藻雙管齊下，一爲生枝，一爲枯枝。絳樹一聲，能歌兩曲。黃華雙手，能寫二牘，或楷或草。凡此皆材之殊絕者。

混 堂

浴堂，人家有之，而僧寺尤廣。市井中往往爲此以圖利，名曰"混堂"。外有列櫃，每人上下冠裳，藏於各櫃，而室中人居一道，實共室也。隔墻爇薪火，近處有鍋，名曰"焦池"，其湯更熱。室中四面無光，但炷微燈，熱氣氤氳，迷不知處，雖隆冬不寒也。貧困者難以禦寒，有宿於浴室中以爲苟且一時之計者。則知混字有二義，一爲混然元氣，一爲混然雜處也。

七 步 著 名

柳公權三步之才，史育五步之才，曹植七步之才，彭城王勰十步之才。竟陵王子良擊銅鉢作詩，響絕而詩成，溫庭筠手八叉而詩成八句。古來奇才不乏，而獨以七步著名，亦有幸，有不幸耳。猶夫看煞之衛玠，何獨不如安仁？而安仁獨以潘安著名也。

活　字　板

　　印板之盛，莫盛於今矣。吾蘇特工，其江寧本多不甚工。世有用活字板者，宋畢昇爲活字板，用膠泥燒成。今用木刻字，設一格於桌，取活字配定，印出則攪和之，復配他頁。大略生字少刻而熟字多刻，以便配用。余家有活板《蘇斜川集》十卷，唯字跡大小不能畫一耳。近日邸報往往用活板配印，以便屢印屢換，乃出於不得已，即有訛謬，可以情恕也。

倉　儲　利　弊

　　乾隆八年五月，少詹李清植《陳倉儲利弊疏》略云："自漢以來，唯常平倉及義倉、社倉之法爲最著。案常平本法，必穀賤傷農，然後量增其價而糴之，非傷農不糴也。所糴又不爲限額，唯至價平而止。必穀貴傷民，然後量減其價以糶之，非傷民不糶也。所糶亦不爲限額，務致價平而止。下以利民，上亦不虧官，此常平所由名也。今之常平，頗與本法異。其糴也，不問市價之上下，唯以滿額爲主。苟額未滿，雖貴猶糴也。至其糶也，州縣必先詳請，經上司核定糶價，勒限糶額，而後行之，故常平之糶常不足以抑市價而使之平也。臣謂常平之行，似宜修復本法。假如該處穀價每石以六錢爲平，幸遇豐熟，石止四錢，淮州縣官以四錢有半糴之。若市價漸長，則糴價與之俱長，每石六錢，即止不糴。倘遇歉薄，石止八錢，淮州縣官以七錢有半糶之，俟市價漸落，則糶價與之俱落，亦至每石六錢，即止不糶。則民實受惠保之福矣。至於社倉，宋儒胡寅論義倉之弊曰：'凶饑無狀，有司固不以聞也，良有司敢以聞矣。而文移反覆，給散艱阻，監臨胥吏相與侵没，其受惠者大抵近郭之人耳。鄉遂之遠，安能扶攜數十里以就升合之廩哉？'今之社倉弊與此同。況當其勸諭時，不肖官吏或有勒派需索之弊，則小民未見其利，先受其累矣。"此疏可謂痛陳時弊，切中人心者矣。

天人各半

博戲之具，若彈棋、樗蒲、博塞格五等，今已不傳矣。所傳者，圍棋、象棋與雙陸耳。圍棋、象棋，一團人力，所謂多算勝，少算不勝者也。唯雙陸，則天人各半，巧於行者投瓊，一不利遂爲折挫，拙於行者投瓊，苟一利遂爾直上。雖曰人事，豈非天命哉？而骨牌之得失差近之。房千里《骰子選格序》曰："今人升沉進退，不係乎賢不肖，其幸不幸，偶不偶，猶是也。"

黑水

《禹貢》"黑水入於南海"。凡水自西而東，唯黑水自北而南。黑水源出吐蕃，流爲瀾滄江。諸葛亮五月渡瀘，瀘水在滇、蜀之間，名金沙江，即古之黑水也。其水色黑，故以瀘名之。朱家民《鐵橋志》"橋下盤江"，亦即是此水，乃瀾滄、金沙之分派也。或曰：此乃梁州之黑水，非雍州之黑水也。

曹全碑

《曹全碑》在漢隸中最爲完好，明萬曆時出於郃陽，碑尾但署"中平二年十月丙辰造"，不著書人姓名。今摹漢隸者，盛行此碑，以其完好易摹，且筆勢飄逸也。今碑中間已有斷紋。"字景完"三字，"字"字之點及"完"字之勾俱不全，"景"字亦模糊，已不及幼時所見之全本矣。

樂調

道書云："鈞天樂部萬種，其流人間者，琴耳。樂調亦萬種，其流人間者，'思一六犯工尺'六字耳。""思"今作"四"，"一"今作"乙"，"犯"今作"凡"。又宋朝詞話有"五凡公赤上"等語，"公赤"今作"工尺"。

有 數 存 焉

凡事莫不有數存焉。無論生死禍福，貴賤窮通，非人所能强爲，即小而日用飲食酬酢，纖悉之間，亦有一定不可移者。所謂"一飲一啄，莫非前定者"是也。事不論大小，凡人起此念處，即是數，無此念而身忽受之者，亦是數。有起念游移，而一決之後，禍福於此判者，是數。有起念同情，而轉念之後，禍福因之移者，亦是數。所以天下有求之而不得、不求而自得者，有望之而不至、不望而自至者，總莫逃乎數也。有萬難措置之事，前路茫茫，無可用力，忽於其中生出波節，極可安頓，前後緩急若脗合者。有極易光潔之事，嘻嘻自若，不必營心，忽於其間生出枝葉，糾纏無已，左支右詘，甚難了者。莫非有數存焉也。故人於利名之際終日營營而無已者，不亦惑哉？韓子曰："其哀之命也，其不哀之亦命也，知其無益而且鳴號之者，亦命也。"想此輩營營，亦在數中耳。然而理有可知，而數則不可知。理有可必，而數則不可必，故聖人論理不論數也。

甲 子 鄉 試

乾隆甲子科順天鄉試，特嚴懷挾之弊。頭場搜出夾帶二十一人，二場搜出夾帶亦二十一人。因定例，中式者俱於榜後覆試，於填寫親供時，該撫會同學政出四書閑冷題當面覆試畢，即將原卷與中式卷一并解部磨勘。如有文理荒謬，及不能完卷者，即行舉出，另行奏聞。又議裁減鄉試中額之數，直省解額除零數不計外，於十分中酌減一分。順天額中二百五十四名，内滿洲、蒙古額中三十名酌減三名,漢軍額中十三名酌減一名,總加五經中額二名不減。南監額中三十九名,北監額中三十九名,各酌減三名。中監每十五卷取中一名,今酌改二十卷取中一名,共加五經中額四名不減。直隸貝字號額中一百零八名,酌減九名,內奉天夾字號額中四名,宣化旦字號額中四名,長蘆等處鹵字號額中一名不減。江南上江額中五十名酌減五名,下江額中七十六名酌減七名,浙江額中一百零四名酌減十名,江西額中一百零四名酌減十名,湖廣、湖南額中四十九名酌減四名,湖北額中五十三名酌減五名,福建額中九十四名酌減九名,內臺字號額中二名不減。山東額中七十六名酌減七名,內四氏學三名不減。河南額中七十八名酌減七名,山西額中六十六名酌減六名,廣東額中七十九名酌減七名,內商籍一名不減。四川額中六十六名酌減六名,陝西額中六十七名酌減六名,內甘肅聿字號額中二名,寧夏丁字號額中二名,榆林等七處木字號額中一名不減。廣西額中五十名酌減五名,貴州額中四十四名酌減四名,雲南額中五十九名酌減五名。以丁卯科爲始,會試以二月寒冷,難以搜檢,改爲三月,著爲定例。

卜將軍廟

崑山縣城西偏有唐卜將軍廟,廟中有明萬曆中碑,記云:將軍名珍,字文超,西河人,節制鹿城。唐末,與二子禦賊有功,死葬於此。明末倭寇,崑城官軍禦倭,將軍陰助之,倭大敗而去,城賴以全。鄉人德之,爲請於朝,立祠,編入祀典焉。兩廊繪將軍禦倭狀如生。廟後墓址尚在,辟邪石馬巋然也。廟中享獻不絕,籤甚靈,祈者無虛日,而文宗按臨考試時尤盛。庭壁中又有陷石,乃宋紹聖中所立,已有"請於朝以立廟"之語,則將軍之祠又不自明時始矣。

樟柳神

邪術有樟柳神者，以樟木、柳木刻作小人形，以人家聰慧小兒生年月日書符呪之，則所呪之兒死，其魂附於木人，呼之則應，不敢遠離。乃繫之於身，至人家内，問未來事，則潛遣木兒報之，他人不聞也，人信以爲神，因之獲利。然所知者不過幾日之内，數里之間，不能遠及也。與《輟耕録》中所載王萬里呪使耿頑童周月惜鬼魂事同。

人元

星命家有天元、地元、人元之目。天元，天干也。地元，地支也。人元，乃天干之藏於地支中者，曰："子宫單癸水，丑癸己辛同。寅中兼丙申，卯宫乙獨逢。辰藏乙戊癸，巳庚丙戊從。午宫丁與己，未乙己丁宗。申戊庚壬位，酉宫辛獨隆。戌辛及丁戊，亥藏壬甲蹤。"似乎參差不齊，其中却有一定道理，不過長生、日禄、墓庫、寄宫六壬中用之。四者而已。如甲之於亥，丙之於寅，庚之於巳，壬之於申，皆長生也。甲之於寅，乙之於卯，丙、戊之於巳，丁、己之於午，庚之於申，辛之於酉，壬之於亥，癸之於子，皆日禄也。辛之於丑，癸之於辰，乙之於未，丁之於戌，皆曰墓也。甲之於寅，重見。乙之於辰，丙、戊之於巳，重見。丁、己之於未，庚之於申，重見。辛之於戌，壬之於亥，重見。癸之於丑，皆寄宫也。己之於丑，戊之於辰、於戌，是土旺四季，故各以陰陽類從耳。唯戊之於申，因中央戊己土，在夏秋之交，聯絡生氣，故以陽土從申也。

高俅出身

《揮塵後録》載高俅出身，與端王蹴踘事，《水滸傳》用之。

乘　轎

唐初貴賤通用鞍馬，雖宰相亦然。元和後，丞相乃乘肩輿，然止於丞相耳。宋初，百官入朝，並乘馬。渡江後，方乘轎。政和間，詔非品官之家不許乘暖轎，武臣、緣邊安撫，走馬承受，並不得乘轎。明洪武、永樂間，大臣無乘轎者，兩京諸司儀門外各有上馬臺。乘轎始於宣德、成化間，文職三品以上得乘，四品以下乘馬，漢有安車，即步輦，今之四轎、八轎類是也。今則下至佐雜，無不乘轎矣。武職亦然。本朝雍正中定制，武職非二品以上者不得乘轎，止乘馬，欲其諳練戎行也。自是以後，有職官而乘馬者矣。前此唯僕隸、胥役也。

安 静 不 擾

大臣當有大臣之體，大略以安靜不擾民爲主。與其變更事宜，求以利民而反以病民，毋寧委蛇從俗，尚可相安也。有實心爲民，舉動未能盡善而民隱受其弊者，比比皆是。宋之王安石可鑒也。今有平糶、禁米、開河、社倉諸政，非不甚善，然而未受其利，先蒙其害，當事者必熟籌乎此也。乾隆中，御史李慎脩《錢貴病民疏》略云：“康熙三十八九年間有銀一兩換錢六百有奇，錢可謂極貴，而諸物轉覺其賤，民未嘗以爲不便。至康熙四十二三年間，每銀一兩可換至一千一百文，錢可謂極賤，而諸物之貴，較前不啻倍之，民亦未嘗受其利也。臣以商賈貿易，其本利專以銀合算，錢賤則物價必昂，不昂則於本有虧，貴則物價必賤，不賤則積而不售，此理勢之必然一定而不易者。夫事之便者，雖嚴法不能禁，俗之成者，雖聖人不能更。不如概行仍舊，將所議之款一切盡與蠲除，貴賤聽其自然，銀錢任其便用，不必另設科條，亦不必張文曉諭。”此疏可謂敷切詳明，挈然有當於人心矣。從來錢價與米價，民間自有行情，不可官爲制之也。

火　浣　布

火浣布有幾種，有火鼠毛所成，有火鷄毛所成，有火光獸毛所成，有火樹皮所成，有火浣草所成，皆可入火不燃。又西域際布里島火浣布，煉石而成。又膠州有不灰木，燒之成炭，而不灰，其葉如蒲草，束以爲燎，謂之萬年火把。又蜀建昌有石絨，出石隙，亦名火浣布。又武當山有石皮，入火不然，亦火浣布之類。

異　産

人之異産，夜郎廩君而外，徐偃王卵生，高麗之先朱蒙卵生，非子爲馬卵所生。宋元嘉中寶誌公現於古木鷹巢中，手類鳥爪。王梵志生林禽樹瘦中。唐陸鴻漸江流鳥卵所出，陳義大卵所出。宋楊大年生時卵形，剖之，紫毛被體。廣州官庫有異卵一枚，大踰斗，云部民陳鸞鳳之胞。明胡總戎某生時在肉毯内，剥去數十層，乃見。唐先天中，牛左腋有一人，手長尺餘。真寧縣羊胸前有人手，井陘民家牛生犢人首，武强民家龇生子如嬰兒，手足豕蹄，或云交感而成。永春人家有子，耳上有豬毛及豬皮。又一兵，胸前有豬毛，睡時作豬鳴，朱子云"只是禀得豬氣"。漢竇武生時，與蛇同産。明慶雲民婦産女，兼産一蛇。烏程士人妻産一蛇。宋時海州魚户婦産鯉魚十四頭。元江陰民猪産十四兒，内一兒，人之首面手足而猪身。明李願妻生一鱉，手足則人。長洲縣呂氏雞産一人。總之氣類偶偏，畜雜人形，人雜畜形，有不可致詰者，毋相驚怪，致疑於釋氏輪迴之説也。

小　　物

《周書·王會解》：北戎"數楚每牛，每牛者，牛之小者也"。漢武時，畢勒國獻細鳥，以方尺玉爲籠，數百頭，狀如蠅聲如鴻鵠。粵東洋舶攜一小鶴，高三寸，長二寸許，素羽丹頂，喙頸皆綠，與鶴無異，貯以匣，匣中置玉盌盌，中貯清水，水中浸珍珠二枚。鶴立盌中，竟日不食，時含珠於喙，旋吐於水。開匣則振羽引吭而鳴，聲極清越。粵西山中産小猴，如墨色，僅長二寸許。嶺南有石猴，小如拳，性甚馴，置几案間能爲人磨墨，可於筆筒中睡，名栗子猿。杜詩有"從人覓小猢猻"題。交趾道士養一鷄，大如倒挂子，置枕中，啼即睡覺。又有龜，狀如錢，置盒中。唐永寧王有大蟲，皮大如一掌。高昌國獻狗，高六寸，長尺，名拂菻狗。荷蘭小牛，白質黑文，項領間有肉峰如橐駝。又有小鹿，長二寸許，雙角嶄然，不知其出處。辰州小竹，曰龍孫竹，生山谷間，高不盈尺，細僅如針，凡所以爲竹者無不具備，有詩曰"小竹如針能具體"是也。如許小物，與康熙中外國進貢之小人長可一尺者並域而居，又一世界矣。

昇平盛事

康熙壬戌賜宴乾清宮，賦昇平嘉宴，倣柏梁體詩。御製首倡云："麗日和風被萬方。"和者自內閣大學士以下凡若干人，爲手製詩序，刻石養心殿。乾隆甲子十月重葺翰林院落成，車駕臨幸，錫宴，以唐張說"東壁圖書府"五律爲韻。御製東音二首，諸大臣各分一字賦詩，又因人多韻少，不足以供，又用柏梁體聯詩。御製首倡云："重開甲子文治昌。"和者自大學士以至庶吉士共一百六十五人，誠昇平之盛事云。

蕭翼計賺不足信

沈存中云：唐太宗力購羲之真蹟，唯《樂毅論》乃右軍親筆，鐫之於石，遂爲昭陵殉葬。後温韜盜發，其石已碎，用鐵束之。皇祐中，在高安世家李君實云。世以爲《蘭亭》入昭陵，正坐此帖之誤。《蘭亭》開皇中已爲秘寶，江都隨行，久付烈焰。蕭翼計賺之説，傳奇幻語，烏足信也。《南部新書》又爲歐陽詢詐求，非蕭翼也。

經禮補逸

洪武中，祁門汪克寬著《經禮補逸》九卷，本朱子《經傳通解》之意，別爲義例，以吉、凶、軍、賓、嘉爲綱，條目甚晰，集《儀禮》、《周官》、大、小《戴記》、《易》、《詩》、《書》、《春秋傳》、《孝經》、《家語》及漢儒紀録，凡有合於禮者，各著其目，列爲五禮。其自序大略如此。本朝崑山徐健菴_{乾學}著《讀禮通考》一百二十卷，經、史、子、集無一不備，條例綱目，燦然分明，可謂全書矣。但專言喪禮，而其餘四禮有志未成，爲可惜也。

錢背文

唐武宗會昌中，令鑄錢所各加本郡州號一字，名爲背文。宋、明無背文，凡無背文者，今謂之光背錢。本朝背文，則書一字於右，曰寧、蘇、浙、福、昌、東、河、廣、雲、桂、陝、同、南、江、臨、宣、原、薊、漳，書清字於左。漢以右爲尚，滿以左爲尚也。其寶錢局則書二清字各一邊。雍正中不書漢字，但書清文二字，曰某錢，如寶泉之例云。其實錢以有字處爲陰，是字乃錢之背也。碑之背亦名爲陰，鏡背亦有款識，沿襲既久，遂以漫處爲背耳。

720

卷軸葉子

《歸田録》云："唐人藏書作卷軸，後有葉子，似今策子。凡文字有備檢用者，卷軸難數卷舒，故以葉子寫之。"《筆叢》云："凡書唐以前皆爲卷軸，蓋今所謂一卷，即古之一軸。"據此，則今之畫幅作手卷者，是唐人卷軸遺製，作册頁者，是唐人葉子遺製。手卷不如册頁之便，册頁又不如今日裝釘之便也。

渾脱取義

《草木子》云："北人殺小羊，自脊上開一孔，逐旋取去内頭骨肉，外皮皆完，揉軟，用以盛乳酪、酒湩，謂之渾脱。元時生剥罪人身皮，曰渾脱。"《庶物異名疏》云："宗晉卿舞渾脱，公孫大娘渾脱舞，長孫無忌以烏羊毛爲渾脱氈帽，皆喻其柔軟若無骨耳。"以知脱之音駝，或讀本音，尚可游移。而渾脱之爲舞，則無庸置議也。誤讀杜序爲渾脱流離者，謬甚，而取其語以爲贊美之辭，其義亦未爲大悖也。

本相畢露

《四分律》文中曰："諸龍初生時，睡時，嗔時，行欲時，不能變形，餘時皆能變形。"余讀之而慨然也。聖人以懲忿窒欲爲功，佛家以除貪嗔癡爲要，龍猶如此，於人何獨不然。平時不能懲忿窒欲，假作惺惺，瞞人面目，到得嗔時、欲時，自然本相畢露，俗語所謂現形是也。吁！至是豈能變形哉？

轉變操持

智者可與圖事，愚者亦可以成事。凡事須有轉變，又須操持。

智者善能轉變，故與之圖事，不至膠執不通，謂之參活句。愚者但能操持，故與之共事，亦不至沒頭沒腦，謂之讀死書。參活句者固妙，讀死書者尚可，唯有一種不知不愚，每逢事故，閃閃爍爍，自以爲智之轉變，而無如其不當轉變而先自轉變焉，并不能如愚者之操持矣。烏能成事乎？故曰其愚不可及也。聖人有爲言之也。

書隱叢說卷十四

地氣不同

前明時，人參産上黨者佳，遼東次之，高麗、百濟又次之。今人參産遼東、東北者最貴重，有私販入關，罪至大辟不顧也。余幼時見遼參四五分重者，價五六換不等，後漸加至十換外，今則三十餘換矣。至於上黨參，一斤不過值銀二兩外耳，全無功用矣。豈古今地氣之不同耶？抑物亦隨王氣而鍾耶？又雲南姚安府亦産人參，其形匾而圓，謂之"珠兒參"云。

用字平仄

詩中平仄有可通用者。韓昌黎"宇宙隘而妨訪"，"新輩足嘲評病"，"稱多量少鑒裁去密"。孟浩然"不及日暮獨悲子上"。元微之"微俸封奉魚租"，"三省詎行怪乖"，"洞照失明鑒平"，"高屋無人風張漲幕"，"苦思正旦丹酬白雪"，"仁風扇平道路"。李義山"九枝燈檠景夜珠圓"，"簟冰去將飄枕"，"琉璃冰去酒缸"，"碧玉冰去寒漿"。包佶"曉漱瓊膏冰去齒寒"。陸魯望"湘蓘料平凈食"。徐鉉"但平知盡意看"。陸龜蒙"任渠但平取樂"。昌黎"婦孺咨料平揀"，"爲逢桃樹相料平理"。杜少陵"恰似春風相瑟欺得"。劉夢得"停杯處分去不須吹"。居易"處分去貧家殘活計"。王建"每日臨行空挑上戰"。羅虬"不應琴裏挑上文君"。段成式"玳牛獨駕長上檐車"。韓偓"應被品流呼差去人"。白樂天"四十着緋軍司去馬","紅欄三百九十讌橋","爲問長安月,誰教不相瑟離","燕姬酌蒲芉桃","金屑琵枇琶槽"。

正氣長存

《留青日札》云:"所傳方正學之父葬祖殺蛇,遂以赤族爲蛇報,此好事之誣耳。假佛氏之妄談以惑衆愚民也。夫蛇,天地間之毒物,殺之何害?身苟全矣,名苟立矣,死而無愧於天上地下,何樂如之,致憂於族之赤不赤哉?夫不忠不孝而赤族,是可恥也。忠矣孝矣,而族赤焉,是可榮也。宋庠登科,乃以爲救蟻之報,是可謂螻蟻狀元矣。非佛氏不敢殺生之論乎?"云云。夫無故不殺,仁者之居心。見惡則除,君子之正氣。救蟻未必非仁者之居心,而即以爲狀元之報,妄矣。殺蛇亦足見君子之正氣,而即以爲赤族之報,謬矣。赤族之事,自是成祖苛政,於方何與?正學之舉,自是乾坤正氣,於死何涉?故方正學之死,正氣長存,謂之曰雖死猶生可也,謂之曰不死可也。即如司馬溫公無子,嗣子早卒,終於無後,而今之稱頌者不絕,又何賴乎子姓之繩繩耶?權奸諂佞之子孫,非不榮其貌而備其禮,而祖若父有靦顏於几筵間者矣。京、卞子孫慚其先人所爲,多自詭爲君謨後。嚴嵩子孫中式者,竟不列其高祖名爵,則不赤之赤也。反是而觀,則方氏之祖先,孰不榮之耶?誰無子孫,誰無享祀,没世不稱,又誰能指而數之耶?則方氏之赤族爲無忝矣,反以爲蛇之報者何歟?後之楊繼盛、周順昌輩,惟識得此意,故能視死如生耳,豈以區區之禍福爲榮辱哉?

印 文

漢、唐、宋衙署印文多是小篆,明皆九疊篆,世謂之九曲篆,唯總兵則柳葉篆。曆日印文七疊,御史印文八疊。凡印字取成雙,其不及雙者足以"之"字。其印形皆方，大小有差，雜職衙門形稍長，不方，謂之條記。本朝則用半滿半漢文，漢文仍九疊，總兵仍用柳葉篆，欽差、督撫及學臣等俱長印，不方，唯布政司及府州縣官用方印，謂之正印官。佐雜亦用長印，并有無滿文者，直用楷書著姓名於上，謂之條記云。乾隆中，俱易小篆，其半俱易清篆。清篆，新制者也。

荒唐之說

荒唐之說，不可盡信。釋典、道藏率多寓言，稗官小說更取新奇。如《太平廣記》所集諸書之奇軼事，都屬荒唐謬悠，以爲消暑閒談可矣，以爲口實則妄也。近世名人喜人傳述，著而成書，以新耳目，如東坡強人說鬼者。然妄聽之而惑其志，則妄言者不有罪乎？大抵新奇之事，得之於好事之造作者十之七，得之於傳述之舛訛者十之三。雖天地之大，何所不有，間有一二怪異，亦屬反常之道。筆之於書，使拘守曲士見而知之，乃鑄鼎象物，不逢不若之意。至於搜索誇張以示奇，亦何貴此諄諄告語，取一時之紙貴而已哉。

偕 隱

明吳郡范長白允臨博覽能詩，善書，隱於天平山。其夫人徐小淑亦能詩。時趙凡夫宧光吟咏著述，隱於寒山，亦有才婦，曰陸卿子。居相近，時相唱和。徐有《絡緯吟》，陸有《玄芝》、《考槃》二集，俱爲時傳誦。同志偕隱，才媛蟬聯，誠隱居之樂事云。趙子靈均婦文端容，善畫，夫婦風韻，尤能世其家云。

徐 庶

錢牧齋作《彭幼朔傳》云："近有人入青城山，見老人跨白虎，曰：'我三國徐庶也。'"又成都費經虞詩云："傳聞徐元直，尚在南山雲。"又《述異記》曰："康熙中，廣東五指山有人白日上昇，謂人曰：'我三國時徐庶也。'"又："明崇禎時，杭州孫某於蘇州閶門遇徐庶。"夫一徐庶也，或云在終南，或云在青城，或云在廣中，或云在蘇州，紛紛傳述，不一而足，豈徐庶果未死耶？抑徐庶亦遍歷名勝耶？考《三國志註》："《魏略》曰：'庶後數年病卒，有碑在彭城，今猶存焉。'"夫墓猶可虛也，而明言病卒，諒無隱遁之舉矣。未知何故，三國之元直一旦至今，忽然處處相逢也。

物能爲火

天地間，火是五行之一，隨處有之，能爲火光者，亦不少。《文選·海賦》"陰火潛然"。《拾遺記》："西海浮玉山穴水，其色如火，波濤灌蕩，其光不滅。"又滇中洪冶山巔有火池，陰雨則熾，流波山下，有然海千里。又小西洋一處，入夜，海水通明如火，持器汲起，滿器俱火光。則水能爲火也。唐夫餘國貢火玉，光照數十步。是玉能爲火也。腐草爲螢，有光。宵行蟲亦有光。有人夜行，遠視樹上有火光如燈大，疑而逼視，則光漸小，乃宵行蟲附木上也。過而遠望，則光仍大焉。則蟲能爲火也。人血及馬牛血皆爲燐，則血能爲火也。常良山有螢火芝，大如豆，夜視有光。又明莖草，夜如金燈。又夜明苔，照耀滿室。又黃山有放光木，塞外有夜光木。則草木能爲火也。以至螃蜞骨脚，暗中能爲火。魚鱗積地有火光，積鹽有火光。窗槅蜊殼入淺土内，亦能爲火。朽葉能爲火，昔有人在寺中夜見有光明飛入佛殿，以手掬之，乃一朽葉耳。腐竹根亦能爲火，有人野中見火，疑而取之，乃腐竹根一枚，異之，劈爲三片，則仍爲三片火焉。精油見日亦生火，肥貓暗中抹之，則火星迸出。所以田野間傍晚有火，倏東倏西，忽大忽小者，人皆疑是鬼火，不知皆燐血、朽葉等所爲也。

樱魚

樱魚,乃樱欄樹中所生之子,形如魚子,故名樱魚,亦曰樱笋。東坡有《食樱笋》詩。廣蜀間菹而食之,更以餉人。《佩文韻府·魚韻》中失收。

刻　書

刻書始於五代,陸文裕謂始於隋文帝開皇年,敕廢像遺經悉令雕撰。或謂雕者乃像,撰者乃經也,非雕刻之始也。然在唐實已刻書,司空表聖《一鳴集》有《爲東都敬愛寺募雕刻律疏印本疏》,云"自洛城□□乃焚,印本漸虞失散,欲更雕鎪"云云。則刻書亦不始於五代矣。葉夢得言:"雕本不始馮道,監本始道耳。"或云南唐和凝始行刻板紙印之法,或云始於蜀毌丘儉,或云始於後唐李鍔。又後唐明宗令國子監校定九經,雕印賣之,即馮道所奏請也。

傳國璽

傳國璽是秦始皇所刻藍田之玉,李斯之書,孫壽之刀,其文曰:"受命於天,既壽永昌。"又有一曰:"受天之命,皇帝壽昌。"漢高祖入咸陽,得秦璽,世世相授,號曰"傳國璽"。王莽篡位,就元后求璽,乃出璽投之於地,璽上螭一角缺。莽敗,公賓就取以與王憲。李松斬憲,送璽詣宛上更始。更始尋奉於赤眉,後歸光武。董卓亂,漢天子出走,掌璽者以投井,孫堅得之,又爲袁術所奪。術死,建安四年,徐璆得璽,以上獻帝於許昌。漢以禪魏,魏以禪晉,永嘉五年,王彌入洛,執懷帝及璽詣劉曜,後爲石勒所并,璽復屬勒。冉閔滅勒,璽屬閔,閔敗,璽在閔將蔣幹處,謝尚購得之,以晉穆帝永和八年還江南,歷宋、齊、梁。梁敗,侯景得之。景敗,北齊辛術得之以送鄴。後周并北齊而得之，隋文帝滅後周而得璽。隋末，蕭后與太子并璽入於突厥。貞觀四年，歸唐。朱温篡唐，得之。後唐莊宗入洛平亂，得璽，傳至從珂。石敬塘舉兵入洛，從珂携璽登樓自焚死，時清泰三年十一月也。宋哲宗元符元年，咸陽民段義獻玉璽，文同前璽，詔仍舊爲傳國璽。靖康二年，璽没入金，金哀宗同焚于蔡州。後翟朝宗又得璽，以爲宋寧宗獻。元世祖至元三十二年，得璽於脱脱真蒙家。順帝國亡，璽隨帝北遷。明弘治十三年，西安人於河邊得玉璽，文曰"受命於天，既壽永昌"。天啓四年，臨漳田夫於河岸得玉璽，文曰"受命於天，既壽永昌"。方各四寸。察兒罕國，元之嫡派也，靈丹可汗忽欲往西域皈佛教，本朝太宗皇帝發兵追之，尚璽者以璽坎地而埋之，爲牧竪所得以進，時天聰某年也。雍正中，松江漁人於水中得璽，提督高其倬進獻。是則秦之二璽俱入本朝矣。何喬新《傳國璽志》有曰："從珂時，秦璽毀。石敬塘入洛，更以玉爲之。重貴獻之遼。興宗試進士，乃以'有傳國璽者爲正統'命題。金滅遼，延禧遺璽於桑乾河。元世祖時，有漁於河濱得之，夜有光。楊桓上之，至順帝攜之北遁沙漠。"以此言考之，五代亂後，璽歸於遼，遼歸於金，金歸於元，在察兒罕國者二百餘年而歸於本朝。然已曰更以玉爲之矣，則段義之所獻，興宗之所得，果孰真而孰贋耶？宋寧宗之得於翟朝宗，元世祖之得於桑乾河，明孝宗得之於西安，熹宗又得之於臨漳，又孰是而孰非耶？本朝前既得之於察兒罕國，後又得之於松江漁人，二璽又孰先而孰後耶？

内 助 爲 要

讀書人以治生爲急，故士人以作家爲要。然不可務爲瑣屑，以亂其心而妨其業。故士人作家以内助爲要。助者，助理成家，不必高才也。婦人第一以不會使錢爲要，才高則會使錢矣。男子之才，尚曰有才不如無才。不如云者，猶可絜長較短於彼此之間也。若婦人之才，斷斷不可有矣。會使錢者，必妄作爲。不會使錢者，必善照管，相較奚啻霄壤。而俗人且動曰某婦能，某婦才，此等言亦何可使後輩聞之而効之也耶？

文　丹

宦遊閩中者，惠寄文丹數枚，如柑柚而大，其味酸甘，云是柚種之美者，出長泰縣。

一子承兩房

乾隆四年定例，民間獨子不得出繼爲人後，已經出繼，改正歸宗。八年十一月，內閣學士黃孫懋叩懇歸宗，疏有云："臣出嗣長房之時，有弟二人，於今兩弟續故，臣身爲獨子，理應歸宗。至於長房，理宜立嗣，但臣族並無期功近親應繼之人。臣現有三子，應令一子永承祭祀。"奉旨："著照所請行。"

紙　錢

紙錢之制，其來久矣。漢以來，葬者皆有瘞錢。後世里俗稍以紙寓。齊廢帝東昏好鬼神，剪紙爲錢。唐王璵用寓錢禱神。《五代·周本紀》曰："寒食野祭而焚紙錢。"邵康節亦燔楮錢，程伊川問之，則曰："明器之類也。"夫用之於喪葬者，往往當用古人明器。蓋以人事之則不智，以鬼事之則不仁，故不得已而斟酌其中以用之，論者毋徒謂紙錢之無用也。或云紙錢起於殷長史。

似人非人

天地之間，人爲貴。其似人而非人者，亦不一而足。猩猩能言，狒狒能笑。大食國海中石上樹生小兒，不語能笑。懶婦化爲人魚，自尾以上悉是人，眉目髮膚以及男女二體俱具，惟尾爲魚耳。海女上體是女子，下體魚形。鮫人居於水中，泣即成珠。鬼奴色黑如墨，黃髮白齒。有牝牡生海外諸山中，曉人言而自不能言。飛頭蠻夜臥則頭自飛去，天曉則頭復還合於頸。海人種種，如人鬚眉畢具，惟手指相連如鳧掌，人有得之者，不言，亦不食。西洋海中獲一女子，與之食輒食，亦爲人役，但不能言，身有肉皮垂至地如長衣然。粵西有獸名野婆，黃髮椎髻，跣足裸形，儼然一媼，自腰以下有皮蓋膝，如犢鼻。有犺者，狀若猩狒，與野婆爲夫婦，散育茸莽間，不室而處。南方海濱有一舟，爲風所飄，中有人頭，頂上生目。沃沮東大海中有人，頂中復有面，與語不通，不食而死。南海有海人如僧人，頗小，登舟而坐，頃復沉水。羅刹國黑身朱髮，獸牙鷹爪碧眼。野叉亦名夜叉。國豕牙翹出，頭有肉角數寸。無脊國在北海，人無肚腸，食土穴居。一目國在北海外，人一目。北丁令有馬脛國，其人音聲似雁鶩，膝以下生毛，馬脛馬蹄，不騎馬而走，疾於馬。羽民國，民有翼，飛不遠。泥離國，人兩角如璽，牙出於唇，自乳以下有靈毛自蔽。雲南半箇山婦人怪，或化異物，富家化牛馬，貧家化貓狗，化去可歸。狗頭國，上下衣服同中國，口耳眉目皆狗也，其言如狗吠。犬戎如人，但有尾。尾濮蠻有尾，坐則穿地爲穴以安尾，尾折便死。三佛齊山深處有村，其人盡生尾。婆羅遮狗頭猴面。畢勒國人長三寸，有翼。西北荒小人長一寸，大人國人長三丈。小人國人止三四寸，面目形體與人無異。韃而靼國有人身羊足者。東粵有赤蝦子，如嬰兒而絕小，自樹杪手相牽掛而下，笑呼之聲亦如嬰兒，人都棲大樹，如人形而絕小，男女自相配偶。木客產粵洞中，衣服舉止與人不異，在恍惚有無間。猳玃產蜀，長七尺，一曰馬化。路見婦人，盜之入穴，生子以楊爲姓。黃丈鬼生東粵，身著黃衣，能爲疫癘。夔州府有鬼物，名小神子，高尺餘，一二十爲群，依人以居。山臊長尺餘，畏竹爆。山魈長三尺，口闊至耳。鱉腹中有小人，五官四肢皆具，謂之鱉寶。高麗國貢人參，長三四尺，如人具體。笋根稚子如人，眉目口鼻皆具，足指拳跼如鳥爪。茯苓千年，其形似人。

宗室封爵

明諸宗室以親疏定封爵。親王以下，次爲郡王、鎮國將軍、一品。輔國將軍、二品。奉國將軍、三品。鎮國中尉、四品。輔國中尉、五品。奉國中尉。六品。本朝親王以下次爲郡王，次貝勒，次貝子，次鎮國公，次輔國公，次護國將軍，次輔國將軍，次奉國將軍，次奉恩將軍。

奠雁

今人親迎時有奠雁之禮，本於《儀禮·昏禮》奠雁。然古時相見往往用摯，卿執羔，大夫執雁，士執雉。《儀禮·聘禮》曰："大夫奠雁再拜。"昏禮無問尊卑，皆用雁者，蓋以士而服大夫之服，乘大夫之車，則當執大夫之贄。或曰取從一之義，且奠雁於主人之廟，並無奠雁於新婦之禮。今則通行矣。而執摯相見之義，亦尚有行之者。

虹蜺

虹蜺是氣，是質。朱子曰："既能吸水吸酒，是有形質，只纔散便無了，如雷部神物之類。"斯言至妙。蓋陰陽之氣至而伸者爲神，返而歸者爲鬼耳。看蠕蠕小物，氣至則涵泳以生，由小漸大，乃"至而伸者爲神"之理也。生則曰神，死則曰鬼耳。

寒士著述

古來著書者，非一手一足之烈。朝家史館分修無論矣，即文人

731

著述，往往使門生、子姪輩繙閲纂集，已但定其體例，總其大綱而已。所以寒士之著述爲尤難也。有其才矣，家無賜書。有其書矣，纂集維艱。能纂集矣，繕寫乏人。合體例大綱、纂集繕寫而出於一人之手，不綦難乎？所以寒士之著述爲尤難也，而寒士之著述爲尤貴也。

猛　　將

江南耕種，夏秋間有蝗螟害禾。俗祀劉猛將爲蝗神，新年雞豚賽會，春間演劇酬神，舉國若狂，鄉農處處皆然。且塑一短小身軀，云是幼時即爲神者，編神歌以實之。歌中極言其幼時之厄難，詞極俚鄙。《姑蘇志》載猛將姓劉名銳，乃劉錡之弟云。《怡菴雜録》云："宋景定四年，以劉錡驅蝗有功，封爲揚威侯、天曹猛將，有勅載焉。"本朝封爲中天王，編入祀典。或云劉宰。

天人入月辨

《居易録》云："趙某月夜露坐，仰見一女子妝飾甚麗，如乘鸞鶴，一人持宫扇衛之，逡巡入月而没，羿妻之事信有之矣。"云云。予以爲大不然。阮亭博物君子，不應輕信若此。夫天，清空一物耳，主是氣者，謂之天神。月亦清空一氣耳，主是氣者，謂之月神。羿妻竊藥之説，乃後世荒唐之語，而常儀之訛爲嫦娥，昔人已辨之鑿鑿。明皇入月之事，亦稗官悠謬之談，豈有清空一氣之天，清空一氣之月，而忽有人自外入者乎？況天上與人間亦差遠矣，豈有天上人入月而世間人能歷歷覿其形容儀衛者哉？讀書人明理第一，當從此等可疑處剖析之，不當反信其有是事而且以証夫荒唐悠謬之有據也。

相士偶中

乾隆癸亥秋，有相士謂逸亭弟云："君明年九月十一日當有災難，慎勿動作。"甲子九月初十日，先府君病，少間弟擬於十一日啓行入省武闈就試，迴憶前言，且緩一夕。十二日五更治食，有婢忽然仆地氣絕，極力拯救，踰時始甦，方謂九日之災，雞犬可代。不謂弟入省後即疾發，急作歸計，不及抵家，歿于丹陽舟次。往歲弟且多病，不廢藥餌，余輓之云："九日茱萸難避禍，十年苓术已成塵。"蓋實錄也。然相士之言倖而偶中，亦難必其所言之皆驗而不爽矣。

代食

方士往往有術，山東王氏有一客，往往代人食，其人亦飽，亦往往令人代食，至溲溺亦如之。《太平廣記》載道士周殷克飲茶，遣段文昌代溺者，未盡誣也。

澄清保障

宋牧仲犖撫吳日，於閶門桃花塢野圃中得片碣，題"唐六如墓"，因封樹之，爲立碑焉。又重建蘇子美滄浪亭，刻《滄浪小志》二卷、《桃僊遺綴集》二卷，可謂風雅逸事矣，不遠勝於俗吏之索餽抑僚，多事害民者乎？然其時尚爲人所不滿，爲口號曰"澄清海甸滄浪水，保障東南伯虎墳"。以上八字爲巡撫署前東西綽楔上額也。

遲速有時

慈谿姜西溟宸英以古文名世四十年，上在禁中知其人，常與朱彝尊、嚴繩孫並稱之曰"三布衣"。康熙己未博學鴻詞之舉，朱、嚴皆入翰林，姜不得與。後以薦入《明史》、《一統志》二館，充纂修官，食七品俸。丁卯，應順天試，首場已擬第二人，二場表用點竄《堯典》、《舜典》語，對答間忤御史，摭其小過，貼出之，卷遂不得入。癸酉始中順天鄉試，年已六十餘。丁丑，成進士，探花及第，不久而歿。長洲沈歸愚德潛先生，博通古今，詩文甚富，爲一時士林冠冕。二十一爲邑諸生，戰棘闈者十有七。召試鴻博，又下第。乾隆戊午，始獲雋南榜第二人，年六十有六矣。己未聯捷殿試，時已擬鼎甲，卷有誤字，僅得庶常。信矣，得失之有命也，遲速之有時也。

踰墻高隱

吳郡徐昭法枋爲前明孝廉，入本朝，隱於天平山麓，一貧如洗，蕭然自得也。湯潛菴斌撫吳日，屛車騎，往候之，徐踰墻而避。湯入其室，不見其人，慨然嘆息而去。徐善畫，吳人貴重之，以其品之高也。沒後，貧不能葬，有武林戴山人南枝者，以片言心許，自任窀穸。然其人亦貧不能猝辦，而特工分隸，乃賃居郡中，鬻書以營葬具。吳人高其誼，爭售之，得金以葬。語其子曰："吾欲稱貸富人，懼先生吐之，故寧勞吾腕，知先生心也。"潘稼堂耒先生爲刻其《居易堂集》若干卷。

夏正周正

夏正、周正，辨者聚訟。太原閻百詩有《改歲改時改月解》，曰："《豳風·七月》詩言月，夏正也。言日，周正也。《周禮·太宰》、《小宰》，正月建子也，正歲建寅也。'何以卒歲'，夏正之歲也。'曰爲改歲'，周正之歲也。《月令》'季秋曰來歲'，秦正之歲也。'季冬曰來歲'，夏正之歲也。'十月蟋蟀入我牀下'，夏正之十月也。'十月之交朔日辛卯'，周正之十月也。《臨卦》'至於八月，有凶'，商之八月。《玉藻》'至於八月不雨'，周之八月也。《月令》'孟春乘鸞餎'，夏之孟春也。《明堂位》'孟春乘大路'，周之孟春也。《臣工》詩'維莫之春'，周之莫春也。《論語》'莫春者'，夏之莫春也。《明堂位》'季夏六月'，改時與改月也。《左傳・襄十四年》'正月孟春'，不改月與時也。《君牙》'夏暑雨，冬祁寒'，不改時即不改氣者也。《雜記》'正月日至，七月日至'，改月却不改節者也。《左傳・昭十七年》當夏四月建巳也，於商爲四月建辰也。《武成》'惟四月'，《顧命》'惟四月'，建卯也。《郊特牲》'歲十二月'，《孟子》'歲十二月'，建亥也。《伊訓》'十有二月'，《三統曆》'商十二月'，建子也。《夏小正》'十有二月'，《凌人》'十二月'，建丑也。'病於夏畦'，夏，夏之夏也。'秋陽以暴之'，秋，周之秋也。同一絳縣人之生正月甲子朔，在晉爲七十三年，在魯則七十四年也。同一史蘇之占，六年逃，明年死，在晉則合，在魯則中隔一年也。昭元年正月，趙武相晉國，祁午曰'於今七年矣'。及至秋，醫和曰'於今八年'。用夏正與周正之不同也。"其言若是，鑿鑿有據，明周之改月又改時也。周用周正而魯用夏正也，則春王正月之辨可不煩言而自解矣。

僞　書

後世造作僞書頗衆，《風后握奇》、岐伯《素問》、尹喜子《乾坤鑿度》，皆僞作也。《連山易》等百餘卷，劉炫僞作。《三墳書》，張天覺僞撰，或云毛漸僞作。《卜商易傳》，張弧僞作。《陰符經》，李筌僞作。《素書》，張商英譔。《麻衣易》，戴師愈撰。《子貢詩傳》、《申公詩傳》、《石經大學》、《朝鮮書經》、《倭國書經》，豐道生造。《晉史乘》、《楚史檮杌》，吾衍撰。《三略》、《六韜》亦僞書。《文子》，徐靈府撰。《關尹子》，孫定撰。《元命包》，張昇撰。《鶡冠子》、《子華子》皆後人僞作。《孔叢子》，宋咸撰注。《亢倉子》，唐王士元撰。《列仙傳》非劉向作。《王氏元經薛氏傳》、《關子明易傳》、《李衛公對問》，皆阮逸著撰。《龍城記》，王性之撰。《省心錄》，沈道原作。《指掌圖》，非東坡作。《周秦行紀》，李德裕門人撰。《碧雲騢》，魏泰撰。《天祿閣外史》，萬曆間王逢年造。《歲華紀麗》，明胡震亨造。《於陵子》，明姚士粦造。《陳后金鳳傳》，明徐熥造。他如郭象之《莊子注》，何法盛之《中興書》，宋齊丘之《化書》，韓偓之《香奩集》，皆不在此數也。

朱仙人

朱仙人者，名方旦，山東人，以販棗爲業。一日，見美少婦人獨行，朱狎之，與俱還，遂爲夫婦。其婦乃千歲狐所化也，具有神術，隱憑朱身，使朱倡其術，無不惑之。且善談性理，講《中庸》，頗有見解。撫軍以下，多爲羅拜，共稱爲朱夫子云。後謀奪張真人印，聞於朝，召真人與朱共行醮事。朱口中吐三昧火焚疏，張不能也，而真人之印岌岌乎其殆矣。真人舊傳有張道陵祖師手甲，薰之可除災難。三日後，朱忽不慧，以欺君論斬，其家有一死狐在焉。

救生舡

江寧燕子磯邊設有救生船，官給廩餼，凡有大風，諸船盡出江上，見有漂溺者，極力救援之。多設木版，長六七尺，兩頭有洞，貫以大筏圈，浮於江面，溺者以手觸着，即可得生。無風時，其版俱置弘濟寺廊間。寺中又有大櫥五六具，皆置衣褲於中，爲溺者所易，得生者爲加倍納之。江波涢洞中，幸而不致殘生，豈非仁政乎？

龍生九子

龍生九子，不成，各有所好。囚牛好音樂，胡琴頭上刻獸是。睚眦好殺，刀柄上龍吞口是。嘲風好險，殿角走獸是。蒲牢好鳴，鐘上獸紐是。狻猊好坐，佛坐獅子是。霸下好負重，碑座獸足是。狴犴好訟獄，門上獅子頭是。屓贔好文，碑兩旁文是。蚩吻好吞，殿脊獸頭是。或云：贔屭形似龜，好負重，故用載碑。螭吻好望，故立屋角上。憲章好囚，故立於獄門上。饕餮好水，故立於橋所。蟋蝎好猩，故用於刀柄上。蠻蛇好風雨，故用於殿脊上。螭虎好文彩，故立於碑首。金猊好火煙，故立於爐蓋上。椒圖好閉口，故立於門上，即詩人所謂"金鋪"也。虯蟒好立險，故立於護朽上。鰲魚好吞火，故立於屋脊上。獸吻好食陰邪，故立於門環上。金吾性通靈，不睡，故用巡警。蒲牢性好吼，故懸於鐘上。又云：饕餮好飲食，故立於鼎蓋上。蚣蝮性好水，故立於橋上。又云：蚣蝮好負重，今碑下獸是。即霸下，音同字異。又云：蜥蝎好水，橋上獸。又云：瓦貓好險，簷前獸。蟛蛇好慵，門前獸。

重瞳

古來重瞳者，史傳所載，不一而足。堯三瞳子，舜重瞳，晉重耳重瞳，顏回重瞳，項羽重瞳，王莽重瞳，呂光重瞳，梁沈約左目重瞳，隋魚俱羅重瞳，五代劉旻重瞳，梁蕭友敬重瞳，南唐李煜一目重瞳，元末明玉珍重瞳。

禹步

道家步罡，動曰"禹步"，未解所謂。及觀《荀子》，有"禹跳湯偏"之語，故云然耳。鸛欲禁蛇，亦能禹步。

樂經笙詩無傳

吳澄云："周後漢初，儒流之學，率是口耳授受。故凡有文辭可記誦者有傳，而無文辭不可記誦者無傳。五經皆存，而獨《樂》

之一經亡，三百五篇《詩》皆存，而獨《笙詩》之六篇亡，蓋以無文辭，非可記誦故也。"云云。今之琴譜，大率類是。有字有指法者，是易傳者也，無字但有指法者，是不易傳者也。況前此併無如指法者之形於楮墨間，則無文者竟失傳矣，亦理勢之自然耳。《黃氏日鈔》亦云。

生物肖形

天地生物，本屬自然，然而後世生物怪異若效法人事之爲者，不可枚舉。如石類觀音，蚌珠類佛，木理成字，窰變羅漢，石硯中浮圖，十二時竹繞節凸生子、丑、寅、卯等十二字。湖南蘇山中，石有桃株，有塔樣，有觀音、彌勒、寒山、拾得像，且有"天下蘇山"四字。明齊安山中得石錢，上有"萬曆通寶"字。所形似者俱後起之事。則生物之氣，亦隨世爲升降乎？然後起之事，何莫非天地所生也？則生於此而有如此者，生於彼而亦肖此者，又何足異哉？

温泉

温泉所在有之，不一而足。其下或硫黃，或辰砂，或礜石，蟠結於下，則熱氣薰蒸，亦理勢之自然者。或疑礜石之義，應之曰："服礜人塚不生草木。劉表登鄣山，見一岡不生百草，王粲曰：'必是古冢。此人在世服生礜石死，而石氣蒸出外，故卉木焦滅。'即令鑿看，果大墓，有礜石滿塋。"然則礜石之爲熱，豈減於硫黃辰砂哉？

寶祐登科錄

宋寶祐四年，狀元文天祥，二甲一名謝枋得，二甲二十七名陸秀夫。一榜之間，忠義萃焉。吳寶崖有《宋寶祐登科錄》，記治五經而外，有治《周禮》者，有治賦者，有兼治一經者，而治賦者居多焉。又，宋進士凡五甲。

麒　麟

明正德時，河南産麒麟，方鱗黃色，光潤如蠟珀。鱗四周五彩環繞，如月華狀。萬曆中，丹徒産麟，青黑色，遍體鱗紋，頷下有髯，腹背巨鱗横列，長而稍方。本朝康熙中，餘姚黃牛産一麟，牛首鹿蹄，自背以下，青鱗如鯉，喉下至腹薄紅色，尾末拖叢毛，旋斃。然則麟亦非一端矣。

四　載

禹乘四載，陸乘車，水乘舟，泥乘輴，音春。山乘樏。音雷。"輴"，《史記》作"橇"。音蹺。橇形如箕，摘行泥上。《漢書》作"毳"，音脆。《尸子》作"蕝"，音撮。亦作"脆"。《說文》作"澤"。行乘斬樏，《史記》作"樺"，音白。《漢書》作"桐"，音掬。謂以鐵如錐，長半寸，施履下，以上山不蹉跌。《說文》作"欙"。《淮南子》、荀悅又有"沙用趹"。乃了切。之文。《呂氏春秋》作"鳩"，楊慎謂如今之山東皮幫鞋，漏水不漏沙之義。

不可以理測

《禹貢》"鳥鼠同穴山"，孔傳謂："鳥鼠同穴而處，故名山也。"蔡仲默以爲不經。明都穆嘗親至其山，果見鳥鼠同穴焉。西域有火浣布，有垢則火燎之，垢盡而布無傷，曹丕以爲火性酷烈，無含生之氣，著之《典論》，明其不然。後明帝世西域獻火浣布，於是刊滅此論。夫天地之大，何物不有，不可以限於耳目而臆斷也。虛無杳渺之事，世人往往篤信不疑者，又妄耳。總之言之出於虛者，不可遽信其有，謂可以理斷者也。事之出於實者，不必強論其無，謂不可以理測者也。

花神廟

湯若士《牡丹亭傳奇》中有花神。雍正中，李總督衛在浙時，於西湖濱立花神廟，中爲湖山土地，兩廡塑十二花神，以象十二月。陽月爲男，陰月爲女，手執花朵，各隨其月。其像坐立欹望不一，狀貌如生焉。都中都城隍廟儀門塑十三省城隍像，撫州紫府觀眞武殿有六丁六甲神，六丁皆爲女子像，西湖之花神其亦倣此意歟？今演《牡丹亭傳奇》者，亦增十二花神焉。

試士場期

宋試士以八月、五月，福建則用七月，川廣則用六月，以道遠故也。南渡後，改同諸路。紹興中，改中秋日。元鄉試以八月二十日、廿三日、廿六日，明改八月九日、十二日、十五日。元會試以二月一日、三日、五日，明改二月九日、十二日、十五日。元御試以三月七日，明改三月初一日、十五日。本朝悉從明制。乾隆甲子，北直以搜檢延挨三場，各改遲一日，而會試改於三月九日、十二日、十五日，永著爲例。乙丑四月廿六日殿試，五月初一日傳臚。

格五

格五之戲，止用五棋，共行一道，謂之"行棋相塞"。其法已不傳，或云即今跳虎，以黑白棋各五，共行中道，一移一步，遇敵則跳越，以先抵敵境者爲勝。是即格五之遺，未知然否？跳虎，古名蹙融，又曰蹙戎。

是 非 不 明

　　天下不憂善惡之不齊，而憂是非之不明。有善有惡者，情與勢也。有是有非者，理也。有是非以衡之，則善惡之不齊者，齊矣。惟是非不明，則善混於惡，惡混於善，家何由齊？國何由治哉？故曰：不憂善惡之不齊，而憂是非之不明也。

書隱叢説卷十五

警　俗

人之念人於善，上臻於輕清，即天堂之階也。念人於惡，下即於昏昧，即地獄之路也。釋氏之所謂天堂、地獄之説，聖人所謂上達、下達是也。人之行人於善，則慈祥愷悌，人即以善待之，如"譽人人亦譽之"之類，善有善報也。行人於惡，則凶狠暴戾，人即以惡待之，如"駡人人亦駡之"之類，惡有惡報也。釋氏之所謂因果報應之説，聖人所謂善祥惡殃是也。而釋氏必以幻相實之，以後世期之，其警人之意反遠矣。

某爲厶

今人書某爲厶，出《穀梁》范寧注，而《説文》註云："厶音司，八猶背也。韓非曰：'背厶爲公。'"似不可通用作某，然今固通行難革矣。

中山傳信録

琉球國，隋時始見，明洪武時始通中國，自後朝貢不絶。本朝康熙二年，使臣張學禮著《琉球使略》二卷。二十二年，使臣汪楫譔《中山沿革志》二卷。五十八年，使臣徐葆光作《中山傳信録》六卷，比前益加詳矣。

朱竹墨菊

畫中有作朱竹者，古無所本。起自東坡《閩小紀》，云"劍津西山數頃琅玕，丹如火齊"，乃知真有此種竹也。又道州瀧中有丹竹，宜都飛魚口有紅竹，黔陽有赤岡竹。又漢時永壽里出墨菊，其色如墨，古用其汁爲書。

聲韻之學

古者字未有反切，許氏《説文》曰某某切，其先不知所自起。魏孫炎作翻切，或云出於西域梵學也。自後聲韻日盛，李登作《聲韵》，六朝吕静作《韻集》，段弘亦有《韵集》。陽休之作《韻略》，杜臺卿亦有《韻略》。李概作《音譜》，周研作《聲韻》，宋周顒始作《四聲切韻》。梁沈約又撰《四聲譜》，以爲窮其妙旨。繼是，若夏侯詠《四聲韵略》之類，紛然名家。至隋陸法言爲《切韻》，郭知玄又附益之，孫愐集爲《唐韻》。宋真宗時，陳彭年等爲《禮部韵》。又景祐四年，修《禮部韵略》。在明，則有《洪武正韻》。而四聲舊韻上平二十八部，下平二十九部，上聲五十五部，去聲六十部，入聲三十四部，共二百六部。《廣韵》併作一百十四部，《禮部》併作一百八部，宋平水劉淵又併作一百七部，或云孫愐即併之。又愐韻平聲"文"之後有"殷"，"咸"之後有"嚴"，上聲"吻"之後有"隱"，去聲"泰"之後有"卦"，"問"之後有"焮"，入聲"物"之後有"迄"，"洽"之後有"業"，凡多七部。今則上平十五部，下平十五部，上聲二十九部，去聲三十部，入聲十七部，止一百六部，世共遵之。《洪武正韻》又止七十六部，今亦未盛行云。《丹鉛總録》云：《漢書·律曆志》引《古文尚書》"予欲聞六律五聲、八音、七始詠，以出納五言"，《今文》"七始詠"作"在治忽"。《漢書》不注"七始"之義。今之《切韻》，宮、商、角、徵、

743

羽之外，又有半商、半徵。蓋牙、齒、舌、喉、唇之外，有深喉、淺喉二音，此即所謂七始詠。詠，即韻也。由此言之，《切韻》之法，自舜世已然，不起於西域也。

孟姜

杞梁殖爲齊侯襲莒而死，其妻哭之而城爲之崩，見《説苑》及《列女傳》。《古今注》且言城崩，未云長城。齊固築長城矣，築於宣王之時，去莊公百有餘年，而齊之長城又非秦也。後世相傳，乃謂秦築長城，范郎妻孟姜送寒衣至城下，聞夫死，一哭而長城爲之崩。傳述之譌，亦有所因。《郡國志》：“陝西西安府同官人孟姜適范植僅三日，植赴役長城，姜送寒衣至城下，植已死，姜尋夫骨無辨，嚙指血駼得之。”《古今注》曰：“梁杞，殖字也。”不言姓范，則范植與杞殖未是一人。緣唐僧貫休云“秦之無道兮四海枯，築長城兮遮北胡。築人築土一萬里，杞梁貞婦啼烏烏”，因以滋後人之惑而傳訛之衆也。

洞天

貴州古福洞深四十餘里，中有大溪，景物皆天造地設。浮圖高十六級，每級三丈，餘皆玲瓏，有階可登。每級俱有佛像，香爐皆天生成者。石鐘、石鼓，擊之聲聞洞外。有後門可出。又有觀音洞，深五百餘里。初數里甚宏敞，十餘里後愈窄，側身以行者三里，三里之外可馳五馬，駕高軒矣。中有樓臺殿閣，人物花鳥之景，皆碧乳融成者也。至七十里，舉炬四照，則無涯矣。循石壁以行，行十餘里，不復曠蕩，秉十日炬得達後口，乃都勻府之東境也。雲南臨安府有顔洞，兩山夾峙，水從洞入，放舟然火而入，洞有三層，迤邐盤旋而上，入深四十餘里，廣處可坐千人，高不知其幾何。内則飛走之禽，器具之物，不可枚數。若白鷺、青魚、黃羅傘、紅桌圍，種種色相宛然，而鐘、鼓二石，叩之聲切肖也。入深，觀音半身，面如傅粉，唇若塗硃，左青淨瓶，右白鸚鵡。又石床一張，如人間之拔步焉。世間有如此洞天，曾何林屋之是訝哉？

赤 通 尺

《尚書》"若保赤子"，《傳》曰："孩兒。"未詳赤字何義。人謂初生時色赤者，非也。按漢《西嶽石闕銘》云："作石闕，高二丈二赤。"又北齊《平等寺碑》云："銅像一軀，高二丈八赤。"《廣州記》稱"蝦鬚長四赤"。然則"赤"與"尺"通也。則赤子者，謂始生小兒，僅長尺也。三尺之童，五尺之童，六尺之孤，七尺之軀，丈夫俱以尺數論長幼也。

傳 聞 之 異

明季流離，傳聞或異。熹宗懿安張后聞變自縊，任貴妃冒后給賊，賊遁，復又出宮，與無賴少年暱。後聞之於縣令，令聞於朝，章皇帝惡其行穢，賜死。任氏，忠賢養女，京師小家女也，貌麗而心狡。忠賢鬻之以進，立爲貴妃者也。《賀宿紀聞》云云。《世祖實錄》：大書元年五月，葬明天啓皇后張氏於昌平州，如野史傳聞，張后不受冤地下乎？逆案楊維垣遇國變時，詐設一柩於寓中，題曰"某官楊維垣之柩"，潛出逃外，至中途爲劫者所殺。《甲乙事案》云云。如《明季遺聞》，楊子不居然殉難乎？然而或榮或辱，總莫逃乎萬世之耳目也。

雙 金 榜

山西聶翁婦虞氏生一子商於川，又贅於李氏，亦生一子。因張獻忠入川，李氏子母散失，翁流入滇黔爲僞弁，爲官兵俘獲，纍囚數十輩。撫軍付州刺史聶熊臣鞫之，詢及翁里居、姓名，刺史異之，退問母，母令復訊，而已聽於後，呼其子曰：「真而父也。」起之囚中，拜哭大慟，慶抃無已。屬員咸賀，刺史觴之，翁亦在席，客問翁何由入滇黔，翁具本末。又與李吏目里居母子姓名合，李駭甚，歸述於母。母令設醴邀翁，翁至，母出見，曰：「尚識妾否？爲吏目者，君之子也。」刺史乃與吏目序兄弟焉。夫以兩地妻室，異姓兄弟，骨肉一朝完聚無缺，誠異事也。《雙金榜傳奇》情節略同，大約爲此而發者也。

大　物

天地間有殊生大物，異於耳目之前者。漢高后時，有三寸珠、四寸珠。章帝時，明月珠大如鷄子，圓四寸八分。明永樂中，蘇禄國獻巨珠，重七兩五錢。遼真宗有百穴珠一顆，大如鷄卵。高郵湖蚌大如席，珠大如拳。滁州有螢光如金鏡。元故都處有蚊如蜻蜓。《酉陽雜俎》：蜘蛛大如車輪。明弘治間，登州蜘蛛與龍鬭死，身徑一丈六尺。嶺南蝴蝶重八十斤，羅浮山蝴蝶翅如車輪。又如蒲帆馬緒得巨蟻，長尺餘。《東山記》：蟻有重四十斤者。吳明國鷥蜂重十餘斤。《抱朴子》大蜂一丈，蜈蚣大者長百步，其皮可以鞔鼓。天寶中，廣州漂一死蜈蚣，剖其一爪，得肉一百三十斤。西域有鼠大如猪，衍聖公庾廩中鼠重二十斤，倭國山鼠如牛，海蝦蟆牙長一尺五寸，有刺蝟皮廣半畒許。呂宋南島有大龜一般，可容一人。海蝦殼長數尺，點火其中，如龍夭矯，鬚可爲杖。丹蝦長十丈，鬚長八尺，有兩翅。又海蝦鬚長四丈四尺，有長四五十尺者。海蟹大踰丈許，螯箝人首立斷。姑射國大蟹廣千里，海州民家以魚骨作臼。萊州水神廟二魚目珠徑三尺，餘光甚精。采山寺中魚鱗廣闊數尺。

海上有大魚過崇明縣，八日八夜始盡。東萊海魚高三丈，海鳧長毛三丈。條枝大雀，形似橐駝，舉頭高八九尺，張翅丈餘，其卵如甕，所謂鴕鳥也。西洋古里駝雞，高六七尺。小人國大晨雞，重五十斤，高四尺。南朝有異國，進貢藍牛，尾長三丈。岷山牛重千斤，曰夔牛。利未亞州大羊一尾，重數十斤。外國大象一牙，重二百斤。巴蛇吞象，蚺蛇吞鹿。溫州茉莉高一二丈，蜀青城山牡丹二株高三十丈，雲南櫻桃樹大數圍，高數十丈，夜合樹高廣數十觝。南蠻有竹，其節相去一丈。頓邱竹一節可爲舡。交廣竹節長二丈，有圍一二丈者。羅浮山十三嶺巨竹圍二十一尺，有三十九節，節長二丈。廣東木竹一節，長四丈。波斯國桃樹長五六丈，吐谷渾桃大如六石甕。積石山桃實大如十斛籠。石虎苑中勾鼻桃重三斤。東北荒桃高五十丈，葉長八尺，廣四尺，子徑三尺二寸。九嶷山溪中桃核容米一升。日本國金桃實重一斤。女人國核桃長二尺。馬韓大栗如梨，番瓜如斛大，重至數百斤。木蘭皮國瓜圓六尺，米粒長三寸，番茄大如斗，瓠匏可盛粟二十斛，片之可爲舟航。交廣茄，樹梯樹而採。番梨重七斤。洛陽報德寺梨重六斤。扶南國甘蔗一丈三節。大食勿斯離國甜瓜大五六尺，石榴重五六斤，桃子重二斤，香櫞重二十斤，菜每根重十餘斤，麥粒長三寸。儋、崖芥高五六尺，子大如雞卵，瓠皆石餘。襄陵縣葱莖大合拱，高出屋欄上。烏哀國龍爪薤長九尺。

禮行巽出

《文中子》曰："圓而不同，方而不礙，直而不抵，曲而不佞。"四語可爲立身行世之法。蓋狥世而不狥道，則傷天理。狥道而不狥世，則防人禍。方圓曲直之間，必有以善自處者矣。孔子曰："禮以行之，巽以出之。"

火炭畫竹

《曠園雜記》載：武恬，安寧州人，能以火炭畫竹，絕精巧，不可多得。近有以火炭尖吹暈竹上，成山水人物，并能作小楷於小竹管上，意即武氏之流傳也。

數目字

泰山麓唐碑，武后時立，凡數目字作壹、貳、叁、肆、捌、玖等字，云皆武后所改。又宋邊實《崑山志》已有之，相傳始於洪武年者，非矣。

金鐘罩

舊聞有異術，名曰"金鐘罩"。其身挺立，加以刀劍，曾不少動，謂如以金鐘罩於身上也。有知其術者，以刀劍輕按之，則傷矣。鄭龍如文集中載，明劉綎門客善此術，又名鐵布衫。近有人恃術作逆，剽劫閭里，爲土兵所殺，術竟不靈。然則術不助邪，亦明矣。

裹足

女子裹足，自昔爲然。本朝滿洲法不裹足，康熙三年遵奉上諭："康熙元年以後所生之女一概禁止裹足，若有違法者，其父有官者，交吏、兵二部議處，兵、民交付刑部，責四十板，流徙。十家不行稽察，枷一個月，責四十板。大臣會議，謂立法太嚴，或混將元年以前所生者捏爲元年，以後誣妄出首，牽連無辜，受害亦未可知，相應免其禁止可也。"自是而市販、編户之妻女亦皆弓鞋趫足矣。

八股取士

八股文章取士，元明以來未變其制。康熙三年，改用策論。至八年以後，仍復舊制。三十六年，以小學命題作論，至四十五年而議改。

雞口牛後

雞口牛後，延篤《戰國策音義》曰"雞尸牛從"，《索隱》亦然，《顏氏家訓》從之。案：《史記》曰："鄙語云：'寧爲雞口，無爲牛後。'今西面事秦，保異牛後乎？"夫雞口雖小，在前也，牛後雖大，在後也。況古語往往有韵，口、後爲韻，夫復何疑？奚必紛紛致辨哉？後閲《七修類藁》亦云。

對食

漢時內監與宮女各配夫婦，謂之對食。宮女藉內監買辦，內監藉宮女縫補，偶俱相比，無異民間伉儷。《漢書·劉瑜傳》："常侍黄門亦廣妻妾。"《石顯傳》："免官，與妻子徙歸故郡。"元魏時蕭忻疏云："高軒和鸞者，莫非閹官之嫠婦。"唐之宦官有權位者，則得娶婦。高力士娶吕元晤女，李輔國娶元擢女。宋梁師成妻死。明宣德中賜太監陳蕪兩夫人。天順初，賜故太監吳誠妻莊田。熹宗時，特給客氏與魏忠賢爲妻。則宦官之娶妻，自昔已然，今猶有此風焉。

立位入社

趙永正，丹陽人，以北籍吏員授吳江同里司巡檢。居官廉潔，請託不行。紳衿往來，節中例有餽遺禮物，永正一概謝絶，迥越恒流。卒於任。鎮人德之，爲置位入里社，以誌弗忘焉。

飲茶

《晏子春秋》有"茗菜"之語，王褒《僮約》有"買茶"之語，《趙飛燕別傳》有"啜茶"之語。《吳志・韋曜傳》："曜不善飲，或賜茶荈以當酒。"以爲始於梁天監中者，非也。《說文》"荼"字註曰："此即今之茶字。"《爾雅》："檟，苦荼"，郭璞註云："早采爲荼，晚采爲茗。"此茶之始也。至唐陸羽著《茶經》三篇，天下益尚茶矣。

舉　按

舉按齊眉，"按"與"案"同，俗謂"几案"。《語林》云："古盌字，故舉與眉齊。《四愁詩》'何以報之青玉案'，謂青玉盌耳。"《天香樓偶得》云："古人布席於地，席上置案，如今世滿洲桌是也。"後漢去古未遠，或從此制，所以可舉，亦未可知。又有云：玉盤而下有足者曰"玉案"，則案或是几屬，或是盤類也。

吸　毒　石

吳江某姓有吸毒石，形如雲南黑圍棋，有大腫毒者，以石觸之，即膠粘不脱，毒重者一週時則落，毒輕者逾時即落。當俟其自脱，不可强離也。强離則毒終未盡焉，俟其落時，預備人乳一大碗，分貯小碗，以石投乳中，乃百沸踴躍。再易乳，復投，更沸。如是屢次，俟沸定，則其石無恙，以所吸之毒爲乳所洗盡也。不然，其石必粉裂矣。云得之於舊家，本出於大西洋中。傳記不見，乃知世間奇物不可以理測也。其家族中又有怪事可駭者，娶新婦入門拜堂，忽有風自外入，滿堂燈燭盡滅。探之，則燭煤俱如刀截。來朝祭祖時亦復如是。三日後，其翁無病而殂。閱日，子婦輩哀奠時，其靈主忽然仆地粉碎，撫棺號慟，翁棺如火之熱，不堪着手。頃之，忽聞堂中有大聲若震雷然，而翁棺從首至足中裂爲二，舉家惶駭，勉置外槨，更爲斂藏。其家連喪七人焉。

750

汝烈婦

汝烈婦，朱氏，吳江諸生夢鱗女也。適本邑諸生汝殿邦，閱四載，汝病歿，婦有子甫期，不及顧，即欲自盡。姑妯輩環持之，得不死。後伺守者稍懈，閉戶自經，但聞呱呱子聲促，入門，婦已氣絕矣。重衣襲裳，加以衰麻，端坐如生。時乾隆十年七月初七日也，距夫死蓋二十有八日云。

盲目不盲心

宋楊克讓子希閔，生而失明，令諸弟讀經史，一歷耳，輒不能忘。屬文善緘尺，趙普守西洛，府中牋疏皆希閔所爲。有集二十卷。自教三子，皆登進士第。明松江唐汝詢雙瞽，聽人咕嗶，積久淹貫。著《唐詩解》二十四卷，博引廣稽，惟心所造。又著有《編蓬集》、《姑篾集》若干卷，勝於雙眸炯炯者矣。所謂盲於目不盲於心也。

遲速有候

明金壇祁逢吉，少爲諸生，鄉試適東家之子已通關節於主司，臨期忽病，以與祁素善，告之。比入場，立就七藝，喜甚，自謂必售。及將謄寫，手忽反背，不能握筆，遂納卷，太息而出，自謂不復有科第之望。下科竟中第，官至戶侍。以見不惟得失有命，而遲速亦有候也。

學問從患難生

凡人學問從涵泳生，亦從患難生。單縣秦紘自撰年譜，中有云："予爲御史時，量褊不能容物，數忤內官，謫沅陵縣驛丞。由此一謫，器量漸宏，去就漸輕，識趣漸明。雖一時謫官，而得終身受用，天未必無意也。"云云。予自幼至長，瀕年患厄，而學問不加長，惟於世情漸淡，中懷漸曠耳。

天雨物

自古災異，天之所雨，不一而足。雨粟、雨穀、雨稻、雨麥、雨黍、雨豆、雨米、雨寶、雨珠、雨碧、雨金、雨銅、雨鐵、雨錫、雨鉛、雨琉璃、雨水銀、雨錢、雨五銖錢、雨刀劍、雨花、雨草、雨木、雨木屑、雨木冰、雨李、雨桂子、雨杉葉、雨棗、雨酸棗、雨黃、雨魚、雨鹿、雨羊、雨黿、雨蟲、雨蠡、雨蝦、雨蛤、雨蠃蟹、雨科斗、雨鼈、雨鰲、雨骨、雨肉、雨毛、雨血、雨筋、雨膏、雨沙、雨酒、雨湯、雨灰、雨土、雨赤雪、雨冰、雨黃塵、雨黃泥丸、雨墨、雨虹、雨紙錢、雨篆、雨石、雨石子、雨五色石、雨絲、雨綿、雨苧、雨布、雨帛、雨絳羅、雨絮、雨釜甑、雨杵臼、雨戰具、雨小兒。大抵正氣不足，變異所致，或即他處之物，爲暴風所吹洎攝取耳。

蚊母

夏月蚊蚋嘬人肌膚，侵擾難寐，大抵暑濕所生者。而江南有孑孓蟲，塞北有蚊母草，嶺南有蚊母樹，江東有蚊母鳥，又皆蚊之所自出，則蚊之爲害於人，不少矣。

飲酒賦詩

韓昌黎曰："百年未滿不得死，且可勤買抛青春。"胡汲仲曰："薄糜不繼凍不暖，謳吟猶是鍾球鳴。"信是，則人生即窮而未至於死，且當飲酒賦詩以全天真也。

五 經 博 士

至聖裔封衍聖公始於宋代。四配裔爲五經博士，及仲氏裔、周濂溪裔、程伊川裔、朱文公裔爲五經博士，始於明代。本朝康熙中，以程明道裔爲五經博士，以子張子裔顓孫氏爲五經博士，又以周公裔東野氏爲五經博士，以子貢裔端木氏爲五經博士，以張橫渠裔爲五經博士。

正 統 論

鍾龍淵作《正統論》，略云：三代、漢、唐、宋，正統也。東周君、蜀漢昭烈帝、晉元帝、宋高宗，正而不統者也。秦始皇、晉武帝、隋文帝，統而不正者也。雖非正統，不可不以帝予之也，以天下無久虛之理也。若夫王莽、曹丕、朱温，義既不正，勢又不一，不得言正，又不得爲統，而乃從而帝之，此司馬、歐陽之誤也。長洲宋既庭實穎作《黜朱梁紀年圖論》，其意以爲：興復唐室者，有晉、岐、蜀、淮南四國，或爲唐之臣子，或爲唐之賜族，則唐實未嘗亡也。今黜朱梁紀年而以晉、岐、淮南之稱天祐者，爲主始於天祐四年，至後唐莊宗同光元年而止，亦《春秋》書"公在乾侯"之義也。二論亦足明古今之大義，爲《綱目》之功臣矣。

長 人 短 人

中國人長一丈者：黃帝、唐堯、周文王、孔子、伍員、巨毋霸、魏慕容叱。又：宋唐某與其妹各長一丈二尺。

外國人長狄僑如長三丈，又云長五丈四尺，或云長十丈。苻堅時拂蓋郎長一丈九尺。釋迦佛長一丈六尺，阿難長一丈四尺五寸。大秦國人長一丈五尺，又云長十丈。南海毗騫國王長一丈二尺，頭頸三尺。臨洮人長三丈五尺，日東北極人長九丈，天竺車隣之國長一丈八尺。至於巴郡中大人長二十五丈六尺，龍伯國人長三十丈，佻人國長三十丈五尺，又不倫矣。

中國人短者：王蒙長三尺；張仲師長二尺二寸，又云長一尺二寸；務光長八寸；李子昂長七寸；明末闖臣宋獻策長二尺餘。

外國人短者：漢武時巨靈長七寸，西海鵠國人長七寸，小人國長二尺餘，僬僥國人長一尺五寸，諍人長九寸，勒畢國人長三寸，西北荒人長一寸。

訛傳采秀女

康熙三十一年冬，蘇松訛傳朝廷欲采民間秀女入宮者，遂至嫁娶紛紜匆遽，有婚姻錯配而貴賤不等，老幼不齊者，有匿情再娶者，不一而足。成婚之際，禮節苟略，樂部僅一二人，且有粗曉吹笛打鼓以漫應之者，輿轎不足，有以紅布圍於倒桌以昇新人者，致可笑也。推其原，蓋由於上司一言不謹之所致。故大臣當有大臣之體，大臣當有大臣之度也。是時，鄉紳請於上司，謂："外有訛言如此，未知果否？"上司厲語曰："即有是事，民間將奈之何？"遂至閧傳，謂真有是事也。

死　　所

《左傳》狼瞫曰："吾未獲死所。"夫人孰無死，以死而得其善者，爲所也。昔賢謂死於兒女子手中謂非死所，然必以馬革裹屍爲得死所者，亦未爲盡善也。顏回安貧樂道而死，張子房成功身退而死，郭令公功成名遂而死，何嘗非死所乎？

五　岳　搜　捕

《東方朔內傳》云："太白星竊織女侍兒梁玉清、衛承莊，逃入衛城少仙洞，四十六日不出。天帝怒，命五岳搜捕，太白歸位。"《西遊記》天宮諸神捉孫行者事用此。

月　　令

《月令》七十二候，其文見於《夏小正》、《易通卦驗》、《汲冢周書》、《管子》、《淮南子》，《崇文目》有《周書月令》一卷，不獨《吕氏春秋》而已也。蔡邕、王肅以爲周公所作，陸德明以爲《吕氏春秋》後人删爲此記。先儒以太尉秦官，非周公之書。然《夏小正》之書辭簡理明，固已備《月令》之體，《豳風·七月》猶以時令爲先務，周公制禮作樂，豈得無一代之成書乎？不韋不過襲其辭，易周司馬爲太尉耳。大率周公增益《夏小正》，不韋增益周公之書，觀《汲冢周書·時訓解》、《管子·幼官篇》、《淮南·時則訓》，俱異同可知矣，不得以《月令》出於《吕覽》，爲漢儒所襲而遂少之也。《尚書中候》亦有"舜爲太尉"語，然孔疏云堯時置之，三王不置也。

稗官所祖

《解頤録》："峽口多虎，一人執斧入山尋虎，見一大石室，中有石床，一道士在石床上熟寐，架上有一虎皮。其人取皮，道士驚覺，乃曰：'吾有罪於上帝，被謫爲虎，令食一千人，我今已食九百九十九人，唯欠汝一人，不幸爲汝竊皮，若不歸，吾必別更爲虎，又食一千人矣。今有一計可以兩全，汝今執皮還船中，剪髮及鬢鬚少許，剪指爪甲，兼頭面手脚及身上各瀝少血三四升，以故衣三兩事裹之。待吾到岸，汝可拋皮與吾，吾化虎後即將此物拋與我，取而食之，即與汝無異也。'"云云。嗟乎！上帝有命，猶可挽回，無怪人間胥吏舞文之不止也。而石室、石床等景象，《西遊記》用之，其"已食九百九十九人"等語，後世稗官荒唐之説用之不盡也。

石　栗

段成式門下騶路神通，能戴六百斤石，齩破石栗數十枚。石栗出廣東，半嵌釜如核桃，半平滑如香蕈，齩之頗難。

幻惑愚人

唐景雲中，賀元景幻惑愚人，子女傾家産事之，紿云"至心求者，必得成佛"。尅日，設齋飲，中置莨菪子，與衆餐之。先於懸崖下燒火，誑令臨崖，忽爾推墮崖底，一時燒死，没取資財。事敗，官司來檢灰中，得焦拳屍首數百餘人。明張住舉家師事遊僧明果，唯其所言。一日，僧謂住曰："汝道業已高，當擇日沖舉，然須先度一家。"因出迷藥，謂之仙藥，令盡服之，令住以劍斬其父母、兄弟、妻子，一家十七人皆死。僧盡收其貲逸去，鄰里執住送官，斃於杖下。本朝乾隆中，宜興僧吴時濟誘人禮佛，云："至心皈依，於無人處昇化，必得成佛作祖。"有秦、蔣二姓被惑心迷，挈眷十餘人，至太湖中盎山，絶食餓死，將屍焚化。或云吴僧以冰片、麝香藏大棗中，食之立致昏昧，預備柴料纍纍焚化。有一童女未及食棗，强抱投火，號呼救命。二家家産先行盡歸僧黨，事敗論死。僧道之幻惑愚人，古今一轍也。

心蔽鬼攝

《關尹子》曰："心蔽吉凶者，靈鬼攝之。心蔽男女者，淫鬼攝之。心蔽幽憂者，沉鬼攝之。心蔽放逸者，狂鬼攝之。心蔽盟詛者，奇鬼攝之。心蔽藥餌者，物鬼攝之。如是之鬼，或以陰爲身，或以幽爲身，或以風爲身，或以氣爲身，或以土偶爲身，或以彩畫爲身，或以老畜爲身，或以敗器爲身。彼以其精，此以其精，兩精相搏，則神應之。"此等議論，可爲惑於神鬼者下一針砭。余前所云"戾氣所鍾"及"鬼由心感"等論，庶幾有脗合焉。

求福之惑

漢汝南人於田得麇，未往取也，偶有商車過此，將去，持一鮑魚置其處。其主怪其如是大，以爲神，轉相告語，爲起祀舍。衆巫數十，治病求福，多有效驗，號鮑君神。後數年，鮑魚主來尋，問其故，曰："此吾魚也，當有何神？"上堂取之，從此不靈。又昔有人旅行山中，值雪，以傘植石面之洞中以蔽其身。雪止，客收傘而去。居近人見石面洞旁正圓一規無雪，訝其神異，遂謀興祠宇。自後，饗獻不絕，禱祈甚靈。後旅人還過此地，訝其有祠，詢得其故，以植傘蔽雪之事明告諸人，祠遂廢而不靈。宋瑞州鄭二娘汲井之次，忽雲湧於地，不覺乘空而去。鄉里爲立仙姑祠，禱祈輒應，遠近翕然趨之。有宰廉得其事，所謂仙姑者，故在傍邑也。蓋此女有醜行，父爲宛轉售之他邑，設爲仙事以掩之，且利其施享之入以爲此耳。所謂禱祈輒應者，何有哉。吁！設爲仙事，利其施享之入者，比比皆是矣。《傳》曰："物之所聚，斯有神。"昌黎曰："一時題作木居士，便有無窮求福人。"夫戾氣之依憑，人從而神之。如以輔邪之藥治邪疾，有不猖狂者乎？得清涼之散，則自安然矣。余於湯潛菴毁上方山五聖祠，亦云。甚矣，求福者之惑也。

饗奠祭

酹酒於地，謂之祭，今人乃謂之奠。奠乃實於其所，非酹也。祭饗亦自有別，天神方謂之饗，取其氣達於上，祭乃縮酒於地耳。今人於親朋喪事禮備而豐者曰祭，不備而儉者曰饗，最儉者曰奠。然則饗與奠俱當謂之祭也。

祖有古風

范文正先得蘇州府學基，相地者曰當累代出科第，躋公侯，范遂捐爲府學，公之一府，以應其數。凡人孰不争欲利己，今且莫與争之而專以利人爲重，以利己爲輕，其心不公且溥乎？明江西巡撫王喆昆弟四人葬西山，山有二穴，地師謂南穴不利子孫，王遂以北穴葬其先人及昆弟，而自占其南穴焉。與文正之心若合符契。先祖仲輝公質直好義，葬先日，地師謂正向於隣小礙，偏向則無取矣。先祖曰："有損於人，毋寧無利於己。"毅然從偏向焉。地師慨然嘆曰："陰地不如心地好。"諒哉，先祖猶有古人之風焉。

薛義兒

薛義兒者，陝西人也。幼無父母。康熙中，吳江漕吏以罪徙於陝，遇義兒，結爲父子，兒待吏如父焉。乾隆中，漕吏病革，兒請父志，吏曰："無他念，惟以骸骨不得還鄉爲恨耳。"歿後，兒負其骸骨，徒步幾千里，饑寒困悴，乞食以行，直達吳江，覓其真子，促之入土。未入土時，兒抱父遺骨，日夜啼泣，鄉人莫不感之。入土後，兒哭别而去，仍然徒步乞食，饑寒困悴所不計也。人謂之爲薛義兒焉。

三　尸

道家有言：三尸蟲在人身中，能記人過失，至庚申日乘人睡去而讒之上帝。故學道者至庚申日輒不睡，謂之守庚申，或服藥以殺三蟲焉。夫學道者，將以積功累行以求所謂升舉耳，不求己之無過，而反惡物之記其過，又且不睡以守之，爲藥物以殺之，豈有意於爲過而幸其蔽覆藏匿，欺罔上帝，可以爲神仙者乎？上帝照臨四方，納三尸陰告而謂之讒，其悖謬尤可見。唐道士程紫霄詩云："玉

758

皇已自知行止，任爾三彭說是非。"信然，學道者而猶惑此，毋怪乎世之以掩襲爲工而朝之以投匭是尚也。

避諱

古今避諱之事，雜見諸書，不一而足。有過時即改正者，有至今因之者。過時即改者毋論矣，至今因之者，如漢高祖諱邦，以"邦"爲"國"。武帝諱徹，以"徹侯"爲"通侯"。宣帝諱詢，以"荀卿"爲"孫卿"。明帝諱莊，以"莊助"爲"嚴助"。晉景帝諱師，以"京師"爲"京都"。文帝諱昭，以"昭君"爲"明君"。愍帝諱業，以"建業"爲"建康"。梁武帝小名阿練，以"練"爲"絹"。隋煬帝諱廣，以"廣陵"爲"江都"。唐祖諱虎，以"虎林"爲"武林"。太宗諱世民，以"民部"爲"户部"。代宗諱豫，以"豫章"爲"鍾陵"，以"薯蕷"爲"薯藥"。宋避英宗諱，遂名"山藥"。德宗諱适，以"括州"爲"處州"。南唐李主諱煜，以"鸚鵒"爲"百哥"。宋祖諱玄，以"玄武"爲"真武"。吳太子諱和，以"嘉禾"爲"嘉興"。吕后諱雉，以"雉"爲"野雞"。武后諱曌，以"詔書"爲"制書"，"鮑照"爲"鮑昭"。簡文后諱阿春，以"春秋"爲"陽秋"。元后父諱禁，以"禁中"爲"省中"。蘇子瞻祖名序，以"序"爲"叙"，或改作"引"。寇準爲相，避其名以"準"爲"准"，文移用之。本朝太宗年號崇德，改"崇德縣"爲"石門縣"。此其尤大彰明較著者也。

秦墓

吴江鶯脰湖濱有地曰五牛，康熙中，野人耕田，覺田水若漏卮，徐視田中，有渦旋焉。訝而探之，中空而其旁甚闊，以畚錨掘之，有石屋焉。計縋而下，見一石門扃固，併力發之，中是墓道，石室黝深，二朱棺鐵索懸焉。有碑曰"宋秦丞相墓"，其旁迄無異物。群疑爲秦檜也，欲發其棺，旋有沮之者，懼禍而止。仍爲布甓填土，至今尚存焉。考秦檜墓在江寧鎭，先爲穢墓，後爲盜發，五牛之墓未知如何也。

真隸八分

郭忠恕云："小篆散而八分生，八分破而隸書出。隸書悖而行書作，行書狂而草書聖。"庾肩吾云："隸體發源秦時，隸人下邳程邈所作，始皇見而重之。以奏事繁多，篆字難製，遂作此法，故曰隸書，今時正書是也。"趙明誠云："誤以八分爲隸，自歐陽公始。"朱竹垞《帖跋》云："唐張懷瓘言篆、隸、行、草而不及真書，蓋以隸爲真也。然竊疑漢代無真書，工之自太傅始。當時楷法雖精，章奏之外，未大行於世。迨晉帝王方用正書，而衛夫人《圖筆陣》有'真書去筆頭二寸一分'之語，然則真書當別標一目，未可牽混入隸之一門也。"觀此數說，未知今之真書即隸書耶，未知八分自八分，隸自隸，而真自真耶，未知隸書與真書相近，故前名隸而後名真耶，未知有古隸、今隸之別，以八分謂之古隸，以楷法謂之今隸耶。

書隱叢説卷十六

讀書有爲

宋胡安國庶子寅，號致堂，少桀黠難制。父閉之空閣中，其上有雜木，過數旬，寅都刻畫爲人形。安國曰："當思所以易其心。"遂別置書數千卷於其上，年餘，悉能成誦，不遺一卷，遂爲名儒。明王守仁少亦駘宕不馴，父閉之空閣中，父友試探之，則以散髮結蠅蜓於其上，蓬蓬勃勃，不可勝窮。父見之，益怒，友曰："是心思可以有爲，毋輕視也。"乃私詰以不學之故，乃曰："書已讀矣。"歷試之，皆能暗誦，乃益奇之，遂爲之延聘名師，遂成大儒，累立奇功。夫桀黠難制，駘宕不馴者，俱有可爲，以其能讀萬卷書也。不能讀書，雖循謹緘默，不過一守家之子而已。況又不能循謹緘默者乎？

居家三厄

凡人出外者，多懼風波、盜賊與虎狼三者之厄。余思居家亦有三厄近似者。凡事可掃除而几榻之塵沙日除日有，可當江湖之風波。凡事可防閑而中宵之鼠竊隨防隨到，可比劫掠之盜賊。凡事可退避而枕席之蟊蝨愈避愈多，可喻山林之虎狼。然道途之三厄，日不常有，而居室之三厄，曾無虛日也。

妄鬼假托

《風俗通》云："張漢直到南陽，行後數日，鬼物至家，云我喪在陌上，言家事頗悉。爲衰絰迎喪，遇漢直，謂其鬼也。前爲具説，且悲且喜。"《異聞總錄》云："撫州民詹六、詹七，其季曰小哥，賭博負錢，畏兄箠責，竄逸他處，久而不返。母思之益切，而夢寐占卜，皆不祥，意其爲死矣。中元，詹氏羅紙錢以待享，薄暮，若有幽歎於外者。母曰："果爲我兒，能挈此錢出則信可驗。"少焉，陰風肅肅，探而出之，母兄失聲哭。後數日，季忽從外來，伯兄以爲鬼，將逐之，弟曰："本懼杖而竄，未嘗死也。"乃知前事爲詐云。又季元衡調台州教授，家有侍妾忿主母不能容，常懷絶命之意。及行，季以情禱妻，妻亦領之。僑寓中忽聞啾啾聲，似其妾而不見形狀。問之，泣曰："君纔出門，即遭箠楚，勢不可復生，自經死矣。"季爲之哀泣，欲回車，業已至，欲弗信，又不忍。遣僕兼程歸扣其事，僕還云："宅内全無事。"季曰："然則妾鬼假托以惑我爾。"是晚復至，季正色責之，答曰："實非此人，緣君初行日疑心橫生，故我得以乘間造僞耳。"《關尹子》曰："人之平日目忽見非常之物者，皆精有所結而使之然。人之病日目忽見非常之物者，皆心有所歉而使之然。"余前所言"戾氣所鍾"及"鬼由心感"之言，觀此益信。況世間狐狗所托者，又不少也。然則吏胥托官以恐嚇，醫卜乘機以誘利者，又不勝屈指矣。

弟子門人

歐陽子曰："受業者爲弟子，受業於弟子者爲門人。《論語》爲孔子而作，所云門人，皆受業於弟子者也。"洪氏《隸釋》、《隸續》載東漢諸碑，有弟子，復有門生。然則古時弟子、門人大有分別，今則混而爲一矣。且以門人當弟子而無弟子之稱，更有士人稽首於佛、菩薩、三清、文昌之前，自稱曰弟子，尤可異也。

馬牛風

《書》曰："馬牛其風。"《左傳》曰："風馬牛不相及也。"俱爲馬牛之病風耳。《懶真子》説極明。或云：牛馬見風則走，牛喜順風，馬喜逆風。

張　仙

張仙本張惡子，姚萇立廟於梓潼嶺上，蜀人俎豆不絶。仙即梓潼神，世以梓潼神爲文昌星神號。有謂爲文昌星所化者矣，有謂花蕊夫人以孟昶像而託名者矣，有謂爲挾彈擊災之張遠霄者矣，俱未當也。

文　昌

文昌本星名，其星有六，《星經》不言其主文事，但有司中、司禄、司命。《周禮·大宗伯》"以槱燎祀司中、司命"，鄭注云："司中、司命，文昌第五星、第四星。"賈疏云："文昌宫六星，第四曰司命，第五曰司中，第六曰司禄。"又曰："上台司命爲太尉，中台司中爲司徒，下台司禄爲司空。"是主天下爵禄之星，則今世士人之祀文昌亦宗其義而爲媚禱之舉耳。若今帝君之名，特出於道士之説，稱帝君之神，屢降於世。其可知者，在周爲張仲，在晉爲涼王吕光，五代爲蜀主孟昶。俗儒不明，從而惑其説，至崇其像於學宫、寺觀，并爲刊印《文昌帝君陰騭文》以勸世，自謂有福。孰知其俱陷入於道教荒唐之説也。總爲士子急於功名之念，謂文昌得以進退其柄而争祀之，則爲文昌之名所誤耳。況得以進退其柄而争祀之，則即所謂通關節者是也。君子之所不爲也，又何祀文昌者之紛紛乎？

陳　日　照

宋安南國王陳日照本福州人，好與博徒游，屬竊其家所有以資妄用，遂失愛於父。其叔異之，每加回護。會其家有姻集羅列器皿頗盛，至夜悉席卷而去，展轉入於邕州，與交趾隣。近境有棄地數百里，每博戲，則其國貴人皆出於市。國相乃王之壻，有女亦從而來，見而悦之，因請以歸，納爲壻。其王無子，以國事授相，相又昏老，遂以屬壻，以此得國焉。甚矣，人之賤貧富貴固不可料也。而席卷器皿事，《水滸傳》魯智深桃花山事用之。國王無子授壻，因以得國後，《水滸傳》李俊爲暹羅國王事用之。

分韻字學

分韻當以古韻爲準，今韵行而古韻不聞矣。字學分類當以《説文》始一終亥爲準，《字彙》行而古之分類高閣矣。顧野王《玉篇》分類本之《説文》，《廣韻》本之古韵，所以書稱合璧而人當奉之爲蓍蔡也。

王景亮

明王景亮原名珮，本非王中丞哲之後，及第後與中丞後聯譜，遂序入景字輩，改名景亮。明末，殉難於閩中。縣志有傳其後人衰落不振，墓道亦荒涼莫辨。中丞族孫王覲揚錫江寧罷官以後，力行興廢，修祖墓，立祠堂，叙族譜，因訪景亮墓道，得之於荒榛叢莽中。其棺已朽，上有大樹縈繞，舁其樹，宍處儼然，而白骨嵌懸樹根間，爲哀而葬之，立碑道左，歲歲設祀焉。噫！孟郊云"樹根鎖枯棺，孤骨裹裹懸"，言之不黯然乎？設景亮無聯譜之事，又誰爲之尋其墓而葬其骨於寒煙衰草之中乎？

文章本天然

陸放翁云："文章本天然，妙手偶得之。"此言實有所見，不但善則歸天之意也。方人搆思微茫之際，文思忽來，謂非天之假手乎？

李長吉云"筆補造化天無功",雖曰誇美之詞,不免貪天之功以爲己力矣。

獄訟難正

愚公牸牛生子,賣之而買駒。少年曰:"牛不能生馬。"遂持駒去。愚公不與之爭,遂以名谷。管仲知之,曰:"使咎繇爲理,安有取人之駒者乎?愚公知獄訟之不正,故與之而不爭耳。"仲有此言,齊之所以治也。甚矣,獄訟之難正也。居官者,以清廉爲本,尤當以和平爲主。清廉則理易直,和平則情可得。貪污者無論矣,世有自恃清廉而恣睢暴戾,不能和平以察真情,往往以先入之言爲主,而有爭之而不得者矣,此獄訟之所以難正也。居官者其鑒諸。

澄心養氣

人生在世,百憂感其心,萬事勞其形,擾擾碌碌,無有止期。唐人所謂"舉世盡從愁裏老,誰人肯向死前閑"也。養生者,第一以清心保氣爲主。清其心,則事感不能亂。保其氣,則外物不能侵。古人曰:"澄心如澄水,養氣如養嬰。"二語實爲養生之要訣。能於擾擾碌碌中,稍有閒隙即行此法,勝於汩没者多矣。況當經年無事之候,行之久而不懈,有不却病延年者乎?若方士家之服食閉氣,往往多致災戾,甚而隕命,慎毋從也。

逸書

趙岐注《孟子》,高誘注《吕覽》,杜預注《左傳》,韋昭注《國語》,往往有曰《逸書》者。蓋謂孔氏之古文耳,非謂亡逸之書,乃謂今文亡逸之《書》也。故《文選注》亦云夏之《逸書》也,不然,豈唐時尚未盡出耶?

三　　槐

有求宋王曾之父名者。《宋史》不載，止云幼孤鞠於伯父而已。後閲《清波雜志》，得其名曰"祐"，乃手植三槐者。

緯讖之言

"天如彈丸，周天三百六十五度四分度之一，日日行一度，月日行十三度十九分度之七"，《尚書考靈曜》、《洛書甄曜度》之文也。"黑道二，出黃道北。赤道二，出黃道南。白道二，出黃道西。青道二，出黃道東。日春東從青道，夏南從赤道，秋西從白道，冬北從黑道"，《河圖帝覽嬉》、《龍魚河圖》之文也。"名山大川，孔穴相通"，《河圖括地象》之文也。"春取榆柳之火，夏取棗杏之火，季夏取桑柘之火，秋取柞楢之火，冬取槐檀之火"，《禮稽命徵》之文也。"日月右行"，《禮含文嘉》之文也。"鱗蟲三百六十，龍爲之長。羽蟲三百六十，鳳爲之長。毛蟲三百六十，麟爲之長。介蟲三百六十，龜爲之長。倮蟲三百六十，人爲之長"，《樂稽耀嘉》之文也。緯讖之書，原有不可磨滅之言，後世且用之不盡。惟地有四遊，爲不足憑。銅頭鐵額，爲荒唐語耳。是故，書無論古今，無論真僞，但當識別其言，求於理到而已。理到則可傳矣。猶夫文之不論平奇濃淡，詩之不論初盛中晚也，何後人之紛紛致辨於《繫辭》與《古文尚書》乎？

時日吉凶

今人酷信時日避忌，夫小吉小凶，有何關係？如室本陋，即數改方向，亦有何益？命本蹇，即日趨吉地，終無所得。居宅何家不擇吉日，有子孫保之者，有轉易他姓者。婚娶何人不擇吉日，有皓首齊眉者，有夭亡相繼者，總在乎人之德與命耳，豈在此瑣瑣之小吉凶哉？宋武帝、唐李愬往亡可以興師，漢明帝反支可以通奏，唐太宗辰日可以發哀，宋武帝四廢可以拜爵，此甚可法。至於葬師所云江南無吉地，全在時辰利，則術士惑人之言耳。

事同禍福異

太伯以三讓而周興，季札以三讓而吳亡。魯人爲父報仇，安行不走，追者捨之。牛缺爲盜所奪，和意不恐，盜還殺之。宋史綸於御前爲蜈蚣齧頂，忽然淚下，適言高宗事，玉音問故，對曰："因思感先帝舊恩耳。"明日轉官。明徵士吳與弼召對時，有蝎在頂，問其大略，默然無應，上不悦而罷。同一事也，而禍福相反，《莊子》之所謂"彼亦一是非，此亦一是非"也。

純任自然

人在塵世，紛紛擾擾，無限營求，自以爲得計，而不知爲得爲失，總莫逃乎數也。數當得，幾幾欲失而竟不失。數當失，幾幾欲得而竟不得。有數主之，莫能越也。小而一舉一動，大而爲死爲生，無不皆然。數者，任純自然之謂，如萬物之蠢動，草木之萌坼，有不知其然而然者，非數而何？非自然而何？即上天之四時，春夏秋冬，循環自然，亦有一定之數焉。偶有愆陽伏陰，上天亦任其自然而已。故人之遇，大得大失，如春夏秋冬之循序也。遇小得小失，如愆陽伏陰之遭際也。識此可以寵辱不驚，可以進退兩忘。晉人云"吾兒富貴已極，但少斫頭耳"，亦識得盈虛消息之義。

臂針自出

鄂州武氏女得奇疾，痛時宛轉不堪。一道人以藥傅之，一鐵針隔皮跳出。余姪家幼婢瘖瘂中手面腕間如蟲螫之痛，若有物入於中，自後蠕蠕微痛，漸漸緣臂灣環而上，直至肘背，忽露一細頭，以指摘之，乃是一無孔鐵針，其痛始愈。計其時三月之久矣。夫針之偶入膚肉，亦常耳。獨異其宛轉而上，且能自穴而出，視武氏女又異矣。昔人之所謂蜿蜒如龍者，安知非此等耶？以是知事理之不可測而物性之不可知也。

得閒讀書

事有急而小者，有緩而大者。生産作業，煩瑣應酬，事雖小而實急，有刻不可緩者。逐日有逐日之事，逐日爲之，則無廢事矣。讀書談道，立身治性，事雖緩而實大，有必不可少者。一日有一日之功，得閒爲之，則無隳功矣。所以古人云"隨分且爲今日事，得閒還讀舊時書"也。

木石狐狸

昌黎《謝自然詩》云："木石生怪變，狐狸騁妖患。往者不可悔，孤魂抱深冤。"並非迂言，實有所見而然也。略記數事於左。天門郡仙谷，人有經過者，忽然踴出林表，有好事者洗沐以求飛仙，往往得去。有人疑之，牽一犬入谷中，犬復飛去。遂募數十人入山尋之，有蟒長數十丈，開口廣丈餘。格射刺殺之。前後飛仙皆此蟒氣所噴焉。緱氏縣仙鶴觀，每年九月三日夜，有道士一人得仙。張竭忠爲令，不之信。陰令二勇士執兵覘之。三更，一黑虎入觀來，啣一道士，於是大獵石穴中，格殺數虎，冠帔髮骨甚多。唐長安惠炬寺側，觀音鐵像常現身光，流俗之輩争往禮謁，且云常見聖燈出，其燈或在半山，或在平地，高下無定。大曆十四年四月八日夜，大衆合聲禮念，西南近臺見雙聖燈，有一健卒叫喚觀音，步步趨聖燈向前，忽然被虎拽去，其見者乃是虎目光也。

768

不 以 世 類

張湯有子張安世，劉向有子劉秀，王莽有子王宇，盧植六世孫盧循，賈逵有子賈充，盧奕有子盧杞，許敬宗有孫許遠，韓琦曾孫韓侂胄，入《姦臣傳》。秦檜曾孫秦鉅入《忠義傳》。吳璘孫吳曦入《叛臣傳》。明魏大中子魏學濂降李賊。信矣，賢不肖之不以世類也。朱文公之後朱萬拜雖人品不正，仍能抗節以死難，亦可不愧於其先矣。或曰萬拜之名，爲人所詆誣也。

消 患 未 萌

曲突徙薪，是消患於未萌也。焦頭爛額，是救禍於已然也。凡事當消患於未萌爲上，瘍醫治疾，癰疽腫毒，善内消者則爲良醫。大臣治國，兵刑盜賊能消患於未然者，則爲良臣。自身而家，而國，總一理也。消患於未萌者，在識其機而轉其智耳。其機欲動，而以智御之，則如瘍醫之内消矣。

天 與 人 歸

秦皇知亡秦者胡，但築長城以備胡，不知膝下之有胡亥也。唐太宗知武氏之亂天下，但知誅求於疑似之際，不知宮中之有武后也。漢昭帝欲盡殺獄中之人，而不及公孫病已。明太祖築城高厚，曰"除是燕子飛來"，而適爲燕王之讖。其中俱有天焉，氣數使然，不可強也。但當行仁義以順受其正而已。逆料禍福，計斯下矣。方正學曰："智可以謀人而不可以謀天，惟積至誠，用大德以結乎天心。"其信然歟。人但知結人心於暫，而不知結天心於久也。結天心則人心自無不結，所謂天與而人自歸也。

休徵咎徵

《尚書·洪範》:"休徵咎徵,各以類應。"《中庸》:"國家將興,必有眞祥。國家將亡,必有妖孽。"或天動而人隨,或人動而天應,總是氣機所動,不可勉強。然天道遠而人道邇,即以人事而論,食乃萬民之天,人乃國家之本。入其國而五穀豐登,人民樂業,欲不興,得乎?入其國而饑饉連年,轉死溝壑,欲不亡,得乎?入其國而大廉小法,綱紀不紊,欲不興,得乎?入其國而賄賂公行,冤濫無辜,欲不亡,得乎?入其家而家政有條,親朋歡洽,欲不興,得乎?入其家而庶事怠弛,僮僕渙散,欲不亡,得乎?入其家而耕讀不輟,整肅和藹,欲不興,得乎?入其家而遊蕩無檢,頑囂不悛,欲不亡,得乎?故觀其政與其人,而決其興亡,有斷斷如者。雖曰有數存焉,而實有理存焉也。然祖宗不能保其子孫,旁觀不能代庖,當局此中,得不謂之數乎,亦何莫非盈虛消息之致然乎?

戒律字音

釋教今已頹廢,然有可取者,叢林中之戒律也。嘗見禪室齋時,群僧畢集,無敢喧呶,而頭容手容一一如律焉。優伶本屬賤技,然亦有可取者。曲白中之字音也,師教其弟,弟授之師,音當作中州者則中州之,音當作轉注者則轉注之,一一推敲,毫忽不爽焉。吾儒以仁義禮智自任,反不能如僧家戒律之嚴,以聲明文物自許,反不能如優伶字音之正,其亦可慨也夫。

有權者主之

天下事情不一,而總歸於有其權者主之,無論賢愚貴賤也。有司之黜陟,則督撫執其權。刑獄之枉直,則守令執其權。文章之美惡，則衡文執其權。賢奸之彰隱，則史筆執其權。案牘之顯晦，則胥吏執其權。詞訟之興滅，則訟師執其權。米麥之貴賤，則牙儈執其權。財帛之豐吝，則銅臭執其權。疾病之死生，則醫藥執其權。幽明之禍福，則巫術執其權。一執其權，孰從而撓之哉？凡此數者，聖世之所不能無，而人人以爲無可如何，欲罷而不能者也。

壽　星

《通典》曰：“周立壽星祠，歷代有祀。”《爾雅》曰：“壽星，角亢也。”或云：南極，一名老人星，見則天下壽。唐人有《壽星見》詩。宋真宗時，有異人長三尺許，身與首幾相半，曰：“吾將益聖人壽。”上爲召見，賜酒。翌日，太史奏壽星之躔密聯帝座，上益異之，勅圖其像。故今人往往以長頭短身，拄杖，侶以龜鶴等謂之壽星也。雖屬悠謬，以見世俗之亦有所本焉。

五　星　聚

周將代殷，五星聚於房。齊桓將伯，五星聚於箕。漢高帝元年，五星聚於東井。唐元宗開元三年，五星聚於箕尾。大曆三年，五星聚於東井。宋太祖建隆三年，五星聚於奎。真宗時，五星聚於鶉，火伏於日下。孝宗時，五星聚於軫。明洪武中，五星聚於奎。嘉靖二年，五星聚於室。天啓四年，五星聚於張。本朝雍正二年，五星聚。三千歲中寥寥如此。甚矣，文明致治之難也。

針　盤　所　本

《孝經援神契》云：“大雪後，玉衡指子，冬至指癸，小寒指丑，大寒指艮，立春指寅，雨水指甲，驚蟄指卯，春分指乙，清明指辰，穀雨指巽，立夏指巳，小滿指丙，芒種指午，夏至指丁，小暑指未，大暑指坤,立秋指申,處暑指庚,白露指酉,秋分指辛,寒露指戌,霜降指乾,立冬指亥,小雪指壬。"玉衡,北斗柄也,以十二支、八干、四維卦分配二十四氣,今堪輿家針盤所用本此。又曰立春指艮,雨水指寅云云,則差一針矣。楊、賴二盤之所由分乎?

拐子敗露

拐子所在多有,乾隆十年,各處敗露,搜獲招承,論死者頗衆。嘉興府爲先,而建平等縣次之。其船共有七十餘號,船名包頭,船上種龍爪蔥或萬年青,名龍虎黨。散處各地,托名買賣歌唱,施藥行醫,女眷挑蟲算命,比比皆是。船中供奉女像,名挑筋娘。每年端午中秋,殺一幼孩,祭獻畢,蒸炙共食。更有挪胎割腎,取腦炙骨,種種惡毒,總以合藥網利。嘉善縣督捕廳陶爲刊《保赤瑣言》,有云:被拐者有三暗記於臂脉之間,一刺五字,一刺十字,一刺圓圈,各認收管。拐去之慘約有四等:一、食腦子,炙骸骨,名曰胎骨。一、斷筋瞎眼,折手落足,令其叫化,名曰盆景。一、賣於異鄉,父母兄弟不得見面,名曰落水。一、拐來不服,惟恐敗露,即行殺食,名曰放生,云云。凡所聞與前無異者,不復贅也。拐子久矣,橫行無忌,不料敗露於今,人心爲之大快,普天之下莫不感頌聖天子及良有司焉。

品　泉

陸羽品泉,張又新又品泉,幾於天下無遺泉矣。然猶有所遺者:吳縣鄧尉山足有七寶泉,味甚甘冽,過於虎邱、惠山,倪雲林、都玄敬俱往汲飲。又華亭有寒穴泉,與惠山泉味相同。又唐時京都昊天觀常住庫後一眼井,與惠山寺泉脉相通。又瓊州三山庵有泉,味類惠山,蘇東坡名之曰惠通。又潁州白蟹泉,味與廣陵大明寺井泉等，山東有趵突泉，北都有神山泉。陸、張二公品泉而遺此，可知凡事不可以耳目限也。

有司當慎擇

爲有司官最難。南面而臨，情僞百出，第一要平心以求其真情爲得。貪污者無論矣，即號爲清廉而居心不平，或執己見，或任意氣，其事無有不枉，俗語所謂事有三屈是也。有極疑似之事，竟毫無干涉者。有極不堪之情，竟大謬不然者。所以浸潤之譖，膚受之愬，難於不行也。如士民有貧富貴賤，亦不可一例而論。有富欺貧者，亦有貧奸富者。有貴壓賤者，亦有賤干貴者。有終身無一是而此事獨是者，有終身無一非而此事竟非者。不可以成見而斷也。當平其心，和其氣以求之，庶得真情，情真則罪當矣。昔人云：爲政不難，治氣養心而已。心正則不私，氣平則不暴。天下之所惡於貪污者，恐其是非倒置耳。如仍然是非倒置也，又何貴於清廉乎？故朝廷當慎擇大臣，大臣當慎擇有司。有司與民最親，莫謂可忽視也。

杭城事佛

佛教之中於人心也，非一日矣。福田利益，比比皆是。其尤甚者，杭州城中，家家事佛。門內俱供設佛堂，高座廣龕，累累列坐。過而望之，疑是菴觀寺院。編户羅列，不成體統，安能家諭而户曉之，是在賢明有司之責矣。

紅　苗

湖廣、貴州、廣西之間，有山綿延千里，前後各有洞户。其中寬廣可容人衆，有居之者名曰"紅苗"，聚族而居，世爲巢窟，或出與民間交易通好，或出殺掠爲民害，化之不能，滅之不得。此如人身中之穀蟲耳，何能盡去之乎？或云是三苗之種，或云是盤瓠之種。前明之猺人、獞人俱是物也。王樵曰："竄三苗於三危，所竄者，其君也。《禹貢》所記'既宅'、'丕叙'者，以其竄於三危者而言。'來格'、'分背'者，則皆其舊都也。"

夷言改訛

夷言無正音，中國傳之，數數改訛，亦惟其音之近似而已。漢身毒國，亦曰捐篤，亦曰乾篤，亦曰乾竺，又曰天竺。契丹阿保機，亦曰阿布機，亦曰阿保謹。天山亦名祈連山，亦名時漫羅山，亦名祈漫羅山。

封神藍本

《太公金匱》曰："武王伐殷，丁侯不朝，尚父乃畫丁侯於策射之，丁侯病大劇，卜祟在周，舉國臣服。武王許之。尚父乃以甲、乙日拔其頭箭，丙、丁日拔其目箭，戊、己日拔其腹箭，庚、辛日拔其股箭，壬、癸日拔其足箭，丁侯病乃愈。四夷聞之皆懼。越裳氏獻白雉焉。"又曰："武王問曰：'天下神來甚衆，何以待之？'太公曰：'請樹槐於門，益者入。'雖屬不典之言，乃爲《封神演義》之藍本矣。"

吉兆有命

宋陳魏公父墓在莆田境中。其先本一富民葬處，民葬後二十年，若子若孫皆病目，至於盲障。術者曰："此害由墓而起，當急徙之，以其地售與他人。不然，禍不可救矣。"富民改卜，而其穴爲魏公家所得。然則宅兆之吉，惟有德有命者當之，不然，不惟無福，反受其殃，何世人之以是爲兢兢也？

五　　王

孔子爲萬世師表，前朝封爲至聖先師，又建啓聖祠於大成殿後，府州縣學莫不皆然。本朝雍正中，又封孔子五代爲五王，共在啓聖祠內。尊儒重道，於斯極矣。

音韻直圖

音韻之失傳也久矣。《切韻》有直圖、橫圖，世但講論橫圖，而直圖遂爲絕學。如皋諸生張宗山家傳直圖之學，以其學遍授吳中學者。其法，以梅誕膺《字彙》後卷所載直圖，口授中州音韻，每字有三十二音，令人一氣讀下，如流水之滔滔，如貫珠之纍纍。其中却有天然節奏，一毫不可勉強。舉口即得，不多不少，雖當無字處，必有一定之正音出焉。如魯鼓、薛鼓之有其節，如《南陔》、《由庚》之有其句，而元音在是矣，而天籟在是矣。反切之法，但用手指掐定三十二位上某字與本字同位，無有不得其同位者，即後世之字母所自出也。橫圖三十六字母，其中有可擬議者，知、徹、澄、孃之複增四母也，非、敷、奉、微之倒置在前也。端、透、定、泥之下又列注知、徹、澄、孃，隔標隔列，義費周章也。自古詩韻之分合，亦有未當處。如一東、二冬既分，則弓爲谷容切，穹爲酷容切，俱當在冬韻，不當入東韻。凡音皆從宮音起，當自東始。而凡音皆從喉音起，當自公始，不當自東始。蓋東乃舌音，非喉音也。他年當與張子聚首，晨夕討論，往復勒成一書，使後世知其學之直而不煩，專而不泛也。於其別也，賦詩以贈之云。直圖久矣無人會，斯道於今又克昌。流水滔滔咸輔舌，貫珠纍纍辨宮商。斑斕薛鼓聲猶振，幽眇笙詩句未亡。散有廣陵傳絕學，元音天籟大文章。蓋實錄也。

釵釧記本

柳鶯英與闇自珍爲腹婚，闇父死，家貧，不能聘娶。柳之父欲背盟，鶯英不肯，然度父終渝此盟，乃懇隣嫗私約自珍往後圃取貲。自珍喜，與其師之子劉江、劉海具言其故。江、海計設酒醉珍，兄弟如期潛詣柳氏，鶯英已付其貲，而小婢識非闇生也，江、海恐事洩，遂殺鶯英及婢而去。自珍夜半酒醒，自悔失約，急詣柳圃，時月黑，直入圃中，踐血屍而躓，嗅之腥氣，懼而歸，衣皆沾血。達曙，柳氏覺女被殺而不知主名，告官，遍訊及隣嫗，遂首女結約事。逮自珍至，血衣尚在，一詞不容辨已，論死。會御史許進巡至，夢鶯英詳訴其冤，明旦，召自珍問之，自珍具述江、海留飲事。公僞爲見鬼自訴之狀，即捕二兇，訊之款服，誅於市。遂釋自珍，爲女建坊以表之。珍後登鄉薦，時人爲作傳奇，今《釵釧記》是也。

幻術迷人

宋陳州蔡仙姑能化現丈六金身，常設淨水，至者必先淨目而入。有廖縣尉者，只洗一目，及入，以洗目視之，寶蓮臺上金佛巍然，以不洗目視之，大竹籃中一老嫗箕踞而坐，乃出而擒之。井中《心史》載妖僧剖食孕婦，乃持所咒妖水，令元主君臣拭目，盡見孕婦母子乘綵雲而去。其意略同，而胡僧之術尤工矣。

假中風

姚廣孝訪王仲光，勸其出仕。仲光擲杯於地，涎嗽交流。其母曰：「衍斯道可去，吾兒中風矣。」廣孝太息而返。温體仁罷相，後遊行亂山中，值暮，求宿於隱者之廬，談論古今，娓娓不倦。温微露己名，隱者遂吐涎僵臥，作中風之狀。温再訪之，則杳然矣。自古高人逸士視此等人自有一種腥羶污穢之氣，求其遠而不得耳。

修　身

聖經言修身，人但知其整束之義，而不知其脩治之義。修身如脩屋，然屋有敗漏，隨即修輯，則屋永不壞。脩身如脩器，然器有殘缺，隨即修補，則器終不敝。修身者，誰能無過，過而能改，則即脩輯修補之謂。由能改過而馴至於不貳過，則可永終無過矣。猶之屋時脩輯，則仍爲新屋，器日脩補，則仍爲新器也。

卦　影

費孝先作卦影，以丹青寓吉凶，意在隱躍之間。今世有鳥啣牌算命者，想是其遺意。

洗筋惡俗

江西風俗惑於風水，凡父母葬後，輒將骸骨起看，用水刮洗，驗其骨色紅黑以定風水吉凶。紅色則仍行掩埋，黑色則改葬別邑，逾年仍行掘驗，名曰"洗筋"，又曰"檢筋"。逆理干典，莫此爲甚。乾隆中，大臣奏禁之。

窮變通久

《荀子》曰："肉腐出蟲，魚枯出蠹。"《易》曰："窮則變，變則通，通則久。"此乃物理自然之道。腐枯，窮也。蟲蠹，變也。肉魚之消化，通也。消至於盡，則久矣。

方家幻術

蔡京以道人王老志見徽宗，老志熟視上曰："頗記老臣否？"上亦自記嘗夢遊帝所，有仙官贊拜者，其面目真老志也。恩禮遂渥。蔡君謨嘗夢爲虎所逼，有一人救之，虎既去，與之坐曰：「公貴人也，但頭角不正。」手爲按之，曰：「骨已正矣。」翌日，道人李士寧謁見，謂曰：「夜夢頗驚惶否？」君謨愕然，視其狀，乃夢中逐虎正骨之人也，遂異之。東坡在揚州，夢在山林間有一虎來噬，方驚怖間，有黄冠以袖障公，叱虎使去。及旦，有道士投謁曰：「昨夜不驚畏否？」東坡叱曰：「鼠子敢爾，本欲杖汝脊，吾豈不知子夜來術也？」道士慚懼而退。方家幻術惑人之事，何代蔑有？東坡識破，君謨鶻突，徽宗則爲其所愚矣。

臨摹逼真

翟宛深學李成山水，臨摹逼真，世所有成畫，多是翟筆。明末，徐俟齋枋鼎革後杜門不出，所畫山水，人貴重之。余里顧方城善摹徐筆，所傳徐畫，多是顧作。八旬以前，人多秘而不知也。

現身說法

佛經云：現宰官身而爲説法，現女人身而爲説法。舉世癡迷，不從其欲而誘之，不能引之入於善也。聖教之所謂誘掖獎勸是也。觸龍之説齊太后，先憐其少子。莊周之説趙王，以劍客之服見。現女人身，現劍客身，俱是此意。然奸惡之人欲行其計者，亦用此法，智者不可不慮也。

律有幾種

唐人律體有幾種：守規矩者謂之正體；起對而次不對者謂之偷春體；徹首尾不對者謂之散體，如李白《牛渚》等作是也；或三四，或五六失拈者，謂之變體，自六朝而來，亦謂之古拈。絕句亦有三四失拈者，亦變體也。

雞鳴歌

光黃人二三月群聚謳歌，不中音律，宛轉如雞鳴，與宮人唱漏微相似，極鄙野，應劭謂之"雞鳴歌"。今之吳歌，遲其聲以媚之，宛轉如雞鳴者是也。俗謂之"山歌"。

微子行遯

《論語》曰："微子去之。"《尚書·微子篇》曰："我不顧行遯。"則微子之去紂都而遯於荒野也，明矣。武王釋箕子之囚，封比干之墓，獨不及微子者，以微子遯於荒野，未之返也。迨武庚已叛，始求微子以代殷後，而微子於此義不可辭，始就封於宋耳。《左傳》"微子牽羊把茅，肉袒面縛"之言，何其誣也。即《史記》抱祭器入周之説，亦屬烏有。既已入周，豈待周師至而面縛。既抱祭器，亦何必面縛而啣璧。知遯於荒野之義，則二説不辨而知其誣矣。有云既已面縛，兩手反接，不能牽羊把茅而抱器，則微子亦可使人牽之把之而抱之，不必定在微子一手足之烈也。此論未足厭服人心矣。

書隱叢説卷十七

用事之誤

自古用事之誤，承訛不覺。"鳳凰鳴矣，於彼高岡。梧桐生矣，於彼朝陽。"唐人有"鳴鳳朝陽"之語。"伐木丁丁，鳥鳴嚶嚶。"嚶嚶，兩鳥聲，今以"出谷求友"爲黃鶯事。"度其夕陽"，謂山之西，後以指暮日。"誕彌厥月"，誕，大也，後作生辰用。"景行行止"，景者，大也，行者路也，高山與大路類，今用爲"景慕"字。"夏屋渠渠"，屋，大俎也，今以居室用。"爲雲爲雨"，本楚懷王，今皆用作襄王。劉希夷詩曰："爲雲爲雨楚襄王。"《河圖括地象》曰："地下有八柱，柱廣十萬里。"則八柱乃擎地者。張説爲《姚崇墓表》云："八柱擎天。"《左傳》："士會辭秦歸，繞朝贈之以策。"策乃方書，非馬策也。李白詩云："臨行將贈繞朝鞭。"《莊子》："柳生其左肘。"柳是瘤瘍類。王維詩云："今日垂楊生左肘。"秦始皇封松爲五大夫，五大夫乃爵名，非封五松爲大夫也。庾信詩云："山封五樹松。"陸贄詩云："不羨五株封。"返璧是僖負羈事，今誤作藺相如完璧事。濫觴乃言發源甚微，今誤作末流猖獗用。江文通《擬休上人詩》云："日暮碧雲合，佳人殊未來。"今人誤用爲休上人事。韓昌黎《石鼎聯句序》云"長頸高結"，結音髻。結字斷句，下云："喉中作楚語。"東坡云："長頸高結喉。"束晳《餅賦》有"牢丸"之目，蓋食具名也，東坡詩以"牢九具"對"真一酒"。

名句來歷

古人詩中名句往往多有來歷。陶靖節詩"犬吠深巷中,雞鳴桑樹巔",本古樂府"雞鳴高樹巔,狗吠深宮中"。王勃"層臺聳翠,上出重霄。飛閣流丹,下臨無地",本王巾"層軒延袤,上出雲霄。飛閣逶迤,下臨無地"。又"落霞與孤鶩齊飛,秋水共長天一色",本庾信"落花與芝蓋齊飛,楊柳共春旗一色"。王摩詰詩"漠漠水田飛白鷺,陰陰夏木囀黃鸝",本李嘉祐詩"水田飛白鷺,夏木囀黃鸝"。李白云"草不謝榮於春風,木不怨落於秋天",本郭象注"陽春自和,蒙澤者不謝。秋霜自降,凋落者不怨"。又"柳色黃金嫩,梨花白雪香",本陰鏗詩句。又"郎今欲渡緣何事,如此風波不可行",本梁簡文"郎今欲渡畏風波"。又"千巖泉灑落,萬壑樹縈迴",本鮑照"千巖盛阻積,萬壑勢縈迴"。杜甫詩"碧窗宿霧濛濛濕,朱栱浮雲細細輕",本晉羊球《西樓賦》"畫棟浮細細之輕雲,朱栱濕濛濛之飛雨"。又"翡翠鳴衣桁,蜻蜓立釣絲",本徐晶"翡翠巢書幌,鴛鴦立釣磯"。又"薄雲巖際宿,孤月浪中翻",本何遜"薄雲岩際出,孤月波中上"。又"刈葵莫放手,放手傷葵根",本古詩"採葵莫傷根,傷根葵不生"。又"春水船如天上坐,老年花似霧中看",本沈佺期"人如天上坐,魚似鏡中懸",沈復本陳釋慧標"舟如空裏泛,人似鏡中行"。又"水深魚極樂,林茂鳥知歸",本《淮南子》"水深則魚聚,木茂而鳥樂"。李長吉詩"羅屏繡幕圍春風",本古樂府"繡幕圍春風"。戴叔倫"一年將盡夜,萬里未歸人",本梁簡文"一年夜將盡,萬里人未歸"。太白詩"人分千里外,興在一杯中",高適詩"功名萬里外,心事一杯中",本庾抱"悲生萬里外,恨起一杯中"。趙師秀詩"野水多於地,春山半是雲",本白樂天"人家半在舡,野水多於地"。姚合"驛路多臨水,人家半在雲",《會真記》"隔牆花影動,疑是玉人來",本李益"開門風動竹,疑是故人來",又本古樂府"風吹窗簾動,疑是所歡來"。

宋林和靖詩"疏影橫斜水清淺,暗香浮動月黃昏",本唐江爲"竹影橫斜水清淺,桂香浮動月黃昏"。唐子西詩"佳月明作哲,好風聖之清",本李誠之"山如仁者静,風似聖之清"。李重元詞"雨打梨花深閉門",本唐劉方平詩"梨花滿院不開門"。"萋萋芳草憶王孫",本唐趙光遠詩。元文宗詩"二三點露滴如雨,六七個星猶在天",本盧延遜"兩三條電欲爲雨,七八箇星猶在天"。明人咏枯木詩"有枝撐曉月,無葉響秋風",本唐王冷然"有根橫水石,無葉拂烟霞"。楊慎妻詩"曰歸曰歸愁歲暮,其雨其雨怨朝陽",本山谷詩"美人美人隔湘水,其雨其雨怨朝陽"。

火　棗

《神異經》曰:"南方荒中有如何之樹,三百歲作花,九百歲作實。有核形如棗,長五尺,金刀割之則飴,非此則辛。"《酉陽雜俎》曰:"祁連山上有樹,實如棗,以竹刀割則苦,以木刀割則酸,以盧刀割則辛,以金刀割則甘。或曰即仙經所謂火棗也。"《西遊記》五莊觀人參果事用此。

詞　品

上不牽累唐詩,下不濫侵元曲者,詞之正位也。豪曠不冒蘇、辛,穢褻不落周、柳者,詞之大家也。

毛詩稽古編

吳江陳啓源著《毛詩稽古編》三十卷,極爲該博。有曰:古今之字,音形多異,義訓亦殊。執今世字訓解古人書,譬猶操蠻粤鄉音譯中州華語,必不合也。義訓之殊,如古以"媚"爲深愛,而後世以爲邪;古以"佞"爲能言,而後世以爲諂;古以"僞"爲人爲,而後世以爲詐僞云云。內有《舉要》、《考異》、《正字》、《辨物》、《數典》、《稽疑》等卷，更爲明晰，惜未行於世。

詩句指摘

昔人作詩，經後人指摘，便成笑柄。李山甫《讀漢史》云："王莽弄來曾半破，曹公將去便平沉。"高英秀謂定是破船詩。李群玉《咏鷓鴣》云："方穿詰曲崎嶇路，又聽鈎輈格磔聲。"定是梵語詩。羅隱云："雲中雞犬劉安過，月裏笙歌煬帝歸。"定是見鬼詩。張祜詩云："鴛鴦鈿帶抛何處，孔雀羅衫付阿誰。"白公謂是款頭詩。"款頭"者，問頭也。白居易詩云："上窮碧落下黃泉，兩處茫茫皆不見。"張祜謂是目連變詩。"笙歌歸院落，燈火下樓臺"，謂是鬼詩。孟浩然詩云："春眠不覺曉，處處聞啼鳥。夜來風雨聲，花落知多少。"謂是盲子詩。曹唐詩云："洞裏有天春寂寂，人間無路月茫茫。"謂是鬼詩。昌黎《聽琴》詩："昵昵兒女語，恩怨相爾汝。劃然變軒昂，勇士赴敵場。"歐陽公謂是聽琵琶詩。"漢家舊種明光殿，炎帝還傳本草經"，後人謂之櫻桃謎。僧貫休詩"竟日覓不得，有時還自來"，宋人謂是失貓詩。程師孟《靜堂詩》"每日更忙須一到，夜深長是點燈來"，李元規謂是登溷詩。林逋《梅花詩》"疏影橫斜水清淺，暗香浮動月黃昏"，謂是野薔薇詩。張文潛《虎圖詩》云："煩君衛吾寢，振此蓬蓽陋。坐令盜肉鼠，不敢窺白晝。"潘邠老謂是貓兒詩。

塞洪橋

江寧聚寶門外有塞洪橋，長四十餘丈，闊十五六丈，東西相望杳絕。昔人築之以塞江中之洪水，故築之厚重而小其鈌，以洩江水之怒。至今橋畔有額曰"塞洪"。《勝境志》曰"賽工"，相傳爲"賽公"，俱誤也。

臨岐詩歌

昔人臨岐握別，戀戀不忍舍，形於詩歌。《邶風》云："瞻望弗及，泣涕如雨。"王摩詰云："車徒望不見，時見起行塵。"歐陽詹云："高城已不見，況復城中人。"東坡云："登高回首坡隴隔，時見烏帽出復没。"各極其致。而王實甫《西廂曲》云："四圍山色中，一鞭殘照裏。"尤爲遒麗得神也。

流傳異域

詩人名重，流於異域，傳爲勝事。如劉孝標集、温子昇文在吐谷渾床頭；日本西番重用金寶購張鷟文，新羅國請以蕭穎士爲師；雞林賈人争購元白詩，云其國中宰相以百金易一篇，僞者輒能辨；勃海國人寫徐寅賦，以金書列爲屏障；宋西南夷有弓衣上織成梅聖俞《春雪詩》；契丹使人俱能誦蘇子瞻文；明日本國刻宋潛溪集；高句麗、安南使者購宋文集。本朝吾邑徐虹亭釚《菊莊詞》亦海外争傳，爲一時之盛云。

衣尺匠尺

蔡邕《獨斷》曰："夏十寸爲尺，殷九寸爲尺，周八寸爲尺。"《通鑑外紀》曰："夏禹以十寸爲尺，成湯十二寸爲尺，武王八寸爲尺。"然則周尺乃今之匠尺，夏尺乃今之裁衣尺也。今匠尺當裁衣尺十之八。

鍾馗妹

《遯齋閒覽》載：宋皇祐中，掘地得宋宗愨母墓誌，有云其妹名鍾葵。趙宋石恪有鍾馗氏小妹圖，一年少婦人，四女鬼相從。李伯時有嫁妹圖。明錢穀有鍾馗移家圖，或云即是嫁妹圖，作魑魅虛耗，得志跳踉之態。今乃訛作鍾馗戲妹圖，尤爲不經之甚矣。

都　啚

吳江縣田地有幾都幾啚之別，啚字即古鄙字。《說文》云：「方美切。」都啚，即古之都鄙也。今人誤作「圖」音，并有作「圖」字者。或云：每里册籍首列一圖，故名曰圖也。然雖有此義，而吳江田地之所用，實是「啚」字。修志者以俗有「圖」音，乃援此義而漫加一口，直作圖字。將令千百世後知吳江之有都圖，而不知吳江之有都啚，其得爲信史乎？

劍池夜光木

康熙中，虎邱山劍池浮出木棍一根，有人取之以歸。中夜，忽然光明滿室，異而斧以斯之。後詢諸山中老僧云，是名夜光木，吳王殉葬時有夜光木二枝，今浮出者其一也。其人爲之慨然而去。然重泉之下不知何以浮出於外，而殉葬之物傳記不載，老僧不知其何所據也。高竹窗士奇《塞北小鈔》載：夜光木生絶塞山間，積歲而朽。月黑有光，通體明白如螢火，迫之可以燭物，雨露日遠，則光漸減云云。又不知其何以年已久遠而光猶如是也。唐時隱士郭休有夜明杖，其光可照十步之内。虢國夫人有夜明枕，光照一室。古闟賓國有杯，朗徹可照，謂之照世杯，意亦夜光木爲之者歟？

商人報寃

乾隆中，有商單身雇舟貿易。舟人利其資，黑夜邀伴入艙中，擒商，縛而毆之無數。商佯死，舟人欲加以刃，其妻曰：「人已死，而再加以刃，何爲？」因而中止。乃昇墮於水中，盡攫其資而去。孰知商人所墮並非深水，乃在低田中，幸未溺死。遲明有別舟過其處，商乃哀號求救，遂鳴之於官，擒置正法，論斬舟人於市。商不遽返，逾時報冤，匍匐以歸。夫商人幾瀕於死而卒得報冤，豈不愉快哉？噫！古今之遠，宇宙之大，無論在朝在野，其冤沉海底而卒不得少伸者，何可勝道哉？

修　志

吳江、震澤分縣以來，未嘗修志。乾隆中，縣君聘請邑人修成《吳江》、《震澤》二志，典制詳核，有舊志可仍，體例兼備，獨為得之。然《人物志》中褒貶去取不滿人意。荀悅曰："言論者，計薄厚而吐辭。選舉者，度親疏而舉筆。"可為古今同慨者矣。有人集四書語成八股文以譏之，開講起句云"沈同以其私問曰"，以總裁為邑人沈彤，以同隱彤也。雖衆欲難厭，而口碑亦凜凜可畏矣。

仁　義

仁者，心之德，愛之理。義者，心之制，事之宜。告子曰："仁，内也，非外也。"只以心之愛為仁，脫却德與理。"義，外也，非内也。"只以事之宜為義，脫却心之制。釋氏之學似此。程伊川曰："孟子言'惻隱之心，仁之端也'，既曰仁之端，則不可便謂之仁。後人遂以愛為仁。夫仁自是性，愛自是情，豈可專以愛為仁？退之言'博愛之謂仁'，非也。仁者固博愛，然便以博愛為仁，則不可。"似此而"行而宜之之為義"亦屬未全。

行夏之時

周人改月又改時，謂以建子之月為正月，即以建子之月為春正月。陽生於子，即為春；陰生於午，即為秋也。改月人所共知，惟改時後人紛紛議論，不一而足。請讀《論語》可乎？子曰"行夏之時"，謂治天下仍當以寅月爲正月，仍當以寅月爲春之始也，故不僅曰"行夏之正"，而曰"行夏之時"。若周人改月不改時，夫子僅曰"行夏之正"而已。惟其改時，所以必曰"行夏之時"也。後人囫圇讀過，把"時"字僅作"正"字看，故致生疑耳。《左氏》"春王周正月"，加一"周"字，則曉然於改月又改時矣。至於正月加"王"字，原無意義，直是魯史本文。《博古圖》載《晉姜鼎銘》曰："維王九月。"《周仲偁父鼎銘》曰："維王正月。"《鎛鐘銘》曰："維王五月。"《敔敦銘》曰："維王十月。"可知當時諸侯尊王之意，並非聖人之特加也。且知不僅加於歲首，爲謹始正端之説也。

包荒馮河

《易·泰卦》九二曰"包荒，用馮河"。包荒是含容，馮河是剛果。自在上者言之，當以含容之量施剛果之用。自在下者言之，當小處含容，大處剛果。若小處剛果，則戾乎仁。大處含容，則背乎義。若在上者一味含容，則失國體。直行剛果，又致僨事。在乎人之善體會耳，不可執一而論也。一爻如是，三百八十四爻莫不如是。一經如是，六經莫不如是也。

特奏名

宋時有所謂"特奏名"者。開寶中，詔禮部閲進士，及十五舉嘗終場者，賜本科出身，謂之恩科。吾邑宋淳祐中有魏汝賢者，爲特奏名狀元。人不知特奏之義，謂是副榜者，非也。

卑官受杖

卑官受杖，自昔有之。杜子美《送高三十五詩》云："脱身簿尉中,始與箠楚辭。"韓昌黎《贈張功曹詩》云:"判司卑官不堪説,未免捶楚塵埃間。"杜牧之詩:"参軍與尉簿,塵土驚勍勒。一語不中治,笞箠身滿瘡。"《宋史》理宗淳祐中,詔:"今後州縣官有罪,帥司毋輒加杖責。"本朝康熙中,學使張公按臨蘇郡崑山,舟泊岸,例應巡捕供跳板,巡捕偶失手,水濺學使袍服,即於岸傍杖之。今則不然,卑官無受杖之事矣。

少林僧兵

河南少林寺僧徒甚衆,多習拳棒,其傳已久,别有秘授,非世俗可比擬,謂之少林拳、少林棍云。聞學習三年者,使其持棍向一暗衖中走出,衖中刀鎗劍戟紛列,而以機運之,人一入其間,紛拏齊下,難於架隔,能以一棍横行其中,則百萬軍中無慮矣。有《少林棍法》若干卷,備著其要云。其僧往往爲國家立功。唐初破擒王世充有功,有唐太宗爲秦王時賜寺僧教尚存。宋時范致虚以僧趙宗印充宣撫司參議,節制軍馬,宗印以僧爲一軍。靖康時,欽宗召僧真寶,命之聚兵拒金。明嘉靖中,少林僧月空受都督萬表檄,禦倭於松江。然則僧兵之有功於國家不淺,所謂金剛努目者,非歟?宋德祐末有僧起義者,作詩曰:"時危聊作將,事定復爲僧。"其又得見幾而作之意哉。

古今異名

古曰文,今曰字,以文專屬之文章矣。古曰音,今曰韻,以音專屬之聲音矣。古曰后,今曰君,以后專屬之國母矣。古曰卒,今曰兵,甲兵之名不單舉矣。古曰蘭若,今曰寺,奄竪之名、官府之號不顯著矣。

百二 十二

"百二"、"十二"之説,或云得天下之利。百二,或曰得百中之二。虞喜曰:"百二,言倍之也。蓋言以百萬當二百萬也。"屢言之而未明。《日知録》曰:"古人謂倍爲二,《孟子》卿禄二大夫是也。秦得百二,言百倍也。齊得十二,言十倍也。"其義始明。

百歲臣工

康熙中,有主事陞轉引見,年已九十六矣。聖祖以其老而邁也,主事奏曰:"上有萬年天子,下有百歲臣工。"上喜,爲特轉高官。乾隆中,潮州檢討劉起振百歲,廣撫請旨建坊,上爲特給侍講職銜,又賜上用緞四匹,銀四十兩,視凡民之百歲者爲加優矣。

甲子詩讖

甲子三月,妹壻侍衛葉敬旎永清假滿入都,在虎阜山樓話别。余有句云:"一别不知何日裏,與君此際共登樓。"丁卯七月,再給假南歸,抱病殂於維揚舟次。不謂虎阜一别,永不相見,前詩遂成詩讖云。

三世服藥

《曲禮》曰:"醫不三世,不服其藥。"大概以父子相承三世爲言,而實非也。古之醫師,必通於三世之書。所謂三世者,一曰黄帝針灸,二曰神農本草,三曰素女脉訣。脉訣所以察症,本草所以辨藥,針灸所以袪疾,非是三者不可以言醫。疏語甚詳。若必云相承三世然後可服其藥,將祖、父二世終無服其藥者矣。雖然,今日針灸之學,亦非盡人而能之者矣。

近體詩法

謝茂秦曰："近體誦之則行雲流水，聽之則金聲玉振，觀之則明霞散綺，講之則獨繭抽絲。"云云。夫行雲流水，謂一篇如一句也，格格不吐者可廢矣。金聲玉振，謂音韻鏗鏘也，雌聲戞口者可廢矣。明霞散綺，謂光彩奪目也，塵土晦黑者可廢矣。獨繭抽絲，謂章法一線也，傅合雜亂者可廢矣。

養生養品養心養性

人生終日營營，貧者拮據不遑，富者利盡錙銖，賤者執勞服役，貴者頤指氣使，爲婦者米鹽瑣碎，爲夫者出入紛紜，無非爲養生計也。於其中有志課業應舉，更上一層者，謂之養品可也。更有脫然塵累，以詩書自娛者，謂之養心可也。更有能以道義自持，不爲流俗所囿者，得不謂之養性哉？吾見舉世皆養生矣，養品者百中得一焉，養心者萬中得一耳，養性者天下鮮矣。

博　物

古之博物，能知人所不知者。自孔子知防風骨、肅愼矢、商羊、萍實而外，管子知俞兒，卑耳溪神。皇士知澤神委蛇，鄭公孫僑知實沈、臺駘，知黃熊、魯展禽知爰居，介葛盧知牛鳴，東方朔知畢方，獨足鶴。知騶虞，知藻兼，水木之精。胡僧知昆池劫灰，張寬知女人星，劉向知貳負，蔡邕知焦尾琴、柯亭竹，賈逵知鶑鶑，胡綜知秦始皇壓王氣物，諸葛恪知傒囊，山精如小兒。陸敬叔知彭侯，狀如黑狗，無尾。竇攸知䚦鼠，張華知龍鮓，知海鳧毛，知干將，知臨平石鼓，以蜀中桐材刻爲魚形，叩之則鳴。知銅澡盤，知九館龍洞，知龍石，以水灌之便熱。知玉漿、龍穴、石髓，嵇康知石髓，雷煥知枯木照妖，荀勗知勞薪，郭璞知鼺鼠，<small>大如水牛</small>。束晳知顯節陵科斗策，賈淵知苟晞兒塚，王粲知服礜人家，裴子野知白題國，何承天知亡新威斗，陸杳知紫荷橐，知千里酒，知古犧尊，蘇綽知西漢故倉地，杜鎬知秦哀公墓，李章武知鐵斧爲禁物，知雀餳，沈約知東夷篦蓋，陸澄知服匿，<small>單于賜蘇武酒器</small>。祖瑩知於闐國王故玉印，元行沖知樂器名阮咸，許敬宗知帝邱，李玨知《内黄傅》，弘業知蜼，傅奕知金剛石，張束之知影娥池，唐玄宗知龍皮扇，建中時道者知脉望，孟詵知藥金，段成式知報時鐵，劉蛻知古銅盎非齊桓公物，斛斯徵知錞於，<small>以芒銅振之清響</small>。董養知周會狄地，盧若虛知鼸鼠，劉敞知龍雀刀，知周惡夫印爲亞夫印，徐鉉知象膽，知海馬骨，高裕知陵鯉，寶儀知乾德四年錢，沈括知天禄僧，贊寧知畫牛隱見，耶律楚材知角端。

不利長子

　　自古創業之君俱不利長子。顓頊長子帝摯，不善，崩，弟堯代立。唐堯長子丹朱不得立。虞舜長子商均不得立。商湯長子太丁未立而卒。周太王長子泰伯、文王長子伯邑考皆不得立。秦始皇長子扶蘇不得立。漢高帝長子惠帝立而絶。光武長子東海王不得立。魏武長子曹昂戰歿。孫堅長子策無後。孫權長子和不得立。昭烈帝長子後主立而失國。司馬懿長子師無子。宋武長子義符廢。劉淵長子和廢。劉曜長子胤前沒虜。苻健長子廢。石勒長子弘爲虎廢，石虎長子邃宣俱前僇。慕容儁前子死，慕容垂長子令被殺。齊蕭太祖長子武帝立一世而絶。梁武帝長子昭明早逝。陳武帝長子死於江。北齊神武長子澄被弑。周文長子安定公立而廢。隋高祖長子勇廢。唐高祖長子建成僇。朱梁太祖晃長子友文墜馬死。後唐太祖李克用長子落落陣亡，明帝長子從榮僇。吳王楊行密長子渥廢。南唐徐溫長子知訓以亂死。蜀主王建長子元膺僇。

南漢劉隱、閩王潮子俱不立。蜀孟知祥公主子在唐不得立。宋太祖長子德昭自殺，太宗長子元佐不得立。契丹阿保機子東丹王不得立。金阿骨打子蒲盧虎不得立。元太祖長子先没，世祖長子真金先歿。明太祖長子懿文太子先歿。本朝太宗長子和碩禮親王不得立，世祖長子不得立，聖祖長子廢。然則由古及今，創業之主，其爲嫡長子而得傳位及後人者，僅禹子啓也，亦異矣。

金山詩句

唐張祜《題金山寺詩》云："樹影中流見，鐘聲兩岸聞。"晚唐孫魴云："天多剩得月，地少不生塵。過櫨妨僧定，驚濤濺佛身。"沈歸愚德潛先生嫌其景界之小，最賞余句云："一條海氣微茫接，兩岸青山雲霧開。"嘆其爲盡金山之妙景也。

禄命

禄命之説，其來已久。小運之法，本許氏《説文》"巳"字之訓。沿及後世，臨孝恭有《禄命書》，陶弘景有《三命抄略》，唐人習者頗衆。五代子平與麻衣道者同隱華山，尤造其閫奧。或曰宋徐子平，故今直謂之曰子平云。前以六字推衍，不用時。自宋而後，以八字推衍，兼用時，謂之八字。大約以衰旺生尅推其富貴、貧賤、壽夭，亦有符驗。但同一命也，有彼此之不同；同一人也，有得失之互異，不必盡合者。何歟？蓋一日有十二時，未必一時唯生此一人，同時而生，能保其休咎之絲毫不爽哉？人命八字，共計五十一萬八千四百而止，天下人豈止於此，必相同者多矣。宇宙之廣，謂一日止生十二人乎？每見人家有孿生子，貴賤不必相同，猶曰時有先後也。迨相貌相同，貴賤無不同，貧富又無不同，究之男女之多寡懸殊，辭世之早晚或異，其休咎之不必盡同也。況時刻之差誤者，亦復不

792

少。昔蔡京、蔡卞周命於僧化成，於卞則終身無一語之差，於京則大謬不然。昔有軍校與趙韓王同年月日時生，若韓王有一大遷除，軍校則有一大責罰。其小小升轉，則軍校微有譴訶。孟洪開閫荆襄，嘗出巡，見漢江一漁者，問其年庚，皆與己同，異之，邀與俱歸，欲命以官。漁者不願，曰："富貴貧賤，各有定分。某雖與公相年庚同，然公相生於陸故貴，某生於舟，水上輕浮，故賤。某以漁爲活自足，若一旦富貴，實不能勝，必致暴亡。"再三强之，不可而去。孟悵然久之，曰："吾不能也。"宋陳彥才與秦檜同干支，進士知泉州而已，可見時刻之有差，致休咎之不同也。至於宋蔡魯公與貨粉鄭氏子生年月日時皆同，但差一甲子，没水死。嘉靖中，祥符高叔嗣生，與陳友諒同干支，以名進士歷官臬司，政績甚著，以能詩稱。干支雖同，生有先後，又不可同年而語矣。若吕才所云"長平坑卒，未應共犯三刑。南陽貴士，何必俱當六合"，此言不足以盡服人心也。富貴之士，應運而興。漢韋賢、魏相、丙吉微賤時會於客家，相工田文曰："此三君者，皆丞相也。"宋張鄧公、寇萊公詣一卜肆，卜者曰："二人皆宰相也。"既而張齊賢、王隨復詣之，卜者大驚曰："一日之內，而有四宰相！"韓魏公守維揚，王荆公、王岐公爲幕客，作芍藥會，陳秀公適至，後皆爲宰相。明時徐有貞與其友段民邀於謙讀書，虎邱道士烏元運相三人皆大貴。又王錫爵、申時行、許國同坐，相士過之，許其俱元俱相。後三人各占一元，一時足訝，後無不驗，此亦俱當六合之徵矣。至於劫數難逃，水火兵刃，往往俱無誤死。婁師德渡江時，道士觀一舟之人俱有水厄，此非共犯三刑之驗乎？故曰：吕才之言，不足以盡服人心也。

急就句法

柏梁詩"枇杷橘栗桃李梅"，句法自宋玉《招魂篇》來，乃爲《急就篇》之濫觴也。韓昌黎"鴉鴟鵰鷹雉鵠鶤",陳后山"桂椒栴櫨楓柞樟",皆祖此。

梓人傳

柳柳州文《梓人傳》是比體,後半篇可以不作。王弇州亦云。

遇合之奇

唐昭宗播遷,隨駕有弄猴者,猴頗馴,能隨班起居。昭宗賜以緋袍,號"孫供奉"。羅隱有詩云:"十二三年就試期,五湖煙月奈相違。何如學取孫供奉,一笑君王便著緋。"明高祖時,光禄寺中厨人供御茶,稱旨,賜以冠帶。一夕高祖微行,聞有老書生吟云:"十載寒窗下,何如一盞茶。"高祖即應口云:"他才不如你,你命不如他。"唐盧延讓二十五第方登第,卷中有"狐衝官道過,狗觸店門開"之句,爲張濬所稱賞。又有"饑貓臨鼠穴,饞犬舐魚砧"句,爲成汭所賞。又有"栗爆燒氈破,貓跳觸鼎翻"句,爲王建所賞。人曰平生投謁公卿,不意得力於貓鼠狗子也。嗟乎!得官者以猴與茶,見賞者以貓與犬,言之不勝慨然。然昭宗之猴,朱梁篡位乃跳躍奮擊,爲全忠所殺,與明皇之舞馬同盡其忠,尚不愧爲供奉之名也。

河圖洛書

《易》曰:"河出圖,洛出書,聖人則之。"《書·顧命》曰:"河圖,在東序。"《論語》曰:"河不出圖。"孔安國、劉向父子、班固皆以爲河圖授羲,洛書錫禹,雖不言其數之爲九爲十,而亦明夫圖書之早有所本矣。又昔賢謂先天圖是《太玄》張本,則圖之早有可知也。逮至後世,有謂十爲圖而九爲書者,關子明也。傳之者邵子,宗之者朱子。有謂九爲圖而十爲書者，劉長民也。宗之者朱子發，張文饒、魏華父、劉牧反覆辨論不一。有謂傳於陳摶，有謂傳於青城山隱者。然朱子《書河圖洛書後》曰："讀《大戴禮·明堂篇》，有'二九四七五三六一八'之語，而鄭氏注云：'法龜文也。'然則漢人固以九數者爲洛書也。"又蔡元定曰："伏羲但據河圖以作《易》，不必預見洛書已逆與之合矣。大禹但據洛書以作範，亦不必追考河圖已暗與之符矣。"誠以此理之外無復他理，此數之外豈有他數，此心同而此理同，先聖後聖，其揆一也。不必泥其爲先天圖也，不必實其與太極圖合也，不必究其傳於陳摶，出於青城山隱者也。橫推直致，無不脗合，乃天地自然之道。後乃演出太乙九宮法及三角算等數術，亦是圖書之所涵者，廣推而致之，無不可耳。先天圖亦自宋時而出，明黃宗炎極辨其非古，近毛西河奇齡有《圖書原舛編》一卷，力言其舛。以余思之，雖使後人增撰，但能明義理，亦可上接古人。況朱子有云："先天圖直是精微，不起於康節，希夷以前元有，只是秘而不傳耳。"前已言伏羲作《易》不必本於圖書，今但就圖書而論之也，前言至理之彌綸於聖心，今言至理之彌綸於圖書，固可相爲發明耳。

事功遺憾

甚矣，紀功紀事之有遺憾也。列禦寇，莊所自出，《史記》無傳。屈原《離騷》與日月爭光，《通鑑》不載。雲臺功臣，馬伏波以椒房之親不得與，圖耿弇而不及耿况，圖岑彭而不及來歙。韋蘇州，《新》《舊唐書》皆無列傳。王偁撰《東都事略》一百三十卷，《宋史》不列《儒林》《文苑傳》中。文中子王通，隋末大儒也，《唐書》房、杜傳中略不及其姓名。賈島詩歌可與孟郊、張籍比肩，舊史不爲立傳，新史附名韓愈之後，數言而已。馬貴與博洽卓絶，古今嚴明，論詩理

795

入三昧，羅願《翼雅》富知武庫，《宋史》俱不爲立傳。然數公之名自足不朽，何必藉史傳哉。

群妃御見辨

《周禮》："天子一后，三夫人，九嬪，二十七世婦，八十一御女。"鄭康成謂群妃御見之法：御女八十一人，當九夕。世婦二十七人，當三夕。九嬪九人，當一夕。三夫人，當一夕。后，當一夕。凡十五日而遍。後世信以爲然，予竊有疑焉。謂聖天子省躬節慾，不宜如此。況人多難遍，云十五日而遍者，豈其然歟？及觀汪鈍翁琬之辨，暗有脗合。汪略曰：成王春秋方富，周公豈多其女寵，定爲不刊之制以導之乎？一夕之中，所御者九人，自非淫欲之君如齊之武成，隋之煬帝，必不媟色如此也。故使御之而遍，人主之身亦異於金石矣，得毋有蠱疾耶？如不能遍，則是一百二十人者，雖得抱衾裯，而十五日之間僅奉斯須之顏色也。夫九嬪、世婦、御女既與女酒、女祝等，統於冢宰，是皆宮中之職，左右后妃以供事者，決非進御於王者也。《九嬪》條曰："掌婦學之法以教九御，各帥其屬而以時御叙於王所。吾謂《周禮》所言御者，又決非相從於燕寢者也。不然，九嬪以下共一百二十人，而又莫不有屬，其爲數當不啻數百矣，王亦安能一一御之耶？"此論足爲世道人心之防也。楊升菴先有辨論云。

妾　　服

《儀禮》曰："大夫爲貴妾緦。"《喪服小記》曰："士妾有子而爲之緦。"唐《開元禮》及宋司馬氏《書儀》、《朱子家禮》與明《孝慈録》皆不爲妾制服，蓋妾之無服，千餘年於此矣。今有人欲從古禮者，余謂若從古禮，則古禮之"父在爲母期，爲長子，三年"等制已不可復矣。欲從今律,則今律無文。況從古禮,則所生子之於生母亦無三年之服。若於己則從古之服緦,於所生子又從今律之斬衰三年,是爲不古不今之禮,惟以從重者服其妾也,可乎？

格物精義

《大學》曰："致知在格物。"格物工夫最細,亦最闊。一物有一理,猶易盡,物物有一理,則不易盡。物物有一定之理,猶易盡,物物有無定之理,則尤不易盡。蓋物有限而理無窮也。所謂物者,乃事物之理,非僅一物而已也。此即聖人精義之學大而顯者,易知矣。莫難於是非之介公私之間,能執一途以自處而又毫髮不爽,即所謂中也。中不易致則義之不易精也,義不易精則物之不易格也。夫子曰："五十以學《易》,可以無大過矣。"又曰："朝聞道,夕死可矣。"夫子何嘗不學《易》,以精義之功無盡,故有假年之嘆。夫子何嘗不聞道,以格物之功難究,故有夕死之慨。夫子聖學已至,亦謂義理無窮,所以欿然若不足耳。不然忠孝人所共知,堯舜人皆可爲,何至有假年夕死之言？惟其事變無窮而義理無盡,今日一事甚是難處,當思如何處之,明日一事或更難於今日,或又是一樣難處,當思如何處之,才是格物,才是精義,才是致中。故昔賢喻義、喻利章,反覆辨論,有以也。夫"義利"二字,何人不曉,惟於疑似之間,疑難之處,有以辨之明而處之當,斯可耳。即如喪服與律例,二者安天理而酌人情,古今屢屢變更,終有遺議,而天下事物之理從可知矣。

新黃孝子

吳縣黃向堅父孔昭於明季時爲雲南大姚令,鼎革道阻,不得歸。順治中,滇黔漸平,向堅萬里尋親,艱苦備嘗。遇鄞縣錢士騶,亦於明季作廣文於平彝衛而不得歸者，始知其父母俱在白鹽井。兼程而至，喜泣交并，奉之而歸。滇人感其孝，醵金而贈之，蓋徒步周行二萬五千里云。傳奇有《新黄孝子》者是也。而士驌之子公美聞其親在，亦間關萬里而尋親以歸。世徒知黄而不知錢也。

書隱叢説卷十八

人　參

《春秋運斗樞》曰："瑶光散爲人参。"《禮斗威儀》曰："君乘木而王，有人參生。"唐韓翃詩云："應是人參五葉齊。"章孝標詩："蟠桃花裏醉人參。"段柯古有《求人參》詩，周繇有《以人參遺段柯古》詩。皮日休有《友人以人參見惠謝》詩，陸龜蒙有和詩。温庭筠詩云："煙香風軟人參蘖。"林寬詩云："門外人參徑，到時花幾開。"僧栖蟾詩云："茶味敵人參。""參"字或作"蓡"，或作"葠"。人參之貴重，於昔時已如此，今時遼參益貴重無比矣。但服之者有福有禍，不可不知。參之爲力，補虚益氣，只須一錢左右，立有功效。苟非沉疴，三四分亦能見效。醫家往往以用少不效，日日服之，積至兩許之多，終於不效，遂至殞命。孰知服一二錢不效之後，其參已不對病，不對病則必受其害。不過參之爲物仁而緩，不如大黄等味之立潰，故人不覺其爲害耳。富貴有力者，平居養静，日日服參，於能飲食之際，自不致爲禍，而亦未見其福。若病勢轉關之際，少服些須，福則立見，不效則禍亦未覺。余見人家之誤信服參而旋見其害者，比比矣。甚矣！醫家之慎勿輕用參也。爲其所誤者，猶曰此症之虚極而難治者也。嗟乎！以垂暮之年，彌留之際，尚有服參一二錢以延一二日之命脈者，況人當少壯，必不至十分極虚，即至十分極虚，豈有服參兩許終不見效，且因以致斃者乎？是可悟矣。予一生無大病，不喜服藥，且無力亦不屢服參。當場屋困乏之際，黄昏時已覺頭暈眼花，不能支持，爾時服乾參分許，即能精神如故。夜半復然，又服一二分，亦能如故。迨歸後，諸事紜擾，日夜不寧，忽患心空無力，亟取場中所餘參服一二分，即覺胸中飽滿，并能如饜飫者然，旋亦無恙。始信參之爲力不在多也，用參者其知之。

利害禍福

《淮南子》引"孔子讀《易》，至《損》、《益》，喟然而嘆曰：'或欲利之，適以害之。或欲害之，適足以利之。'"云云。則'塞翁安知非福，安知非禍'之語，有與道默契焉者，非僅曠達之觀而已也。

歸藏易

京房曰："古《歸藏易》今亡，惟存六十四卦名，而又闕其四，與《周易》不同。坤作奭，需作溽，小畜作小毒畜，大畜作大毒畜，艮作狠，震作釐，升作稱，剥作僕，損作員，咸作諴，坎作犖，謙作兼，遯作逯，蠱作蜀，解作荔，无妄作母亡，家人作散家人，涣作奐。又有瞿、欽、規、夜、分五卦，岑𩕐、林禍、馬徒三複名卦，不知當《周易》何卦也。"干寶曰："乾、奭、艮、兌、犖、離、釐、巽，此《歸藏之易》也。"李過曰："《連山易》不可得。《歸藏易》今行於世者，乾、屯、蒙、溽、訟、師、比、小毒畜、履、泰、否、同人、大有、狠、釐、大過、頤、困、井、革、鼎、旅、豐、小過、林禍、觀、萃、稱、僕、復、母亡、大毒畜、瞿、散家人、節、奐、蹇、荔、員、諴、欽、恒、規、夜、巽、兌、離、犖、兼、分、歸妹、漸、晉、明夷、岑𩕐、未濟、逯、大壯、蜀、馬徒。四卦闕名。"朱竹垞曰："分爲豫，馬徒爲隨，諴爲益，林禍爲臨，欽爲咸，瞿爲暌，岑𩕐爲既濟。唯規、夜二名不審當何卦。"黄宗炎曰："瞿當屬觀，欽當屬旅，規當屬節，夜當屬明夷，分當屬暌，岑𩕐當屬賁，其他則不可詳也。"羅苹曰："《歸藏易》卦有明夷、熒惑、耆老、大明之類。"又曰："《連山易》有陽、豫、游、徙之卦。"

化有爲無

有學問人，有經濟人，化有事爲無事，化大事爲小事。然惟視無事若有事，視小事若大事者，能之也。

發於中心

刲肉爲羹以爲孝，未嫁殉身以爲貞，三年廬墓以爲思，雖不無過情，昔人已論之矣。然若而人者，實發於中心之不得已，並非有所矯激而然，真爲人之所不能爲者也。故不著爲例者，以中道望人而必當格外旌獎者，庶以慰貞孝之心耳。議者且謂之非義焉，過於刻矣。

羅刹夜叉

《路史》曰："羅刹國在婆利東，與林邑爲市，市必夜至，常掩其面，畏人見之。夜叉國在北海，李文公問藥山禪師：'如何是黑風吹船舫，漂墮羅刹鬼國？'"後《西遊》鬼國夜市本此。

后妃傳

太史公以《皇后傳》立爲《外戚》、《世家》，班固《外戚傳》乃列於《匈奴》之後，《王莽》之前。自范曄立《后妃傳》次於帝紀，後代因之，可見事文愈趨而愈工也。

程嬰公孫杵臼

屠岸賈之事，《春秋》不書，《三傳》無文。《國語》云："下宮之難,由屠岸賈、趙姬匿公宮以免。"而太史公敷衍其事,遂有程嬰、公孫杵臼二人合傳。劉向《說苑》因之。至於趙宋,推趙世家,爲程嬰、公孫杵臼立廟,今并演之傳奇矣。或云:《左傳》未及,《史記》補之,如葛伯仇餉得《孟子》而始明,魯酒薄而邯鄲圍得《淮南子》而始悉,攘羊子證得《吕氏春秋》而本末始具也。《燕山叢錄》曰:邯鄲趙氏數百家,歲時祀先,必設嬰、杵於客位,以爲趙武遺命如此。豈趙氏之後因《史記》而附會爲之歟?抑信然歟?皆不敢執也。

曆數

《易乾鑿度》、《春秋元命包》云:"自開闢至獲麟,二百七十六萬歲。"《春秋命曆叙》曰:"自開闢至獲麟,二百二十七萬六千歲,分爲十紀。"《列子·楊朱》云:"伏羲至今,三十餘萬歲。"《漢書》曰:"上元至伐桀之歲,十四萬一千四百八十年。"漢陳晃言:"開闢至獲麟,二百七十五萬九千八百八十六歲。"唐李淳風推自麟德元年甲子,上距上元甲子,積二十六萬九千八百八十載。僧一行以大衍數推上元甲子積距開元甲子九千六百九十六萬一千七百有四十,是其日數也。宋邵堯夫云,天地始終止十二萬八千歲。以十二萬九千六百年爲一元,云自開闢至堯,正當其中數。諸說不一,其孰爲是耶?

潮汐

潮汐之至,乃天地自然之氣爲之升降,所謂天地之喘息是也。邵子曰:"天地元氣,呼吸之所爲耳。"《山海經》以爲海鰌出入之所爲,《藏經》以爲神龍之變化者,俱非也。至於粵溪之水有一日三潮者,有一日百潮者,瓊海之潮有半月東流,半月西流者,雖有應星、應月之説，總係潮之變態，不可以常理論也。

石　鼓

石鼓之文，議者不一。謂周宣王之鼓者，韓愈也。謂文王之鼓，至宣王刻詩者，韋應物也。謂秦氏之文者，宋鄭樵也。謂宣王而疑之者，歐陽修也。謂宣王而信之者，趙明誠也。謂成王之鼓者，董逌也。謂宇文周作者，馬子卿也。文今剥落，止存九鼓之字，辛鼓無字可存矣。以《吉日》之詩比而觀之，大都謂宣王之鼓者近是。

相沿難革

世俗相沿，雖遠於禮，亦有一時難革者。《禮記・曾子問》："三月而廟見。"孔疏云："成昏而舅姑存者，明日婦見舅姑，若舅已殁，則成昏三月，乃見於廟。"是廟見專爲舅姑而言也，今則屬之祖先矣。居喪稽顙，所以致哀於親，非以致敬於人。投刺於人，宜稱"頓首"，今則概用"稽顙"矣。古謂姑之子爲"外兄弟"，舅之子爲"内兄弟"。唐詩之"内兄"、"内弟"皆謂舅之子也。今則移稱妻弟矣。然相沿已久，忽有嫁女而不書"廟見"者，舅子而稱"内兄弟"者，喪中致禮而書"頓首"者，不亦大駭於世乎？

先　生　田

吾鄉有某先生者，以教授爲業，不娶，無子。每歲積其所入，置田若干畝。老病且死，集門人數人，以所置田授之，曰："我死後，汝輩爲我辦棺築壙外，歲時祭墓，數人輪當。其贏餘，即歸之數人者。"悉遵其教，凡祭掃務致其豐，至今三世，猶不替焉。鄉人謂其田曰"先生田"云。

翰林院

翰林院設於唐開元中，自尚書至校書郎，均得與選，入院者概稱爲學士。至宋，其職始貴。明初，又設講讀學士、講讀、修撰、編脩、檢討諸員，其制大備，而入院者不專進士科也。天順間，始盡用進士。本朝因明之舊，凡新進士，殿試後即點數員入翰林，又於殿試後復行朝考詩賦等題，然後取其優者與列，人以爲榮焉。非進士者，惟康熙己未年欽取博學鴻儒五十人，俱入翰林。乾隆丁巳年博學鴻儒亦入翰林，餘無別途選入者矣。

闈中命題

明初，闈中命題與今制異。有首、二、三題皆《論語》者，有首題《論語》，二、三題皆《中庸》者，有首、二題皆《論語》，三題《中庸》者，有首題《大學》，二題《論語》，三題《中庸》者。判語有二字至九字一科同出者，表用古題，擬表。今則鄉試首必《論語》，次必《學》、《庸》，三必《孟子》。會試首或《大學》，次或《論語》，三必《孟子》，表必時事擬表，判必幾字，五判畫一，二字至六、七字挨次輪出，八、九字多庋置不用矣。

要好看

人只爲"要好看"三字壞了一生。天地生財，止有此數，一家進益，其數有限。一要好看，凡飲食、衣服、宮室、日用、婚喪、餽遺之間，無不趨華騖靡。究之竭力以供，猶不足以博尋常耳目之一褒，亦何苦而爲此哉？人家子孫固守儉德，則不犯此三字病矣。

十二肖

明王鏊云："十二辰所肖，嘗聞之於人。二十八宿分布周天，以直十二辰。每辰二宿，子、午、卯、酉則三，而各有所象。女土蝠、虚日鼠、危月燕，子也。室火猪、壁水貐，亥也。奎木狼、婁金狗，戌也。胃土雉、昴日雞、畢月烏，酉也。觜火猴、參水猿，申也。井木犴、鬼金羊，未也。柳土獐、星日馬、張月鹿，午也。翼火蛇、軫水蚓，巳也。角木蛟、亢金龍，辰也。氐土貉、房日兔、心月狐，卯也。尾火虎、箕水豹，寅也。斗木獬、牛金牛，丑也。天禽地曜，分直於天，以紀十二辰，而以七曜統之。此十二肖之所始也。"前此紛紛諸說，可有歸宿矣。

召神而問

《吴越春秋》曰："禹巡行四瀆，與益、夔共謀。行到名山大澤，召其神而問之，使益疏而記之，名之曰《山海經》。"《西遊記》孫行者動問山神、土地事，本此。

五　祀

五祀，《禮·王制》注謂："司命中霤門行厲。"《曲禮》注"謂户竈中霤門行"曰："此殷制也。"《月令》言行不及井，《祭法》亦言國行而無井。惟《白虎通》有井。《淮南·時則訓》"冬祀井"，故漢魏晉以來，五祀皆以井居一，至今爲然。先王之所以舉祀者，凡以報其功德而已。門户資以出入，中霤資以居處，竈井資以養生，是井較之行，於人尤切，似宜常祀，行於出行之時舉之，義各當矣。郝敬云："冬祀行，行亦謂之井。"《孟子》云："井上有李。"謂道上有李樹也。古者井地，井間爲道，道間有水，所謂行潦也。冬水用事，故祭行即是祭井也。《白虎通》曰："《月令》冬祀井。"

狐屬惑人

近世往往有狐猿之屬，物之精怪，來遊人間。髣髴托爲人言以惑人。太史公所謂"學者言有物"是也。《索隱》曰："物謂精怪也。"漢之神君形不可見，但聞其言，居幃帳中，因巫爲主人關通飲食所欲，想亦狐猿精怪之倫托人言語以惑人者。有疑其爲鬼神者，非也。《左傳》有"神降於莘"。吳孫權時有神自稱王表，前燕有神降於鄴，前涼有神降於元武殿。《神仙傳》"廬山廟有神能於帳中共外人語"。宋時毛山鋪狐魅假托毛女在洞中，南康廟帷中有神能與人言，是其類也。《醒世姻緣傳》有狐托爲汪先生者，即推此意以曉人耳。

高出凡庸

古人意見有高出凡庸者。馮驩爲孟嘗君收責於薛，悉焚其券以市義。李白在揚州散銀十萬餘金，作詩曰："黃金散盡還復來。"唐李景遜母及蘇東坡母皆不取宿藏物。邵方回積財千萬，嘗開庫，任其子超散與親故。宋陳公弼，其兄使治息錢三十餘萬，公弼悉召取錢者，焚其券而去。公弼，愷之父也。蘇序急人患難，或以予人立盡，以此窮困，然終不悔，凶年鬻其田以濟饑者。序，洵之父也。然則古人行事存心有大過乎人者，今人錙銖較量，心地窄狹，即不能效法，亦當知天地間有此一等人耳。

儉以成廉

君子不苟得，不妄費，儉所以爲廉也。若知取而不知予，則吝也。先君嘗曰："作家須克己不克人。"夫克人，則苟得矣。不克己，則妄費矣。君子往往不妄費，以積財於己而奉人之緩急，此公心也。若苟得以積財於人而奉己之嗜欲，此私心也。但吾見不苟得而不妄費者，往往無財；苟得而妄費者，往往多財。豈財之善動乎？然未見有公心者之終無財矣。

字易誤讀

字有易誤讀者，兩字皆既詳之於前矣，一字者復列之於左焉。

瀧水之瀧音雙。 句讀之讀音豆。 肅爽之爽音霜。 月氏之氏音支。 甪里之甪音祿。 汨羅之汨音博。縣名。 汨羅之汨音密。水名。 不其之其音箕。 魯般之般音班。 先零之零音憐。 於期之於音烏。 姑射之射音亦。 令居之令音連。 寧馨之寧音甯。 疆場之場音易。 選懦之懦音軟。 盟津之盟音孟。 國土之土音度。 綸巾之綸音關。 犧尊之犧音梭。 率更之率音律。 平反之反音番。 牢愁之愁音曹。 風裁之裁去聲。 朝請之請去聲。 眾生之眾音中。 落魄之魄音拓。 滑稽之滑音骨。 服匿之服音避。 休屠之屠音儲。 戲下之戲音麾。 旁魄之魄音薄。 玄端之端音冕。 妖蠱之蠱音冶。 柴池之柴音差。 遁巡之遁音逡。 烏亘之亘音桓。 鬱壘之壘音律。 觜星之觜音崔。 皋比之比音皮。 沙羨之羨音夷。 宛句之句音劬。 負尾之負音陪。 沮漢之漢音灘。 井幹之幹音寒。 羨門之羨音延。 角亢之亢音剛。 不羹之羹音郎。 涑水之涑音瘦。 氾勝之氾音帆。 信圭之信音伸。 哭臨之臨去聲。 蒲萄之蒲音勃。 琵琶之琵可入。 麒麟之麒可去。 祆廟之祆音軒。 演門之演音踐。 處分之分去聲。 連石之連音爛。 康居之居音渠。 匪頒之匪音分。 度曲之度音鐸。 平輿之輿可去。 八厨之厨音皮。 襄賁之賁音肥。 昆邪之昆音魂。 涒灘之涒音敦。 六出之出音綴。 爛脫之脫音奪。 太守之守音狩。 廷評之評音病。 魁梧之梧音悟。 口號之號音豪。 蔓菁之蔓音瞞。 嘉樂之嘉音嫁。 大宛之宛音駕。 行潦之行音杭。 廷爭之廷音定。 夭邪之夭音歪。 盤渦之盤音漩。 華睆之睆音滑。 越席之越音活。 無射之射音亦。 伍員之員音運。 假借之假音嫁。 司空之空音窟。 僕射之射音夜。 瑯邪之邪音耶。 楚些之些音遡。 大家之家音姑。　建瓴之建音蹇。　煬竈之煬音向。　胅肵之胅音之。　毌丘之毌音貫。　耐可之耐音能。　隆準之準音拙。　骨朵之朵音都。　阿誰之阿音兀。　廣莫之廣音曠。　冒絮之冒音陌。　幞被之幞音伏。　巾幗之幗音憒。　淳母之母音模。　朴胡之朴音浮。　鹵簿之鹵音鑪。　度支之度入聲。

禮制變通

禮制之行，有古無明文而世俗變通，頗有合乎道者，錄之。

繼母在堂而父死者，但可稱"孤子"，不得稱"孤哀子"，所以避繼母也。然竟稱"孤子"，嫌於忘先母。今世俗或直稱"孤哀子"，書於上曰"奉繼母命稱哀"。或於"孤"字下、"子"字上空白一字，書於上曰"繼母在堂不敢稱哀"。或竟空一字，而不書於上。亦可兩無嫌疑矣。

古妾生之子爲生母服都無斬衰三年之服，今制得服斬三年，即父與嫡母在堂，亦不奪其情也。然不得稱"哀子"，以避嫡母。今世俗稱"不孝斬衰子某泣血稽顙"，雖嫡母先沒者亦然，所以避嫌也。

孝子初喪，稱"孤哀"，下稱"泣血稽顙"。過百日後，則稱"制"，下止稱"稽首"。今世俗於七終後稱"制"，不稱"孤哀"，稱"稽首"，或仍稱"稽顙"，不稱"泣血"。因而酬酢往還諸事俱小變，亦變古之可行者也。

齊服

曾孫齊衰五月，元孫齊衰三月，本與小功緦麻有別，不可以月數相同而遂混之。或有誤稱功服緦服者，未詳禮制"齊衰"二字之文耳。弔刺及書札當稱齊服者也。

庶孫不承重

庶子爲生母服斬三年固已。若庶子已死，則庶子之子但如孫，爲生祖母服，服期不得承重服三年，無論祖與嫡祖母在否也。蓋承重者，重嫡之文也。若嫡祖母死，而無嫡子、嫡孫者，則庶長子之子自當承重。若生祖母死，即祖與嫡祖母俱亡而又無嫡子、嫡孫者，終不承重也。

荒親

新喪未歛而婚者，俗謂之"荒親"，非禮也。即父在母亡而命孝子成婚於母喪之中，於理不順，於情不安，況在父喪而承母命者乎？近見詩禮之家或有蹈此，失禮之尤甚者也。凡事有經有權，禮文亦然。然凡事可權，諸禮可權，而荒親斷斷不可權也。

安於義命

人當安於義命，不可與人爭，不可與天爭。與人爭者，嫉恨苛暴等皆是，非惟無益，徒傷雅道。與天爭者，奢望營求等皆是，非惟無益，徒損神智。

書酒相兼

知生必有死，擬托文章以不朽，便欲讀書。知苦不如樂，徒仰屋梁而亡益，輒欲飲酒。二者展轉未能自判。及讀古句云："烟火神仙千日酒，草茅富貴百城書。"欣然自足，二者相兼之爲得也。

怨而不怒

唐王建《當窗織》詩云："當窗却羨青樓娼，十指不動衣盈箱。"怨而怒矣。不如宋姚寅《蠶婦》詩云："長安女兒嫩如水，十指不動衣羅綺。我曹辛苦徒爾耳，依舊績麻冬日裏。"尤爲蘊藉，可謂怨而不怒矣。

穀　名

《周禮》"五穀"注謂："麻、黍、稷、麥、豆也。""六穀"注謂："稌、黍、稷、粱、麥、苽。苽，雕胡也。""九穀"疏謂："黍、稷、秫、稻、麻、大豆、小豆、大麥、小麥也。"鄭以爲無秫、大麥，而有粱、苽。又《春官》注"六穀"謂："黍、稷、稻、粱、麥、苽。"朱子注《孟子》曰："稻、粱、稷、麥、菽。"今人但知朱注，不知古之有異名也。

鬼　方

《詩》"覃及鬼方"，毛萇曰："鬼方，遠方也。"《世本》注曰："鬼方，於漢則先零戎是也。"《晉書·四夷傳》："北狄之類，夏曰薰粥，殷曰鬼方，周曰獫狁，漢曰匈奴。"又干寶曰："鬼方，北方國也。"張說《赴朔方軍》詩曰："遠靖鬼方人。"則《易》曰"高宗伐鬼方"，其爲北狄明矣。或曰西戎見《後漢書·西羌傳》。《竹書紀年》曰："武丁三十二年，伐鬼方，次於荆。三十四年，王師克鬼方，氐羌來賓。"則爲西戎矣。或曰南蠻即今貴州地也。未知孰是。

清　和

謝靈運詩"首夏猶清和"，言二月清和，首夏四月猶然二月天氣也。沈歸愚力辨之，謂今人往往誤用。然謝朓詩云"首夏實清和"，白樂天詩云"清和四月初，樹木正華滋"，司馬溫公詩云"四月清和雨乍晴"，似亦可通用也。

《周禮》疏誤

《周禮》"司寤氏掌夜時"，註云："夜時，謂夜晚早，若今甲乙至戊。"疏云："謂夜晚早，甲乙則早時，戊亥則晚時也。"按：漢法，五夜,甲乙丙丁戊也,若今之五更然耳。註中"戍"字定是"戊"字之訛,而疏不辨,直以訛疏訛耳。若今云者,即漢法五夜之説耳。若甲乙至戊冠以"若今"二字,又何説也?

伯　叔

伯、叔本是長幼之稱,故妻稱夫之兄、弟曰伯、叔。昔人曰兄公,曰兄伯,原是平等之稱,而猶子稱父之兄弟曰伯父、叔父,"伯"、"叔"之下必加以"父"字也。今人竟以伯、叔爲尊行之稱矣。

異　鏡

秦宮有方鏡,廣四尺,高五尺九寸,人來照之,影則倒現,以手捫心,則見腸胃五臟,歷然無礙。女子有邪心,則膽張心動。漢元封中,有異國獻鏡,照見魑魅,不獲隱形。隋蘇威有鏡,日食既,鏡遂昏黑無所見。日食半缺,其鏡亦半昏,如日所食之數。唐長慶中,漁人於秦淮深處網得古銅鏡,可尺餘,取照之,歷歷盡見五臟六腑,因腕戰而墜。葉法善有一鐵鏡,人有疾病,以鏡照之,盡見臟腑中所滯之物,後以藥療痊。成化中,墾田得鏡,照見農家男女墓中人物,農夫驚異而碎之。金陵有得鏡於田中者,能照地中物。又有得鏡於墻垣中者,照面則頭痛。吳江有得鏡於太湖中者,照人歷歷見臟腑。此等異鏡,未知其所由來也。或曰軒轅鏡也。

未及殿試

明萬曆會魁何淳之未及殿試,告病歸,同榜殷都送之以詩,有句云:"收來駿骨還歸市,畫就蛾眉不入宮。"本朝常熟陳亦韓祖范先生雍正癸卯會試中式,亦未及殿試而歸,著述甚富,名聞遐邇。誰

811

謂古今人不相及也。乾隆辛未，薦舉經術，陳爲公卿交薦，特授國子監司業職銜，詠詩有云：「廿載逃名反得名，人疑何術動公卿。」蓋實錄也。

魘鎮

《周禮》：「硩蔟氏，掌覆妖鳥之巢。以方書十日之號，十有二辰之號，十有二月之號，十有二歲之號，二十有八星之號，縣其巢上，則去之。」未知其義何居，其驗何若，而後世魘鎮之法紛紛從此而起矣。

九拜

九拜：稽首，謂頭至地，稽留多時也，臣拜君法，是一種拜。振動，謂戰栗變動而拜者，附之。凶拜，謂稽顙而後拜，三年之喪拜者，亦附之。褒拜，即報拜，謂再拜者，亦附之。頓首，謂以頭叩地，即舉平敵相拜法，是一種拜。吉拜，謂拜而後稽顙者，附。空首，謂頭僅至手，君答臣下拜，是一種拜。奇拜，謂一拜者，附之。肅拜，謂揖拜，但頰下手也，是一種拜。稽首至重，肅拜至輕也。又《儀禮》註曰：「推手曰揖，引手曰厭。音葉。」

《道德經》別解

金陵李素居，專意學仙，室無妻子，床無枕蓆，竈無柴米，僅一藥爐而已。積三十年如常，與人談《道德經》「聖人不死，大盜不止」云：「聖人入水不濡，入火不熱，決是長生不死。死者，凡夫也。聖人盜天地之元氣，日月之精華，大盜也，焉能止得。可止者，鼠竊狗偷之人也。如此，則斗與衡皆無用處，剖之折之可也，而民又何爭之有？」似此別解，亦有益於道家之言。

知彼知己

兵凶戰危,聖人所慎,不得已而動,必資兵法。然古來千言萬語,總不出乎二語,一曰"不戰而屈人之兵",一曰"知彼知己,百戰百勝"。可以不戰乃爲上策,不能不戰,必致百勝,然後可。不然,徒爲匹夫之悻悻,妄人之昧昧耳。或兩敗俱傷,或一敗塗地,祇自斃也。

斂用喪服

有親喪未及期而殁者,有謂宜以喪服斂者,有謂宜以吉服斂者。余謂斷宜以喪服斂也。以喪服斂,於禮雖無明文,然禮以義起,禮緣情生,援"斂以時服"之義,在夏當以夏服斂,在冬當以冬服斂,則知在喪之當以喪服斂矣。況生時斬焉,在衰絰之中而死,則儼然易從吉之服,於死者之心安乎?死者之心未安,於生者之心安乎?且有謂宜置吉服於柩,以示喪滿而易之意。不知在夏而斂者,未嘗預置冬服於柩,在冬而斂者,未嘗預置夏服於柩也。何獨在喪而斂者預置吉服於柩乎?所謂之死而致生之,非通論也。及晤常熟陳亦韓祖范先生,議論有脗合者,出所著《斂用喪服議》詳玩之,真先得我心矣。

俠拜

《王妃婚禮儀注》:"王拜,妃俠拜。""俠"與"夾"通,謂男子一拜,婦人兩拜也。《剡溪漫筆》疑村野之禮,何緣施於朝廷。不知古者男女之間,往往用夾拜。朱子謂冠禮,母之於子亦然,況平等乎?後世雖不行,然非村野之禮也,明矣。今男女平常通問間,往往男子一揖,婦人兩福者,遲速之間,適得其宜,故耳。亦所謂禮以情生者耶。

813

觸忤生學問

凡人學問往往於觸忤處生出。心有觸忤，未能釋然，讀書時隨處印心，如鏡之自照，如風之開襟，任多塊壘，不覺消融，所以往往從觸忤生學問，畢竟從讀書生學問也。不然，任性而行，觸忤者何能消融乎？吾見其汩没者多多矣。

俗字之訛

"机"與"几"同，今俗借作"機樞"之"機"字。"侄"音"質"，堅也，癡也，俗借作"叔姪"之"姪"字。尨，莫江切，犬之多毛者，俗借作"龍蛇"之"龍"字。听，魚巾切，笑貌，俗借作"聽聞"之"聽"字。"豊"音"禮"，俗借作"豐歉"之"豐"字。"啇"音"滴"，俗借作"商賈"之"商"字。"虫"音"虺"，俗借作"蟲豸"之"蟲"字。"羑"即是"羔"，俗借作"美惡"之"美"字。"旡"即是"既"，俗借作"无妄"之"无"字。"夲"音"滔"，俗借作"本末"之"本"字。"盻"音"係"，俗借作"美盼"之"盼"字。"埸"音"亦"，俗誤作"場"音。"厶"音"私"，俗誤作"某"字。世俗通行，莫能改正，至有以"涣奔其机"訛作"杌"者，尤可駭。

篤好讀書

蒲傅正戒子弟云："寒可無衣，饑可無食，至於書不可一日失。"尤延之儲書甚盛，饑讀之以當食，寒讀之以當衣，孤寂而讀之以當朋友，幽憂而讀之以當金石琴瑟。錢思公言平生惟好讀書，坐則讀經史，卧則讀小說，上厠則閱小辭。六一有云："至哉天下樂，終日在几案。"陳履吉云："居嘗無事，飽暖讀古人書，即人間三島。"徐興公云："人生之樂，莫過閉户讀書，得一僻書，識一奇字，遇一異事，見一佳句，不覺踴躍，雖絲竹滿前，綺羅盈目，不足喻其快也。"古人於書篤好如此，余雅有書癖，搆鉏經、書隱二樓，貯書萬卷於中，明窗净几，誦讀不輟。除酧應紛務外，苟有片暇，即勤編閲，左右羅列，高下崚嶒，殆比於曹氏之書倉、陸子之書巢矣。亦可滌性，亦可怡情，以日爲年，不知天壤間更有何樂也。

物生應閏

曆置閏，物生亦有應閏者。梧桐生十二葉，閏則十三葉。藕生十二節，閏則十三節。茨菇花一莖十二實，閏則十三實。牡丹花每朵十二片，閏月十三片。鳳尾十二翎，閏月十三翎。櫻欄每月抽櫻一片，閏月則半片而止。不獨蓂莢生於聖世也。

田畝清册

民間田産，畝坵形數，著之於册而掌之者，爲圩甲。歷年久遠，舞文者往往增減田畝之數，變亂坵段之形，以此上下其手，積弊蝟興，爭訟無已。明萬曆中，吴江知縣霍維華親歷田畝，概爲丈量，較正其數，另造清册，貯之於官，積弊爲之一清，謂之"霍册"云。至今幾十餘年矣，有移易田坵致訟者，猶得請霍册一對，則奸弊瞭如也。《周禮·小宰》注曰"聽人訟地者，以版圖決之"是也。後漢秦彭爲山陽太守，每於晨月親度頃畝，分别肥墝，差爲三品，各立文簿，藏之鄉縣。於是奸吏跼蹐無所容詐。詔書以其所立條式並下州郡。元時劉輝釐正餘姚田畝，畫圖，謂之"魚鱗圖"，且有田一區，每印署盈尺之紙以給田主，謂之"烏由"。後易主，有質劑無烏由，不信也。爲民長上，實心爲民，而民焉有不受無窮之惠者哉？"烏由"，今謂之"方單"也。

自稱曰身

今人訟牒中往往自稱曰"身",亦有本。《爾雅·釋詁》曰:"朕、余、躬、身也。"註云:"今人亦自呼爲身。"疏云:"身即我也。"

少陵喜用乾坤字

杜少陵喜用乾坤字,惟"乾坤日夜浮"一句頗佳。外如"乾坤一草亭","乾坤一腐儒","乾坤水上萍",猶屬有氣岸。至於"乾坤萬里眼","無力正乾坤","納納乾坤大","乾坤一戰收","乾坤繞漢宮","開闢乾坤正",難免腐俗,不耐人尋味也。

郭公磚

余得一磚,長大而中空,可爲琴几,名曰"郭公磚"。郭公,不知何時人。明嘉靖中撫軍命亓百户修月堤,偶發一古塚,磚上有朱書曰"郭公磚,郭公墓,郭公逢着亓百户",因此呼爲"郭公磚"云。前名空心磚,亦名琴磚。

聖廟四配

聖廟四配。顔子之配享,始於曹魏正始五年。曾子之配享,肇於唐(元)〔睿〕宗太極元年。孟子之配享,在宋神宗元豐七年。子思之配享,在宋度宗咸淳三年。顔封復聖,曾封述聖,思封宗聖,孟封亞聖,在元至順三年。

昔人詩病

阮籍"多言焉所告,繁辭將訴誰",劉越石"宣尼悲獲麟,西狩涕孔丘",謝靈運"揚帆采石華,掛席拾海月",謝惠連"雖好相如達,不同長卿慢", 陸機"時逝柔風戰, 歲暮商颷飛", 孟浩然"竹間殘照入, 池上夕陽微", 二句一意。王摩詰《九成宮避暑》中四句"隔窗雲霧生衣上, 捲幔山泉入鏡中。簾下水聲喧笑語, 簷前樹色隱房櫳", 衣上鏡中, 簾下簷前, 連用之。孫逖《贈韋侍御》詩:"忽覿雲間數雁迴, 更逢山上一花開。河邊淑氣迎芳草, 林下輕風待落梅。秋憲府中高唱入, 春卿署裏和歌來。"雲間山上, 河邊林下, 府中署裏, 連用之。沈佺期《過巫峽》詩:"使君灘上草, 神女廟前雲。樹悉江中見, 猿多天外聞。"灘上廟前, 江中天外, 連用之。駱賓王《送鄭少府入遼》詩:"邊烽警榆塞, 俠客度桑乾。柳葉開銀鏑, 桃花照玉鞍。滿月臨弓影, 連星入劍端。"榆桑、柳桃連用之, 且六句句法相同。又《過任處士書齋》詩:"網積窗文亂, 苔深履迹殘。雪明書帳冷, 水静墨池寒。"四句句法相同。杜工部《螢火》詩中四句"忽驚屋裏琴書冷, 復亂簷邊星宿稀。却繞井欄添箇箇, 偶經花蕊弄輝輝", 四用平頭。江漢詩中四句"片雲天共遠, 永夜月同孤。落日心猶壯, 秋風病欲蘇", 亦四用平頭。在古人雖不以爲嫌, 而今人斷不可學也。

文章偶誤

韓文公《處州孔子廟碑》云:"勾龍與棄配社稷, 皆壇而不屋。豈若夫子, 巍然南面而弟子從祀爲尊乎?"不知古者亡國之社則屋之, 郊以祭天, 盡是墠壇, 屋非尊於壇也。《諱辨》"不聞諱治天下之治爲某字也", 治本平聲, 誤作去聲。蘇東坡《赤壁賦》古今傳誦, 然黄州赤鼻山, 非周瑜破曹操處。文章偶誤, 在作者不以此而掩其盛名, 然在後之學者, 不可反執此爲不易之論也。學者尚論, 當議論公平, 不可過疑, 亦不可過信。如朱子學問, 須看其大段闡發聖賢處, 而小不合者亦當分別。如杜詩谿徑, 須知其用意古穆, 而庸率處亦須指出也。

書隱叢説卷十九

文董名埒

明文徵明文章書畫舉世共見,命中獨慳一第,竟以歲貢起家。然至今名垂宇宙,與董尚書相埒,若不知董之亨而文之屯也。信乎由人不由命也。如文彭、文嘉、何良俊、田藝衡、歐大任、王寵輩皆然。

杜詩似選

左思《招隱》詩:"非必絲與竹,山水有清音。何事待嘯歌,灌木自悲吟。"杜工部《垂老別》"孰知是死別,且復傷其寒。此去必不歸,還聞勸加餐",開闔似之。王粲《七哀》詩:"未知身死處,何能兩相完。"杜工部《新婚別》"勿爲新婚念,努力事戎行",沉鬱似之。

人莫狥私

范益謙曰:"人附書信,不可開拆沉滯。與人並坐,不可窺人私書。凡入人家,不可看人文字。凡借物,不可損壞不還。與人同處,不可自擇便利。"程於止曰:"拾道旁遺信,禁手不開,足徵盛德。"云云。凡人學問,往往從細微處做起。莫謂此事爲無傷,從此一念之狥私而瀰漫之,可爲小人。莫謂此事爲難能,從此一念之克己而擴充之,可爲君子。甚矣,人之莫狥私也。

揣骨相

近有揣骨相者,瞽者以手暗揣人之骨格,自首至踵,以驗其貴賤休咎,亦有不爽者。唐貞元末,相骨山人以無目,故逢人以手捫之,必知貴賤,此爲揣骨相之始也。

崑崙

崑崙山有四,一在西域,一在酒泉,一在吐蕃,一在瀛海中,與占城及東西竺鼎峙相望。山高而方,根盤曠遠,凡往西洋商舶必待順風七晝夜可過。語云:"上怕七洲,下怕崑崙。針迷舵失,人船莫存。"

火燄山

土魯番有火燄山,色如火,城方二三里。火州有火燄山,山中常有煙氣湧起,無雲霧,至夕,光燄若炬,照見禽鼠皆赤采。張曉谷《西征記》曰:"火燄山千峰林立,皆如窰土色。紅綠相間,上無寸草,下無滴水,並鴉鵲亦絕。土人云唐僧玄奘西遊過此。"《西遊記》火燄山事非無因也,而火燄山且不止一處也。

河伯

《竹書紀年》曰:"帝芬十六年,洛伯用與河伯馮夷鬪。""洛"與"河"皆國名也。伯,爵也。"用"與"馮夷",人名也。又云:"殷侯微以河伯之師伐有易。"可見河伯爲當時諸侯矣。或以爲治河之官,封之爲河伯。《援神契》云:"河者,水之伯。"《尚書·中候》云:"河伯,人首魚身,曰吾河精也。"《龍魚河圖》云:"河伯姓呂,名公子。夫人姓馮,名夷。"屈原《遠遊》篇:"使湘靈鼓瑟兮,令海若舞馮夷。"

819

《淮南子》、《酉陽雜俎》直以馮夷爲河伯水神，而後世遂承之矣。

西伯爲武王

《紀年》云："四十一年，西伯昌薨。四十二年，西伯發受丹書於呂尚。四十四年，西伯發伐黎。"按：此戡黎之西伯爲武王，非文王矣。

但當順受

《漢書》引《逸周書》云："天予不取，反受其咎。"又云："毋爲權首，將受其咎。"然則人之於事，或緩或躁，均非其道，但當順受而已。

蘇詩習氣

宋人四六往往用經史成語，作對出自天然，較之唐人，另闢一境。蘇詩"公獨未知其趣耳，臣今時復一中之"，酷似宋人四六之習也。

鍊　　意

白樂天《王昭君》詩曰："君王若問妾顏色，莫道不如宮裏時。"深遠有味，無率直之氣。所謂鍊句，不如鍊意也。王荆公《明妃曲》曰："君不見，咫尺長門閉阿嬌，人生失意無南北。"觀此，殊令人意平。

雙聲叠韻

互、護爲雙聲。磝、碻爲叠韻。是矣，而未明言其所以也。雙聲者，同音而不同韻也。叠韻者，同音而又同韻也。若慷慨、霢霂，皆雙聲也。若童蒙、螳螂，皆叠韻也。《廣韻》曰："章灼、良略是雙聲。灼略、章良是叠韻。"又曰："廲剔、靈歷是雙聲，剔歷、廲靈是叠韻。"舉一可以例百矣。《學林新編》云。

好仁惡不仁

西士龐迪我《七克》曰："僅不爲惡，不足稱善。先絶諸惡，復勉爲善，乃足稱善焉。"此數語足發明吾儒好仁惡不仁之旨。其餘千言萬語，雖不失勸人爲善，終與"盡其在己"之意，尚隔一塵。

聽 琴 詩

歐陽永叔、蘇子瞻謂韓退之《聽琴詩》乃是聽琵琶詩，然的是聽琴詩，不可移易也。"浮雲柳絮無根蒂，天地闊遠隨飛揚"，是琴之泛聲。"躋攀分寸不可上，失勢一落千丈強"，是琴之吟。"猱綽注聲劃然變，軒昂勇士赴敵場"，是琴之宮聲。"喧啾百鳥群，忽見孤鳳凰"，是琴之商聲。以上諸語，豈可以移之琵琶？惟"昵昵兒女語，恩怨相爾汝"二句，似可移之琵琶。然琴中亦實有此羽聲也。余有《聽琴詩》云："琪花光瑤圃，山鬼緣蘿屏。青鸞啄嫩蕊，高瀑蹲泓渟。""琪花"句言琴之正聲，"山鬼"句言琴之吟猱聲，"青鸞"句言琴之泛聲，"高瀑"句言琴之綽注聲。周誠哉云："心得之語，非門外所知也。"昔於頔令客彈琴，其嫂曰："三分中，一分箏聲，二分琵琶，全無琴韻。"似此，則今世之琴與琵琶亦不甚相遠矣。吁！

徹 上 徹 下

《傳燈録》："李翺謁藥山，問：'如何是道？'師以手指上下，曰：'會麽？'翺曰：'不會。'師曰：'雲在天，水在瓶。'翺遂贈以詩云：'我來問道無餘説，雲在青天水在瓶。'"是禪機語，莫不傳誦。然爲士子者，亦曾讀《中庸》乎？"鳶飛戾天，魚躍於淵"，言其上下察也，活潑潑地天機呈露，徹上徹下，何處不到，更參甚麼禪來？

蒲　鞋

《筆叢》曰："今世蒲鞋，盛行海內。然皆男子服，婦人以纏足，故絶無用之者。"云云。不知今日婦人之小涼鞋與男子競勝。甚矣，世風之日變也。

彭祖觀井圖

《彭祖觀井圖》以索繫腰，以車輪蓋井而觀之。夫既有蓋井之輪，又有繫腰之索，如此小心，慎則慎矣，不亦太迂乎？古有養其内而遺其外者，委心任運可也。不然，不觀井可也，何必瑣瑣如此？然亦可爲縱肆者之藥石歟。

毛車颾輪

弱水不能負芥，漢武帝時，有人乘毛車以度弱水來獻香者。陳禹謨曰："毛車即輕矣，豈尤輕於芥乎？不能負芥而能負車，此説之不可兩存者。"云云。然聞西域奇肱國能爲飛車，從風遠行。明時，西人利瑪竇渡海而至中國，嘗御颾輪以度弱水。其輪旋轉於水上而不甚着水，其行如風，故可得度。意漢之毛車即今颾輪之謂歟？乃知畸人制度有出於意計之外者。

韓歐詩本

韓昌黎《拘幽操》"天王聖明兮，臣罪當誅"，本《凱風》詩"母氏聖善，我無令人"來。歐陽廬陵《醉翁亭記》結句"太守爲誰？廬陵歐陽修也"，本《采蘋》詩"誰其尸之，有齊季女"來。

斷碑膾炙

白樂天應宏詞科不第,而賦竟傳於天下,登科者賦並無聞。劉蕡對賢良策下第,而策竟傳於至今,登科者策並無聞。嗟乎!登科亦何足爲重輕哉?亦係乎其人耳。所謂"千載斷碑人膾炙,不知世有段文昌"也。

天官二十八舍

《史記·天官書》作角、亢、氐、房、心、尾、箕、建、牛、女、虛、危、室、壁,有"建"而無"斗"。奎、婁、胃、留、濁、參、罰,有"罰"而無"觜",有"濁"而無"畢",有"留"而無"昴"。狼、弧、注、張、星、翼、軫,有"狼"、"弧"而無"井"、"鬼",有"注"而無"柳"。則二十八舍之名,古今不同矣。

趨吉避凶

今人動信風水,每曰趨吉避凶。夫聖人計是非,不計禍福。吉凶二字,即是非也。《尚書》曰:"惠迪吉,從逆凶。"乃謂順於理而是者爲吉,逆於理而非者爲凶也。今人不明,以吉凶字當禍福字,故人之趨吉避凶者,不知趨是避非,直是趨福避禍,凡可以稍致其趨避者,無所不至。事端變故,無論矣,而時日風水,平居彌甚,遍世皆然,難於開導其源,皆爲術士所惑故也。余《贈星士》詩曰:"俗緣莫問還相詰,能否詳推身後名。"謂論星命者,當論賢愚,不當論貧富、貴賤也。不然,將秦檜、嚴嵩賢於岳飛、楊繼盛乎?又有《論醫術》詩云:"正賴主人能將將,任君草木將多兵。"謂不當以性命委托庸醫也。昔人有嘲堪輿詩曰:"山中若有王侯地,何不尋來葬乃翁。"謂有命在也。而風水之惑人彌甚者,心於求富貴,忘其是非,

823

而專以趨避爲事也。楊慈湖曰："每見今之講學者，好談命看風水，其真情固已和盤托出。"王肯堂曰："朱文公先生亦談風水，雖不爲禍福所惑然亦是通人之一蔽。"謂其恐以禍福惑夫天下後世爾也。東漢吳雄家貧，母死，葬人所不封之地，喪事趨辦，不卜時日。巫皆言其族滅，而雄子訢、孫恭，三世爲廷尉。程伊川葬親用昭穆法，不用地理書。既而，尊長召地理人到葬處，曰："此是商音絕處，何故如此下穴？"伊川曰："試看如何。"至後，人口已數倍矣。

素位而行

《中庸》"無入而不自得"。或云："無不自得其道。"或云："自得於中。"余思兩說俱當並存。富貴、貧賤、患難，夷狄處之而安若故常，無不得其道，自然無不自得於中。兩說相因而至，必兼此兩說，然後乃備。今人往往浩思淹博，不能返求孔孟思曾，然見有格言約語，亦不無時時有所悟入也。余謂人之處境處事，守定《中庸》"素位而行"一章，時時涵泳深味，自覺心地開朗，學問日進，所謂能知不如能行也。"素位而行"一章可作一部《易經》讀。

詩壇耆碩

長洲沈歸愚德潛先生，學問深沉，當代偉人。從前數奇，至六十六歲始以乾隆戊午科發解南闈。己未，聯捷入詞林，數年之間，晉秩少宗伯，寵遇彌隆。己巳春，特恩放歸田里，臨行，御賜詩章并賜匾額四字，曰"詩壇耆碩"，更勅在廷諸臣和詩餞送，比於漢之疏廣、唐之賀監焉。君臣相得，亦古今異數也。

宣有三音

宣有三音：一本音宣室，殷獄名。一喧音，漢未央前殿有宣室，温室也。一彈平音，舟上索也。見《唐音癸籤》。

孔孟言性

《黄氏日鈔》曰："相近者，即性善之旨。以氣質之性，完性善之説，則可。以氣質之説，護相近之説，則不可。"云云。然程朱兼言氣質，則知夫子之言性相近，乃是説成之者性，指性之實，孟子之言性善，乃是説繼之者善，指性之本耳。

古　　韻

吴才老《韻補》以韓昌黎《元和聖德》詩與《此日足可惜》詩俱用一韻，謂俱是古韻也。且云《十灰》通於《四支》，觀賀知章"少小離鄉老大回"一詩，以"衰"字與"來"字押，亦是古韻，可知矣。古韻之説，毛西河最爲明白曉暢。其言謂："古韻分五部。東、冬、江、陽、庚、青、蒸七韻爲一部，屬宫音，皆反喉入鼻之音。真、文、元、寒、删、先六韻爲一部，屬商音，以舌抵上齶者。魚、虞、歌、麻、蕭、肴、豪、尤八韵爲一部，屬角音，則懸舌向齶者。支、微、齊、佳、灰五韻爲一部，屬徵音，則衝脣接齒者。侵、覃、鹽、咸四韻爲一部，屬羽音，謂閉口韻也。古韻有三聲通用者，如《虞書》賡歌以喜、起、熙同叶之類。"歷舉古製，不一而足。"後世詩餘因之，猶存樂府古韻之意，非填詞可以平仄通叶也。并有以東、之三聲可通于、江、之三聲者，古製亦不一而足，餘韻可類推。又三十部中有入聲者十七部，宫七部，商六部，羽四部。爲一界，無入聲者十三部，角八部，徵五部。爲一界。有入者亦可與有入者相通，無入者可與無入者相通。外此者，方謂之叶入聲，屋、沃、覺、藥、陌、錫、職七韻，宫音之入。質、物、月、曷、黠、屑六韻，商音之入。緝、合、葉、洽四韻，羽音之入。角、徵無入韻也。其爲宋人所删之字極多，莫甚於灰部删衰，麻部删佳，麌部删母，遇部删婦，禡部删卦删畫之類。"歷引唐詩爲證。得其意，可以讀古詩歌而無疑音矣。陳第作《毛詩古音考》，謂古詩無叶韻也。

剪愁吟

我邑姚魯望長貧工詩，有女樓霞，自幼能詠，十七歲而亡，遺詩一卷曰《剪愁吟》，余爲序之。中有佳句摘之如左。
《秋興》云："畫裏有山堪遯世，夢中無路可歸家。"《哭祖父》云："百年家累雙蓬鬢，千古窮愁一土堆。"《柳》云："陌頭綰盡離人恨，一度春風一斷魂。"又云："一曲驪歌鶯語澀，綠眉愁鎖不堪描。"《海棠》云："有態自然宜錦綉，無香空解染臙脂。"《荷花》云："玉鈎簾捲無香送，金谷樓空有淚零。"《臨終》云："意中多少難言事，盡在低聲喚母時。"《牡丹·滿庭芳》詩餘云："問人間富貴，誰復如君。但恐荼蘼開後風流褪，誰共芳樽添愁恨。紅粧淚灑，無語暗銷魂。"

神劍疾長

井陘彭翼少遇異人，授以神劍，每有急，則出劍呪之曰："疾長疾長。"應聲長丈餘。元末兵亂，聚衆保砦，仗劍禦寇，鄉人賴之。《西遊記》孫行者金箍鐵棒不爲無本。

近讒近諂

天下國家之事多誤於讒諂之人。然讒諂之弊，人共嫉之，而讒諂之萌，人難絶之，以人情好是此而非彼也。《禮》曰："不苟訾，不苟笑。"註云："苟訾，以其近於讒。苟笑，以其近於諂。"然則苟訾、苟笑之在人者，固當思之，而苟訾、苟笑之在己者，亦當慎之。

妄想無益

魏豹聞許負之言，納薄姬於室，終歸漢而生文帝。劉歆見圖讖之文則改易名字，終於不免其身。劉焉聞董扶之辭，則心存益土，聽相者之言，則求婚吳氏，終歸見奪。甚矣！得失有命，不可以妄想干也。

通卦驗

《禮記》引《易》曰："差若毫釐，謬以千里。"今《易》無之，前人有疑爲古《易》遺亡者。又有謂爲《連山》、《歸藏》之辭者，不知本緯書《通卦驗》文也。

九錫文

《禮含文嘉》曰："九錫，車馬、衣服、樂（則）〔縣〕、朱户、納陛、虎賁、弓矢、鈇鉞、秬鬯，皆隨其德而賜之也。"前世未聞其錫命之辭，曹操加九錫，文辭彬彬，昭著於《文選》中，適以啓後世效尤之漸。此乃薄德之事，何可訓也。決宜删去，使耳目一清爲可。

口　吃

古來口吃人：周韓非，漢司馬相如、周昌、揚雄、魯恭王，魏明帝、鄧艾，晉成公綏，宋孔顗，周盧柔、鄭偉，隋盧楚，唐李固言、陸贄、陸羽、盧攜、孟郊、丁稜，南唐孫盛。

《參同契》卦圖

《參同契》約《周易》之義而爲修命之言。其後作圖，以乾、坤位南北，坎、離位東西。爲鼎器，鉛汞居中，其外環以屯、蒙至未濟六

827

十卦。卦俱反對，原本《易》之次序，以兩卦繫一日一月而功畢矣。此圖亦屬天然。

白露國鷄

《坤輿圖説》云："白露國產鷄，大於常鷄數倍。生有肉鼻，色有青、白、灰三種。怒則血聚而紅，開尾如孔雀，毛黑白相間。"近於虎邱山，有人取貯供玩得利者，見之信然，但所見肉鼻乃紅色耳。

易墓非古

《禮記・檀弓》曰："易墓非古也。"古註："易，治也，謂芟治草木。"陸氏如字讀，謂："後世不用昭穆族葬，而別葬親於他所。"按："易"字固當如字讀，但當謂後世遷葬之俗爲非是耳。夫芟治不可謂非，別葬亦難概責，惟遷葬使死者不安，大非古道。

《大學》改本

《大學》昔在《戴記》中謂之古本，不分經、傳。

"《大學》之道"至"未之有也"，下接"此謂知本，此謂知之至也。所謂誠其意者"至"故君子必誠其意"，下接"《詩》云瞻彼淇澳"至"此以没世不忘也"，下接"《康誥》曰克明德"至"止於信"，下接"子曰聽訟吾猶人也"至"大畏民志，此謂知本"，下接"所謂脩身，在正其心者"至"以義爲利也"。

後程顥明道有定本：

"大學之道"至"則近道矣"，下接"《康誥》曰克明德"至"止於信"，下接"古之欲明明德於天下者"至"未之有也"，下接"此謂知本，此謂知之至也。所謂誠其意者"至"辟則爲天下僇矣"，下接"《詩》云瞻彼淇澳"至"大畏民志，此謂知本"，下接"《詩》云殷之未喪師"至"以義爲利也"。

程頤伊川有定本：

"《大學》之道"至"未之有也"，下接"子曰聽訟，吾猶人也"至"此謂知之至也"，下接"《康誥》曰克明德"至"止於信"，下接"所謂誠其意者"至"辟則爲天下僇矣"，下接"《詩》云瞻彼淇澳"至"此以沒世不忘也"，下接"《康誥》曰惟命不於常"至"驕泰以失之"，下接"《詩》云殷之未喪師"至"亦悖而出"，下接"生財有大道"至"以義爲利也"。

朱子有章句，舉世誦習。

董槐有改本：

以"知止而后有定"二節下接"子曰聽訟吾猶人也"一節，爲傳之四章，釋格物致知。

葉夢鼎、王柏、車玉峰、葉西磵、方正學、徐魯菴、顧亭林俱是其說。

蔡清有改本：

增"所謂致知在格物者"八字，下接"物有本末"節，下接"知止"節，下接"聽訟"節，刪一"此謂知本"句。

昔人云：朱子復生，未必不改而從之。

後更有豐坊石經僞本：

"《大學》之道"四句，次"古之欲明明德"一節，次"物有本末"一節，次"緡蠻黃鳥"節，次"知止"節，次"邦畿"節，次"聽訟"節，次"自天子"二節，次"此謂知本，此謂知之至也"，次"物格而后知至"節，次"所謂誠其意者"一章，次"所謂修身"二節。下有"顏淵問仁，子曰：非禮勿視，非禮勿聽，非禮勿言，非禮勿動"，次"此謂修身"二句，次"所謂齊其家"章，次"所謂治國"一節，次"一家仁"節，次"康誥曰如保赤子"節，次"故治國在齊其家"五節，次"所謂平天下"至"此之謂民之父母"，次"《秦誓》曰"至"菑必逮夫身"，次"節彼南山"節，次"是故君子先慎乎德"至"財散則民聚"，次"殷之未喪師"節，次"楚書曰"節，次

829

"是故言悖"節,次"《康誥》曰惟命不於常"節,次"舅犯"節,次"仁者以財"二節,次"生財"節,次"孟獻子"二節,次"是故君子有大道"節,次"堯舜帥天下"節,次"《康誥》曰：克明德"一章,次"湯之盤銘曰"一章,次"穆穆文王"三節,終焉。

劉宗周有《大學古文參疑》：

以"大學之道"一節、"古之欲明"二節爲第一章經也。以"物有本末"一節、"詩云緡蠻"一節、"知止而后"一節、"詩云邦畿"一節、"子曰聽訟"一節、"自天子"一節、"此謂知本"一節爲第二章,釋格物致知也。以"所謂誠其意"四節爲第三章,釋誠意也。以"所謂修身"三節爲第四章,釋修身之先義也。以"所謂齊其家"三節爲第五章,釋齊家之先義也。以"所謂治國"三節、"故治國"五節爲第六章,釋治國之先義也。以"所謂平天下"三節、"《秦誓》曰"四節、"詩云節彼"一節、"是故君子先慎"四節、"詩云殷之未喪師"一節、"楚書曰"一節、"是故言悖"一節、"舅犯曰"一節、"《康誥》曰惟命"一節、"生財有大道"五節,爲第七章,釋平天下之先義也。以"是故君子有大道"一節、"堯舜帥天下"一節、"《康誥》曰克明德"四節、"湯之盤銘"四節、"《詩》云：穆穆文王"三節爲第八章,釋明明德於天下,以暢全經之旨也。

高攀龍有改本：從《崔後渠集》。

以古本"淇澳"以下置之"誠意"章之前。

郁文初有《大學郁溪記》：

以"大學之道"一節、"古之欲明"二節爲經一章,其釋明明德,新民,止於至善。仍朱子本,删去釋本末傳,而以"物有本末"一節次以"知止而后"一節,次以"子曰聽訟"一節,次以"此謂知本"二句,爲釋格物致知。傳自"誠意"以後,悉仍朱子本。

共十本。朱子之後,董本、蔡本爲妥。

分野異同

《帝王世紀》曰："自斗十一度至婺女七度，曰星紀之次，一名須女，丑。吳越分野。自婺女八度至危十六度，曰玄枵之次，一名天黿，子。齊分野。自危十七度至奎四度，曰豕韋之次，一名娵訾，亥。衛分野。自奎五度至胃六度，曰降婁之次，戌。魯分野。自胃七度至畢十一度，曰大梁之次，酉。趙分野。自畢十二度至東井十五度，曰實沈之次，申。晉魏分野。自井十六度至柳八度，曰鶉首之次，未。秦分野。自柳九度至張十七度，曰鶉火之次，午。周分野。自張十八度至軫十一度，曰鶉尾之次，巳。楚分野。自軫十二度至氐四度，曰壽星之次，辰。韓分野。自氐五度至尾九度，曰大火之次，卯。宋分野。自尾十度至斗十度，曰析木之次，寅。燕分野。"

《史記・天官書》："角、亢、氐，兗州。房、心，豫州。尾、箕，幽州。斗，江湖。牽牛、婺女，揚州。虛、危，青州。營室至東壁，并州。奎、婁、胃，徐州。昴、畢，冀州。觜、觿、參，益州。東井、輿鬼，雍州。柳、七星、張，三河。翼、軫，荆州。"

《淮南子》："角、亢，鄭。氐、房、心，宋。尾、箕，燕。斗、牽牛，越。須女，吳。虛、危，齊。營室、東壁，魏。奎、婁，魯。胃、昴、畢，韓。觜、觿、參，趙。東井、輿鬼，秦。柳、七星、張，周。翼、軫，楚。"

《春秋元命包》："昴、畢爲冀州，分爲趙國。牽牛爲揚州，分爲越國。軫爲荆州，分爲楚國。虛、危爲青州，分爲齊國。天弓即天氐也。爲徐州，別爲魯國。五星爲兗州，分爲鄭國。鉤鈐星爲豫州。東井、鬼星爲雍州，分爲秦國。觜、參爲益州。箕星爲幽州，分爲燕國。營室爲并州，分爲衛國。"

桓譚《新論》

漢桓譚爲議郎，不喜讖書，幾獲罪，出爲郡丞，忽忽不樂而卒。著書二十九篇，號曰《新論》。一曰《本造》，二《王霸》，三《求輔》，四《言體》，五《見(微)〔徵〕》，六《譴非》，七《啓寤》，八《袪蔽》，九《正經》，十《識通》，十一《離事》，十二《道賦》，十三《辨惑》，十四《述策》，十五《閔友》，十六《琴道》。《本造》、《閔友》、《琴道》各一篇，餘並有上、下篇。《琴道》一篇未成，肅宗使班固續成之，今俱不得見矣。

倪孝子

明時山陰倪孝子，仙溪侍母，心疾每痛，百計不療。有道士告曰：「木心石當可療。」孝子搆求數年不得。一日，有伐木者，孝子候之，逮哺鋸聲有異，急叩頭曰：「此中有石，幸丐之。」已而，果然。疾由是療焉。石圓如鳥雀卵，中色正白，著木處燦爛如黃金。噫！天生異物，以療異疾，非孝子之感，烏能至耶！

易爲君子謀

《左傳》曰：「卜以決疑，不疑何卜？」「子服惠伯曰：忠信之事則可，不然必敗。」「孔僖曰：吉凶由己，而由卜乎？」汾陰侯生善筮，先人事，而後説卦。嚴君平與人子言，依於孝。與人臣言，依於忠。故《易》之爲書，雖爲卜筮而作，以一言蔽之，曰：君子思不出其位。善讀《易》者，以己之所處似在某卦某爻，則當進當退，吉凶自有所憑，則以吉凶係於義理而不係於禍福也。故曰：《易》爲君子謀，不爲小人謀耳。不然，以干名犯義之事而筮得吉爻，將毅然爲之乎？以盡忠盡孝之事而筮得凶爻，將退然中止乎？今人不論人事之當否，而動以決諸卦爻，亦惑矣。

主之者謂之神

天地間有主之者，即謂之神。無知者有神以主之，有知者亦有神以主之。萬物有神，而人身亦有神。目見耳聞，是人之所以爲人，所以能見能聞者，則人之神爲之，即人之魂是也。故曰：心不在焉，視而不見，聽而不聞。心者，藏神之舍，心不在，則神馳於外也。非惟萬物有神，即萬事亦莫不有神。如人有善念則善神隨之，人有惡念則惡神隨之。朱子曰："人心平鋪着便好，若做弄，便有鬼怪出來。"乃是以氣相感耳。今道家必曰人身眼神何姓何名，鼻神何姓何名，三尸神何姓何名，則失之鑿矣。雖本於緯書，然終屬荒誕不經也。

魂强魄强

火日外影，金水内影。火日，陽也，故影在外。金水，陰也，故影在内。火日猶人之魂，金水猶人之魄，是以魂强者往往盛大而多粗疏，魄强者往往細潤而少闊達也。

至人不動

明姚廣孝靖難功成，成祖遣四宮人侍浴，使人覘之，遍身洗訖，獨遺其私。姚叱曰："這塊不是皮肉麼？"成祖以此服其僧行之高。然而至人則不念及此也，叱之者，猶爲私所動耳。程子曰："大醉後，益恭謹，只益恭，便是動了。雖與放肆者不同，其爲酒所動一也。貴公子位益高，益卑謙，只卑謙，便是動了。雖與驕傲者不同，其爲位所動一也。"

卦　變

前所云卦變之說，至今蓄疑未釋。及閱《經義考》引楊慎言王拱東著《周易觝辭》一書之論卦變，心始釋然。其言曰："竊觀《彖傳》，知剛柔、上下、往來字樣，本義類以卦變言之。愚看止是一個見在卦體，並無卦變之説也。且如《訟》'剛來得中'，是上體之乾剛，來得坎體之中矣，《隨》'剛來下柔'，是上兑四、五之剛，來下震三、二之柔也。《噬嗑》以震體之二上行離體之五，故曰'柔得中上行'。《賁》艮體四、五之柔來離之二，以文三初之剛，離體三初之剛上艮之上，以文四、五之柔，故曰'柔來而文剛，分剛上而文柔'。《大畜》'剛上尚賢'，蓋上九以陽居上，六五以柔尊尚之矣。《晉》'柔進上行'，蓋坤之體柔，上行離體之五矣。《无妄》'剛自外來而爲主於内'，非以外乾之剛來，主於内震之初者乎？《升》'柔以時升'，非以巽初之柔，上行坤體之柔者乎？《睽》'柔進上行'，其以兑三之柔，上行離五之柔，可見鼎柔。進上行，其以巽下之柔上行離五之柔可知。《蹇》之'往得中'，言艮上之剛往而得坎之五焉。《涣》'剛來不窮'，言巽上之剛來至於坎中之二焉。凡此，皆本卦見成所具義理，一展卷間，瞭然在目。若卦變，甚覺牽強，恐非聖人作《易》之本旨也。"余謂此説極爲允當。細觀卦辭，果有此象。且觀《損象》曰："損下益上，其道上行。"又曰："損剛益柔有時。"《益象》曰："損上益下，民説无疆。自上下下，其道大光。"可見矣。《漸象》"進得位"，"進以正"，亦是以艮三之剛進爲巽五之剛，可以例此矣。《泰》、《否》之"小往大來"，"大往小來"，皆指内外而言也。

至而伸者爲神

烈婦死節，埋没不彰，往往有香氣遠聞，青蠅不近者，此理易明。蓋天地間莫非正氣充塞，得正氣而生者，爲人爲物，所謂至而伸者爲神也。烈婦之正氣，配道義而塞天地，瀰淪不散，亦所謂至而伸者爲神也。形氣雖爲返而歸者之鬼，而正氣方爲至而伸者之神焉。故能青蠅不近，香氣遠聞耳。然則塞乎天地之間者，豈虚語哉？

834

族　黨

三族，古時惟謂父、子、孫耳。父之昆弟、己之昆弟、子之昆弟亦是。有稱五族者，謂己之祖及己之孫。有稱七族者，謂上自曾祖，下至曾孫。有稱九族者，謂上自高祖，下至元孫。《喪服小記》曰"親親以三爲五，以五爲九"是也。《堯典》註本如此。《詩》疏謂："九族爲父族四，母族三，妻族二，合而爲九。"不知同姓爲族，異姓爲黨。故《爾雅》於内宗曰"族"，於母妻曰"黨"，以三黨而混於三族，可乎？後世有族誅之刑，復波及外黨。且明成祖刑方孝孺十族，并及於朋友。吁！天下無噍類矣。

五　行　志

范蔚宗《後漢書·五行志》曰："元嘉中，京都婦女作愁眉啼粧、墮馬髻、折腰步、齲齒笑。始自梁冀家所爲，京都歙然效之，此近服妖也。天戒若曰：'兵馬將往收捕。'婦女憂愁，踧眉啼泣。吏卒掣頓，折其要脊，令髻傾邪，雖强語笑，無復氣味也。熹平中，省内冠狗帶綬以爲笑樂，有一狗突出，走入司徒府門。天戒若曰：'宰相多非其人，尸禄素餐，莫能據正持重，阿意曲從。今在位者，皆如狗也，故狗走入其門。'"數語筆意縱橫，似莊似謔，啓唐人小説之習焉。《京房易占》云："國多邪佞，則蟲與民爭食。居位食禄如蟲矣。"范似得此筆意。

稻蟹不遺種

《月令》"孟秋，介蟲敗穀"，註云："稻蟹之屬。"《越語》曰："稻蟹不遺種。"夫蟹固輸芒，而吴中之蟛蜞害稻爲盛。太倉一帶，耕田者必貨鴨而盡食蟛蜞，然後可以佈種，不然不遺種矣。蟹有八種，而蟛蜞亦蟹中之一，然不可以蟛蜞而誤以爲蟹，如蔡君謨也。

835

一字金針

張迥《寄遠》詩："蟬鬢雕將盡，虬髭白也無。"齊己改爲"虬髭黑在無。"齊己《早梅》詩："前村深雪裏，昨夜數枝開。"鄭谷改"數"字作"一"。李頻《四皓》詩："龍樓曾作客，鶴氅不爲臣。"方干改"爲"字作"稱"。王貞白《御溝詩》："此波涵聖澤，無處濯塵纓。"貫休改"波"字作"中"。張乖崖詩："獨恨太平無一事，江南閒殺老尚書。"蕭楚材改"恨"字作"幸"。王平甫《甘露寺》詩："平地風烟飛白鳥，半空雲木捲蒼藤。"蘇長公改"飛"作"橫"。薩天錫《龍翔寺》詩："地濕厭聞天竺雨，月明來聽景陽鐘。"虞道園改"聞"作"看"。都穆《節婦》詩："白眼貞心在，青燈淚眼枯。"沈石田改"燈"作"春"。此皆一字金針也。

讀易免禍

人生日在憂患中。憂在内，患在外。憂患者，禍之難免也。人處順境時，有福而無禍，不知禍福之相依，故富貴而淫，入於憂患中，貧賤而移，入於憂患中。欲免禍者，唯讀《易》而可。《繫辭》曰："作《易》者，其有憂患乎？"非謂其在憂患之時，而謂其有憂患之心也。《易》有吉、凶、悔、吝，吉居一，而凶、悔、吝居三，是憂患之多也。《易》者，免禍之書也。富貴而讀《易》，可以不淫，能免禍矣。貧賤而讀《易》，可以不移，能免禍矣。思患豫防，儉德避難，無不由恐懼修省，懲忿窒欲而至也。甚矣，人之難免憂患也。甚矣，天之福善而禍淫也。

鼫鼠

鼫鼠五技不成：能飛不能上屋，能緣不能窮木，能遊不能度谷，能穴不能掩身,能走不能先人。余頗似之。一好酒而無量,二好棋而無品,三好琴而無師,四好學而無質,五好施而無財。友人或謂余為齲菴云。

林屋詩集

林屋詩集卷一

五言古詩

自南康發石壁

朝辭紫陽陞,衝飈發嚴駕。榜動蘭橈歌,簫皷驚湍瀉。五老惜別離,送影彭蠡下。青牛去不迴,白驢聞昔跨。樂極哀自連,物理誰能貰。

其二

移棹未及終,秋雨零天罅。亂港吼風湍,帆檣鱗湖汊。石壁削玉起,雨歇訪精舍。閴寂寡遺躅,酸飈雙眸射。晉祚永淪没,文章成彫謝。誰將五言句,乘弄明月夜。謖謖山間松,尚爾思蛻化。

珠璣灘懷妻子

暫聚忽成別,青峰溪水咽。恨不如麋鹿,食苹裳怡悅。感懷憶故人,矧復憂患殷。洞獠蹲我側,撫躬益自珍。扣舷者誰子,薪積與檣比。寧似青松枝,凝寒長不死。野火燒山根,舴艋貼我宿。夜眺兩山巘,岸高豐草木。豫水上吳山,逆流渡嶺艱。遥思揮手夜,官衙朂相關。念我我念君,枕簟起風雲。榜人稍不戒,宦海陡紛紛。

841

夜泊聞雁念留北兩兒

鄰舟人夜語，擎篙不肯發。灘險石巑岏，挺觸憂深窟。招招卬須友，上岸謀榾柮。船頭敲石火，遠水湔汩汩。斂容趺寒鐙，碧燐離微月。僮僕慮蛟吞，傍檣作城闕。矯首峽上天，萬里霜氣突。叫雲雁一隻，嘹唳聲飄忽。夜半溪雨來，漏篷增嗟咄。雲穿箬葉入，枕膩魚涎歇。華顏誰久駐，元霜催白髮。如何棄情親，南楚復東越。

蘇公墩舟中紀事

矯詔汲黯節，解壺瑿桑餓。念動貴及時，何分小與大。我行驛子來，役執塗人坐。鬻薪晨入市，遘此桃僵唾。饑腹搴舟行，風雨嘯嶺過。口噤作兒啼，長跪哀縣佐。縣佐置不聞，我淚潸然播。呼奴飯薄粥，役汝便我惰。舟滯槳聲喧，此心終弗挫。願將涔蹄水，逐處灑窮懦。

潭下早發

冬陽炊地脈，溪霧白霏霏。先後牽舠入，朝旭下釣磯。虹梁浮澗影，雁陣凌霜威。山氣冷村舍，槭槭雞犬稀。我行已一舍，林端局柴扉。矯首松間雪，素鷺高下飛。鴻鵠友翡翠，接翅夢江妃。衆動欣有托，我獨未息機。招招愧舟子，駕船泛水涯。灘急占緩勢，石怒遜重圍。了然趨避理，以身詔幽微。如欲尋真隱，舍此其焉歸。

道過浮梁妻中立同年招遊寶積寺

荒城圮亂堞，淡日浮輕陰。載酒循麓去，珍重故人心。灘急舴艋渡，魚幽鳧鶩沈。古寺踏霜葉，聲動驚山禽。摩頂松還在，寥寥穎師琴。

夜泊石壁灘限盡江字韻五十句

孤艇險難達，寒烏没大江。波翻喧地軸，嵐矶掩天杠。林麓風時吼，寺鐘夜不撞。編茅支廢笠，截竹架危矼。回顧迷來谷，前窺隱去幢。百愁攢弱縷，三籟沸群哤。既慮長鯨突，復憂老魅扛。石礐衝鐵壁，藥臼響銀淙。偍走頻邀虎，豹狺遠類狵。溪迴簇業業，松激鼓摐摐。樹矮藤牽帽，林糾槭罥樁。賓朋伴屢失，秦楚語多厖。嶂疊屯千馬，里遥磨九瀧。帆檣聞蟻鬭，車轂繞羊腔。心以龍門碎，氣因蜀道降。蚤知遊有數，那管士無雙。祇恨彈馮鋏，何心倒畢缸。影單親巨鼻，膽悸捉長鏦。衰落葉辭木，飄飄浪打艭。低徊懷小戴，躑躅慚老龐。病悼青城鶴，捷思窺水驈。風颾帶湖海，眷屬寄畿邦。霜重篷欺柂，夜沈蠟淚釭。據牀冷不寐，徙倚到船窗。

倒湖觀水碓燈下次樊又新韻

窅然江水去，遂與仙源通。箐僻藏奇構，誰云此路窮。軒皇逝已久，何物碾豐穠。雙輪瞥一轉，瓊琚灑煙虹。當軸聲欸乃，袖手差凡工。時雖滯坎窞，而有搏捖功。忽悟阿鼻劫，悚惕凡情空。豈無擣靈藥，元娥夜憧憧。山澤關竅會，六丁劈神風。脱使秉辰極，無乃道濟同。振衣起高嘯，慰茲憂心忡。

有　　感

宦冷輕長吏，門者前致辭。我心亦已感，幸知予至斯。昏黑泊城闕，嗷嗷共云饑。解渴顧清泉，徒衆聊與嬉。詰旦且亭午，奠筐遠致之。脫粟既盈豆,新篘纔一甀。呼朋恣噉啖,群然爲解頤。

聽女子吳若耶彈琴贈范生崑崙

高樓垂楊下,錦塘俯幽壎。維揚挾盛麗,云是范崑崙。偶來密宴後,四山空白雲。白雲何所有,忽然手語親。泠泠瀉哀壑,咿呦擘迴文。攬捎果殊絕,髣髴雲中君。銀甲抽鴛鴦,玉柱激天真。阿誰理籃參,帳裏疑鬼神。主人出絹素,更拂瀟湘裙。山水集妙指,錯落誠仙珍。臨卬犢鼻褌,何以致異人。我恐浣紗石,今爲妒女津。明朝抱琴去,莫上蘇孃墳。

擬　　古

人當似春蘭,慎勿似秋草。春蘭遠見擷,秋草徒自槁。上山拾柏實,下山酌行潦。江行千萬折,白沙悲浩浩。榛苓亦有根,瓦礫亦見寶。如何七尺軀,拋擲在遠道。征鴻叫層空,游魚潛深藻。物生各有宜,寧獨見幾早。古墳不封樹,夜臺何必好。修竹覆廣圃,蒼苔净如掃。去去東牆下,炙背安醜老。

其　　二

前喆避五辱,慘於避飛箭。惡木起條枚,豐雪兆霜霰。穆生醴不設,駕言去楚甸。村酒貰自飲,採蕨充晨膳。涉冬兢蟄藏,静心觀物變。無怪鬼谷子,空山坐閒宴。儀秦東西相,逝莫冀深眷。

其　　三

向平訪五岳,今已畢其四。泰岱金簡書,封禪七十二。華山五千仞,抽空自平地。太室少室峰,仙佛囊瑰異。元彝魏夫人,照耀衡山志。萬古聳奇觀,一一縱高臀。彼介名山水,十年艱一視。汗漫萬里遊，侈譚何容易。播遷與差池，零亂成佳致。五臺抵恒山，終當探幽閟。

其　　四

白日照大江，鄭莊滋迷惑。神仙仇衰疾，點金力不克。鴟鳶嚇腐鼠，齷齪那可食。拏舟向武陵，勞薪庶栖息。水宿淹晨昏，溟漲忽四塞。瞥見湘夫人，萬古迥愁色。欲前跽陳詞，飄颻不可即。向晚寒濤生，雲湧洞庭黑。常恐身失墜，誤爲蛟龍得。

其　　五

黃鵠西南飛，肅肅向遠空。我欲附雲翮，嗤我沙間蓬。顧彼簷前雀，奮翅枳棘叢。高翼不可攀，搶地恥與同。迴身向明月，危坐理枯桐。縱指一再彈，商調激悲風。曲半忽中歇，悄焉愴我衷。清飆拂案來，瑟瑟入青楓。灰心學古木，霜雪任所終。

其　　六

蘭舟飭桂檝，瀛海訪方壺。揚舲中江上，舉網雙魚俱。剖魚得尺帛，字字紅珊瑚。字中何所道，漢妃致區區。鮫室肆括伐，無復舊佩珠。水族日恢怪，蝮蛇驅短狐。含沙工射人，嬰之性命殂。群魚沿江泣，剜盡腹下腴。聞言三致息，捨舟駕康途。川原紛飫衍，古木森扶疏。九疑忽嵯峨，面面峰鍔殊。側見熊虎嘷，仰聽猿狖呼。空谷競迴薄，重繭不能徂。

其　　七

東家乳一子，西家乳十兒。東家斑斕會，椎牛舞差差。西家竈無煙，徒使白髮炊。出門延佇久，酸風向我吹。躑躅往南郭，行

845

乞分所宜。持鉢顏羞澀，不忍道兒癡。更苦負奇癖，欲採商山芝。五嶽峙胸中，巨靈不能移。瀝血凌丹嶠，鸑鷟恒苦饑。仗劍没重淵，水行斬蛟螭。以此益困敝，十兒無一隨。幸逢衡嶽僧，尚憐駿骨支。戒之勿多言，糞土撥蹲鴟。拜受恣大噉，嗟哉老奚爲。

遣　懷

敲詩原未諳，信口抒離索。放棹看潮頭，呼兒撿韻脚。行嗟歲矢徂，卧惜春花落。日月跳雙丸，逝矣胡不樂。

花山寺卜居

雙丸拂鳥影，命斷誰能續。冬雪嫉塵紅，秋霜凋鬢綠。冤親委逝波，恩愛掃亭毒。只合旅鮫人，五湖營一曲。

別浮渡戲題

山來青撲眼，日久墨烘額。踏月忘繭足，凌風恣岸幘。歸當犬吠主，見必孫疑客。佳水與佳山，奚囊寧累百。

阻風石頭口對岸風覆二舟無術
拯放歌以哭之丁未十一月三日作

逆水縴我舟，一步一跼蹐。羨彼萬斛艘，順流疾如鶩。坐見向三島，笑登神仙屋。蘆花影忽搖，江豚競馳逐。移晷震風至，哀響偃林麓。雪浪駕山立，俄驚二舟覆。愴焉摧心肝，鬼伯來何速。蒼茫數十命，頃刻葬魚腹。人不鑒奇變，怨尤恒足縮。退心禦紛逆，身存誠厚福。臨風淚迸落，利兮害所伏。

846

謁南嶽雜詩

冬仲禮衡嶽,遠在湘水西。肩輿沿縣郭,川麓競登躋。長松夾古路,盤躩欲剸犀。巖崿拂面起,上與白雲齊。嶽翠聳如昔,墟落貽悲悽。緇衣偕黃冠,迎我日已低。下與肅且瞻,愴結憶丹梯。斷碑連廢城,蒼鼠見我啼。玉關付祖龍,銀榜失舊題。維嶽有隆替,對之魂欲迷。

其 二

向晚沐蘭湯,詰朝事昭假。冀承穹顥力,福我怙恃者。惻惻大帝座,卑栖門廡下。戊子年正殿被火,今權就二門廡下移祀嶽帝。二教渾無別,丹臺雜白社。手爇栴檀香,祝詞向誰寫。步虛與磨蝎,樂器亂嗚啞。因歎崩墜久,焚修日草野。顧念高堂在,雞豚缺杯斝。墓木今已拱,芻車而塗馬。冥福知有無,望嶽淚盈把。

其 三

遙夜魂不接,淚湧如山泉。呼童急盥沐,賫心向玉筵。二老昔住世,歸命佛與仙。不憩三珠樹,即依九品蓮。至誠金石透,毛裏刿相聯。雙額搶厚地,哀號徹高天。法侶為之肅,似亦憐我虔。鳳簫嬝紫雲,鸞笙薄彤斾。鯨鐘與鼉鼓,戞擊聲淵淵。丹書青藤紙,稽顙籲重元。鴻瓏玉狗猗,閶闔啓星躔。寶幢導二老,冉冉墮我前。我捧二老手,二老撫我肩。云我貌不改,嗟我白盈顛。痛訣廿七載,長跽陳迍邅。忽被上帝召,促令雲馭還。慈裾割頃刻,杳杳已高騫。佇立空雪涕,萬岫籠寒煙。

其 四

祝融屬遐眺,紫蓋逸且驕。譬如巢許氏,掉臂去神堯。神堯何

847

負汝，洗耳不可招。須知飲牛意，非爲肆高標。總揆與宅師，寅亮奮百僚。九土亦已奠，烈山亦已焦。制禮而作樂，鳳麟舞箾韶。若輩將焉用，理應挂其瓢。堯因置度外，巖棲任逍遥。所以紫蓋峰，萬古昂青霄。留作神仙宅，日賡白雲謡。海底塵數揚，紫氣終不凋。

其　　五

海内名山水，隱顯其大略。向無名賢遊，光氣爲之削。顯如踞津要，勢可傾衛霍。歌頌乏好聲，黃白空錯落。隱則介僻壤，突兀撑寥廓。譬彼好修士，沉埋在巖壑。維兹諸奇勝，二氣勞橐籥。曩喆紛高詠，華奧始噴薄。顧我非其人，登臨心愧怍。所欣今仰止，得慰平生約。朝踏衡山峰，雲海恣大嚼。暮讀衡山志，萬古羅傑作。以此雙瞇目，豁然胸懷拓。因感王子喬，借我雲中鶴。不然鄒浩來，能免温益惡。一時興會盛，雲霞爲照爍。

丁未冬抄踏雪過嶽麓尋禹碑歸
值腑山和尚馬首留宿賦贈

貪山老更奇，縱棹凌窮九。雪滿嶽麓巔，破凍看蝌蚪。高嘯落川谷，紛拏玉龍走。所撼支道林，尋侶出洞口。我貯衡山雲，囊缄來一剖。禹碑蜿蜒下，籃輿擎雙肘。路轉道鄉臺，恰逢神駿首。把臂兩軒渠，邀我宿巖藪。爐煨榾柮火，暖氣浮座右。黃虀粥一盂，醉逾醍醐酒。公昔在白門，謂我非其耦。雉堞隔萬竹，竟不我顧取。須知住世人，有眼大如斗。踏遍選佛場，尊宿難數有。憶昔老古錐，號爲天子友。宸翰與紫衣，壓殺侍者手。試問西來意，緇素誰勝負。我今宿公牀，鼾齁良非偶。愛公結茅屋，湘江當户牖。星沙城咫尺，堅拂未曾苟。一衲二十年，卧聽群虎吼。能以海底光，湧出功德母。

偶　　感

春卧草成茵,夜吟天作幕。功名歎拏雲,歲月哀奔壑。翠羽光漸凋,麝臍香亦薄。嗟哉老氏言,守黑誠良藥。

送宫紫元

煌煌遠遊子,攜手臨帝衢。賓友粲成列,胡爲歌驪駒。北風吹大陸,黄河草未枯。鞍馬戒行役,豈有干旄俱。日暫返故里,北遊有所需。非供兩疏帳,非思賀監湖。丈夫志遠大,終踐承明廬。我把春雨卷,嘗思春雨圖。江山愛高人,朝廷眷大儒。黄金臺已築,幾日來燕都。

林屋詩集卷二

七言古詩

辛卯初冬，江西典試事竣，北還。舟次南康，風阻，太守徐伯羽偕同官諸公邀遊廬岳。登眺凡數閱日，略盡名勝，遂裁長歌紀事，併寄諸公

陶潛家住廬山麓，東籬霏霏繞黃菊。故把桃源記荒唐，却爲五老寫面目。世界蒼狗變白雲，誰人隙駒逐秦鹿。匑㝡不用漁父引，我已深入桃花谷。主人見我具賓主，衣冠甚偉體殊肅。寰中戰鬬時亦聞，但謂兵戈不我黷。稍稍鄰叟聞聲來，蒼髯龐眉氣樸遬。揖罷相向道姓名，南州孺子遺宗族。擺脱拘忌真禮儀，無復訴誶分疆幅。石几瓦盞都異名，陳設絶非時玩蓄。酒酣偕我步巖扉，東鄰歌發西鄰逐。週歲山童捷弄鳥，百年老父閒飲犢。避世猶通經與書，嘗藥神農户尸祝。管晏申韓及穰苴，群然棄擲如蛇蝮。是日日暮酒已釃，荒村土銼同一宿。詰旦重整登山屐，發足白鹿之鄉塾。龍卵萬個泉底涵，仙掌千尋雲外矗。瑶草琪花逐處生，攢朱叢碧氣馥郁。高樹冠山低橫水，松濤風籟響幽筑。撥雲破霧數里許，一道飛虹跨深瀆。下有金井號神淵，猝然臨之心觳觫。千歲蛟腥潑面來，溪邊龍骨亂撐撲。顆顆明珠那值錢，怒噴懸崖作飛瀑。神女彷彿波心立，似欲招我山之隩。遂將登岸自夷猶，誰知嶮巇益頍鬑。鐵

850

壁萬仞拔地起，鬼斧斫斷芙蓉簇。兩竹曳我似猿狖，峰頂巉天挽轆轤。崩沙亂崿勢欲墮，公孫大娘劍沓蹴。虺蟒毒蒸洞口濕，攢攢惡箐搖箭箙。銀河倒瀉憑陵下，轟若兵車犇萬軸。砰訇復如霹靂吼，鐵鑄艨艟巖畔覆。多年老魅朋山魈，松杉閃閃兼嘯哭。斑文哮虎守天關，猰貐跳躑眈人肉。對此命若懸青絲，恩城怨府失堅築。峰迴陡覺天地開，疊嶂團團蕩平陸。太乙手執白鸞尾，支枕內經鼾方熟。哽天黃鶴翎梳風，階前神砂堆萬斛。蕭史驅龍耕肉芝，仙姑荷鋤剧雲屋。吹笙擊璈何悒悒，博羅真人恣往復。青鳥銜書自來去，元猿擎獻冬葍蓿。萬松隱隱植栴檀，嶺半斜穿達天竺。古佛異香薰精舍，寶樹陰森青可掬。胡僧前導眉稜尊，梵夾紛列泥金牘。須臾伊蒲辦器盂，斫桂燒金春香菽。磨刀向崖割石耳，遠汲天漿供椒粥。坐看九屏雲錦列，金剛撞杵魔戰朒。青牛高臥白象馴，迦葉趺坐獅王伏。玉印峰頭盤螭紐，方外何來篆符籙。從此羊腸絕磴梯，一線天通閣道複。瞿曇持鉢浴綠潭，穴煙吐縷漸斗輻。諸天我憖復我棄，洞門迷漫閉如夙。主人驅我題壁間，墨蹟荒涼不堪讀。歸來扣舷作長歌，我怪桃源猶局縮。噓唏乎，胡不抽身此中隱，折腰五斗空碌碌。

贈沈朗臞

尋幽棹入蘭江水，湧雪巖頭遘沈子。華髮星星雙紺瞳，綵毫曾侍明光裏。博浪一椎擲副車，東陵肥遯鉏瓜芏。白驢時復跨海行，數向蓬壺乞石髓。萬里滄波一吞吐，眉稜顴骨煙霞似。振衣潑墨疑有神，老杜大癡今不死。洞庭已買故山雲，方外邀君作野史。

雪中登釣臺作

君不見，舂陵赤符飛淯水，蜿蜿神龍漢帝子。三十六蛟昆陽闕,冥鴻一個桐江裏。詔書物色空相招,君房足下呼不起。繭跣那知帝腹貴,釣竿梟梟標風旨。我來千載弔光武,朔雪憑陵灑巖戶。杖策贏糧空復多,謝翺朱鳥徒悲歌。徒悲歌,客星亭上試矯首,渺渺嚴灘增逝波。

錢塘看潮

夜發富春江,午纜錢塘岸。不見當時射潮者,天際煙波空浩瀚。萬艘千檣當岸泊,沙渚雁叫絃淒亂。篙師柁工呼且指,碇樁莫向泥中死。從古與波共浮沉,哺糟啜醨正如此。須臾海門走匹練,白虹蜿蜒吐長線。漸看鼇背負山來,呼吸頓令天地變。龍吹笛,鼉擊鼓,馮夷天吴江上舞。萬斛舳艫如敗葉,怒濤一捲送平浦。伊昔惟聞東流之水無盡期,沃焦頖洞爲漏卮。云何已逝壑,而有還源時。應是九閽真宰訴不滅,精衛曹娥恨填咽。故教雪浪排空裂,古今共此徒哀絶。

登九華長歌 并序

按:《嵩山志》二室法王寺爲東土初建第一刹,在達摩初祖未航海四百年前也。元珪大師曾説法其中。地湧青蓮,每於中秋前盛開,惜不匝月。曩余遊時,屬丙申仲冬朔日,寺門深扃。余排之入,見殿前石池方不盈丈,青蓮亭亭,尚存四莖,花瓣深青紫色,半覆半仰,中結蓮房,色正黄,鬚如之,僧寮驚異,余摘以歸。今禮九華,恰值重九,以閏計之,居然初冬。入伏虎洞,訪洞安師,復見杜鵑一本,深紅爛熳,垂於崖際。亟命樵子攀崖拗花一枝,攜貯瓶中。謂非余種有宿緣,不可以視。殷七七九日於鶴林寺,幻奇炫異,不足多也。因并記之。

玉兔年登九子峰,青天萬朶插芙蓉。嚴程刻日指江右,巨靈遮我塵外蹤。彈指星霜十七度，誰能再踏青陽路。奇峰突兀挂天柱，夢魂時繞巖頭樹。老猿一昔掣鐵練，奮臂跳出白下縣。乘便揚帆萬石舟，直上天門疾如箭。移時便詣梵王家，高凌峰頂弄雲霞。青獅白象承趺坐，廣長爲我演三車。須臾不解天公意，馮夷鼓怒老龍戲。江間白浪堆如山，長年三老渾如醉。疑是九華知我來，故遣丁甲相窺伺。逆水如牽百丈灘，螃蟹磯前那可致。撐挽徒費榜人力，力盡纜脱舟忽墜。江南舟打江北流，危同沸鼎浮遺穗。黿作鯨吞總難測，風撼濤聲不得寐。攬衣夜起身欲戰，奮迅勿退初地見。一日程作五日程，詎謂山靈難半面。溯洄夜泊大通驛，風伯餘威猶未釋。霾雲殢雨不見掌，爇香穆禱金仙席。篷窗推視天忽開，星辰歷歷絶纖埃。急移丈艘就野艇，行行篙櫓漁曾排。錢家湖水三十里，遡風蕩槳凌山隈。遄命籃輿入深谷，水口熊生驀相逐。<small>名君弼，字鼎臣。</small>陽烏西下崦嵫山，一宿菴中還一宿。晨起不禁飛揚興，輿夫未到愁心曲。咄遇洞安一指禪，我今方學避喧闠。如何伏虎留不住，翻結叢林大道邊。香積飯我我辭去，蜿蜒盤礡山之巔。望江亭邊淨如練，鴻荒未散心灑然。山巔倒轉落青濛，松杉深鎖帝子宮。八十四級湧金地，九十九峰碾玉叢。真空性返塵刹外，妙有身留震旦東。寶塔千山分慧日，法幢萬古捲悲風。五釵松滴鉢中翠，一握珠飛掌上紅。參禮瞥然心自傾，泠泠直欲御風行。東崖撒腳到天柱，百歲嵁頭尋舊盟。峭壁萬仞鉤梯下，洞公老衲來相迎。嗟余塵容與俗牽，投足所到多奇緣。嵩岳昔訪法王寺，仲冬月杪摘青蓮。今來閏歲重九日，伏虎洞前看杜鵑。豈可數負拈花意，終來此地巢雲煙。

嘉魚赤壁箭頭歌<small>并序</small>

停舟嘉魚，同正持甄玉方來覽眺赤壁，始信蘇文忠黃州赤壁之誤，因作長歌，并弔公瑾。

三分遺蹟今荒蕪，赤壁五處爭傳呼。江漢間言赤壁者，漢陽、漢川、黃州、江夏、嘉魚，凡五處，當以在嘉魚者爲確。其在黃州者，乃赤鼻，非赤壁也。以此二賦誤大蘇，翻使嘉魚冷菰蒲。我來衝風驚鷗鳧，鼉靈啼血悲鵑鴣。江沙崩露金鏷鏄，魏武曾此射赤鳥。烈火燒空煮天吳，八十萬骨一時枯。風威實仗武侯扶，千載噴噴歸周瑜。向遣飛騎間道趨，華容探手殲封狐。贏卒蹈藉掃糠秕，天下禍本迅風驅。不唯當陽翦根株，陰平何由下蜀都。惜哉鼉鼓膽氣麤，散花洲上意何愚。智計止此嗟豎儒，填泥負草老瞞徂。天貽司馬混輿圖，箭頭北向自此無。

由岳陽詣君山紀事<small>丁未十一月十二日作</small>

丁未縱船任疏放，仲冬九日巴江上。荒城淒迷捲白波，沿岸披裘騁遠望。一牛斷裂門左辟，五械欹側沙邊浪。岳陽門左置鐵牛，云厭水患。江邊五鐵械，各長七尺，闊五尺，厚八寸許。四類枷，一類杻，或云祖龍南巡衡岳，遇颶風，不得渡，怒赭君山，鑄以械其神。又云：三國時，繫鐵索以置艨衝，如大別鎖穴。然又云置此以厭蛟龍，未知孰是。風土誌編龜趁黿，城南九山連綴如龜，前有小山如黿，浮江中。山海經記蛇吞象，羿斬巴蛇，積骨成邱。臨湘界有象骨山，象爲蛇吞，三年而出其骨。載《山海經》。狡兔遍野不敢獵，神鴉接食競所向。土人不敢獵兔，呼爲地祇。洲上有鳥接食，土人稱神，無敢弋者。翦刀人汎鼎耳過，翦刀池在城西北隅，池內有鼎，其耳高數尺，善汎者嘗往來耳中。驛柱鬼題楓根唱。劉元芳嘗宿湖岸驛中，夜聞歌聲，朝閱楹間有「爺娘送我青楓根」一絕。南麓火飛三國鬪，《通典》云巴邱湖中有曹洲，即孟德燒船之處。北山雲鎖二喬葬。相傳大、小喬葬府治北山。古今怪誕靡不有，人世滄桑難爲狀。月下歸舟燈半明，蒼頭亂卧舴艋聲。冬夜漫漫何由寐，重翻書帙銷殘更。干羽於焉格苗洞，舜放三苗於洞庭，今慈利縣之寶郎洞即猺界。東西曾此築糜城。糜子國有東西二城，楚昭王奔，隨使王孫由城糜是也。屈原遺宅悲蕭寺，屈原被放寓此，今太平寺相傳係原舊宅。杜甫旅魂愴舊名。元稹作《杜甫墓銘》，稱子美旅殯岳陽，後四十年，其孫承嗣移葬偃師。**唐相出守傳道濟**，唐志載岳陽樓，不書創者。開元中，張燕公以中書出守，日與才士登臨，自爾名著。**宋賢分郡説子京**。滕宗諒字子京，宋慶曆間，郡守重建岳陽樓，范希文爲之記，蘇文忠書丹，邵竦篆額，號"四絶"。**總饒争雄吴大帝，何如結伴吕雲卿**。《本事紀》云："雲卿於君山遇老人索酒，酒數行，老人歌曰：湘中老人讀黄老云云。"**仙姝歌贈羅巾去**，宋開寶間，李知微遇仙姝於洞庭，歌畢，贈羅巾而去。**龍女笑將神藥迎**。昔有江叟遇樵夫，遺以鐵笛，後登城南白鶴山吹之，聲振林木。忽龍女出，授神藥，云服此當得水仙。**鐵笛召龍龍盡出**，吕雲卿遇江老於聖善寺，吹笛召洞庭諸龍。**洞簫跨鶴鶴隨行**。世傳吕純陽三醉岳陽樓。**湘君欲挽悲秋客，逆風吼徹東方白**。**凌晨投體瞿曇居，停午爇香帝妃席**。**殿前銀杏劫灰痕**，始皇赭君山時，樹被火，尚有煤痕在其空中。**階下霜筠涕淚積**。**柳毅書猶傳橘社**，毅爲龍女郵書，如約扣井畔橘樹，得達。今橘井尚存。**欒巴酒疑滴琥珀**。漢武遣欒巴求君山不死酒，被東方朔竊飲。今當春時，山中尚聞酒香，不可蹤跡。**遠浦碧凝老蛟血**，射蛟浦中，亦漢武事。**空山蹄散野馬跡**。君山向有逸馬，歲久滋生可數十匹，不受羈勒，人呼野馬。少草，秋食木皮，多餓死，故不繁衍。**香氣氤氲軒后鼎**，昔軒后張樂洞庭，曾鑄鼎其中，臺址尚存。**松濤吟弄吕仙石**。朗吟亭純陽，曾跨鶴憩此。**薄暮手扶方竹杖**，君山出。**就僧枕藉瑶草碧**。**繁憂不入蝴蝶夢，兀然訪君華胥陌**。

湘水曲

湘水十丈無纖土，游魚巨細皆可數。湘水九曲摇净緑，波光萬頃堆青玉。湘水澄潔湘水好，廿年結睇衡陽道。袖裏今攜五嶽圖，七十二峰訪瑶草。瑶草蒼翠冬不死，朱實聯綴黄金蘂。日暖江沙鸂鶒卧，仙禽陣陣沖雲起。自笑愛山老不休，霜雪日侵湘水流。朝似浮漚逐浦潊，暮同墜葉傍林邱。峰迴谷轉疑無路，山靄平鋪如匹素。參差天外矗煙巒，瓊户星扉竟何處。安得結茅巢其傍，長揖世人縱高步。薄暮風生山轉幽，蒼厓側疊蟄古虬。漁父櫂歌笛颼颼，屈平跳波沙上遊。重華曾此去不留，但見湘娥拖雲曳煙萬古愁。

855

壬子冬日，偕馬寅公、樊又新、唐庶咸過晤永壽，石舸、語山兩公隨同登徽恩閣，訪古桂即事

蟾兔吹落古桂子，余昔曾聞在菱水。幾回相憶薜荔牽，滿船紅葉今來此。主人眉白稱文豪，二三勝侶詩貯瓢。御風衣袜染嵐翠，瞿曇出定爐香飄。招攜曲踏城東路，飛閣斜穿青靄度。枝枝十匝蘚苔封，點點六朝金粉墮。留下吳剛斧底霜，海屋已種滄波桑。應是河陽花結伴，桂在御史臺，與舊邑侯白府君祠鄰。白門老人生讚歎。

送李操江

岷山挂瀑飛高空，衡山之陽來自東。盤渦直瀉千萬里，沐日浴月號神工。於戲淮江，既經大禹攙擭後，今得元老方召開鴻濛。楚雲吳雲渺無極，東海鮫人煙作織。辰星懸照節旄旗，八陣蛇盤與鳥翼。南民引領公初來，羲和馭日靈靄開。義旗西指彗星没，九江鯨靜青山出。參軍灑毫露布詞，凱歌上奏方旋師。功成指日報麟閣，浩浩春陽天下知。

自在菴早發歡喜嶺

朝起攬衣裾，披霧發山麓。雲吳壓眉額，沆瀣入我腹。鳥聲得深淺，丁丁為伐木。不逢俗子來，但聽天風肅。耆然清磬發，長嘯落深谷。路仄學猿接，牽臂登王屋。屋空何所見，唯餘雲逐逐。坐看雨青九，崩厓翻地軸。須臾變蒼狗，前態後不復。嗟哉世人爲，矻苦用勞碌。郭索轉眼串線斷，一抔黃土埋枯髑。何不採芝廬山巔，閒餌丹砂跨白鹿。

別揚州守蕭五雲

沙棠夜泊邗溝水,露白雞聲寒不起。淅淅征轅左轂鳴,匣中老鐵魚腸紫。憶昔擊筑昭王臺,片言寸諾關□事。於今感慨路旁看,閒關下澤車生耳。我友金石誼獨堅,黃河遠望風沙裏。臨岐解帶生羽翼,繞朝授策班荊比。我愧松枝傲歲寒,君已凌霄絶泥滓。隋宮楊柳幾尺垂,春風融液滋桃李。箋羽循良當第一,文選隃麋傳萬紙。問昔太守誰得知,無乃永叔歐陽是。歐陽當日宰環滁,廣陵前後名蹟俱。醉翁梅花即棠樹,點蒼石壓江都書。念此恩恩惜去住,平山堂上重踟躕。踟躕愛君清慎勤,題詩寄我和白雲。努力潁川躋黄閣,長安掃榻還邀君。

題宗源弟橘井詩後 并序

山水與吏治,二而一也。柳柳州、蘇玉局所至,攜一杖一鏟,使荒嶠僻壤、蠻煙瘴雨之地皆可標爲名勝,其政績亦復赫然。豈非仙靈泉石,端有賴於評論哉。近世刀筆筐篋之徒,令人耳目稠濁。一行作吏,便以簿書爲奥區,以山水爲任誕,分塗掉臂,輿皁嗔呵。其欲子喬之鳬與韓衆之鹿,羅致庭中,已藐然河漢矣。吾弟治郴,獨搜討幽靈,表彰殊俗,繇其心閒治有餘刃,單子之憂道弟,賈生之詆俗吏,吾知免矣。若聖世醴泉生,甘露出,尤非神仙迂怪同日可語,故樂爲書之,漫綴以歌。

古甃苔繡梧桐井,仙人化鶴清霜冷。轆轤自轉天上謡,琅玕笑贈雲中綟。浯溪磨崖多禹碑,朱鳥銜墜郴州詩。郴州蠱食若蜾蠃,神君祝之常似我。以此孝慈晰感通,玉棺忽出潛虹宫。吾弟拍手柏葉下,使我神遊七十二峰登祝融。

林屋詩集卷三

五言律詩

文殊臺觀瀑布

杖策緣崖上，高僧導引頻。雁聲湖外没，雲脚嶺頭青。坐傍拈花石，驚看轉法輪。應將智慧水，千丈洗埃塵。

見大兄志喜

高密封侯後，吾宗仗老兄。音書遼塞影，跗萼越江情。喜極捫酥醉，寒來合被輕。因兹矜競爽，努力各聲名。

飲崔鹽法

博陵門望舊，酒碗出玻瓈。玉麈矜公子，晶鹽引會稽。雲黄連海煮，鳥白去湖低。爲别金池後，歌聲送馬蹄。

西塞山詩并序

向讀謝康樂《西塞山》詩，時往來胸臆。康熙丁未初冬，泊舟其下，同浦甄玉、許方來、金實之與諸孫玉藻、玉佩、磏臣、伯達攝衣登覽。見蒼巖陡立，俯瞰江湖，修篁夾路，古木參天，磴道縈紆,斑剝萬狀。遵岸渚而登絕巘之巔,心目豁如。偶於遺砌疏蘚剔石,得前丁未西吴茅伯符二韻,去今已六十載,寺僧復出潭州趙友沂和韻二首。曾幾何時,趙子亦已化爲異物。人世更代,迅如轉燭,感愴者久之。因追和前韻,留置僧壁。

西塞緣崖上,同尋謝屐遊。沙痕天外出,帆影鏡中流。山截三江險,林藏六代幽。憑軒無好句,空被白雲留。

其 二

愛山愁日暮,襥被此淹留。晚翠林疑雨,昏黃火射舟。風霜催木落,歲月逐江流。仙蜕閒惆悵,惟餘洞壑幽。

張 仙 洞

探奇殊未極,拾級御天風。松攪龍鱗動,人盤鳥道窮。三湘入寺裏,一洞挂雲中。安得巢巖下,長從河上翁。

題 報 恩 觀

山高無近勢,傲岸與誰京。江面湖頭接,雲根峰頂平。霓旌晨跨鶴,瓊户夜吹笙。煙靄群仙會,依稀朝上清。

宿龍窟寺慧先僧舍

崖棲禪室冷,雲卧旅魂清。林黑獐啼夢,山空鳥報更。紛紜人境絕,寂寞道心生。戞鉢僧何處,乖龍夜不鳴。

同克生、正持、方來遊茅坪,止宿僧舍,留别異目大師暨恒一、映徹、善生、石修諸上人

何意探幽屐,側身衹樹間。千峰藏雪竇,五夜印潙山。冰合林

猿寂，霜淒谷鳥還。袈裟分片席，好伴白雲間。

金谷巖

攀躋行腳處，華藏鎖龍宮。有欽賜《佛藏》。一洞天飛漏，半巖石走空。靜宜安筆格，奇可貯詩筒。慚我半枯骨，低迷落照紅。

紫霞關

石磴循崖上，碧雲湧翠峰。竇穿成月窟，牀在冷仙蹤。頂有仙人石牀、古松。舞態嬋奇骨，詩肩聳瘦容。煙鬟掠不起，妒殺美人慵。

抱龍峰

平生磊砢意，到老尚難馴。躋險猿憐客，探幽魈怖人。山松欲化石，嶺草正成茵。蔭藉貪高臥，休論晉與秦。

首楞巖小憩看鸚鵡石

天憐遊子杖，故放夏陰繁。竹錯新抽節，松蟠老露根。鵾鵬岩作勢，鸚鵡石能言。牽臂凌山頂，江波遠正翻。

石龍峰

何代擘崑谷，神龍潛此中。亢暘憐物命，投擲問天公。風起噓丹壑，雲來障碧空。鱗鬐鞭不起，懶去過江東。

會聖巖

會聖最高頂，捫蘿訪遠公。名法遠，號圓鑑，浮渡開山祖。洞連傾地軸，巖墜落天風。碁剩僊靈著，遠公曾與歐文忠公此中借碁說法。砦空虎豹雄。相傳徐中山於此破趙普勝。鐫題都漫滅,憑弔晚煙中。

眺朝陽洞崖頂

地領寸巒秀,居然侈邑封。三江當五月,一杖拽千峰。樹密松杉賤,天慳洞壑重。搜奇能慰我,王陽明先生壁間有題。捧腹聽林鐘。

寶 藏 巖

昔日藏經洞,超然劫火焚。歷代凡有賊警,藏經必封置此中。五燈延佛命,九帶襲僧文。虎嘯巖前月,鶴巢嶺上雲。真人西去久,倚壁思紛紛。

陳友諒將臺

僞漢屯兵處,居然選此峰。即妙高峰。旌旗猶在眼,江海欲朝宗。風冷鄱陽火,霜沈建業鐘。可憐銅馬輩,猶剩將臺蹤。

妙 高 峰

睡起晨餐罷,登高趁遠風。一峰先拔地,萬樹欲撩空。吳楚江光白,燕齊海氣紅。淒涼臺上望,煙鎖六朝宮。

金 雞 洞

遙睇金雞棲,穴穿峭壁邃。啼聲曾數聞,彩色炫雙翅。仙呪紀前聞,寶符鐫邑誌。世間睡正酣,傾耳好音至。

仙 人 橋

蜀地艷蓬嶺,天台憶石梁。如何青竹杖,竟透白雲鄉。雙虹架絕

861

壑,群虎乳深篁。橋下即虎穴,經行時恰值虎過。笑傲橋端過,機忘兩不傷。

海島巖

每愛任公子,海天垂釣鉤。未聞千嶂裏,得把六鼇收。雨腳排空立,雲根吞浪浮。棲遲巖竇客,不羨五湖遊。

洞賓巖

神仙舊洞府,雲際似城闉。半掩娜嬛戶,石門半開半闔。雙盤日月輪。碧桃然絶壁,鐵笛散紅塵。呂祖曾於洞壁題有"南巖吹鐵笛"之句。安得隨元鶴,潛窺壺裏春。

蜃結洞

夏月聞東海,微蟲具六如。林巒憑口現,樓閣任心舒。止觀學黏壁,洞内纍纍如大小蜃蛤枯貼壁上。冥參嗤蠹書。情知佛國好,結伴此巖居。

水簾洞

萬仞懸巖上,珠璣那值錢。風迴山鳥哢,日上野花憐。玳瑁應難並,水晶殊未妍。分明處士淚,灑向亂山前。

連雲峽

一峽崩巖鎖,林巒蒼莽秋。遠峰青似黛,濃葉碧於油。笑殺芙蓉帳,輕來麟鳳洲。芒鞋出樹杪,遥聽磬聲幽。

佛母巖 原名太乙洞,又鐫阮君洞。

驚濤捲地起,老衲此浮家。雨腳散雲片,煙螺擁髻丫。巖幽鹿作隊,寳密蜂排衙。佛母臨香閣,天飛處處花。

雪浪巖

雪浪炫銀海,慈航駕鐵船。泥牛臨古渡,石馬嘶長煙。指月疑迴夢,拈花好問禪。只愁掀岸去,欲鼓琴無絃。

流霞洞

晚照射蒼嶠,仙雲片片飛。砂牀疑肩峽,丹籙儼藏扉。甲子天行疾,庚申鬼瞰微。如何迷不悟,尚自踏危機。

張公洞

高風真峻絶,早歲謝青雲。仙氅香生佩,山厨味絶葷。花依丹臼静,鳥度石牀勤。何日分砂粒,追隨雞犬群。

遊仙徑

日日奇峰在,良遊定幾巡。谷喧悲過客,境静屬閒人。無病且行脚,好山莫厭貧。徑微從上望,一刻已千春。

遊龍峽

鬭盡平生力,青山贈我多。古藤工錯繡,飛礜費鐫磨。桂蒻青緗葉,鶯調白雪歌。巧原藏大璞,人世巧如何。

懸梭洞

蘿垂絶巘外,挂壁儼長梭。帝子鬭霞綺,天孫颦翠蛾。溪煙千杼冷,巖卉七襄多。機巧非人世,閒閒在澗阿。

863

觀音巖_{原名嘯月巖，在翠屏峰下。}

何必海南去，潮音傍此迴。澄江千月印，空翠半天來。林潑垂楊汁，花分鸚鵡腮。數莖殘髮去，端的老香臺。

茅眼坑施墳_{地在青陽。}

懵騰着兩屐，拄杖幾曾離。弔古看成癖，貪山坐欲癡。鶴飛尋古塚，龍窟訪殘碑。休作乞憐客，延門袽襫爲。

途次石埭流淚嶺，土人云："彭祖、張果老葬此山麓。"且言：彭先張逝，張至此嶺淚下。後張逝，奉遺囑，亦葬此。飛渡橋茶菴僧若虛導余親至，窆次兩塚，蓋相望也。其説甚荒唐，姑妄聽而妄咏之

神仙亦有塚，選勝在人間。流淚嶺煙合，燒丹爐火閒。青霞山萬疊，綠玉水千灣。莫使茂陵見，空憎金椀還。

獅子林晤卧雲篷菴上人微雨留宿

奇峰恣萬變，寂莫一無聞。種藥逢巖叟，尋僧破曉雲。天風蘇病骨，花雨洗塵氛。況入芝蘭室，幽香吐夜分。

文殊臺訪壁立禪伯不值留題

黄嶽雲煙主，飄飄何所之。盤空凌白鳥，飛錫冷青獅。香損鉢中粒，奇看瓢裹詩。此行得已足，瀕去佇朝曦。

袖閒禪宗舊爲吳門煙月主人，凡海內名賢，
至止必下榻焉。今隨檗菴老和尚住靜黃山，
余遊此，出賣閒書畫册見示，題以贈之

印可支硎後，世緣多可删。水雲攜一鉢，詩畫老千山。招隱從君好，投林愧我慳。吳門棄泛宅，來買谷中間。

舟　　中

晚年頗悟道，最好是閒居。門掃常迎履，牀翻愛讀書。江澄春命棹，山勝霽登輿。古木逢僧舍，鐘魚渺碧虛。

其　　二

讀書苦難字，結伴得良友。詩格細如髮，筆牀時在肘。披衣不及晨，探勝常過酉。相約向金庭，煙蓑事南畝。

其　　三

千山濯黛色，煙景入船中。物靜知春好，身閒覺病空。雲生江岸白，日出海天紅。矯首浮家外，漁歌唱曉風。

其　　四

篷窗閒眺處，兩岸冷漁樵。淺渚群鷗亂，長空一鶴驕。落帆依夜戍，擁被枕春潮。花事知將盡，家園鎖寂寥。

寄唁江寧孫遜菴明府

視事纔三月，雄心未一酬。客辭愁鶴俸，寒至借羊裘。時王子玠念其寒,假以羊裘。黍谷初回暖,萱幃忽報秋。遠天聞訃日,兩頰淚橫流。

其　　二

借寇從來事,兆人良自謀。三空泣鼠穴,一表罷螭頭。籌國憑誰主,呼天竟莫由。蕭蕭江上月,蕩漾影如鉤。

憶　山　居

屈指住山好,住山無百憂。抽身迴蜀道,結夢入丹邱。酒釀山泉潔,歌聽谷鳥幽。醉來攲枕臥,天地一浮漚。

三月十九日秦郵歸棹泊楊家莊

兩岸排漁舍,長林貫一川。花開西子面,榆綴沈郎錢。童笛橫牛背,村醪送豕肩。楚天鼙鼓急,此地自神仙。

暮春過邗上平山堂攜八兒爌操舟閒泛作

平山堂下路,十載事悠悠。久雨逢天霽,清歡破客愁。煙光憑水逝,花鳥入林幽。閒詠蕪城賦,淒涼憶昔秋。

其　　二

迷樓遺廢壘,遠岫漲江煙。臺榭空新柳,陵園失舊阡。疏鐘蕭寺度,野店酒旗懸。尚有隋宮燕,春來去復還。

真州莊上聞謠

事過知閒好,誰將閒與齊。驚鱗隨水漾,倦羽縱林棲。夢醒人情幻身,尊世味低。年來看塵鞅,只合老漁溪。

林屋詩集卷四

五言律詩

菊月朔日率諸孫詣綺里掃墓

吾祖扈南渡,始祖正言公,扈宋高宗南渡,歸老洞庭西山。抽身老會稽。牛眠繁玉筍,鶴燾兆金閨。歸棹五湖並,綺里近范蠡宅。芳鄰四皓齊。墳右即四皓祠。煙松饒紫氣,空奠瓣香虀。

明月灣諸孫辰玉、祥予、治甫、伯英、廷玉、君清輩喜余同吳子晴巖、呂子六英、程子畫先至,邀飲無空日,且欲割地爲余結茅,古風不再,實獲我心

古道老孫子,攀留每纜舟。侑觴擎橘叟,扶杖看松毬。宅泛憐秋老,巢棲贈地幽。樂天聊玩化,此外復何求。

登縹緲峰

踏盡方州勝,具區誰比肩。無山不抱水,有樹悉參天。寺寺蒼巒合,村村碧嶂連。縱觀波浩淼,三島漾雲煙。

戊午秋杪同吴晴巖、吕六英諸子由石公洞林屋入
包山訪妙峰禪師及家衲、白行，晚宿山閣留贈

萬里霜風晚，煙波縱一舠。閒心看水澱，清夢落松濤。帶甲嗟
豺虎，銜杯醉蠏螯。良朋未易盍，蓮社結方袍。

其　　二

曳杖看秋色，天開錦繡屏。湖光吞室白，山翠滴檐青。蝌蚪迷
蒼篆，煙雲失禹銘。夜深僧梵唄，惟有老龍聽。

其　　三

親友凋零盡，靈光歎老僧。茶烹六代井，齋勸九秋燈。夜迥飄
金鐸，山高挂玉繩。何當分片席，相與屬青藤。

其　　四

憑將方外友，引入白雲扃。花散無名樹，葉删有漏經。詩瓢傳
錦水，香鉢飯支硎。舍此將焉逝，誅茅老洞庭。

石公歸雲洞

銀浪排滄海，孤撐此獨雄。樹稠梳鳥道，水闊織蛟宫。守静天
無奈，鏤虚鬼欠工。每當星月夜，浩氣飲長虹。

毛公壇偶見秋芙蓉一本

秋老空山畔，芙蓉泣晚風。霜催楓共醉，煙罩蓼齊紅。影弔雁
鴻外，根吟蟋蟀中。無方留艷色，直欲問毛公。

嘲　　僧

秋夜宿山寺，風侵夢不奢。鯨鐘無一吼，鼉鼓寂三撾。供仗嶺猿果，香憑帝女花。僧盂飽飯後，鎮日卧煙霞。

九月四日宿報忠寺禪房，次早承虛一師同家衲、白行、鄰雲導余遍遊西山十八寺之勝，賦詩報謝

吾宗有法器，披薙在東林。漏轉蓮花永，經詮貝葉深。雲巒新板閣，魚鳥夙禪心。莫負西來意，無絃好鼓琴。

元陽洞贈天真禪師

向晚穿林薄，幽尋香水源。千山銜日脚，一洞鎖雲根。但有月窺榻，不煩風掃門。破菴止枇杷一樹，并無門，故云。禪心惟寂照，相對竟無言。

其　　二

古洞埋深隝，觀心老歲華。霜風香橘柚，秋日冷枇杷。雪竇方逃世，雲門好避家。明春煙棹入，掃石看桃花。元陽桃浪爲西山八景之一。

實濟寺殿廡盡圮，基地悉被有力者占以作塚，左右多種櫻樹，即事一章

實濟嗟空幻，斷垣射晚霞。塚高由子國，殿失梵王家。花雨收天女，櫻櫚散夜叉。櫻號夜叉頭。一僧衣百結，寂寞似寒鴉。

入天王寺尋葛洪丹井及石根泉試茗，味極甘冽。古柏堂有柏一章，高可百尺，大數十圍，云係六朝物。僧觀空出前後賢詩一册屬觀，遂同古石、虛一、白行、慧如、鑑真諸禪丈看鄰山，歸宿古石山房，留贈

探幽峰萬重，瓢笠共從容。樵徑埋煙樹，仙巖落晚鐘。丹泉甘勝乳，翠柏老成龍。絕壑巢書屋，應差萬戶封。

其　二

途窮知靜好，況復老催人。避地依宗黨，尋僧作比鄰。應如臍剔麝，寧為齒焚身。明月灣雖勝，還思絕問津。

東湖寺天祐大師以副總戎棄職披薙，知余結茅歸隱，雅有同志，遂由西灣過東灣，導余看嚴氏山居，留別

老將拋金冑，棲心投子山。千峰閒白日，一衲駐蒼顏。南北嶺頭判，東西水面灣。遠公蓮社近，好與看雲還。

西　灣

傲岸羞投謁，飄然過塢西。塵驚水不到，鳥喜樹常棲。命薄天難問，林空地見攜。敢云耽宴樂，庶免噬吾臍。

東村云係東園公舊隱，面山背湖，林木翛然，漁笛樵歌與湖聲相應答，致足樂也。悲昔思今，徘徊者久之

東園蟠絕島，林麓俯蛟宮。人帶煙霞色，門迎花木風。藩籬破世外，邱壑老胸中。得此成高隱，誰能澗乃公。

西湖寺在山之絶巘，有西方殿、輪藏諸勝，
左右兩湖鏁其趾。到來生隱心，非虛語也

蕭寺環峰崿，蒼茫非世間。紅塵界綠水，白日戀青山。雲繞龍停藏，松深僧閉關。掉頭悲百粵，弓劍幾時閒。

長　壽　寺

山川常向背，此地獨兼收。嶽峙三千水，海浮十二樓。塵勞爭蟻垤，咫尺隔麟洲。愧我多凡骨，何方擁敝裘。

水月寺產茶極佳，蕭梁時曾入貢，
與無礙泉稱並勝，今無復有過而問者

龍團曾入貢，無種但荒邱。人並蕭梁逝，泉唯無礙留。菊英香綻露，楓葉艷搖秋。憑弔夕陽裏，繁霜爲爾愁。

銷夏灣卜居

洞庭黃葉晚，孤艇破煙鬟。坐看雲歸岫，佇憑風撼山。浮家湖萬頃，因樹屋三間。撇却閒心事，層巖好閉關。

九月丁未夜同虛一、家衲、白行經上方寺臥龍松入
恒源禪丈破院宿，與照徹師話朱未孩舊事，悽然予懷

煙靄封秋壑，深林響暮鐘。院存巢鶴樹，橋舞臥龍松。星月篩禪榻，旌麾話戰烽。眇躬更數代，猶自恨群兇。

871

羅漢寺訪雪山和尚舊棲，高足補石、香水出所註彌陀、金剛二經示余，口占

老衲箋經日，青蓮湧舌端。千巖飛錫杖，雙樹舉金棺。虬屈蒼崖古，鶴翻翠柏寒。石牀傾茗椀，三世詫崩湍。

舟返姑蘇臺晚眺

臺踞湖山勝，登臨意惘然。秋深楓纈繡，樹老鳥調絃。古寺闢天起，荒墳任地穿。吳王全不問，萬古臥寒煙。

姑蘇臺四周山頂所在墳起，初謂山崿固然，詢之土人，云係甃砌空穴，上覆以土，乃吳王藏兵處，一帶壁趾在焉，感而有作

群岫列高髻，虛中好伏兵。連雲排戰格，行雨縱心旌。嗟彼壁爲障，那知枕作營。越師曾未入，一笑已傾城。

上方山有寺巋然，下臨石湖，云係祀五聖蕭王太母處。每歲祀事不絕，而九月廿八日屬母誕辰，諸舟鱗集爲尤勝，雖曰賽報，實係冶遊，即事感賦

一水能多少，蘭橈競萬舟。巖巒織灌獻，閨閣市風流。輿舁行人艷，歌翻聽者愁。西施渾幻化，分體遍吳州。

其二

仙靈傳往代，報賽異姑蘇。麗曲優通牒，嬌容女勝巫。鳳翹俄翠弁，鸞珮綴金鋪。疊鼓焚刀幣，神光定有無。

其　　三

　　香煙迴寶馬，羅拜晚山秋。雲沓鸞笙咽，風飄象管幽。朱脣噙玉斝，纖手射金鈎。遮莫前溪舞，蒼波任去留。

再題上方山

　　碧空團桂露，星月下湖天。林黑遊山鬼，船迴泛水仙。烹茶敲石火，劚筍煮池鮮。霜夜渾無寐，僧鐘度野煙。

羅漢寺雪山師所註金剛、彌陀二經，反覆披誦，有省

　　瞿曇説法日，兩部撮諸經。天女花飛雨，阿難水注瓶。慧珠羊角碎，寶筏犬書肩。霹靂聞撾鼓，黑甜沉夢醒。

贈鳳凰山咸菴禪丈，菴名鳳巢

　　萬綠藏深壑，苔龕路幾層。側身穿蟻聚，牽臂學猿騰。累重緣留髮，棲幽欲妒僧。半生遲引退，應悔鏤春冰。

壬子長至前一夜，次錢湘靈韻，送周鄰藿南歸，兼懷敉菴、子遠、韓傅諸同志

　　市塵迷所向，傾耳有迦陵。憎世魚吞墨，避人蛆凍冰。維舟觀靜水，留客夢寒燈。積恨淚盈把，哀吟何處勝。

其　　二

　　吳門昔命棹，頻止二邱堂。看竹衣分綠，眠花榻浸香。鴒原摧玉斗，鶴路中金瘡。夜永燒殘燭，淒淒照鬢霜。

873

其　　三

自別渭陽後，常隨漁釣群。匣龍悲劍老，庭鯉歎萍分。薄酒圍冬雪，輕裝逐曉雲。寄言林下伴，把臂待微醺。

其　　四

儘教彈鋏去，余亦掛帆歸。宵被兒嫌薄，晨炊客笑饑。冰深愁蚓結，雪凈羨鴻飛。最是牽裾淚，飄零謝女衣。

再疊周鄰藿錢湘靈首韻

破除愁萬結，最好是蘭陵。花厄三春雪，蠅驅六月冰。近親浮一葉，遠水就孤燈。好把年來事，吞聲細細謄。

其　　二

安得隨漁父，飄搖入武陵。華林盡沃雪，蘭楫半鏤冰。誰醉中山酒，難尋長命燈。淮南多桂樹，鴻寶尚堪謄。

其　　三

賦才嗟命薄，只合學於陵。齒冷東山屐，胸然北海冰。雄圖悲甲帳，衰影笑銀燈。擬向屈潭去，離騷手自謄。

白洋村舍早起

挑燈覽邸報，歎息半名賢。聚米山川盡，量沙智勇全。熒星原可燎，蟻子岸能穿。譜牒稽前代，周防殊未然。

其 二

洪河寒總至，仗酒策微勳。日出霾朝霧，星殘漏曉雲。滇黔事孔棘，淮泗慮恒殷。四顧哀鴻叫，高天恐不聞。

歸仁隄早發

老人愁不寐，譙鼓厭頻聽。檠短寒知夜，途長晴問星。河冰盤練白，塞雁起煙青。孰捧隨珠櫝，蕭條向此經。

其 二

悵望遥隄去，東南眼力穿。鞭笞鸞子女，歌管宴神仙。壁馬徒填壑，金珠自湧泉。桃花春漲入，氣數委蒼天。

吳城夜度

宵征三十里，指直不能拳。冰腹堅如石，霜華大似錢。寺鐘初咽月，漁舍未炊煙。我獨何爲者，驅車破暝天。

除夕前一日皇廠河阻風

廣陵宵問渡，孤楫破寒空。雪餕連朝白，鑪留昨夜紅。鐘聲明梵刹，山色暝江楓。咫尺庭幃是，驚濤滯短篷。

和宋荔裳同年僻園八首呈佟匯白

日月閒中好，金銀氣不干。輞川人自遠，北海酒難乾。青草連江路，荒臺隔瓦宮。休休亭下意，遵養正凭欄。

875

其　二

蓮鬚香世界,只在絳河西。合趁樵風便,不令漁棹迷。江濤臨岸直,山霧覆花齊。賭市翛然處,涼陰局每攜。

其　三

何氏林園古,交遊杜鄭間。柴車三市窄,草鬖一庭斑。階虎禪心善,城魚夜鑰鰥。蟋蛄吟欲暮,未放客醒還。

其　四

從事南皮讌,題詩全谷園。移人坐太古,信步溯江村。杖過橋魚晚,香銷篋葉存。霏霏煙雨裏,一望謝家墩。

其　五

逋鶴雙飛去,主人知客來。傳杯鶯語合,促坐茗煙開。星斗懸吳分,風雲借晉才。暫留經濟手,鄰右乞桃栽。

其　六

蓮花今淨土,細柳舊軍營。塔影沉雲黑,城吹起月明。燈青衲子夢,絃譜雪兒聲。齷齪人間事,相逢話已更。

其　七

涼風有餘善,日伴北窗眠。平世羲皇夢,閒身佛祖禪。棋聲林葉定,燭態雨花懸。摩詰詩中畫,珊瑚架筆椽。

其　　八

賜筇傳家具，奇書共一牀。竹欽君子操，桐戲醉侯鄉。山氣迎朝爽，江光澹夕陽。牆東堪賃廡，誰不解裘鶡。

林屋詩集卷五

五言律詩

遊華嶽四十首并序

余少結想五嶽，時托夢遊。順治丙申歲，奉使洮岷便道，得展泰、嵩二嶽，誠幸事也。陽月之望，復由華陰登太華，時雪初霽，諸勝獲備覽焉。余素不能詩，偶紀地得五言近體四十首，林君矧堂宰是邑，欲入華志，余固止之，聊筆於此。

華陰登嶽

晚出縣西郭，山樊曲曲行。關門秦戍斷，陶穴土人迎。縱火虎巢逼，穿林鳥夢驚。殷勤接潘尹，漏下已初更。

雲臺觀晨起

滄洲起遠思，那復計嚴程。隨地整山屐，逢泉注茗鐺。谿雲卷舊壑，谷鳥喚新晴。處處堪招隱，那將世慮嬰。

山蓀亭

近代輸前代，時危尚此亭。水花翻砌白，松蓋蔭檐青。壺裏仙投杖，枕中龍聽經。自從墜驢後，誰復喚君醒。

878

張超谷

扶病穿山麓，逸情紛卷阿。霧從五里散，松向三峰多。曲曲泉奔峽，巖巖雲作窠。好收賈傅淚，來作盧鴻歌。

桃林坪

三月青坪上，野桃夾岸開。羚羊衝樹冒，飛鼠掠雲迴。偏我殘冬到，無緣上巳來。避秦今是否，踏葉叩林隈。

希夷峽

幽人高枕處，冬日夢方清。嵐翠巖前重，宦情世外輕。石函龍蛻骨，華表鶴傳聲。摩撫舊題壁，空餘今古名。

追懷楊震韓愈李白陳摶四子

歷選三朝傑，人文擅四雄。講堂青鳥去，遊屐蒼龍空。帝座峰常在，睡鄉路不通。年年華頂月，何處弔高風。

娑羅坪

荒殿娑羅古，坪今此處逢。板扉擎絕壁，鐵鏁冷孤峰。夜月猿呼伴，晴沙鶴印蹤。倚笻看絕頂，羽駕儻相從。

上方峰

遺殿誰曾住，道人舊姓焦。群峰朝白帝，高岫隱仙寮。丹滿金天月，松浮碧海潮。到來蘇病骨，欲下滯山腰。

青柯坪

投散久成癖，尋幽倍結情。霜林聞鳥語，雲谷絕人聲。岫隱仙家穩，閣懸澗道清。風塵雙眯目，臨眺喜偏明。

拜斗石

聞道玉姜女，顏丹毛盡綠。心堅不轉石，名注長生録。漢闕埋荒隴，秦宮迷遺躅。嗟哉峰頂人，跨鳳調琴曲。

千尺㠉

遯世思防世，㠉頭絶險存。一夫當峽口，片石鎖天門。靈藥雲中斸，仙源嶺上噴。此山多虎豹，聊以禦朝昏。

百尺峽

天險難爲狀，峽將㠉與匹。㠉門還箭括，峽罅儼刀室。足遞朽枝上，手攀寒鐵出。掉頭時下看，心膽爲之慄。

猢猻愁

大華步步險，此與鈎梯并。猿亦攢眉坐，人誰放脚行。魂隨頹岸落，愁逐暮雲生。世正九疑險，云何獨著名。

三仙橋

巉巖扶杖立，忽忽入仙鄉。駕鵲羽爲渡，驅山石作梁。金童分隊出，玉節儼空翔。虹際一高覽，滄茫雲海長。

老君犁溝

萬古鴻濛色，誰能闢大荒。青牛嶺上駕，紫氣峽中翔。犁似溝塍界，種非鴻雁糧。分明垂象教，住彼白雲鄉。

白鹿龕

厭逐衣冠會，翻來麋鹿尋。那知投塞日，得遂臥雲心。蓮實仙人摘，瓊漿玉女斟。翔身天已半，好寄殿中音。

白雲臺

削立三峰北，蜂腰下遠岑。參差碧殿出，窈窕白雲深。茗飲凡腸滌，花拈法界尋。依稀王子晉，笙鶴泛天音。

擦耳巖

一宮等墜葉，萬級上層巓。路仄疑無地，巖垂半有天。蜿蜒唯鳥過，荒落少人還。何處漆園叟，閑參內外篇。

日月巖

鐵絙垂峭壁，間尺穴梯痕。日月雙輪暈，雲煙一洞尊。石牀閑閟殿，丹籙騁行軒。無怪天人妒，驚雷震爾門。

蒼龍嶺

飽歷風濤險，懸崖縱腳能。龍精卓劍立，猿臂跨雲升。霧隱下方暗，雪寒上界凝。傲子鳴野鶴，豈作觸窗蠅。

將軍臉

性有操奇癖，到來神自豪。朝昏陰壑暗，林木遠山高。心與目俱用，手恒足代操。寂然衆慮落，悟徹雲中璬。

五將軍松

嵩高五品樹，泰岱大夫松。名嶽曾經眺，將軍今又逢。金天翔鶵鳥，玉井掣蛟龍。似尚望臨幸，森森刷翠容。

天馬石

道士昇仙石，憑虛此御風。飛泉凌絕壁，積雪冷蒼叢。汲鐵手紋折，穿崖足繭豐。歸應兒女笑，老馬返爲童。

水簾洞

直北三峰下，蕩胸一洞開。迎風晴作雨，噴沫谷殷雷。孤鳥絕上下，片雲時去來。願言承雷坐，湔洗舊塵埃。

韓文公廟

不信嶺南國，險無華嶽齊。如何驅鱷手，乃向蒼龍啼。痛哭有微指，家書何太迷。玉蓮我曾摘，那用藉長梯。

南峰

層霄迢遞上，更絕兩峰群。河渭川原迥，人天笑語聞。棲山無野鳥，入殿有閒雲。對月清如洗，高吟過夜分。

落雁峰

路出三峰外，崖窺萬岫中。高標先受日，孤掌獨擎風。鍊骨行將晚，遊仙何自通。欲留嗟病骨，惆悵藥珠宮。

仰天池

絕巘凌風上，湛然石眼滋。一泓浸日月，萬古護龍螭。爐滅老聃火，苔封太白碑。何當脫世網，洗耳弔堯癡。

避詔巖

每尋棲隱地，誓絕入城書。忽憶巖前睡，益思湖上居。青天縱翻鶴，碧海脫鉤魚。睨視宣麻詔，真同腐鼠餘。

賀老避靜室

避人成險構，飛棧架危稜。居僻猿窺食，夜澄神散鐙。千山濃翠合，一洞冷光凝。坐愛蒲團上，巖棲在百層。

蓮華峰

舊説青蓮葉，儼覆碧雲端。高峰今肆眺，孤瓣豈雄觀。菡萏綻千蘂，芙蓉簇一盤。如何千載下，快並謫仙看。

玉井

甃古銀牀冷，雲封碧殿沈。蓮彫十丈葉，松散四山陰。玉女留青照，昌黎入苦吟。謫臣因自幸，掬水浣煩襟。

星宿潭

玉井坎相注，結胎應列星。雲煙樹杪見，琴筑谷中聽。潭静來青鳥，影寒逼素靈。孤清深自晦，只合在林坰。

東峰

蒼頭臨險巘，青眼看山能。訪道奇偏愛，憑巖峻愈登。穿雲鞵結帶，披草帽牽籐。遥見仙人掌，丹崖曉日升。

東峰石月

路紆四十里，仞入五千重。遊似有神助，奇因與月逢。紅塵古道合，青壁宿雲封。向匪前緣坐，誰容清興濃。

洗頭盆

紺碧盆頭水，瞨盈霖不餘。月來窺寶鏡，風動鏘瓊裾。白雪吟誰和，紅塵滌已除。波間聊蘸筆，爲寫絶交書。

衛叔卿碁石

他時揮漢節，今日挹清芬。碁石閒丹嶺，煙松鎖白雲。百年荏苒去，二竪往來勤。下看人間世，紋楸總敗軍。

巨靈掌

欷歔三折臂，揮手入蒼冥。高岫擎拳穩，空花彈指輕。障天成鬼闕，扶日豈神聽。昂首層霄裏，招呼處士星。

嶽廟灝靈樓

閣敞三峰色，人窺萬里心。圭璋自虞甸，鐘簴衍商霖。御道松陰合，宸碑苔篆侵。殿前唯白日，曾照翠華臨。

道上作

極目春郊碧，川原高下趨。雲埋村樹斷，日照野亭孤。顧影無安枕，窮年逐畏途。林鴉偏有意，故向我頻呼。

林屋詩集卷六

七言律詩

匡廬懷古

巾車命侶出西疇，遍踏名區訪勝遊。霜滿萬山紅葉塢，風來獨鳥白蘋洲。講堂虎跡餘殘碣，掃徑松花衹斷邱。惆悵昔賢空仰止，溪雲流水自悠悠。

遊歸宗寺

放舟湖上問王程，宦冷逢山問舊盟。影傍閒雲穿嶺出，嘯隨飛瀑振林鳴。鵞池墨漲人何在，花雨香微風自生。好把袈裟一片石，千峰萬壑日經行。

偕徐伯羽諸君子集開先寺

敢託群賢苔異岑，邀予十里入雲深。尋源瀑注雷奔峽，燒竹筵開月滿林。峰插列星雙匣劍，亭臨漱玉七絃琴。西江莫謂遊裝薄，勝日名山喜盍簪。

偕諶聖問登黄巖望雙劍香爐二峰

瀟灑風流鄭廣支，登山同眺慰離群。枯籐挂壁僧依樹，危杖支巖袖拂雲。雙劍似憐神物合，一爐如待戒香焚。勞勞已厭紅塵者，何日輕身謁木君。

登五老峰，其中多隱君子，歌以招之

絕巘嵯峨聳碧陰，下臨湖水謝招尋。老龍戀窟常依洞，小鳥貪山嬾去林。日閉白雲看杳杳，時流清梵聽沉沉。誰言四皓饒仙骨，未識峰頭五老心。

芝山聞警，翟太守邀飲鄱江樓，兼訂次日訪薦福寺

江城倚眺夕陽中，把酒臨岐歎路窮。寒水拍天波上下，亂峰織地影西東。丹爐霧鎖仙人宅，芝草雲迷帝子宫。薦福遙憐僧去盡，斷碑何處弔秋風。

辛卯陽月道次芝山，吳憲副繁祉治行籍甚，月杪值其生辰，邀遊浮洲寺新構亭子，酒酣請予撰扁額，予以繁祉深禪悦，而臨政清閒，率筆以伴鷗顏之，遂即席賦壽

維嶽生申簡畀殊，嘉名早已勵懸魚。囊儲貝葉多元著，譜尚蝌筒豈治書。杜預平東收勝局，許衡留北念窮閭。二姑五老情何極，歲歲相將獻九如。

其　　二

天開節鉞障西川，羽扇凌風一畫船。登峴昔同羊祜轍，勒崖今羨魯公篇。波擎淨業青蓮上，樹繞流膏白鷺邊。高躅已堪垂浩劫，

駐顔何事訪金仙。

夜泊彭蠡懷内

澤國蒼茫白四圍,孤舟夜泊釣魚磯。南湖極目雁恒斷,北地盍簪人未歸。月送離愁空載酒,風侵遊子欲裝衣。龍湫會我難眠意,故弄寒濤上下飛。

贈翟學憲并壽

雲門山色到天台,絳帳清風亦快哉。竹箭版圖江表貢,絲桐手澤嶧陽材。青鸞遠覓雙成果,綠萼先開九瓣梅。最是宦遊南去日,報君何以有瓊瑰。

湖上懷呂蒼忱、姚若侯、程其相、蔣虎臣諸子

和風拂拂到西湖,隄外停雲念我徒。禁省早梅含夜月,薊門殘雪點春酥。十年舊夢文章在,數子雄名天地孤。試問金明池上柳,垂條争似六橋無。

雪夜飲查伊璜別業聽小童唱歌

廿載名聞望越潮,蘭亭別墅喜相招。大成樂府須君譜,小史新聲誰最嬌。酒暖檀槽初聽雪,風含梅蘂半吹簫。自憐顧曲非同調,徐看鮫人淚滿綃。

贈嘉湖觀察霍魯齋

維藩出鎮自臺端,玉節初臨浙右看。笳吹聲連驄馬壯,鬚髯霜拂法冠寒。到家形勝孤峰白,抗疏功名一點丹。爲問語溪當子夜,

新年燈火使君歡。

賀嘉湖馮副鎮遷寧夏總戎

漢代輕車推奉世，於今復數大馮君。鴛鴦湖暖停歌扇，熊耳山高接陣雲。相府柳堂曾教射，令公油幕總能文。雁行獨我慙詞賦，露布甘泉早寄聞。

與魯大啓司理

吳閶匹練望春樓，令節相逢慰遠游。愧我科名陪驥尾，多君風節重魚頭。訟堂閒落官梅冷，化雨新通帆錦浮。爲贈洞庭雙石去，支琴貯酒白蘇州。

吳門遇原厲嶽觀察有贈

歸到吳閶客路分，杏花春水正連君。五陵裘馬羞原涉，三輔詞章匹子雲。艫舳曾輸青海粟，貔貅舊典羽林軍。即今驛路多祠廟，治行無雙天下聞。

與王我涵總戎

東南重鎮倚胥臺，王濬樓船亦壯哉。雲外旌旗秋獵罷，月中簫鼓夜巡來。海天煙淨鯨鯢散，澤國風滑雁鶩迴。見說鐃歌新製就，懸知麟閣有雄才。

寄張子美員外

河渠使者汎天槎，黃耳音書恰憶家。淮右地形春洗馬，桃源溝口暮看花。吟時詩句官梅好，別後容顏楊柳斜。爲問南來多驛使，儲胥十萬護隄沙。

酬吳巖子女郎兼次來韻

石城窈窕半塘西，柳畔輕鬟隱大隄。弱水花情通閬苑，小樓雲影隔前溪。連城碧玉剛條脫，一斛元珠本滑稽。自愧江南金馬客，驚聞郢雪和無題。

酬吳駿公前輩

君房尺素慰迢遥，宮尹清風迥碧霄。賦體雄高傳後輩，史材磊落重先朝。閒居東墅梅三弄，舊事南唐譜六么。只愁謝公還捉鼻，蒼生霖雨不相饒。

酬胡卣臣給諫

黃門一水暫閒居，曾寄殷勤雙鯉魚。河内説詩匡鼎最，平臺對策漢文初。庭留紅杏堪醫國，袖有青囊雜諫書。總是經綸饒託興，菰蘆那許老相如。

酬松江韓司理長公

漢家吏治傳班史，眼底今看延壽存。初試爽鳩猶執法，小當廷尉亦高門。雲間雙鶴垂垂下，泖上晴波渺渺温。寄我長歌真絕調，昌黎文筆敢誰論。

酬吳魯岡觀察

吳公治行久芬芳，十載相思隔草堂。聖主當今思密令，使臣前日過桐鄉。書隨紫燕風雲近，夢繞青門薜荔長。寄語蘭橈相待處，好教折柳下山岡。

酬宋上木中翰

晴雲征蓋過吳州,海鶴傳書慰遠遊。蹟寄青門知舊里,詩成白雪在高樓。當年憶繪曾麾扇,今日懸車好賜裘。最是玉峰饒翠色,淹遲還待季鷹舟。

潯陽喜晤陳自修

握別淮陰十六年,太邱風度欲仙仙。枯鱗每憶河邊潤,遠翰空傳雲外箋。日暮潯陽帆正落,風高廬嶽袂重聯。那禁司馬青衫淚,爲向樽前一泫然。

蘄春阻風登鳳凰山展眺抵暮歸舟

楚客維舟心欲灰,攬衣西眺鳳凰臺。孤城隔岸曉山出,獨戍臨江宿霧開。碧海空傳仙隱在,鳳凰山爲羅真人飛昇處。白雲無復聖僧來。州西八里白雲山,隋時開汴河得入定二僧,送入山寺,後再召之,二僧隱沒井中。波光泛灩夕陽下,笑比窮途阮籍迴。

柬黃陂楊明府容如

憶從花發白門時,倚棹仙舟折柳枝。製錦久傳三楚最,絨麟應比二賢奇。木蘭村繞當年夢,草埠潭深此夜悲。聊勒短箋當晤語,帆迴黃鶴慰相思。

渡江望西塞山次韻二首

江村寒掩曙光微,曖曖輕煙貼水飛。峰礙白雲停雁陣,谿搖紅樹點漁磯。山僧索句閒相趁，詞客探幽冷共依。凝睇迴瀾如惜別，肯教孤棹重相違。

其　　二

澤國蒼茫入望微，蘆花搖落浪花飛。寺因避世深藏樹，水爲貪山故繞磯。華髮百年行欲盡，蠻煙萬疊更何依。淮南叢桂層層綠，歸臥滄波計不違。

別劉元伯方伯

奎壁星躔接紫微，戟門冠劍羨重輝。汾陽座憶飄歌扇，北海人懷賦葛衣。廿載霜鴻勞夢遠，三湘澍雨夾雲飛。向平暫理衡山檟，歸臥高軒聽玉徽。

別糧憲王茂衍年丈

南宮櫱榜附名賢，慚愧駑駘先着鞭。病骨百年甘蠖屈，雄風萬里喜鶯遷。春迴白眼看游屐，月上青楓照客船。去攬衡陽雲入袖，歸貽蘭署滿窗煙。

將之衡嶽題留饒型萬

牽舟秋杪楚中行，南紀山川入望清。無那寒江煙浩浩，空悲白月水盈盈。鶺鴒裘訝丹楓冷，鸚鵡洲添白髮生。帳底談經千古事，數聲長笛倚舟橫。

其　　二

黃門入覲九天行，賸有中涓餉伏生。金爵滿傾荷葉露，銀絲細

891

膾鱖魚羹。子猷興盡剡溪雪，小謝吟殘春草晴。望如偶憔，同時謝事。歸值雙旌南下否，斷猿淒雁不勝情。

晚眺即事

江湖浩蕩一沙鷗，遷客難銷兩鬢愁。萬里泛舟巴子國，千金買醉岳陽樓。洞庭雲逐蒼梧去，瑤瑟魂隨湘水流。目斷遙天何處泊，片帆煙月任悠悠。

望日亭

拄杖斜穿望日亭，崖封眼底失湘汀。長空雲湧珠宮白，遙岫煙浮螺髻青。憶古莫逢中散嘯，降心且聽遠公經。冬深破笑衡山頂，雁斷天南弔客星。

題九仙壇

披衣晨起陟仙壇，一片流霞萬古看。洞裏雲閒眠白鹿，山頭人去憶青鸞。八公漫詫淮南客，九子堪分竈下丹。彈指百年能幾日，芒鞋得傍此盤桓。

除夕前一日宿雲田村中，時聞虎嘯，次早冒雨謁黃陵廟，見棟宇已墟，遺像露處，愴焉感懷，題寄湘陰明府唐盛際同年

黃陵廟對洞庭西，澤國蒼茫入望迷。龍去館甥琴寂寂，鸞悲帝子瑟淒淒。豐碑莫辨韓公記，舊句空傳杜老題。我欲捫蘿書片石，心如煙樹淚如谿。

其　二

夜來衝虎止山莊，晨把江蘺奠一筐。天外蒼煙浮古戍，磯頭白水打空牆。影隨雙珮鷗千箇，魂斷九疑雁數行。潘尹自能恢像設，忍教風雨怨瀟湘。

冬杪立春後五日同吳正持投弔屈潭

屈平遺廟樹迷離，一水徒牽萬古思。蘭澤人空冰泮後，楓林客眺雁歸時。荒田漠漠寒江繞，斷岸差差暮靄垂。山鳥不知憑弔意，飛來啼向碧潭枝。

屈潭再題

日落重湖倚棹看，北風吹面汨羅寒。潭清只許孤忠鑒，天遠難教七廟安。死諫甘飛烈士血，信讒徒剖世臣肝。椒漿薦罷祠前立，江水雖枯淚未乾。

林屋詩集卷七

七言律詩

戊申元旦泊舟陳陵磯，喜霽，感懷先贈君先宜人，率筆賦此

雨雪連綿匝月飛，歲朝霽色弄暉暉。鳩穿林薄呼村舍，魚湧煙波戲釣磯。寒水堪浮陶峴棹，春盤却憶老萊衣。松楸近必添新綠，日傍高原守舊扉。

石塘湖早起

曙色平臨白版扉，湖光漠漠柳煙飛。鴛鴦夢傍漁舟熟，菡萏香分客袖微。雨洗半天山欲瘦，風梳萬頃稻初肥。何年卜築龍山下，長把綸竿坐釣磯。

小龍灣

大龍灣盡小龍灣，一曲看雲一破顏。白袷祇應臨碧水，紅塵何自到青山。嶺猿掛樹啼難歇，沙鳥翻波去復還。多少煙霞拋永日，夢魂擾擾市朝間。

鮑家沖

溪迴橋轉萬松撑，溝洫縱橫到處平。篷艇疑從輞口入，籃輿似向剡中行。家家驅犢耕煙塢，樹樹藏鳩喚石砰。選盡江南名勝好，還來此地學長生。

黃楝嘴過渡宿官埠橋田家

策杖看山掃見聞，林間喚渡日斜矄。到來青掩半山月，坐處白生千澗雲。野老哺雛歡笑語，村童飯犢老耕耘。休嗟機變人間世，太古風存麋鹿群。

浮渡華嚴寺晤山足、道微兩上人，戲拈釋語步孫魯山先生壁間韻二首，奉懷無可禪師

碧巖香閣閉迦陵，彈指誰開第一層。不向家山開佛窟，漫從遠水放神燈。三鴉伺曉悲空谷，二虎巡廊憶定僧。高足已囊瓶鉢至，如何杖錫滯晨興。

其二

六十年來老少陵，棲身今在白雲層。莽蒼浪裏江千月，冷翠巖前龕一燈。七佛幾曾離法眷，三刀莫更續高僧。何如黃鵠歸巢穩，重見風旛得再興。

和陳默公中翰口號

蒲團悟向碧潭清，撒手懸崖處處行。空相原非刪有相，多生要在契無生。直須象外忘能所，莫令人間識姓名。一著拚將輸到底，任他風雨冷楸枰。

895

其　二

浮渡煙光入夢清，天風吹我萬松行。詩囊法已傳齊已，講席人今跂道生。麈柄可揮皆有漏，斧柯不到爲無名。遠公終是空饒舌，袖手誰觀不著枰。

偶入浮渡，見山足、道微兩上人深於禪悟，因言本師西生禪師僧臘六十，索詩寄壽，漫賦

曾向章江備使臣，千巖萬壑碧嶙峋。水雲久佩佛爲窟，嶺瘴每驅人入塵。何意鷲峰分法乳，得知獅座縮華巾。三身悟徹應難壞，寶掌千年跡已陳。

丁巳除夕泊舟燕子磯遇雪

卒歲營營意態慵，輕鷗聊自泛嚴冬。孤舟風急江聲闊，野寺雲深樹影封。隔夕又頒新鳳曆，明朝我益舊龍鍾。可憐守歲諸兒夜，雪葦霜葭伴客蹤。

初春望繳山懷瑤星楚雲二公

忽漫尋思悔昔非，那堪白髮對春暉。水縈沙嶼無心住，風度溪雲任意飛。丹嶂石鐫千佛窟，煙蘿壁繡萬年衣。無情早識無生訣，好向東溪並息機。

偶　成

後車何日載飛熊，電掃櫲槍早挂弓。萬井煙炊供戰鬭，千山林木造艨艟。伏波南粵猺歌靜，武惠西川營仗空。近日元戎殊往昔，滿船子女哭江風。

江上春雪

湖南火急交兵日，江左星催戰艦時。潮落夢回聞遠柝，雪深夜起聽流澌。青山轉眼三春暮，白髮回頭七袠期。林屋洞邊堪小築，布帆蘭槳莫遲遲。

避　人

彈指流光歎有涯，蓬心不耐掃浮華。空山載酒聞啼鳥，濁水迴車避怒蛙。繞架青緗書作窟，連天白浪艇爲家。萬竿寒玉城南路，度盡春風落盡花。

有觸俳體

自顧雲霄野鶴姿，人間空自樹雞塒。冰山幾見雪凝久，木偶頻愁線斷時。猛打糊盆驚徹骨，忍教火箭坐穿肌。故鄉雲母彭仙種，也勝商顔五色芝。

閒　情

澤畔閒吟拾杜蘅，春光撩亂起春情。江豚吹浪近疑逼，山鳥啼風遠更清。啜茗數甌消客思，焚香一炷記書程。倦來曳杖尋僧話，急浪奔濤總不驚。

鑾江舟中

投老煙蓑避雉矰，一江春水碧澄澄。飄搖直似無家客，枯槁渾如有髮僧。買醉孤村尋酒舍，維舟野戍趁漁燈。夜深寂寞何人問，賸取黃庭手自謄。

丁巳秋仲集晴巖、澹心、抑之、勉中、學在諸子共飲，和澹心韻

彈指那堪夏又秋，誇張五嶽憶曾遊。求仙術昧丹砂訣，哭友魂銷白玉樓。時龍懷新逝。桂蠹八公招共隱，藕棲一葉送閒愁。方平幾醉餘杭酒，猶恐桑田逐海流。

黃山白龍潭

晨起維舟娛病身，籃輿盤陟碧嶙峋。群峰插漢頻逢鹿，古木連雲不見人。路轉仙源藏石塢，橘穿舟壑渡霜筠。蒲團趺坐耽禪悅，茗椀旋澆衣上塵。

攝山田家

飯犢飴孫坐晚霞，風光妬殺老人家。綠蓑挂壁春香稻，青筍浮甌點苦茶。謝傅笙歌驚墜葉，鄭莊賓客散寒鴉。好隨陶令西疇畢，秫酒頻斟籬下花。

弔伍相國廟

鴟夷破浪漫咨嗟，成就英名兩浣紗。一真州浣紗女，一西施。楚墓投鞭酬碧血，胥江飲劍報荊花。萬山寒翠堆朝霽，一片澄湖射晚霞。銀甲白袍長上下，越家今已似吳家。

其　二

作孝原來並作忠，未聞神禹怨重瞳。破棺固雪趨庭恨，仗節還憑戀闕衷。莫怪囊身投水底，誰憐寄子泣山東。千秋論斷垂青史，毋乃包公勝我公。

再題四皓祠

茹石餐芝集遠空，冥鴻幾見下雲中。巧緣彈指留侯計，誤認龐眉優孟同。淚灑金人辭漢闕，歌殘玉樹弔吳宮。五湖祠廟萬松裏，爲酌椒漿酹下風。

九日泊船渡渚，念諸兒不第，慨然

霜風九月聽寒濤，手擘江柑把濁醪。自笑童顛難落帽，且擎老筆漫題糕。青田鶴翅凌空遠，碧海龍駒入夢勞。踏盡人間蹊路險，只登平處不登高。

觀洞庭網魚巨艦戲題

震澤曾聞萬斛舟，有堂有室接重樓。掬泥作圃山花麗，束艇延師學舍幽。揭地風颭帆影出，連天煙岫黛光浮。逍遙網斷無田賦，一領漁蓑笑五侯。

賦　懷

甪里村邊范蠡宅，包山寺裏戴顒蹤。五湖月泛五湖棹，七十人歸七十峰。蓴菜滑甘銷夏日，鱸魚細嫩飯冬春。紅塵隔斷人間世，夜半唯聞縹緲鐘。

壬子小春總戎沈恒文邀陪大司馬王玉銘先生遊東山

高峰鱗起寺煙生，不見當年蠟屐行。楓葉霜彫歌妓色，簷鈴風亂賭碁聲。千家砧杵敲寒雨，六代陵園沒野荆。賴有茂宏觴幕府，酒兵爲我破愁城。

壬子初冬維舟瀨上，晨起偕馬寅公、樊又新、唐庶咸登永壽塔，晤石舸、語山兩開士，即席賦贈，聊寓枯樹吟風、哀鴻叫雪之意云爾

長橋巘絕鎖寒流，霜塔凌空掌上浮。映日千山紅樹滿，穿林一磬白雲幽。詩囊塵外逢齊己，茗飲風前晤趙州。近欲卜居菱水曲，同參二妙許來遊。

其　二

年來戢羽學沙鷗，泛泛江天一葉舟。猿鶴有盟寒舊雨，煙霞無處送新愁。採芝擬踐茅君約，杖錫翻同惠遠遊。買築從今依白社，梧風蘿月自春秋。

代友人和韻

霜催木葉下寒流，白髮蕭蕭泡影浮。勝友呼來登塔懶，高僧臥處結茅幽。雙輪偶爾拈三乘，隻履真堪躡九州。愧我龍鍾難付囑，轉身可否訂重遊。

其　二

生涯汗漫逐輕鷗，南北渾如不繫舟。塵柄難揮人我相，唾壺欲碎古今愁。芙蓉誰令胎雙蒂，鶯鶯君偏羽並遊。二妙憐余分片席，莊椿不數八千秋。

壬冬聞周鄰藿先生至白門，即由白菱水返棹赤石磯，
　　去城如咫不敢入承，同錢湘靈過晤，追述顧松交、
　　周靜香諸親舊，強半物化，夜寒不寐，感而成咏

近城猶自滯寒溪，客散磯頭夕照低。波靜月隨船夜泊，林空人伴鳥霜棲。交親籜卷垂垂盡，身世蓬飄轉轉迷。倚枕不眠驚復起，水天佇久聽晨雞。

姜彝菴晚年棲心二氏，與余結社香山，別未逾旬，
　　奄忽喪逝，夜坐愴懷，哭之以詩

與君把對未移旬，何遽驂鸞入紫旻。聽笛淚零青眼客，罷琴魂斷白頭人。伊蒲供冷齋鐘歇，仙棗雲迷香案塵。長往知君應有意，九天天上別生春。

贈周郁然方伯

交情披豁見天真，人望居然社稷臣。路接棠陰千樹曉，野含黍雨萬家春。慈波遠下河爲曲，正氣中蟠嶽有神。聖代用人原不次，即紓廟算掌絲綸。

贈丁瑞軒按察

黃河曲曲護中州，征馬停鞭問舊遊。曾見祖生高擊楫，會逢羊子曳輕裘。劍霜五夜鋒寒嶽，囊草千言氣肅秋。前後憶君心照我，情懷直與古爲儔。

李承蜩觀察進表還任

拜舞承恩謁帝鄉，歸來衣袖曳天香。絲綸久擬留三輔，保障還

須借一方。雄辯當筵風滿座，清樽投轄月盈牀。沿途北望勞童叟，待澤西江正未央。

贈周子靜太守

離懷一問大梁津，重以周旋累主人。明月對君懸政譜，芒鞋驅我逐車塵。樽前風雨關心舊，陌上桑麻照眼新。此去江南應不遠，爲傳書札訊芳鄰。

甲寅冬暮，張鞠存吏部移樽止園，索賦

君在淮陰我石城，每嗟烽火冷鷗盟。園臨漂母波中月，酒縱韓王帳下兵。去住有蹤留楚尾，存亡無恙憶吳羹。眼前拚得如泥醉，一枕華胥是太平。

丁酉首春早起詣畢郢岡展文武成康四陵暨祔葬齊魯諸公墓

春城魚鑰向晨開，衣拂霜華畢郢來。涇渭周遭四陵出，煙霞斷續萬山迴。蒼封赤舄神龜沒，松覆齋壇龍女哀。八百卜年今尚爾，何人更算景純灰。

唐庶咸久不至，除夕忽與余同抵石城，喜新歲可偕放棹避地之計

殘臘航風憩草堂，恰逢文灰共飛觴。三春纜引煙霞伴，五緯星迴老大傷。漏箭易傾銷鬢短，唾壺頻碎話愁長。未知腐菌叢蒸處，可得恒留國士香。

其 二

梅花繞座鎖香清，久歎貧居罷送迎。高士到門移嶽色，喬林帶雨遞春聲。頌椒膡有萊衣舞，倚玉徒慚綵筆橫。鴛蹇但知追逸足，漁竿任意孃新晴。

乙卯夏杪卜居甓社湖，麟士徐文學邀陳令邱年丈共酌，次日令邱以佳句見投，即命棹同妙宗、繪宗兩禪人由沙港湖過西安寺訪漢高帝廟於沛城尖，躧韻

漫著荷衣泛野塘，招尋漁父水中央。林居山選神居僻，村社珠逢甓社光。愧我菊松荒舊隱，多君吟咏發秋香。何緣徐孺陳蕃並，萬頃風烟縱一航。

辛酉仲冬崔鎮道中

洪河誰謂出崑崙，那復驚濤下海門。深壍斷流牛馬走，平沙彌望雁鴻翻。巨靈排嶽掌空峙，武帝抱薪聲欲吞。昨見司空清瘁甚，九重應亦惜煩冤。

其 二

扁舟膠滯太皇墩，煙樹迷離落日昏。北走浪頭高過屋，西來河腹聚成村。霜星夜照千艘集，羽檄風馳萬馬奔。安得靈威探禹穴，玉書金簡奏天閽。

西極菴寒夜書懷

飄然一葉泊僧房，竹架茅簷葦作牆。素壁旋糊遮老影，小窗時啟透晴光。閒翻蠹簡風生座，靜對蘭朋月滿牀。世網難攖聊引避，

903

漫因蓮漏禮西方。

贈西極菴道行律師

野寺荒涼天一涯，定僧相對靜無爲。長河濤險結茅穩，落日風微禮梵遲。悟在紅塵回夢後，幻消清夜聽鐘時。石城萬個團圞竹，徒付寒鴉噪晚枝。

雪　夜

漫説腰纏向廣陵，片帆飄泊冷如冰。春寒就暖烏薪貴，夜坐銷愁白墮能。萬態閒看滄海浪，雙眸靜寄雪龕燈。一瓢一笠千峰外，只合雲棲訪定僧。

對　月

江上千山月一輪，逍遥留得趁閒身。癡獃賣盡天偏識，機巧贏來鬼亦嗔。一枕乍回莊叟夢，三杯須信葛天民。白衣蒼狗尋常事，自向溪邊浣俗〔廣〕〔塵〕。

春　社

柳外沿溪一徑微，夭桃穠李膩春暉。家家牧笛牛欄出，處處農歌燕社圍。野老刲豚祈歲事，村巫酹酒薦靈衣。絶憐憔悴青田鶴，哺子初成便遠飛。

初入少陵謁祖塔，晚赴田明府約

二室嵯峨六十峰，少林投趾聽霜鐘。秋深禪窟三花落，地隱仙葩萬壑封。有數壯齡悲遠戍，無生妙諦訪初宗。河陽潘令知憐客，寒火穿山唤去踪。

初二日晨謁嵩嶽廟

寢衣支枕聽鳴雞，晨起曦光入馬蹄。萬岫送青排縣郭，五雲結靄擁神棲。主賓書版儀容肅，介紹陳詞鼓樂齊。拜向崇墀三酹酒，願生申甫慰蒼黎。

萬歲觀步陳嬰白韻

高原木脫沈濛天，策馬荒榛涉亂泉。漢佾三呼空斷碣，唐開六葉賸朝煙。自憐蕢莢同秋草，何計刀圭駐大年。雲滿萬山山上望，空階徙倚已忘詮。

王寺岡遇雨

遠村雞唱曉鐘沈，客淚垂垂黯似瘖。白髮漫窺雙鬢影，紅塵空老百年心。傷神南國鶯花麗，矯首東皇風雨侵。計日片帆歸建業，荒原淨掃坐松陰。

夜夢兩先人_{先人於辛巳見背，今十六年矣。}

十六年來痛二親，恨將遺體等輕塵。樽罍不及墳頭土，臺閣後輪榜上人。神往閔曾真孝子，魂銷李范作忠臣。從今築室松楸下，慰我慈顏入夢頻。

江上阻風偶有所聞

東風冉冉送春歸，藥嶼花源計又非。七尺行藏汀外霧，百年歲月弩前機。風來遠浦江豚出，雨入孤村石燕飛。坐對瀾翻已白髮，那堪手脱薜蘿衣。

過鍾離、鐘鼓二樓有感，索吳秀才和

結構當年啓帝圖，巍巍雙闕表中都。樓前劍珮干雲上，海外衣冠匝地趨。萬石鯨鐘沈玉砌，千門魚鑰憶金鋪。黍離事異宗周恨，搔首蒼天欲問無。

登舊中都城望陵

獨眺空城萬古愁，風鈴雨鐸思悠悠。陵園寂寞蒼煙合，宮殿銷沈翠靄浮。鳥下御溝人去遠，馬嘶原草碣空留。相逢莫問興亡事，淮水東馳無盡頭。

辛亥三月次孫週歲，錢湘靈自白門寄賀，次韻答謝

何意孫雛又試週，媿無遺業鑑千秋。綵衣檐下思親日，繡褓花間傍母遊。高密珊戈開白水，孔融雲裔附清流。晬盤願補五千字，此後攜登百尺樓。

其　二

九月孫枝十二週，敢言椿樹八千秋。自知摩頂非英物，聊藉含飴慰莫遊。九老眼看彤桂樹，兩孫心醉隔江流。遙思萬竹春盤裏，酒滿清樽花滿樓。

送弟宗源

驅車王會雁行排，送別高秋枕鹿柴。努力風雲酬錦字，回思裘馬望天街。循良橘井仙兼吏，詞賦官粧扇與釵。莫道好音容易徹，但須黃耳問青鞵。

林屋詩集卷八

五言長律

奉命典試江右謝別諸閣老

聖主垂衣日，元臣和鼎年。翹材諸館啓，側席九重傳。五嶽興雲雨，三台耀上元。富民初拜爵，褒德更飛牋。每運留侯策，寧營鄭國田。功名書太白，姓字畫凌煙。報國收杞梓，憐才錄蕙荃。人倫推李固，弟子愧彭宣。金馬從遊久，銅龍待漏偏。校書方鞅掌，奉使忽翩翾。征蓋遵長路，單車赴遠川。王融策孝秀，范甯禮豪賢。江漢人文盛，豐城劍氣懸。敢忘明聖寵，尤念輔臣虔。驛路當雲外，長安在日邊。秋風直北起，候雁正南旋。擬奏思賢操，先抒酬德篇。

偶感紀事

主人思逆旅，冷落慮訾謷。星欲三台照，書因半刺捎。卜幽臨沼沚，筮日響笨筊。檻列鑴花礎，楣懸織錦旐。畫梁騰鷩鷩，翠箔戲蠨蛸。日影松微落，風聲鈴暗敲。當門群佞佞，于寧友麃麃。喝仗兒童看，樅金賓主交。鏌鋣抽劍室，韔韣閃弓弰。韝臂青骹鷲，牽尻黃耳獢。節旄威栗烈，僚佐睇深顀。袖拂胡牀腳，筵舒艾葉鞄。鼎觚陳路坫,屏幔障堂坳。盆草鬃栽虎,珠蘭蘂綴鮫。摴夫聲細細,邏卒列梢梢。煙篆疏颸度,月團活火泡。獸蹲擎起立,鮐背拱高嶢。垂繢繒爲幕,傾筐苴是苞。燄光繁夜火,酒色湛明膠。樂句輕還穩,簫音潤不呶。拗花巧作樹,翦綵小粧翯。水陸榷珍供,新陳選味爻。刲牲取臚胹,伐異費罾罦。腴炙丹山鳳,腥芬赤水蛟。黃柑拳佛手,紫蔗擯仙茅。鷔檢腦中石,蟹除箱裏胞。寒來菘薦芋,冬至筍贏茭。鰕子攢鷹距,魚孫擘燕巢。銀絲膾獨美,胡麥飯專庖。氣畏烏薪熾,神憂綠蟻淆。濃情亦已厭,渥意有餘恔。侑飲嫯頻疊,留歎采數拋。偃僂湖並海,偃仰斗仍筲。盈頰堆變婉,披肝鏤詰聱。縱談天下事,曲領箇中教。藏甲胸堪范,清河笑似包。此來還彼往,有頌且無嘲。香餌思收鯉,華筵非祭貓。東南物力盡,上下宦情敲。衆徇争甘鼠,余心鬱苦匏。宴歸徒歎息,且搽遘三爻。

上蕭撫軍

越山開禹甸,渤水起新豐。召奭興朝貴,錢鏐列鎮雄。威名推亞相,禮樂冠羣公。已報甘棠績,還看橫海功。鄱陽鬚鬢舊,鄭國祖孫同。萬弩衝潮黑,雙蜺洗島紅。嘉筵當帳後,畫燭列屏中。庭樹浮寒月,官梅落曉風。和羹調玉鉉,湛露答彤弓。願獻陪遊頌,遺碑峴首東。

遊能仁寺紀事,留別字雲大師,并致靈巖和尚

橋跨龍潭入,寺分虎穴餘。鹿群依講席,猿隊供廚蔬。羅漢林間鳥,觀音巖上廬。縹緗盈法昇,鑪鞴現僧居。寶誌行飛錫,裴休此致書。

丁未嘉平偕正持、方來暨湘南羅克生、吳泰昇、羅爾旋、李日昇、王褐公、季譽、吳虎臣諸文學由衡嶽能仁冒雪入方廣晤雪度、字雲兩禪席,紀事一百二十韻

朝發能仁寺,來探方廣蓮。方廣諸峰圍如蓮瓣,寺居心中。籃輿盤磴仄,蠟屐蹴冰堅。風捲烏油蓋,雲捎紅罽氈。顛同馳坂馬,險過上灘船。曲折羊腸度,崚嶒猿臂牽。賦才同櫟社,尸位負花甎。委化頻安命,投林不問箋。無方調病鶴,聊自託寒蟬。但冀心智豁,何嫌足拇胼。凌澌疑鳥篆,徑滑怪龍涎。計里纔三十,瀕危已數千。霜蒙華鬢白,泥淖素裙元。旅進人恒躓,孤行我欲癲。棘稠纓數罣,性癖意難悛。濟勝誇輕屐,貪幽拄老顴。嵇琴傷絕調,秭史採遺篇。不入衡巖壑,焉知楚幅員。六千餘里內,七十二峰巔。地統人神會,天司雷雨權。巨靈勞吐納,元化藉陶甄。物必鍾瑰異,人因產聖賢。南條分楚粵,北極障幽燕。所憾雙眸力,難將萬象研。攫今防滲漏,搜古億漁畋。衹據往來轍,庸教一二愆。麓盤諸郡隘,雲密衆山連。白豹蹲丹壑,黑鸝翔綠阡。山中豹鸝黑白獨異。猴鬚長竟尺,兔腹小於拳。羝角輸山牯,犀紋亞野犍。倀愚猶導虎,夔躍每憐蚿。絕壁玃擎掌,喬林熊舐胺。猪豪飛箭直,豕突礪牙剸。蚺窟腥紛積,蛟潭勢倒漩。猙獰非一狀,衝突競相延。雖被離奇炫,曾無異患澶。因窺山變態,并悉谷糾芊。尊擬帝王赫,親同父子憐。綢繆婚媾匹,行序弟兄肩。粵粵仇讐鬭,依依朋黨聯。端巖危坐士,岑寂靜參禪。掉臂矜孤潔,昂肩恥捷便。頭埋甘霧隱,額蠹摘星躔。軒骞鶵鵬舉,奔騰兕象跧。巉巖鷹脫架,分背駒跳韉。雜遝從詃誕,低佪足遡沿。石梁隨地搆,衣褷截流縣。亂岫疏千派,群溪會一川。藥舂雲外碓,練挂雨中泉。好鳥潛幽澗,靈魚泳邃淵。猿啼分嶺樹,人語隔墟煙。嵐染深於黛,雲鋪颺似綿。布奇鴻細外,設色淡濃先。題咏推摩詰,皴烘陋巨然。人間那易覯,天

909

闕亦空傳。斑剥壇壝古，嶔嵌石砥平。洞餘炊石臼，厓滿種芝田。呵壁走元鹿，吹笙駐綵軿。黃精充玉饌，銀母燦金鬠。瓊戶註黃老，瑤臺聚偓佺。妄希持絳節，詔我賜丹鉛。興極忽惆悵，悲來數哽咽。美楠材勝棟，籜竹矢充弦。銀杏十圍茂，香花四季蔫。石墉崇似砌，水梘架齊枡。園角蔬支屋，山中支屋覆園以防蔬凍。垣衣苔繡錢。雲獅膏臘炙，雨虎脆魚煎。雲獅雨處，每先風雨出石罅，人取爲餚實。松葉冬偏落，天台松入冬多落葉，係智者大師西方攜來種。琪花晚却鮮。山中出。仙棃釀紫液，鬼芋沃蒼壖。紫棃禹植，有得食者，即仙去。鬼芋似山薯，採食禁人語，遂以鬼名。篁取龍鬚織，山崖出，人取織蓆。篁知鶯尾蹇。白香粳粲粲，山間出。嫩碧蓴娟娟。出深澗中。蕨粉經冬旨，茶花隔歲妍。盎浮廠下芛，實滿樹間檖。腜可登宗廟，珍堪薦豆籩。一時充賦咏，四顧美連蜷。拋擲儕糜鹿，飄零辜市廛。奇泉哀陸羽，異卉笑張騫。血漬湘筠碧，珠傾鮫室圓。須知造化意，難以故常詮。憶昨祝融下，遍探嶽廟畎。軑徽空土梗，秩祀罷牲牷。炎帝寢園沒，軒皇封時穿。六龍虞狩嶽，四載禹先姸。聖喆誰憑弔，邱陵共宴眠。唾餘休摭拾，狂態且褊禠。路自大坳上，巖遵曲城偏。葛陂杖矯矯，葉縣鳧岙岙。峰簇芙蓉瓣，宮藏螺髻顛。八山寒疊玉，四水冷輸蜎。叢篝煙雲裊，高杉雨雪鬌。塔曾乳由子，松會長胎僊。花獻大千界，樓摩尺五天。井幹虬鬣動，殿吻獸肢駢。鐘墮蒲牢紐，方廣飛來鐘，其紐雖完，不受懸撞。碑尊蝌蚪鐫。祇林趺寶像，海藏璨瑶編。羅漢鳥啼院，鳥名羅漢，知念佛。優曇樹蔭椽。山農猶混沌，緇衆半蒙顓。歲月燕閒得，煙霞徒侶專。焚修依佛日，課誦祝堯年。共避寰區累，相歡世外緣。經臺敷草坐，布衲就池湔。拜經臺、洗衲池、皆智者大師遺蹟。白犬將書去，青猿洗鉢旋。六如捐色相，五濁滌腥羶。尋繹佛三世，瞻依宋八埏。正殿西偏有朱、張二夫子祠，昔曾建有書院，同遊方廣。芳蹤欽峻架，偉著諷遺箋。句自橫渠琢，經從晦全。春風引肆雅，夜月鼓安絃。馬帳牽絲狹，程門立雪虔。千秋萃儒服，五爵晉冠綎。

惟昔韜潛早，於今羈紲捐。念當門户盛，甘被利名纏。突手擎孤幟，輕身冒衆鋋。逝悲麟與鳳，那免鶺同鶊。覆轍瑩冰鑑，清芬景玳筵。從他徇世勇，寧自守余孱。孰意衆香國，得逢兩竺乾。傳衣肉髻祖，受偈石頭遷。拂竪下根悟，舌翻大德宣。見空凡聖諦，義掃有無邊。雲湧古今慨，冰消棒喝前。挈裝今日去，傍錫幾時還。

簡賈膠侯撫軍

問訊嵩邱頂，春凝榮戟香。懸旌雲鳥陳，繡黼衮衣章。湛露先承錫，寰衢已盡康。每耽帷幄算，況製芰荷裳。矯首瞻鈴閣，扳條怯錦囊。幾回遲負弩，縱目望巖疆。草色河流外，花明鼓角傍。尺書勞縱送，丹矢報騰驤。獻果綏桃熟，扶輪御李將。至言修表餌，宣室挹芬芳。有道瞻風采，神交賦對揚。南天如可跂，邀取燕龍光。

七言長律

君山謁二妃廟 丁未十一月十日作。

巴陵汗漫揚帆處，湘水蒼茫落照時。朱鳥久埋虞帝輦，元珠翻假梵王基。三千沙界平鋪滿，十二煙鬟縱眺奇。谷底雲埋龍虎洞，巖前霜冷鳳凰枝。曲盤蹬道尋遺席，近陟壇壝禮舊墀。日炙豐碑字剥蝕，土侵古礎製迷離。蒿宮苔積連錢合，椒壁藤穿修帶垂。吟罷霞裾聽瑶瑟，香銷繡幔想鸞旗。黄陵愁向蒼梧望，白帝威餘赭石支。閲世沈沈誰作弔，問天寂寂漫題詩。空山聊薦一卮水，斷靄遥齎萬古思。灌莽森寒木魅伏，層巒雜沓嶺猿悲。林昏呼伴回青幛，月上聽僧話白椎。

911

林屋詩集卷九

五言絶句

初陟五老峰

筆蘸蠡湖水,墨噴五老雲。青天日日掛,白練層層分。

九華紀事

秋風連夜吼,急雨走江豚。愁絶籃輿興,天高未可捫。

其二

颼檣頻夜視,雲罅透星河。急理登山屐,五溪催櫂歌。

其三

天開青嶂出,萬岫倚雲端。煙净朝暾上,亭亭赤玉盤。

其四

初踏祇園路,栴檀十里香。鳥皆知念佛,何處着氊薌。

其　　五

底事西來意,色身住法身。頑空須轉語,丈六自生春。

其　　六

天頂攢群玉,蜂房佛國分。西崖珠炯炯,覿面隔重雲。

其　　七

萬古鴻濛宅,青蓮愛此居。向非遭貶謫,誰搆臥雲廬。

其　　八

我今卜片石,遠在天台峰。白日千山外,超然塵世蹤。

漫　興

江汀憶社燕,林塢叫晨雞。費盡春風力,剛剛避馬蹄。

其　　二

君恩真浩蕩,臣迹遠支離。不遣問漁父,争知帝子悲。

其　　三

(缺)

其　　四

(缺)

其　　五

（缺）

其　　六

（缺）

其　　七

（缺）

七言絶句

棲賢橋

（缺）

八里江買黿放生

（缺）

鯉魚山

（缺）

武家穴乞食烏

（缺）

田家鎮早起

（缺）

魯子敬開府舊山

石建牙曾見拂雲，開（下缺）

讀指月錄說偈

餓即投餐困即眠，老來靜繹養生篇。愧無二祖調心法，烈火池中種白蓮。

其　二

昌秉秀言曾受囑，一顆頭屬兩人家。總饒割得頂顙去，笑殺團團花木瓜。

金簡峰

金簡峰頭訪舊蹤，懸崖彷彿見齋宮。總緣至孝人天泣，蒼水丹書秘自通。

茅　坪

飛閣凌空挂薜蘿，老僧衣染白雲多。鳥巢松頂堪題句，無那虬龍蟄此何。

九龍坪

峭壁危樓建佛幢，九龍飛瀑繞僧窗。誅茅我欲結菴住，居士於今也姓龐。

安上峰登眺舜洞暨舜溪,至舜廟與舜樟,僅存名蹟,感而賦此

樟空廟隱洞峥嶸,歷數三千代幾更。雲幕紫峰疑舜在,溪流猶帶五絃聲。

遊衡嶽水簾洞

劍門鐵峽峙湘天,分得巴江一道穿。龍洞窅冥寒日暮,明珠萬斛灑蒼煙。

舟泊木瀆,登靈巖弔退菴和尚

煙光浮岫對長空,短策巉巖遺病容。獨挂鉢囊何處去,山風吹落一樓鐘。

其　二

層巖夕照影嵯峨,元度誰知今再過。一自支公驂鶴後,荒山寂歷野雲多。

館　娃　宮

千絲結網網西施,想見當年珍重時。陣就煙花於越霸,香魂贏得葬鴟夷。西施曾譖伍員,賜劍胥江,以鴟夷囊尸投水中,及越破,吳亦以鴟夷囊西施投水報員。

響　屟　廊

高峰畫出採香灣,刺棹高秋欲破顏。響屟廊空人不見,澄湖萬

頃鎖寒山。

琴　臺

姑蘇霸業已寒灰，麋鹿閒眠鶴叫哀。一線波光明箭水，萬松翠色冷琴臺。

吳王二井一圓一八角

薜蘿滿甃草芊芊，一井觚稜一井圓。莫笑空山黃葉冷，吳娃曾此照嬋娟。

瓫花池

葵蒬淤澱瓫花池，香踐弓鞋未有期。露泫山花迷淚眼，至今猶自憶西施。

香水溪

步障連雲簇錦叢，冰肌浴罷暮煙空。老楓賸有憐香意，落葉爭翻舞袖紅。

姑蘇臺

嬰金鏤玉見雄奇，巧誘吳王築禍基。螺葬餘杭曾幾日，楚軍收越已多時。

胥　口

曾披越絕涕沾襟，何似吳山足討尋。癡夢萬端驚幻夢，閒心一片落波心。

仲秋月杪，家祥予、治甫、伯英、文常、辰玉同大郎繩武、二郎稺錢，君清子長官、九如、産時、肇英、礎臣、千元郎，名臣子四郎，逆余於水瀆，遂同渡湖

憶傍松楸結一瓢，日齋清夢到山椒。如今已挈塵鞅斷，龍女應堪贈素綃。

其　二

閬苑曾聞十二樓，此中洞壑更深幽。煙巒層疊無蛇虎，不似人間處處愁。《洞庭志》云："兩山少蛇，虎雉三斑。"

戲　贈　僧　家

下閣看山日幾回，松濤杉浪碧成堆。老僧不肯開窗牖，只怕青山入戶來。

過橘香菴，訪桐岑禪師，係洞宗浪老人法眷，口占四絕

橘香香裏散天葩，香色有無還喫茶。羨爾住山無一字，借他雲片補袈裟。

其　二

梧桐聲斷鳳凰棲，錫杖穿雲墮水西。莫訝巖松根畔石，會銜粒米做金雞。

其　三

獅子林源出洞宗，予曾白社鬭鍼峰。蓮花漏水飄搖盡，時倚石

頭聽暮鐘。

其　　四

多君豆子已云熟，愧我荈羹未下鹽。忽漫相逢橘樹裏，可能沽酒飲陶潛。

憶丁酉中秋梅村、籹菴、松交、子京、鄰藿、静香、蒨來諸公邀余上方看月，畫船簫鼓，詩酒贈答，洵一時高會。今俱即世，晚泊遇雨，愴焉興懷，口占一絶

當年觴月共拏舟，重過山陽愴舊遊。最是嫦娥知我恨，霓裳掩却玉輪秋。

陝州登三門

四載隨刊尚有痕，孤留砥柱峙三門。空山長嘯洪濤亂，目送霜鴻嶺上翻。

其　　二

民其魚矣歎洪河，漢帝時勞瓠子歌。安得尾閭留柱下，常教陸海不揚波。

其　　三

神功鬼斧勢峥嶸，绿字何人早勒名。爲怪世儒矜小智，指天劃地説縱横。

其　　四

疏鑿如何劈鬼門，安危并惕聖人恩。臨深不戒輕投楫，誰起重淵叫帝閽。

跋一

先太史公著作甚多，或隨手棄置，散佚過半。燋等搜葺舊帙，凡得古今雜體詩若干首。圓沙先生爲校定而序之，分爲九卷。嗚呼！先太史究心書卷，終日手一編不倦，凡所鬱積於胷中者，往往發之於詩。今四方詩家選本頗有流傳而未見於家藏稿中，亦有前所曾刻而稿中不載者。燋等懼其久而失傳，因就所存鏤版於家塾，庶幾公之當世，自有定論云。康熙三十年二月初三日，男燋、煒、烺、煐、煊、爌同校。

跋二

　　先太史公《林屋詩集》鋟於康熙年間,歷年既多,板就殘缺。當時印本,子姓藏之家塾者,數册而已。懼其久而散佚,乃即印本校而重刊之。五言絶句舊闕二葉,無從搜輯,謹仍舊而著其目於篇。道光三年七月初一日,六世孫廷楨謹識。